Valérie Perrin

墓园的花
要常换水

〔法〕瓦莱莉·佩兰 著

周小珊 译

changer l'eau
des fleurs

著作权合同登记号　图字 01-2022-4178

Valérie Perrin
Changer L'eau Des Fleurs
©Editions Albin Michel – Paris 2018
All rights reserved.

图书在版编目（ＣＩＰ）数据

墓园的花要常换水 /（法）瓦莱莉·佩兰著；周小珊译.
-- 北京：人民文学出版社，2022（2024.2重印）
（瓦莱莉·佩兰作品系列）
ISBN 978-7-02-017466-9

Ⅰ.①墓… Ⅱ.①瓦… ②周… Ⅲ.①长篇小说－法国－现代Ⅳ.①I565.45

中国版本图书馆 CIP 数据核字 (2022) 第 161657 号

责任编辑　朱卫净　何炜宏
封面设计　李苗苗

出版发行　人民文学出版社
社　　址　北京市朝内大街 166 号
邮　　编　100705

印　　刷　上海盛通时代印刷有限公司
经　　销　全国新华书店等

字　　数　280 千字
开　　本　889 毫米 ×1194 毫米　1/32
印　　张　14.375　插页 2
版　　次　2022 年 10 月北京第 1 版
印　　次　2024 年 2 月第 3 次印刷

书　　号　978-7-02-017466-9
定　　价　79.00 元

如有印装质量问题，请与本社图书销售中心调换。电话：010-65233595

献给我的父母
法兰西娜·佩兰和伊万·佩兰

献给帕特里西娅·洛佩兹"帕基塔"
与索菲·多尔

1

只少了一个人,到处已是荒芜。

与我同住一个楼层的邻居浑身是胆。他们没有烦恼,不会恋爱,不咬指甲,不相信巧合,不做承诺,不发出声音,没有社会保险,不哭,不找他们的钥匙、眼镜、遥控器和孩子,真幸福。

他们不看书,不纳税,不减肥,没有偏好,不改变主意,不整理他们的床铺,不抽烟,不写清单,说话前不左思右想。也没有人来替换他们。

他们不拍马屁,不野心勃勃,不记仇,不爱俏,不小气,不大方,不妒忌,不邋遢,不干净,不俊美,不风趣,不上瘾,不吝啬,不爱笑,不狡猾,不粗暴,不多情,不抱怨,不虚伪,不温柔,不冷酷,不懦弱,不恶毒,不撒谎,不偷窃,不好赌,不勇敢,不懒惰,不虔诚,不奸诈,不乐观。

他们死了。

他们之间唯一的差别,是棺材的木头:橡木、松木或桃花心木。

2

假如我再也听不到你的脚步声，我该如何是好？

离去的是你的生命还是我的生命？我不知道。

我叫紫堇·万圣。我以前是看守铁路道口的，现在看守墓园。

我品味着生活，把它当作加了蜂蜜的茉莉花茶一小口一小口地喝着。当夜幕降临，墓园的铁栏门关上，钥匙挂在我浴室的门上时，我便置身天堂。

不是我同一楼层的邻居们的那个天堂。不是。

是活人的天堂：来一口——1983年酿制的——波特酒，约瑟-路易·费尔南德兹每年9月1日给我送过来。剩余的假日被倒进一只小小的水晶杯里，犹如秋天里的暑热，无论下雨、下雪还是刮风，我晚上七点左右都要把它打开。

两小杯红色的液体。波特葡萄的血液。我闭上眼睛。我品味着。一口就足以让我的夜晚变得愉悦。两小杯是因为我喜欢醉意，但不喜欢酒精。

约瑟-路易·费尔南德兹每周一次来给妻子玛利亚·平托的坟墓送花，除了七月份，是我代替他。所以送波特酒感谢我。

我的礼物是上天的礼物。我每天早上睁开眼睛的时候都这样想。

我曾经很不幸,甚至陷入绝望。丧失存在,被掏空。我就像我同一层楼的邻居,不过更糟糕。我的生命机能还在,但是内部已经没有了我。没有了我灵魂的重量,好像不论胖瘦、高矮、年轻或年迈,灵魂的重量都是二十一克。

而我从来都没有喜欢过不幸,我决定这种情况不能延续下去。不幸,总有一天必须终结。

我开始人生的方式极为糟糕。我是母亲匿名生下来的孩子,在阿登省北部,这个与比利时勾勾搭搭的角落里,那里的气候被看作"恶劣的大陆性气候"(秋季多雨,冬季常常结冰),我想雅克·布雷尔[1]的运河就是在那里上吊的。

出生那天,我没有哭。于是先申报我死亡再申报我出生的那段时间里,我被放到一边,如同一个2.67千克的包裹,没有贴邮票,没有收信人的名字。

死婴。没有生命、没有姓名的孩子。

助产士必须草草给我起一个名字,好去填写空格,她选择了紫堇。

我猜想我当时从头到脚都是紫色的。

等我变了颜色,等我的皮肤变成粉红色,她不得不填写出生证的时候,没有改掉我的名字。

我被放在暖气片上。我的皮肤热了起来。一定是不想要我的母亲的肚子让我变得冰冷。也许是因为这个原因,我那么喜爱夏天,像向日葵花一样,从来不错过任何舒适地沐浴在第一缕阳光下的机会。

我没结婚前姓特雷内,跟夏尔[2]同姓。肯定是同一个助产士在紫堇之后,给我取了一个姓。她应该很喜欢夏尔。就像我后

---

[1] 雅克·布雷尔(Jacques Brel, 1929—1978),比利时歌手、作曲人。在他的歌曲《平原》里,有一句歌词是"天空如此之灰,运河也上吊"。
[2] 夏尔·特雷内(Charles Trenet, 1913—2001),法国歌手。

来也喜欢他那样。我很长时间都把他当作远房亲戚，好似某个我从来没有见过的美国叔叔。因为总唱一个歌手的歌而喜欢上他的时候，就会有类似亲戚的关系。

万圣后来才出现，我跟菲利普·万圣结婚之后。这样一个名字，我不得不保持戒心。但是有些男人姓春天，照样打他们的女人。一个漂亮的姓，不能阻挡任何人变得卑鄙。

我从来没有想过我的母亲。除了我发烧的时候。我身体健康的时候就长个子。我长得笔直，仿佛父母的缺失为我的脊椎骨搭了一个支柱。我站得笔挺。这是我的一个特点。我从来没有弯过腰。甚至伤心的日子里也没有。常常有人问我是不是跳芭蕾舞的。我回答说不是。是日常生活训练了我，让我每天都把杆、踮脚尖。

3

让他们带我走吧或者带我亲人走吧,
因为所有的墓园总有一天都有花园。

1997年,我们的道口栏杆自动化之后,我和丈夫就失去了工作。我们上了报纸。我们代表了进步导致的最后的间接受害者,法国操作手动栏杆的工人。记者为了给文章配图,给我们拍了一张照片。菲利普·万圣摆造型的时候甚至用一条胳膊揽着我的腰。虽然我面带微笑,天知道这张照片里我的眼睛看上去多么忧伤。

文章发表那天,菲利普·万圣从如今已经不存在的国家职业介绍所回来,心灰意冷:他刚刚意识到他必须要工作了。他已经习惯了我替他承担一切。跟他在一起,从懒惰程度上来说,我真是撞大运了。抽到幸运数字,大奖随之而来。

为了让他振作起来,我递了一张纸给他:"墓园看守人,有前景的职业。"他看我的方式,好像我失去了理智。1997年,他每天看我的方式,就好像我失去了理智。一个不再爱他妻子的男人,看他曾经爱过的妻子的方式,是不是就好像看着失去了理智的女人?

我向他解释,我恰巧看到这则启事。沙隆河畔布朗西雍镇政府在找一对夫妻照看墓园。死人的时间是固定的,他们也没有火车那么嘈杂。我已经跟镇长谈过了,他可以马上录用我们。

我丈夫不相信我。他告诉我,巧合,他是不相信的。他宁可死,也不愿意去"那里",去吃死人的饭。

他打开电视,玩"马里奥64"。游戏的目的,是抓住每个世界里所有的星星。我呢,我只想抓住一颗星星:幸运星。我看到马里奥四处奔跑去拯救被酷霸王掳走的碧奇公主时,就是这样想的。

我不肯放弃。我告诉他,成为墓园看守人,我们每个人都会有一份工资,比抬栏杆的工资要高很多,死人比火车赚钱。会给我们配一间非常漂亮的住房,没有任何费用。跟我们住了多年、冬天像漏水的破船夏天像炎热的北极一样的陋室大不一样。这将是一个新的起点,我们很是需要,我们可以给窗户挂上漂亮的窗帘,就看不到邻居、十字架、寡妇等等。这窗帘,就是我们的生活与别人的悲伤之间的界线。我本来可以告诉他真相,告诉他这窗帘,是我的悲伤与别人的悲伤之间的界线。但千万别告诉他。什么也别说。让他信以为真。假模假样。让他屈从。

为了最终说服他,我向他承诺,他什么也不需要干。已经有三个掘墓人负责墓园的日常维护、挖掘和规划。这份工作,只不过是开开关关铁栏门而已。人要在场。工作时间不是很讨厌。假期和周末像瓦尔瑟里恩河上的高架桥[①]一样长。我呢,剩下的都由我去做。剩下的一切。

超级马里奥不再奔跑。公主滚了下去。

睡觉之前,菲利普·万圣又读了一遍启事:"墓园看守人,有前景的职业"。

我们的道口栏杆位于南锡地区马尔格朗日。我生命中的那

---

① 法国里昂到瑞士日内瓦的火车铁路线上的专用桥,长158米。

段日子里，不能说我还活着。"我死去的那段日子里"也许更合适。我起床、穿衣、工作、买菜、睡觉。吃一颗安眠药才能睡。甚至两颗。甚至更多。我看着丈夫将我视为失去理智的人。

我的工作时间无聊透顶。我一周当中每天大约放下、抬起十五次栏杆。第一辆列车4:50通过，最后一辆列车是23:04。我脑子里自动设置了栏杆的铃声。铃声没响我就听到了。这个高强度的节奏，我们本来是应该分工的，滚动轮班。但是菲利普·万圣只会滚动两样东西，他的摩托车和他的情妇们的肉体。

从我面前经过的乘客多么令我神往。其实，那不过是从南锡到埃皮纳勒的地区小火车，每一趟停留十来座偏僻的小镇，方便当地人。但是，我羡慕这些男男女女。我想象着他们去赴约，我多么希望像这些从我眼前飞奔而去的旅客一样，能拥有这样的约会。

文章在报纸上发表三个星期之后，我们向勃艮第进发。我们从灰色过渡到绿色。从柏油路过渡到牧场，从铁路的沥青味道过渡到乡村的味道。

我们1997年8月15日来到沙隆河畔布朗西雍的墓园。法国正在放假。所有的居民都走了。在坟墓间飞来飞去的鸟儿也不飞了。在花盆之间伸懒腰的猫消失了。天气对蚂蚁和蜥蜴来说都太热了，大理石滚烫滚烫的。我一个人在小径中间闲逛，读着那些我永远都不会认识的人的名字。但是我立即就觉得很舒畅。这里才是我待的地方。

4

存在是永恒的，生命是短暂的，
永恒的记忆则是它的留言。

小青年们不往钥匙孔里塞口香糖的时候，就轮到我打开和关闭墓园沉重的铁栏门。

开放时间随季节变化。

3月1日至10月31日从8点到19点。

11月2日至2月28日从9点到17点。

谁都没有决定2月29日怎么办。

11月1日从7点到20点。

我丈夫走后——更确切地说他失踪后，我接替了他的职务。菲利普·万圣被归入警局国家档案"令人担忧的失踪"一栏。

我眼前还剩下好几个男人。三个掘墓人，诺诺、加斯东和埃尔维斯。殡葬服务公司三个负责葬礼仪式的人，鲁奇尼三兄弟，分别叫皮埃尔、保尔、雅克，还有神甫塞德里克·杜拉斯。这些男人一天来我家好几趟。他们来喝杯酒或吃点东西。如果我菜园里有几袋营养土要扛，或者有地方漏水要修，他们也会帮我。我把他们当朋友，而不是工作上的同事。就算我不在家，他们也可以进我的厨房，给自己冲一杯咖啡，洗好杯子再离开。

掘墓人的职业让人反感、厌恶。但是，我墓园的掘墓人是我认识的最温柔、最有趣的人。

诺诺是我最信任的人。他是一个正直的男人，天生的乐天派。他觉得什么都有趣，从来不说"不"。除了他看到孩子下葬的时候。他把"这种事"交给别人。像他所说的那样："交给那些有勇气的人。"诺诺长得像乔治·布拉桑[①]，这让他觉得好笑，因为我是世界上唯一说他长得像乔治·布拉桑的人。

加斯东，他呢，笨手笨脚。他的动作不协调。他只喝水，可是看上去总是醉醺醺的。葬礼的时候，他怕失去平衡，于是站在诺诺和埃尔维斯中间。加斯东的脚下，总是在地震。他绊倒别人，他自己跌倒，他总要打翻、压碎些什么。他来我家的时候，我总害怕他打碎什么东西，或者他受伤。而因为害怕没法阻挡危险，他每次都要打碎一只杯子，或者受伤。

埃尔维斯，大家都叫他埃尔维斯是因为埃尔维斯·普雷斯利[②]。他既不识字，也不会写字，但是偶像所有的歌他都烂熟于心。他歌词的发音很糟糕，从来搞不清他唱的是英语还是法语，但是他很用心。"温老地爱我，真自地爱我。"

鲁奇尼兄弟年龄仅仅相差一年，三十八岁、三十九岁、四十岁。他们家几代人在殡葬服务公司子承父业。他们也是与他们公司相连的布朗西雍的停尸房的业主。诺诺告诉我，公司和停尸房之间只隔着一条通道。负责接待沉浸在悲伤中的家属的，是老大皮埃尔。保尔是入殓师。他在地下室工作。雅克是开灵柩车的。最后一趟旅行，是他。诺诺称呼他们为"使徒"。

然后呢，还有我们的神甫，塞德里克·杜拉斯。上帝不可能总是公正，却是有品位的。自从塞德里克神甫来了之后，当地很多女人似乎突然接收到了神的启示。星期天早上，教堂长椅上的女信徒似乎越来越多。

[①] 乔治·布拉桑（Georges Brassens，1921—1981），法国歌手。
[②] 埃尔维斯·普雷斯利（Elvis Presley，1935—1977），即美国歌手"猫王"。

我呢，我从来不去教堂。去教堂就仿佛跟同事上床。不过，我觉得我从在我这儿短暂停留的人那里得到的知心话，比神甫塞德里克在他的忏悔室里得到的更多。那些家属在我的陋室和小径倾吐衷肠。来的时候，或走的时候，有的时候两者都有。跟死人有点像。死人，是寂静，是铭牌、凭吊、鲜花、照片，以及在坟墓前跟我讲述死者从前生活的那些扫墓者的行为举止。讲述他们活着的时候的事情。还会动的时候。

我的职业应该低调，喜欢与人接触，不能有同情心。不能有同情心，对我这样的女人来说，就好比要成为宇航员、外科医生、火山学家，或者遗传学家。这不属于我的星球，也不在我的能力范围之内。但是我从来不在扫墓人面前哭。我有时候会在葬礼前或葬礼后哭，但是葬礼时从来不哭。我的墓园有三个世纪了。第一个死者是一位女性。迪雅娜·德·维也侬（1756—1773），十七岁的时候死于难产。如果用指尖触摸她坟墓上的铭牌，我们还能猜到她刻在米灰色石头里的身份。尽管我的墓园缺地方，她也没有被挖出来。各任镇长没有一个敢下决心去骚扰第一个埋葬于此的人。尤其是关于迪雅娜，还有一个古老的传说。据布朗西雍的居民说，她穿着她"闪光的衣服"，好几次在镇上的商店橱窗前和墓园里出现。我在当地逛旧货集市的时候，偶尔会在十八世纪的旧版画，或者明信片上，发现迪雅娜被刻画成幽灵。一个编造出来的假的迪雅娜，被装扮成小商品上面庸俗的幽灵。

关于坟墓有许多传说。活人经常编造死人的生活。布朗西雍还有一个传说人物，比迪雅娜·德·维也侬离我们近很多。她叫蕾娜·杜莎（1961—1982），她葬在我的墓园里，第15号小径，雪松区那里。墓碑的照片上是一个栗色头发的漂亮的年轻姑娘。她在小镇外出车祸死亡。据说一些年轻人在事故发生的地方，看到她一身白衣，站在路边。

"白衣女人"的神话传遍了全世界。这些意外死亡的女人的幽灵出没于活人的世界，拖着受苦的灵魂游荡在城堡和墓园里。

蕾娜的坟墓移动了位置，更深化了她的传说。据诺诺和鲁奇尼兄弟说，只不过是出现了滑坡。墓穴里积水过多的时候常常会出现这种现象。

我想，二十年来我在我的墓园看到了很多东西，有时候夜里，我甚至撞见正在坟墓上面或者坟墓之间做爱的影子，这可不是幽灵。

除了传说，没有任何东西是永恒的，连买断使用权的墓地也不是。我们可以买十五年、三十年、五十年，或者永久使用权。不过永久使用权，必须小心：如果三十年以后，有永久使用权的墓地不再有人打理（外观不整洁或破败不堪），并且很久都没有人下葬，镇政府可以将墓地收回，剩下的遗骨将被放到墓园最里面的尸骨合葬堆。

我到这里以后，看到好几个过期的墓地被拆除，清理干净，死者的遗骨被放进尸骨合葬堆。没有人说什么。因为这些死人被当作谁也不要的捡到的失物。

死亡总是这样。死亡时间越长，对活人的影响就越小。时间毁掉生命。时间毁掉死亡。

我和三个掘墓人，尽我们所能不让任何一座坟墓被遗弃。我们不忍看到镇政府贴上这样的标签："该墓地即将被回收，请速联系镇政府。"坟墓里长眠的死者的名字还在上面呢。

也许正因为如此，墓园里到处都是墓志铭。为了躲避流逝的时间的宿命。紧紧抓住回忆不放。我最喜欢的墓志铭是："没有人再梦见您的时候，死亡开始了。"这是一个年轻护士坟墓上的墓志铭，玛丽·德尚，死于1917年。好像是一位士兵于1919年放置了这块铭牌。我每次经过，都会想，他是不是梦见了她很长时间。

让-雅克·高德曼[1]的"无论我做什么,无论你在哪里,什么都不能抹去你,我想念着你",和弗朗西斯·凯布洛[2]的"星星之间只述说着你的故事",是墓碑上用得最频繁的歌词。

我的墓园很美。小径两旁是百年的椴树。大部分坟墓都开着鲜花。

我在墓园看守人的小房子前,卖一些盆花。等它们没有了卖相,我就把它们送给被遗弃了的坟墓。

我还种了些松树。为的是它们在夏天散发出来的味道。那是我最喜欢的味道。

我是1997年种下的松树,我们到来的那一年。它们长得很高了,使我的墓园看上去很气派。打理墓园,便是照顾在墓园长眠的死人。是对他们的尊重。如果他们生前没有受到尊重,至少死后是的。

我确信里面长眠着很多卑鄙小人。但是死亡不区分好人坏人。况且,谁活着的时候没有至少卑鄙过一次?

菲利普·万圣跟我不一样,他立刻就讨厌这个墓园、这座小镇,讨厌勃艮第、乡村、旧石头、白色的奶牛、这里的人。

我还没有把搬家的纸箱子全部打开,他就从早到晚都去骑摩托车了。几个月后,他有时候一走就是几个星期。直到有一天,他再也没有回来。警察不明白我为什么没有早点申报他的失踪。我从来没有告诉他们,他已经失踪多年了,哪怕他还跟我同桌吃晚饭。然而,等到一个月过去,我明白他再也不会回来的时候,我还是感到自己像那些我常常清扫的坟墓一样被遗弃了。一样阴沉、黯淡、摇摇欲坠。我马上要被拆除,剩下的部分扔到尸骨合葬堆里。

---

[1] 让-雅克·高德曼(Jean-Jacques Goldman, 1951—),法国歌手、词曲作者。
[2] 弗朗西斯·凯布洛(Francis Gabrel, 1953—),法国歌手、词曲作者。

5

生命之书至高无上，我们不能选择合上或重新打开，
我们想要回到我们喜爱的那一页，
而我们死亡的那一页已经在我们的手指间。

我是1985年，在夏尔维勒-梅齐耶尔的一个叫堤布林的夜总会遇到菲利普·万圣的。

菲利普·万圣用胳膊肘撑着吧台，而我在吧台做招待。我隐瞒我的年龄，兼了好几份零工。我住的收容中心的一个朋友篡改了我的证件，把我变成成年人。

我看不出年龄。我可以是十四岁，也可以是二十五岁。我只穿牛仔裤和T恤，我头发很短，到处都套了耳环。甚至还有鼻环。我很瘦小，眼睛四周涂了炭黑色的眼影，让自己看上去像尼娜·哈根[①]。我刚刚离开学校。我不太会看书，也不怎么会写字。但是我会数数。我已经过了好几种人生，唯一的目的就是能够自己支付房租，尽快离开收容中心。至于以后怎么样，再看吧。

1985年，我身上唯一像样的东西，是我的牙齿。我整个童年一直有着这个顽固的想法，要像杂志上的姑娘一样有漂亮、洁白的牙齿。当教育工作者来那些接收我的家庭问我需要什么

---

① 尼娜·哈根（Nina Hagen, 1955— ），德国歌手和演员。

的时候，我总是要求去看牙医，仿佛我的命运，我的整个人生，都要取决于我将会拥有的笑容。

我没有女玩伴，我太像男孩。我对那些代理姐妹产生了感情，但是反复的分离，接收家庭的变换，把我毁了。永远不要有感情。我心想，把头发剃光，可以保护我：这样我就会有男孩的心肠和胆量。于是，女孩子都躲着我。我已经跟男孩睡过觉，为的是跟大家一样，但是没有什么大不了的，我很失望，没觉得有什么诱人之处。我这么做是为了造成假象，或者为了得到些衣服，一小块大麻，某个地方的门票，一只抓住我手的手。我更喜欢儿童故事里的爱情，从来没有人跟我讲过的那些故事。"他们结婚了，有了很多、很多、很多……"

菲利普·万圣的胳膊肘撑着吧台，一边喝着不加冰的掺了可乐的威士忌，一边观察着他那些在舞池里跳舞的朋友。他有着天使般的面孔，某种彩色版的米歇尔·贝尔热[①]。长长的金色鬈发，蓝色的眼睛，浅色的皮肤，鹰钩鼻，草莓般的嘴唇……七月里熟透的草莓，马上可以吃。他穿着牛仔裤，白色T恤和黑色皮夹克。他很高，很结实，很完美。我一看见他就怦然心动，就像我那位假想的姻亲叔叔夏尔·特雷内唱的那样。我可以什么都给菲利普·万圣免费，甚至他掺可乐的威士忌。

他不需要付出任何努力就可以吻围着他打转的金发美女。她们就像围着一块烤肉的苍蝇。菲利普·万圣看上去对什么都不在乎。他游手好闲。他不费吹灰之力就能得到他想要的东西，唯一要做的，是在两个辣眼的吻之间，时不时地把杯子举到嘴边。

他背对着我。我只看得到他金色的鬈发，在聚光灯下由绿转红再转蓝。我的目光在他的头发上磨蹭整整一个小时了。他

---

① 米歇尔·贝尔热（Michel Berger，1947—1992），法国歌手和作曲家。

偶尔俯身去吻一个在他耳边低语的女孩的嘴唇，我便仔细观察着他完美的侧影。

然后，他转身面对着吧台，他的目光停留在我的身上，再也没有移开。从那一刻起，我就成了他最喜爱的玩具。

一开始，我以为他对我感兴趣是因为我倒在他杯子里的免费的酒。给他倒酒的时候，我想办法不让他看到我被啃咬过的指甲，而只让他看到我洁白的、排列整齐的牙齿。我觉得他看上去像富家子弟。对我来说，除了收容中心的孩子，所有人看上去都像富人家的子女。

他背后挤着一堆小丫头。就像假日里去南方的高速公路收费站一样拥堵。但是他依然色眯眯地看着我，眼睛里充满了欲望。我倚靠着吧台，面对着他，以确保他看的就是我。我在他杯子里放了一根吸管。我抬头再看，的确是我。

我对他说："您要喝点别的吗？"我没有听见他的答复。我靠近他，大声喊："什么？"他在我耳边说："要你。"

我背着老板给自己倒了一杯波本威士忌。喝了一口之后，我的脸不红了，两口之后我感觉很好，三口之后我有了全部的勇气。我回到他耳边，回答他："我下班后，我们可以一起喝酒。"

他笑了，他的牙齿跟我一样，又白又整齐。

当菲利普·万圣把胳膊伸过吧台来蹭我的胳膊的时候，我对自己说，我的生活将要改变。我感到自己的皮肤变硬了，仿佛它已经有了预感。他比我大十岁。这个年龄差异给了他高度。我觉得自己像仰望星辰的蝴蝶。

6

因为所有埋在烈士陵园里的人
听到他的声音后走出陵园墓地的时刻到来了。

有人轻轻地敲我的门。我并不在等谁,而且我很久以来就不等任何人了。

我家有两个入口,一个在墓园一侧,一个在马路一侧。艾莲娜一边跑向马路一侧的大门,一边尖叫。它的主人,玛莉亚娜·菲莉(1953—2007),长眠在卫矛区那边。艾莲娜是下葬那天来的,再也没有离开。最初几个星期,我在它主人的坟墓上喂它,渐渐地,它跟着我来了家里。诺诺给它取了跟《杀人的夏天》里的伊莎贝尔·阿佳妮[①]一样的名字,因为它长着漂亮的蓝眼睛,并且它的主人是八月份去世的。

二十年里,我有过三只跟它们的主人同时来的狗,它们久而久之成了我的狗,但是现在只剩下它。

又敲门了。我犹豫着要不要开门。才七点钟。我正在喝茶,在干面包片上涂着咸黄油和苏珊·克莱尔送的草莓果酱,她的丈夫(1933—2007)长眠在雪松区。我听着音乐。墓园开放时间之外,我总是在听音乐。

---

① 伊莎贝尔·阿佳妮(Isabelle Adjani,1955—),法国女演员。

我站起身,关掉了收音机。
"谁啊?"
一个男人的声音犹豫了一下后回答我:
"对不起,夫人,我看到有灯光。"
我听到他在门外的垫子上擦着脚。
"我有几个问题,跟葬在墓园里的那个人有关。"
我完全可以让他八点钟开门以后再来。
"稍等,我马上来。"
我走到楼上的卧室里,打开冬天的衣柜,套了一件睡袍。我有两个衣柜。其中一个我叫它"冬天",另一个叫"夏天"。这跟季节毫无关系,而是跟遇到的情况有关。冬天的衣柜只有保守的、深色的衣服,是穿给别人看的。夏天的衣柜都是些浅色的、鲜艳的衣服,是穿给我自己看的。我在冬天衣柜的衣服下穿着夏天衣柜的衣服,我一个人的时候就脱掉冬天衣柜的衣服。

于是我在我粉色的丝绸睡衣外面套了一件灰色的夹棉睡袍。我下楼打开门,看到一个四十岁左右的男人。我一开始只看到他盯着我的黑眼睛。

"您好,很抱歉这么早打搅您。"

外面又黑又冷。我看到他身后是夜里结下的一层霜。热气从他嘴里呼出来,仿佛他在破晓的晨曦里抽着烟。他散发着烟草味、桂皮味和香草味。

我说不出任何一句话。仿佛我重新找到了一个许久未见的人。我想他在我家出现得太迟了。他应该二十年前到我家门口来,一切本来可以不一样。我为什么会这样想?是不是因为除了那些喝醉酒的小家伙,很多年没有人来敲我马路一侧的门了?是不是因为所有来看我的人都从墓园进来?

我让他进了门,他谢过我,显得拘束。我给他倒了咖啡。

在沙隆河畔布朗西雍，我认识所有的人。甚至那些家里还没有人葬在我这里的居民。所有的人至少因为一个朋友、一个邻居、一个同事的母亲的葬礼，经过一次我的小径。

而他，我从来没有见过。他有一些口音，他加强句子的方式里有地中海那边的东西。他的头发是深棕色的，深到仅有的几根白发在乱蓬蓬的头发里很显眼。他鼻子很大，嘴唇很厚，眼睛下面有眼圈。他有点像甘斯布[①]。看得出来他跟剃须刀有矛盾，但是依然保持着优雅。他的手很漂亮，手指很长。他小口地喝着滚烫的咖啡，他在咖啡上面吹着气，手贴着瓷杯子取暖。

我还是不知道他为什么来这里。我让他进了我的家门，是因为这里并不真的是我的家。这一间屋，属于大家。好像是镇政府的等候大厅被我改造成了厨房兼起居室。它属于所有的过客和常来的人。

他似乎在盯着墙看。这间二十五平方米的屋子跟我的冬天衣柜一个样子。墙上光秃秃的。没有彩色的桌布，也没有蓝色的沙发。到处都是胶合板，还有几张可以坐的椅子。没有任何可以炫耀的东西。咖啡壶总是满的，几只白色的杯子，还有为绝望的人准备的烈酒。我在这里汇集眼泪、秘密、愤怒、悲叹、绝望和掘墓人的笑声。

我的卧室在二楼。那是我秘密的后院，我真正的家。我的卧室和浴室是两个色调雅致的地方。淡粉色、杏仁绿和天蓝色，就好比我亲手重新画出了春天的色彩。一有阳光，我就把窗户完全打开，除非有梯子，否则从外面是看不到里面的。

我的房间变成现在这个样子后，从来没有人进来过。菲利普·万圣消失后不久，我就把它重新粉刷了一遍，加了窗帘、花边、白色的家具和一张大床，用的是自动适应人体体型的瑞

---

① 甘斯布（Serge Gainsbourg, 1928—1991），法国歌手和作曲家。

士床垫。我的身体,再也不用躺在菲利普·万圣身体的印记里。

陌生人还在往他的杯子里吹气。他终于对我说:

"我从马赛来。您了解马赛吗?"

"我每年去索尔米乌[①]。"

"在峡湾?"

"是的。"

"好奇特的巧合。"

"我不相信巧合。"

他好像在牛仔裤的口袋里找什么东西。我的男人们不穿牛仔裤。诺诺、埃尔维斯和加斯东一直都穿着蓝色的工作服,鲁奇尼兄弟和塞德里克神甫穿的是涤纶裤子。他解下围巾,露出脖子,把空杯子放到桌上。

"我像您一样,比较理性……再说,我是警长。"

"像可伦坡[②]那样的吗?"

他第一次微笑着回答我:

"不是。他是警探。"

他用食指粘住桌上散落的几粒糖屑。

"我母亲希望葬在这个墓园里,我不知道为什么。"

"她住在附近吗?"

"不,在马赛。她两个月前去世了。葬在这里是她最后的遗愿之一。"

"我很抱歉。您的咖啡里要不要加一滴酒?"

"您一大早就习惯把人灌醉?"

"有时候会。您母亲叫什么?"

"伊莲娜·法约尔。她希望火化……希望她的骨灰放到一个

---

① 索尔米乌(Sormiou)是地中海的一个小海湾,属于马赛市第九区。
② 美国电视电影系列《神探可伦坡》(Columbo)的主人公。

名叫加布里耶·谨慎的人的坟墓里。"

"加布里耶·谨慎?加布里耶·谨慎,1931—2009。他葬在第19号小径,在雪松区。"

"您记得所有的死人?"

"差不多。"

"他们死亡的日期,他们的位置,等等?"

"差不多。"

"谁是加布里耶·谨慎?"

"有个女人常常来……好像是他女儿。他是律师。他黑色大理石的坟墓上没有墓志铭,也没有照片。我不记得是哪一天下葬的。但是您如果需要,我可以到我的记事簿里看一下。"

"您的记事簿?"

"所有的下葬和开棺取遗骸我都记下来。"

"我不知道这是您工作的一部分。"

"不是的。但是如果我们只能做我们分内的工作,生活也就太悲惨了。"

"从一个……的嘴里听到这些真是好笑。怎么称呼您的职业?'墓园看守人'?"

"为什么?您以为我从早到晚都在哭吗?我是用眼泪和悲伤堆出来的?"

我又给他倒了一杯咖啡,他趁这工夫看了我两次。

"您一个人生活?"

我终于说了声"是"。

我打开放记事簿的抽屉,查阅2009年的簿子。我通过姓去查找,马上就找到了谨慎(加布里耶)。我开始朗读:

  2009年2月18日,加布里耶·谨慎的葬礼,暴雨。
  下葬的时候有128个人在场。他的前妻,还有他的两个女儿，玛尔特·杜布勒伊和克萝艾·谨慎。

按死者的要求，不要鲜花，也不要花环。

家属请人刻了一块铭牌，上面写道："悼念加布里耶·谨慎，勇敢的律师。"

"勇气，于律师而言，是最为重要的。没有勇气，其余一切都毫无价值：才能、文化、法律知识，于律师都是有用的。但是如果没有了勇气，那么在关键时刻，就只剩下连贯的、闪光的、正在死去的词语和句子。"（罗贝尔·巴丹戴尔[①]）

没有神甫。没有十字架。送葬的人只停留了半个小时。殡葬服务公司两个负责葬礼仪式的人把棺材放到墓穴以后，所有的人都走了。雨依旧下得很大。

我合上记事簿。警长看上去有点晕头转向，迷失在他的思绪里。他把一只手插进头发里。

"我在想，我母亲为什么要葬在这个男人旁边。"

他又盯着我白色的墙壁看了一会儿，墙上实在没有什么东西好看的。然后他又看着我，好像不相信我。他的目光投向2009年的记事簿：

"我可以看看吗？"

我通常只把我的笔记交给相关的家人看。我犹豫了几秒钟，还是把记事簿递给了他。他开始翻看。每看一页，他就盯着看我的脸，好像2009年的文字写在我的额头上。好像他手里拿着的簿子是把目光投向我的借口。

"您每个葬礼都记录吗？"

[①] 罗贝尔·巴丹戴尔（Robert Badinter, 1928— ），法国大律师兼政治家，此处引用的是他写于1973年的《执行死刑》中的片段。

"没有全部记录,几乎吧。这样的话,那些没能参加葬礼的人来找我的时候,我可以根据我的笔记向他们描述……您有没有杀过人?我的意思是,因为您职业的关系……"

"没有。"

"您有枪吗?"

"有时候有。但是,现在,今天早上,没有。"

"您带您母亲的骨灰来了吗?"

"没有。现在骨灰还在火葬场……我不会把她的骨灰放到一个陌生人的坟墓上。"

"对您来说是陌生人,对她来说不是。"

他站起身。

"我可以看看那个男人的坟墓吗?"

"可以。您能过半个小时再来吗?我从来不穿着睡袍去墓园。"

他第二次笑了笑,离开了厨房兼起居室。我本能地打开了吸顶灯。一个人来我家的时候我从来不开灯,但是他走的时候我会开灯。为的是用灯光来代替他。一个被遗弃的婴儿的旧习惯。

半个小时之后,他在他停在铁栏门前的车里等我。我看到了车牌,13省,罗讷河口省。他一定裹着他的围巾睡着了,脸上有印子,好像被揉皱了一般。

我在胭脂红的裙子外面套了一件青色的大衣。我把大衣一直扣到脖子上。我看上去像黑夜,其实,下面,我穿的是白昼。我只要打开大衣,白昼就可以重新眨眼睛。

我们穿过条条小径。我告诉他,我的墓园分成四个区:月桂区、卫矛区、雪松区和紫杉区,两个骨灰存放区,两个骨灰抛撒花园区。他问我做"这个"是否很长时间了,我回答他说:

"二十年。"以前,我是铁路道口工。他问从火车到灵车有什么感觉。我没能回答他。在这两种生活之间发生了太多的事情。我只是想,作为一个理性的警长,他问了些奇怪的问题。

我们来到加布里耶·谨慎坟墓前的时候,他脸色变白了。仿佛他来悼念的,是一个他从来没有听说过但完全可能是他父亲、叔叔、兄弟的男人。我们一动不动站了很长时间。天实在冷,我终于开始朝手里哈气。

通常,我从来不留下来陪扫墓的人。我带他们过来,然后就离开。但是这一次,我不知道为什么,我没办法把他单独留下。一段在我看来漫长无比的时间过后,他说他要上路了。回马赛。我问他打算什么时候再来,把他母亲的骨灰放到谨慎先生的墓上。他没有回答。

7

总是缺一个人，让我的生命
可以微笑，那就是你。

我给雅克林娜·维克多，丹库瓦纳之妻（1928—2008），和莫里斯·丹库瓦纳（1911—1997）墓上的花换盆。这是两棵美丽的白色欧石楠，好像装在盆里的两块海边的崖石。它们和菊花、多肉是少有的冬天还能开花的植物。丹库瓦纳夫人喜欢白色的花。她以前每个星期都到她丈夫的坟墓前来。我们一起聊天。不过是到最后，她终于开始适应失去她的莫里斯之后。头几年，她悲痛欲绝。痛苦，让人沉默。或者让人不知所云。之后，她慢慢地找回了应该使用的方法，去说一些简单句子，问问别人的近况，活着的人的近况。

我不知道为什么说"墓上"。应该说"墓边"，或者"挨着墓"。除了常青藤、蜥蜴、猫或狗，谁也不会站到坟墓上去。丹库瓦纳夫人突然就去与她的丈夫相会了。星期一她还在清扫她心爱的丈夫的墓碑，第二周的星期四我就用鲜花装饰她的墓碑了。她的几个孩子一年来一次，余下的时间都托付给我照看。

我喜欢把手插进松针腐殖土里，虽然已经中午了，十月苍白的阳光依然没有什么热气。尽管我的手指冻住了，它们也很高兴。就好像我把它们插进我花园的泥土里。

离我几米远的地方,加斯东和诺诺用铁锹挖着坑,一边互相讲着昨天夜里的事情。从我所处的位置,根据风向,我听到他们对话的片言只语。"我老婆对我说……电视上……痒……不能让……头儿要来……紫堇家的煎鸡蛋饼……我认识他……是个好人……一个鬈发,是不是?……是的,他跟我们差不多年纪……这真好……他老婆……傲慢的女人……布雷尔的歌……没钱就不应该充大佬……尿急……吓死了……前列腺……关门前去购物……给紫堇鸡蛋……要是这还算倒霉……"

明天下午四点有葬礼。我的墓园又要来一位新住户。一个五十五岁的男人,吸烟过度而死。不过,这是医生说的。他们从来不说一个五十五岁的男人会因为没有人爱、没有人倾诉、收到太多的账单、欠下了太多的消费贷款、看到他的孩子长大然后离开连声真正的再见都没说而死去。责骂的一生,悲情的一生。而他那根小小的烟,那只小小的酒杯,可以淹没他的焦虑,让他欢喜不已。

我们从来不说我们会因为过于频繁的极度厌倦而死去。

再远一点,是两个小老太太,平托夫人和德格朗热夫人,在清扫她们丈夫的坟墓。因为她们天天都来,就得想出些需要打扫的东西出来。墓穴的周围,干净得像五金建材店陈列的地板。

每天都来墓地的人,是那些像幽灵的人。介于生死之间的人。

平托夫人和德格朗热夫人轻得像刚刚越过冬天的麻雀。仿佛她们的丈夫还活着的时候,是丈夫做饭给她们吃的。我刚来这里工作就认识她们了。二十多年了,她们每天早上去买菜的时候,都到这里绕一下,仿佛是一条必经之路。我不知道这是爱情,还是顺从。或者两者都是。要看是为了装样子,还是为了表达温情。

平托夫人是葡萄牙人。像很多在布朗西雍生活的葡萄牙人一样，到了夏天，她就去葡萄牙。等她回来就有很多事情要做。她九月初回来，还是那么瘦，不过皮肤黑了，膝盖因为清扫死在葡萄牙的那些人的坟墓而被擦伤。我呢，她不在的时候，我浇法国这里的花。于是，为了感谢我，她送给我一个穿着民族服装的布娃娃，装在一只塑料盒子里。我每年都得到一个布娃娃。我每年都说："谢谢，平托夫人，谢谢，您太客气了，浇花，对我来说，是乐趣，不是工作。"

葡萄牙有着几百种民族服装。所以，如果平托夫人和我都还能活三十年，我将得到三十个新的可怕的布娃娃，我拉伸棺材般的盒子清除灰尘的时候，它们会合上眼睛。

因为平托夫人有时候会来我家，我不能把她送给我的布娃娃藏起来。但是我不想把它们放在我的卧室里，也不能把它们放在别人来寻求安慰的地方。它们实在太丑。于是，我把它们"陈列"在通往我卧室的楼梯台阶上。楼梯在一扇玻璃门后面。从厨房可以看见楼梯。平托夫人来我家喝咖啡的时候，会留意它们，确认它们还在原地。冬天，五点就天黑的时候，我看到它们闪亮的黑眼睛和蓬蓬的盛装，就想象着它们会打开盖子，伸脚勾我，让我在楼梯上跌倒。

我发现，平托夫人和德格朗热夫人跟很多人不一样，从来不对她们的丈夫说话。她们默默地清扫。仿佛早在他们死之前，她们就不再跟他们说话了。这种沉默，如同一种延续。她们也从来不哭。她们的眼睛早就干透了。有时候，她们会撞到一起，聊一聊好天气、孩子辈、孙子辈，甚至很快，天哪，聊她们的重孙子辈。

我看见她们笑过一次。就小小的一次。就是平托夫人对另一个说，她的孙女问她"奶奶，万圣节是什么？是假期吗？"的那一次。

8

愿好人安息。

2016年11月22日,天气晴朗,10度,16点。蒂埃里·泰歇(1960—2016)的葬礼。桃花心木棺材。没有大理石。直接贴着地面挖出来的坟墓。

来了三十来个人。包括诺诺、埃尔维斯、皮埃尔·鲁奇尼和我。

蒂埃里·泰歇在蒂姆内衣工厂的十五个同事放了一束百合花:"献给我们亲爱的同事。"

马孔市肿瘤科一位叫克莱尔的工作人员手里拿着一束白玫瑰。

死者的妻子也在场,还有他们的两个孩子,一男一女,分别是三十岁和二十六岁。他们让人刻了一块铭牌:"献给我们的父亲。"

没有蒂埃里·泰歇的照片。

另一块铭牌上刻着:"献给我的丈夫。""丈夫"一词上面画着一只小小的莺。

一个橄榄木的大十字架固定在泥土里。

三个初中同学轮流念雅克·普莱维尔[①]的诗。

村民难过地听着
一只受伤鸟儿的歌唱
这是村里唯一的鸟儿
而村里唯一的猫儿
把鸟儿吞下了一半
鸟儿停止了歌唱
猫儿停止了呼噜
舔着自己的脸
村民给了鸟儿
体面的葬礼
受到邀请的猫儿
走在稻草小棺材的后面
死去的鸟儿躺在里面
捧着棺材的小女孩
不停地哭泣
要是我知道你会这么难过
猫儿对她说
我就会把它全部吃下去
然后我会告诉你
我看到它飞走了
飞到世界尽头
那儿好远好远
再也回不来
你就不会那么悲伤

[①] 雅克·普莱维尔（Jacques Prévert，1900—1977），法国诗人。

只是伤心和遗憾

做事情绝对不能只做一半。

棺材入土之前，塞德里克神甫发言：

"让我们记住，拉匝禄刚刚死去，耶稣对他姐姐说：'我就是复活，就是生命；信从我的，即使死了，仍要活着。'[①]"

克莱尔把那束白玫瑰放在十字架旁。所有的人同时离开了。

我不认识这个男人。但是有些人看他坟墓的目光，让人觉得他曾经是个好人。

---

① 《圣经·新约·若望福音》11章25节，译文据思高本。

9

他的俊美、他的年轻，向他生活过的世界微笑。
而后他还没有看过一个字的书从他的手中跌落。

一千多张照片分散在我的墓园里。有黑白的、墨黑的、颜色鲜艳的，或褪色的。

所有这些照片拍摄的那天，在镜头前天真地摆着造型的男人、孩子、女人，没有一个会想到这一刻将代表着他们的永恒。那一天是生日，或者家庭聚餐。星期天在公园里散步，一张结婚照，毕业舞会照，新年。那一天他们比平时漂亮一些，那一天他们聚在一起，那是特别的一天，他们更加优雅。或者穿着他们的军装、洗礼的服装、领圣体的服装。所有这些在他们的坟墓上微笑的人，目光是多么天真无邪。

通常，葬礼前一天，报纸上会有一篇文章。这篇文章用几句话概括死者的一生。非常简短。一生，在当地报纸上不占太多的篇幅。如果是一位商人、医生，或者足球教练，就稍微长一点。

在坟墓上放照片是很重要的。否则，我们就只是一个名字。死亡也会带走面容。

我的墓园里最漂亮的夫妇，是安娜·拉夫，夫姓达安（1914—1987），和本杰明·达安（1912—1992）。他们出现在三十年代他们结婚那天拍的染色照片上。两张精致的面孔对着摄影师微笑。她有着太阳般的金发，皮肤白皙，他面孔清秀，几乎是雕琢出来的，他们明亮的目光像闪闪发光的蓝宝石。他们奉献给永恒的两张笑脸。

一月份，我用抹布擦拭墓园的照片。我只擦被遗弃的或者少有人探望的坟墓。浸满了水的抹布含一滴燃料酒精。我同样擦洗铭牌，不过用的是浸了白醋的抹布。

我要擦五到六个星期。诺诺、加斯东和埃尔维斯想帮我的时候，我对他们说不。光是做日常维护，他们已经够忙的了。

我没有听见他走过来。这种情况不多见。人们在小石径上的脚步声，我马上能听出来。我甚至能辨认出是男人、女人还是孩子。是来闲逛的，还是常来的。而他，走路悄无声息。

我正在擦艾姆家族的七张面孔——艾蒂安（1876—1915）、罗琳娜（1887—1928）、弗朗索瓦兹（1949—2000）、吉尔（1947—2002）、娜塔莉（1959—1970）、泰奥（1961—1993）、伊莎贝尔（1969—2001）、法布里斯（1972—2003）、塞巴斯蒂安（1974—2011），从背后感觉到他的目光。我转过身，他背着光线，我没有马上认出他来。

我从他的"您好"，从他的嗓音里听出来是他。在嗓音后面，大概两三秒的滞后，还有他的桂皮味和香草味。我没想到他会再来。离他来敲我马路一侧的大门已经两个多月了。我心跳有点加速。我能感觉到他的气息：当心。

自从菲利普·万圣消失以后，没有任何一个男人能让我的心跳得快一点。从菲利普·万圣之后，它从来没有改变过节奏，完全像一口懒洋洋地发出嗡嗡声的老钟。

只有万圣节那一天，节奏会加快：我可以卖掉一百盆菊花，还要给许多难得来的、迷失在小径之间的人指路。但是今天早上，并不是祭祀亡人的日子，我的心却激动起来。都是因为他。我以为觉察到了害怕，我的害怕。

我手里还拿着抹布。警长观察着我正在擦拭的那些面孔。他害羞地对我微笑。

"是您的家人吗？"

"不是。我保养坟墓，仅此而已。"

我不知道怎么处理在我脑海里冒出来的词语，就对他说：

"艾姆家族里的人死得比较早。好像他们对生活过敏，或者生活不要他们。"

他点点头，收紧大衣的领口，笑着对我说：

"你们这里真冷。"

"这里肯定比马赛冷。"

"您今年夏天去马赛吗？"

"去，像往年一样。我去那儿看我女儿。"

"她住在马赛？"

"不，她到处旅行。"

"她做什么工作？"

"她是魔术师。专业的。"

一只年幼的乌鸫飞到艾姆家族的墓穴上，拼命地叫起来，仿佛是为了打断我们。我失去了擦拭面孔的欲望。我把桶里的水倒进石子间，整理好抹布和燃料酒精。我俯下身的时候，灰色的长大衣微微拉开，露出了我漂亮的胭脂红的花裙子。我看到这没有逃过警长的眼睛。他看我的眼神跟别人不一样。他有些特别。

为了转移他的注意力，我提醒他，如果要把他母亲的骨灰放在加布里耶·谨慎的坟墓上，必须征得他家人的同意。

"没有必要。加布里耶·谨慎死之前，已经到镇政府申报过，我母亲将跟他放在一起……他们都安排好了。"

他看上去很尴尬。他搓着没刮干净胡子的脸颊。我看不到他的手,他戴着手套。他盯着我看的时间有点过长。

"我希望我放她骨灰的那天,您能帮她安排一下。看上去像节日又不是节日的东西。"

乌鸫飞走了。它被过来蹭我、乞求我抚摸的艾莲娜吓跑了。

"啊,我不做这个。您得问共和路上的勒图纳尔·德·瓦尔殡葬服务公司的皮埃尔·鲁奇尼。"

"殡葬服务公司,是负责葬礼的。我呢,我只想在我把她的骨灰放到坟墓上的那天,您协助我讲几句话。没有别人。就我和她……我想对她说几句只有我和她知道的话。"

他也蹲下身来抚摸艾莲娜。他跟我说话的时候看着它。

"我看见在您的……记事簿,就是您的葬礼本子上,我不知道您怎么叫它们,您抄写了一些发言。我也许能从别人的发言里……东抄西抄,写出给我母亲的发言。"

他把一只手插进头发里。他的白头发比上次多了。也许是因为光线变了。今天,天空是蓝的,光线是白的。我第一次见到这个男人时,天空低沉。

平托夫人走过我们身边。她说"您好,紫堇",一边怀着戒心打量警长。在这个地区,陌生人只要一跨过大门、栅栏、门廊,别人就怀着戒心打量他。

"我下午四点有一个葬礼。晚上七点以后到守墓人的房子里来找我。我们一起写几句话。"

他看上去轻松了。卸下了一副重担。他从口袋里掏出一包香烟,放了一支到嘴里,没有点燃,问我最近的旅馆在哪里。

"离这里二十五公里。不然的话,就到教堂后面,您会看到有红色百叶窗的小房子。那是布莱昂夫人的家,她做民宿。只有一个房间,但是从来没有人住过。"

他不再听我说话。他的目光在别处。他已经走了,迷失在自己的思绪里。他又回过神来。

"沙隆河畔布朗西雍……这里是不是发生过一个悲剧?"

"很多悲剧,您四周都是悲剧,每个死亡都是一个人的悲剧。"

他好像在努力回忆,但是找不到想找的东西。他往手里吹着热气,低语道:"一会儿见。"又补充道:"非常感谢。"他沿着主道往上,一直走到铁栏门。他的脚步依然悄无声息。

平托夫人重新经过我身边,装满她的水壶。她后面是克莱尔,马孔市肿瘤科的那个女人。她手里拿着一盆玫瑰,向蒂埃里·泰歇的墓走去。我也走了过去。

"您好,夫人,我想把这盆玫瑰种到泰歇先生的墓上。"

我喊待在工作间里的诺诺。掘墓人有一个工作间,中午和晚上可以在里面换衣服,洗澡,洗他们的衣服。诺诺说死人的味道不会附着在他衣服上,但是没有任何去污剂可以阻止它弄脏他的大脑内部。

诺诺在克莱尔想种玫瑰的地方挖坑的时候,埃尔维斯唱道:"一直在我心里,一直在我心里……"诺诺放了一些泥炭和一个支架,好让玫瑰能够竖直生长。他告诉克莱尔他认识蒂埃里,他是一个正直的人。

克莱尔想给我一些钱,让我时不时地给蒂埃里的玫瑰浇点水。我对她说我会浇的,但是我从来不收钱。她可以塞一些零钱到我厨房冰箱上面的七星瓢虫模样的储蓄罐里,这些捐赠的现金用来给墓园的动物买食物。

她说:"好的。"她平常不会这样做,不会去参加她科室病人的葬礼。这是第一次。蒂埃里·泰歇人太好,不应该就这样葬在地下,周围什么都没有。她选择了红色的玫瑰,为的是它的象征意义,她希望蒂埃里能通过它继续存在下去。她补充说花儿可以给他做伴儿。

我把她带到墓园最漂亮的一座坟墓旁边，朱丽叶特·蒙特拉奇（1898—1962）的墓，那里长着各种各样的花草和灌木，色彩和绿叶错落有致，从来不需要打理。一座花园一样的坟墓。仿佛无常与大自然平息了纷争。

克莱尔说："这些花，有点像通往天堂的梯子。"她也谢谢我。她在我家喝了一杯水，塞了几张钞票到七星瓢虫储蓄罐，然后离开了。

10

说起你，就是让你存在。
一言不发就是忘了你。

　　我是1985年7月28日遇见菲利普·万圣的，伟大导演米歇尔·奥迪亚①去世的那天。也许正是因为这个原因，菲利普·万圣和我，相互之间从来都没有什么话说。我们的对话像图坦卡蒙②的脑造影照片一样扁平。他对我说"这杯酒，去我家喝？"的时候，我马上回答："好。"

　　离开堤布林夜总会之前，我感觉到其他姑娘盯着我的目光。那些自从他为了看我而背对着的、在他身后久站着不肯挪步的姑娘。音乐停止的时候，我感觉到她们涂着厚厚的眼影和睫毛膏的眼睛想杀了我、诅咒我、判我死刑。

　　我刚回答了他一声"好"，我们就已经坐到他的摩托车上了，我头上戴的头盔太大了，他的一只手放在我左边的膝盖上。我闭上眼睛。雨点开始落在我们身上。我脸上感觉到了雨滴。

　　他父母在夏尔维勒-梅齐耶尔的市中心为他租了一个单间。我们上楼的时候，我继续把我啃咬过的指甲藏在袖子里。

---

① 米歇尔·奥迪亚（Michel Audiard，1920—1985），法国导演。
② 图坦卡蒙（前1341—前1323），古埃及新王国时期第十八王朝的法老。

我们一进他家门，他就一言不发地扑向我。我也是，我保持沉默。菲利普·万圣帅到让我无言以对。就好像我小学五年级的老师给我们介绍毕加索和蓝色时期的时候。她用尺子在一本书上指给我们看的那些画让我哑口无言，我决定我的余生都将是蓝色的。

我睡在他家里，他给我的身体带来的快感让我晕头转向。我平生第一次喜欢上了做爱，没有为了交换什么东西而去做。我暗自希望能够重新再来。我们重新来过。我没有离开，继续睡在他家里。一天，两天，而后是三天。接下去就数不清了。日子互相黏着。就像一趟列车，我的记忆分不清其中的车厢。剩下的，只是对旅途的回忆。

菲利普·万圣让我喜欢上了沉思。一个看着杂志上金发碧眼男子的照片欣喜不已的女孩，她心里想："这张画属于我，我要把它放进口袋里。"我用几个小时去抚摸他，我总有一只手搁在他身上的某个部位。据说美貌不能当沙拉吃，而我，把他的美貌，当作头道、主菜和甜点吃。如果还有剩余，我再吃。他由着我去。他似乎喜欢我，也喜欢我的动作。他拥有我，这是唯一重要的东西。

我爱上了他。幸好我从来没有过家庭，否则轮到我抛弃它。菲利普·万圣成了我唯一的兴趣爱好。我把自己的本性和我拥有的一切都集中到了他身上。我的全部就为了他一个人。如果我能活在他身上，他的体内，我绝对不会犹豫。

一天早上，他对我说："来这里住吧。"他没再说别的。他只说了这句："来这里住吧。"我偷偷地逃离了收容中心，我还没有成年。我带着一只箱子突然出现在菲利普·万圣家，里面装着我全部的家当。也就是说没什么东西。几件衣服和我第一个布娃娃，卡洛琳娜。人家送给我的时候它会说话（"你好，妈妈，我叫卡洛琳娜，来跟我玩"，然后它会笑），但是电池、线路进水、搬家、接收家庭、社工、特殊教育工作者,也让它变得哑口无言。还有几张班级合影,四张33转唱片,两张是艾蒂安·道[1]的(《爱撒谎的人》和《拉诺特,拉诺特》),一张是印度支那[2]的(《三》),一张是夏尔·特雷内的(《大海》),还有五本丁丁漫画(《蓝莲花》《绿宝石失窃案》《奥托卡王的权杖》《丁丁与丛林战士》《太阳神的囚徒》),我短暂的上学时期用过的笔袋,上面还有其他所有又懒又笨的学生用比克牌圆珠笔签的名字(罗罗、西卡、索、斯特夫、玛侬、伊莎、安吉罗)。

菲利普·万圣把几样东西推了推,给我的东西腾出位置。然后他说:

"你真是一个奇怪的女孩。"

我呢,我回答说:

"我们做爱吗?"

我不想开始对话。我从来就没有过跟他对话的欲望。

---

[1] 艾蒂安·道(Etienne Daho, 1956—),法国歌手、词曲作者。
[2] 印度支那(Indochine),1981年组成的法国流行摇滚乐队。

11

用你最温柔的歌声伴他入眠。

一只苍蝇漂浮在我杯中的波特酒里。我把它放到窗台上。关窗户的时候,我看到警长正沿着这条街走上来,路灯的光线洒在他的大衣上。通往墓园的这条路的两侧栽满了树。路的下方是塞德里克神甫的教堂。教堂后面,是镇中心的几条街。警长走得很快。他看上去好像冻坏了。

我很想一个人待着。像每天晚上那样。不跟任何人说话。看书,听音乐,泡个澡。关上百叶窗。把自己裹在粉色的丝绸和服里。就这样舒舒服服。

铁栏门关上以后,时间是属于我的。我是时间唯一的主人。成为自己的时间的主人是一种奢侈。我认为这是人类能够送给自己的最奢侈的东西之一。

我依然把冬天穿在夏天上面,而平时这个时候,我穿的是夏天。我有点恨自己让警长来我家,为他提供帮助。

他像第一次一样敲了敲门。艾莲娜没有动。它在它篮子里无数的毯子中间蜷成一团,已经入夜。

他对我微笑,对我说晚上好。干燥的寒冷跟他一起进来。我立即关上门。我拉过一张椅子让他坐。他没有脱掉大衣。这是好兆头。说明他不会待很长时间。

我没有问他，就拿出一只水晶杯，给他倒上了我的——1983年酿制的——波特酒，约瑟-路易·费尔南德兹给我送来的那个。看到我的酒柜里的那些瓶子，我的访客瞪大了黑色的眼睛。大概有几百瓶。加度葡萄酒、纯麦威士忌、利口酒、烧酒、烈酒。

"我不是走私酒的，这些都是礼物。没人敢送花给我。不能给看墓园的人送花，尤其是我还卖花呢。不能给卖花的人送花。除了平托夫人每年给我带回来一个真空包装的布娃娃，其他人，不是酒就是果酱。所以我送了很多给挖坟墓的。"

他脱下手套，喝了第一口波特酒。

"您喝的，是我最好的酒。"

"不同凡响。"

不知道为什么，我从来没有想过他抿我的波特酒时会说出"不同凡响"这个词。除了乱七八糟的头发，他身上没有任何新奇的地方。他看上去跟他穿的衣服一样凄凉。

我拿了纸笔，坐在他对面，让他跟我讲讲他的母亲。他似乎思考了一下，找到了灵感，回答我说：

"她的头发是金色的。是天生的颜色。"

然后就没有了。他又开始盯着我白色的墙壁，仿佛上面挂着大师的画。他时不时地把水晶杯举到嘴边，小口地把液体咽下去。我看得出他在品酒。他越喝就越放松。

"我从来就没学会发言。我思考和说话的方式，就像警察的报告或者身份证件。我可以告诉你谁有疤痕、黑痣、痦子……这个人是不是瘸腿，穿多大的鞋……我一眼就能看出身高、体重、眼睛和皮肤的颜色，一个人的特征。但是对他的感受……我做不到。除非他故意隐瞒什么……"

他喝完了他的酒。我马上又给他倒了一杯，并切了几片孔泰奶酪，放在一只瓷盘子里。

"对秘密，我嗅觉灵敏。真正的狗鼻子……我马上能辨认出露马脚的动作。不过，我本来是这样以为的……直到发现我母亲最后的遗愿。"

我的波特酒在每个人身上的效果是一样的。它像真相精华素一样有用。

"您呢，您不喝吗？"

我给自己倒了一滴酒，跟他碰杯。

"您就喝这一点儿？"

"我是看守墓园的，只能喝泪滴大小……我们可以谈谈您母亲的爱好。我说'爱好'，不一定是指歌剧或者蹦极跳。只是她最喜欢什么颜色，她去哪里散步，听什么音乐，看什么电影，她有没有猫、狗、书，她怎么打发时间，她喜不喜欢下雨、刮风或者太阳，她最喜欢哪个季节……"

他沉默了很长时间。他似乎在寻找词汇，就像一个散步时迷了路的人在找他的路。他喝完酒，对我说：

"她喜欢下雪和玫瑰。"

然后就没有了。他对她没有别的可说的。他看上去又羞愧又惊慌。仿佛他刚刚向我承认，他得了一种罕见的病：不知道怎么去描述他的亲人。

我站起身，走向放记事簿的柜子。我拿出2015年的那一本，翻开第一页。

"这是2015年1月1日为玛丽·杰昂写的发言稿。她的孙女不能来参加葬礼，她因为工作原因在国外。她把发言稿寄给我，让我在葬礼上读。我想这个能帮到您。把记事簿拿去，读这个发言稿，做些笔记，明天早上还给我。"

他立即站起来，把记事簿夹在腋下带走。

"谢谢，感谢您做的一切。"

"您在布莱昂夫人家过夜吗?"

"是的。"

"您吃晚饭了吗?"

"她给我准备了点吃的。"

"您明天回马赛吗?"

"一早就走。我走之前把记事簿给您放回来。"

"放在窗台上吧,蓝色的花盆后面。"

12

睡吧，奶奶，睡吧，
但愿我们的笑声，
您在苍穹之巅依然能够听到。

致玛丽·杰昂的发言稿

她不会走路。她跑着。她站不稳。她"晃来晃去"。"晃来晃去"是法国东部的说法。"别再晃来晃去了"，意思就是说，"坐下来别再动了"。好啦，她终于坐下来不再动了。

她睡得很早，早上五点就起来了。她第一个到商店，免得排队。她最怕的就是排队。九点钟，她就拎着购物网兜买好了一天的东西。

她于12月31日到1月1日夜间去世，她这个忙碌了一生的人，在节假日那天离开了。我希望她不要在天堂的门口，跟寻欢作乐的人和出车祸的人一起排很长时间的队。

假期里，她在我的请求下，给我准备了两根织毛衣的棒针和相配的毛线团。我从来没有超过十行。一年一年拼凑起来，我只织出来一条想象中的围巾，等我去天堂与她相逢的时候，她可以围在我的脖子上。假如我有资格进入天堂的话。

在电话里自报家门的时候，她会说："是奶奶呀。"咯咯地笑着。

她每个星期都写信给孩子。她的孩子们去了离她很远的地方。她想什么就写什么。

她每到生日、圣诞节、复活节就寄礼物、支票给她的"小可爱们"。对她来说，所有的孩子都是"小可爱"。

她喜欢啤酒和葡萄酒。

她切面包前先在上面划一个十字架。

她常常说："耶稣，圣母马利亚。"仿佛这是一个标点符号。一句话结束的时候放在句尾的句号。

餐柜上一直放着一台庞大的收音机，一个上午都开着。她很早就守寡了，我常常想，男主持人的嗓音可以跟她做伴。

从中午开始，电视机接替收音机。以打破沉寂。愚蠢的游戏一个接一个，直到她最后在《骚动的青春》前睡着。她评价人物的每句台词，仿佛这些人在生活中真的存在。

在她跌倒后不得不离开自己的公寓到养老院去的两三年前，她地窖里的圣诞节彩灯和彩球被偷了。她打电话给我哭了，好像她一生的圣诞节都被偷走了。

她经常唱歌。真的很经常。就是在她临死前，她还说："我想唱歌。"她也说："我想死。"

她每个星期天都去教堂做弥撒。

她什么都舍不得扔。尤其是剩下的饭菜。她热一热再吃。有时候，她为了把东西吃光，同样的东西吃了又吃，吃到恶心。但是她宁愿吐，也不会把一大块面包扔进垃圾桶。战争遗留在肚子里的习惯。

她买那种带图案的芥末酱瓶子，保存好，等她的孙子辈——她的小可爱们——假期来她家的时候给他们。

她煤气灶上的铸铁锅里总是炖着好吃的。老母鸡加米饭够她吃一个星期。晚饭她就喝鸡汤。她的厨房里总有两三只洋葱躺在平底锅里,或者有一点令人流口水的汤汁。

她一直都是租的房子。从来都不是业主。唯一属于她的地方,是家族的墓穴。

她知道我们假期要去她家的时候,就在厨房的窗户后面等着我们。她盯着停在下面小停车场的车辆。我们刚进她家门,她就说:"你们什么时候再来看奶奶啊?"好像她希望我们马上离开。

最后几年,她不再等我们。我们去养老院接她到饭店里吃饭的时候,要是不幸迟到了五分钟,她就已经跟其他老人到食堂去了。

她睡觉的时候头上套个网兜,害怕鬈发会散掉。

她每天早上喝加了温水的榨柠檬汁。

她的床罩是红色的。

她曾经是我爷爷吕西安战争时期的笔友。他从布痕瓦尔德集中营回来的时候,她没有认出他来。她的床头柜上有一张吕西安的照片。后来,这张照片跟着她去了养老院。

我特别喜欢穿她的尼龙内衣。因为她所有的东西都是邮购的,她会收到各种各样的礼物、小玩意儿。我一到她家,就问她我能不能到她的衣柜里翻东西。她对我说:"当然可以,去吧。"我可以翻上好几个小时。我找到些弥撒经书、伊夫·黎雪牌子的面霜、床单、铅制士兵玩偶、羊毛线团、裙子、丝巾、胸针、瓷娃娃。

她手上的皮肤很粗糙。

我有时候帮她卷头发。

为了省钱,她不会开着水龙头冲洗碗碟。

她临死前说:"我到底对老天爷做了什么,要罚我待在这里?"她说的是养老院。

我满十七岁以后，渐渐地不再去她的小公寓，而是住到离她三百米远的阿姨家。一个很漂亮的公寓，在一个很大的咖啡店和一个年轻人常去的电影院楼上，公寓里有一台桌上足球机，一些电子游戏，还有雪糕。我还是去奶奶家吃饭，但是我情愿睡在阿姨家，因为可以偷偷地抽烟，可以看一整天电影，还有酒吧。

我看到在我阿姨家打扫卫生、熨烫衣服的，一直都是菲弗夫人，一个亲切的女人。有一天，我迎面撞上我奶奶，她正在在房间里吸尘。菲弗夫人休假或生病的时候，她代替她。难得几回。她是这么跟我说的。

她去世那天，我因为"这个"一夜没睡。这个我们俩之间在那一刻的尴尬。我咯咯地笑着推开门的时候，迎面撞上正在打扫卫生的奶奶。她弯腰对着吸尘器，为的是增加一点收入。我努力回忆那天我们说的话。我为此睡不着觉。那一幕不停地出现在我眼前，我本来已经完全忘记了，直到她去世。一整夜我都在推门，看到她就在门后，正在别人家里做家务。一整夜我都在跟我的表兄弟们咯咯地笑，而她在吸尘。

下次我再看见她，我会问她："奶奶，你记不记得我看见你在阿姨家打扫卫生的那一天？"她一定会耸耸肩膀，回答我说："小可爱们呢，小可爱他们还好吗？"

13

比死亡更强大的，是活人记忆里
对已经消失的人的回忆。

我刚刚看到塞在蓝色花盆后面的2015年的记事簿。警长草草地在一张位于马赛第八区的一座体育馆的广告单上写道："非常感谢。我给您打电话。"上面有一张面带笑容的女孩的照片。她迷人的身体膝盖以下部分被撕掉了。

他没写别的，对写给玛丽·杰昂的发言稿一句评语都没有，对他的母亲也只字不提。我想着他离马赛还远不远。他是不是已经到了？他几点钟出发的？他是不是住在海边？他看不看海，还是已经不再在意了？就好像有些在一起生活得太久的人，只能分开。

诺诺和埃尔维斯在我打开铁栏门的时候同时到了。他们向我抛过来一句"紫堇你好哇！"，把镇政府的卡车停在主道上，方便进入他们的工作间穿工作服。我在辅道上穿梭以检查一切是否正常时，听见他们在笑。大家各司其职。

几只猫过来蹭我的腿。这段时间有十二只猫在墓园里生活。其中五只曾经属于死者，至少我觉得是这样的，它们分别是在夏洛特·布瓦凡（1954—2010）、奥利维耶·菲吉（1965—2012）、维吉妮·戴桑迪耶（1928—2004）、贝特朗·维曼

(1947—2003)、弗洛朗丝·勒胡（1931—2009）的葬礼那天出现的。夏洛特是一只白猫，奥利维耶是黑猫，维吉妮是一只常见的母猫。贝特朗是灰色的，弗洛朗丝（是只公猫）白色、黑色、褐色相间。另外六只猫是随着时间的推移到来这里的。它们走了又来。因为大家知道墓园里的猫有人喂，并给它们做结扎手术，就把猫抛弃在这里，甚至从围墙外扔进来。

埃尔维斯发现它们后逐一给它们取名字。它们叫西班牙之眼、肯塔基的雨、蓝色幽怨、爱我、水果杂拼、我的路。我的路放在男人43码的鞋盒里，搁在我门口的擦脚垫上。

诺诺看到一只陌生的小猫突然出现在墓园，就厉声厉色地对它说："我警告你，这里老板娘的特点，就是叫人割掉你的小蛋蛋。"但是这并没有阻止那些猫待在我身边。

诺诺在我家门上装了一个供猫随意进出的门洞。但是大多数猫溜到墓室里面去。它们有各自的习惯和偏好。除了我的路和弗洛朗丝，一直在我房间的某个地方蜷成一团，其他的猫跟我到门口，不进来。仿佛菲利普·万圣还在，在屋里。它们能看到他的幽灵吗？据说猫可以跟灵魂对话。菲利普·万圣不喜欢动物。我呢，我很小的时候就喜欢它们，虽然我的童年一直都是痛苦的。

来墓园的人通常喜欢墓园的猫在他们脚边绕来绕去。很多人认为他们过世的亲人通过猫科动物来跟他们打招呼。米榭莉娜·克莱蒙（1957—2013）的坟墓上写着："如果真的有天堂，只有我的狗和猫在那儿等着我才是天堂。"

我回家，蓝色幽怨、维吉妮跟着我。我推开门的时候，诺诺正在跟塞德里克神甫谈论加斯东。他向他讲述加斯东出了名的笨拙，他似乎时时刻刻都在地震。说有一天，在开棺取出遗骸的时候，加斯东在墓园中间把装满骨头的独轮推车弄翻了，一个骷髅头滚到一张长椅底下，他没有发现。诺诺把他叫回来，告诉他，他把一只"台球"忘在长椅下面了。

塞德里克跟之前的那些神甫不一样，他每天早上来我家。他听着诺诺的故事，不停地重复："上帝啊，这怎么可能，上帝啊，这怎么可能。"但是每天早上，他都来询问诺诺，让他讲大堆的故事。每说一个句子，他都开怀大笑，我们也笑。而且我第一个笑。

我喜欢为死亡而笑，嘲笑它。这是我战胜它的方式。这样它就失去了重要性。我不把它放在眼里，让生命占上风，夺回权力。

诺诺用你称呼塞德里克神甫，却喊他"神甫先生"。

"还有一回，我们挖出来一具几乎完好的尸体。过了七十多年了，神甫先生，还是完好的！……问题是，尸骨合葬堆里放尸体的洞很小。埃尔维斯跑过来找我。埃尔维斯鼻尖上总挂着一滴鼻涕，他对我说：'诺诺，快来，快来。'我呢，我说：'出什么事了？'埃尔维斯大叫：'是加斯东，把那个家伙卡在那个玩意儿里面了。'我呢，我说：'什么玩意儿？'我跑到尸骨合葬堆那里，看到加斯东在把那具尸体往合葬堆里面推！我对他们说：'他妈的，你们两个家伙，我们又不是在二战时期的德国。这……'最精彩的，最精彩的那一段，我一直都讲给镇长听，镇长呢，他就笑，嗨……镇里给了我们一瓶煤气，放在一辆四轮推车上面，煤气瓶连着一个喷火枪，用来烧杂草。那个埃尔维斯呢，他点火，加斯东打开煤气……那么，我跟你解释，神甫先生，应该慢慢地打开煤气，但是加斯东，等埃尔维斯拿着打火机过来，他一下全打开，整个墓园都能听到轰的巨响声！还以为里面打仗呢……听好啦！他们居然能够……"

诺诺开始哈哈大笑。他用手帕擦擦鼻子，接着讲他的故事：

"有个女人在清扫坟墓，把她的手提包放在坟墓上面，他们把这个女人的包点着了……我用我孙子的脑袋发誓，神甫先生，这是真的！我要是撒谎罚我当场就死掉。埃尔维斯的两只脚并拢在女人的手提包上面跳，想把火灭掉，两只脚并拢在手提包上面跳！"

埃尔维斯稳稳地靠着一扇窗户，膝盖上躺着我的路，他开始轻轻地唱："我感到我的温度上升，越来越高，它烧穿我的灵魂……"

"埃尔维斯，告诉神甫先生，包里有那个女人的眼镜，你把镜片弄碎了！神甫先生，你瞧这乱的！埃尔维斯说：'加斯东把包点着了……'小老太太尖叫着：'他把我的眼镜弄破了！他把我的眼镜弄破了！'"

塞德里克神甫笑个不停，眼泪都流到杯子里了。

"我的上帝啊，这怎么可能，我的上帝啊，这怎么可能！"

诺诺透过我的窗户看到他的上司，赶紧站起来。埃尔维斯也跟着他站了起来。

"说到狼，就能看到狼尾巴。说到尾巴呢，这家伙，他还用得上。对不起，神甫先生！但愿上帝饶恕我，要是他不饶恕我，也不要紧。得，大伙拜拜了！"

诺诺和埃尔维斯走出我的家门，向他们的上司走去。让-路易·达尔蒙维尔作为镇政府技术部门的负责人，监管掘墓人。他在我墓园里的情妇，好像跟布朗西雍的主干道上的一样多。但他长得不好看。他有时候会冒出来，在我的墓园里溜达。他记不记得他勉强在怀里抱过的所有女人？那些给他口交的女人？他会看她们的照片吗？记不记得她们的名字？她们的面孔？她们的嗓音？她们的笑声？她们的气味？他并没有爱过的女人还剩下什么？我从来没有看见他默哀。只是走来走去，心不在焉。他来这里是为了确保她们谁都永远不会谈论他吗？

而我，我没有上司。上面只有镇长。二十年来都是同一个镇长。而镇长，我只有在受他管辖的市民的葬礼上才会看到他。

商人、军人、镇政府工作人员，还有一些重要任务，当地人叫作"润滑剂"。有一次，他参加一个童年伙伴的葬礼，他的脸痛苦得变了样，我都没有认出他来。

塞德里克神甫也起身走了。

"祝你度过愉快的一天，紫堇。谢谢你的咖啡还有好心情。我觉得开心多了。"

"祝您度过愉快的一天，神甫。"

他的手握着我的门把手，又改了主意。

"紫堇，您会不会偶尔也会有怀疑？"

我在回答他之前先斟酌一下。我总是要斟词酌句。就怕说错，何况我面对的是上帝的代理人。

"这几年怀疑少了。但这是因为我觉得这里很适合我。"

他沉默了一会儿，接着说：

"我担心自己水平不够。我帮别人忏悔、结婚、洗礼，我传教，讲授教义。责任重大。我常常觉得背叛了那些信任我的人。第一个就是上帝。"

听到这里，我不假思索地回答他：

"您不觉得上帝是第一个背叛人类的吗？"

我的指责好像让塞德里克神甫大吃一惊。

"上帝就是爱。"

"如果上帝就是爱，他必定背叛：爱的本质，就是背叛。"

"紫堇，您真的相信您说的话吗？"

"我一直相信我说的话，神甫。上帝像人一样。也就是说，他跟所有的人一样撒谎、给予、喜爱、收回、背叛。"

"上帝是普世之爱。上帝透过他创造的万物而发展，因为您，因为我们，因为所有的真理等级，他能感受并体验所有被经历过的东西，他渴望他的创造臻于完美……我怀疑的是我自己，从来都不是他。"

"您为什么怀疑?"

他嘴里没有发出任何声音。他看着我,很是沮丧。

"您可以说,神甫。布朗西雍有两个忏悔室,一个在您的教堂里,一个在这里。要知道我在这里能听到很多东西。"

他愁苦地笑了笑。

"我想当父亲的欲望越来越强烈……夜里为此醒过来……一开始,我把这种当父亲的欲望当作骄傲、虚荣。但是……"

他靠近桌子,机械地打开又盖上糖罐。我的路过来蹭他的腿。他弯下腰抚摸它。

"您有没有想过领养?"

"我根本没有权利,紫堇。所有的法律都禁止我领养。凡人和神明都不允许。"

他转过身,不由自主地看着窗外。一个影子飘了过去。

"对不起,神甫,您有没有爱过谁?"

"我只爱上帝。"

14

有人爱上你的那一天,阳光明媚。

我们在夏尔维勒-梅齐耶尔同居的头几个月,我用一只红色的毛毡笔在日历的每一天上面写上:疯狂的爱。一直写到1985年12月31日。我跟菲利普·万圣形影不离。除了我上班的时候。他吸住我。将我吸干。将我裹住。他性感得要命。他像焦糖、糖粉一样融化在我嘴里。我一直都在过节。当我想起我生活中的这段时期,我感觉自己在庙会上。

他总是懂得把他的手、他的嘴、他的吻放在哪个地方。他从来都不会迷失。他掌握着我身体的地图,记得要走的路线,我之前都不知道这些地方的存在。

我们做完爱,腿和嘴同时颤抖。我们生活在对方的灼热中。菲利普·万圣总是说:"紫堇,妈呀,我的妈呀,紫堇,我从来没有过这样的经历!你是女巫,我肯定你是女巫。"

我想他第一年就出轨了。我想他一直都在出轨。他撒谎。我一转过身,他就奔着别的女人去了。

菲利普·万圣就像天鹅,在水面上极为优美,一到地上就一瘸一拐。他把我们的床变成了天堂,他做爱的时候优雅、性感,但是他一起身,到了垂直的姿势,离开了我们爱情的水平状态，就失去很多色彩。他不说话，只对他的摩托车和电子游戏感兴趣。

他不再希望我在堤布林夜总会做酒吧招待，他太妒忌那些接近我的男人。我遇上他之后不得不马上辞职。我后来在一家餐馆做服务员。我上午十点上班，为中午的服务做准备，我下午六点左右下班。

我早上走出我们的单间的时候，菲利普·万圣还在睡觉。我好不容易离开我们温暖的巢，来到寒冷的街上。白天呢，他告诉我他出去骑摩托车。我晚上回来的时候，他躺在电视机前面。我推开门，躺到他身上。就好像一天工作结束之后跃入一个巨大的、浸满阳光的温水泳池。我这个想在生活中增添点蓝色的人，就一下满足了。

为了让他碰我，我什么都肯做。就为了这。让他碰我。我感觉自己全身心都属于他，而且我喜欢这样，全身心都属于他。我十七岁，在我的头脑里，有太多迟到的幸福需要弥补。假如他离开我，我的身体肯定受不了在我母亲之后的二度分离的冲击。

菲利普·万圣只是在他父母发火的时候，断断续续地工作。他父亲总能找到某个朋友去雇用他。他什么都干过。油漆工、机修工、送货员、守夜人、清洁工。菲利普·万圣第一天准时去，但是一般做不满一个星期。他总有理由不再回去上班。我们靠我的工资生活，我把工资打到他账上，因为我还未成年，这样更简单。我只把小费留给自己。

有时候，他的父母大白天不事先通知就来了。他们有单间的备用钥匙。他们来训导他们二十七岁没有工作的独生子，顺便把他的冰箱填满。

我从来见不着他们，我上班。但是有一天我休假，他们突然冒出来了。我们刚刚做完爱。我一丝不挂地躺在沙发上。菲利普·万圣在洗澡。我没有听见他们走进来。我扯着嗓子唱莉雅[1]的歌:"你啊,告诉我你爱我!哪怕这是个谎言!我知道你在撒谎!生活如此哀伤!告诉我你爱我!每天的日子都一样!我想要浪漫!"我看见他们时,想到的是:菲利普·万圣一点儿也不像他父母。

我永远忘不了万圣老妈停留在我身上的目光,她嘴角的不屑。我永远忘不了她目光里的蔑视。勉强认识几个字、阅读有障碍的我,能懂她的意思。仿佛有一面魔镜让我看到一个堕落的、廉价的、没有任何价值的年轻女人的形象。无用、肮脏,一个野种,出身低下的女人。

她的头发是红棕色的,紧紧地梳成发髻,能看到她太阳穴薄薄的皮肤下的青筋。她的嘴巴就是一条反对线。她蓝眼睛上面的眼皮总是盖着绿色的眼影,她到哪儿都带着这样错误的搭配。好像要施什么巫术。她的鼻子像鸟嘴,濒临绝种的那种鸟的嘴,皮肤很白,大概从未受过太阳的抚摸。她垂下擦了厚厚的眼影的眼皮时,看到了我圆圆的小肚子,她抓住厨房里的一张椅子坐下来。

万圣老爹,一个生来就驼背、顺从的男人,开始跟我说话,好像我们在上基督教教理课。我记得"不负责任""轻率"两个字。他好像还说到了耶稣。我想怎么还把耶稣扯到这个单间里来了。耶稣要是看到蒙受耻辱、衣着光鲜不合体的万圣父母,和一丝不挂、裹在一条印着纽约摩天大楼的红色毯子里的我,会说什么?

菲利普·万圣从浴室里出来,腰间系着一条毛巾,他没有看我。仿佛我不存在。仿佛屋里只有他老妈。他的眼睛只看着她。我觉得自己更加微不足道。一条小狗。什么都算不上。跟万圣老爹一样。母子俩谈论起我来,仿佛我听不见他们说话。

---

[1] 莉雅(Lio, 1962—),生于葡萄牙的比利时歌手和演员。

尤其是老妈。

"可你是爸爸吗?你肯定吗?你上当了吧,不是吗?你哪里遇到这个女人的?你是想我们死吗?是不是啊?可堕胎,不是给狗做的!你昏了头了吧,我倒霉的儿子!"

而老爹呢,他继续好声劝说:

"什么都是可能的,没有什么是不可能的,我们能够改变,只要相信,永远不要放弃……"

裹在我的摩天大楼里,我想笑,同时又想哭。我觉得自己在意大利喜剧里面,却没有美貌的意大利人。跟社工、特殊教育工作者在一起,我已经习惯了别人当着我的面谈论我,谈论我的生活,谈论我的未来,好像跟我没关系。好像我在我的故事中、我的存在中是缺席的。好像我是一个需要解决的问题,而不是一个人。

万圣父母梳妆打扮得就像去参加婚礼。老妈偶尔扫我一眼,也就一秒钟的时间,好像多看一会儿就会弄脏她的视网膜。

他们没跟我打招呼就走了,菲利普·万圣大叫起来:"他妈的!烦死了!"一边狠狠地踢着墙壁。他叫我走开一会儿,他需要时间冷静下来。否则,那几脚就踢到我身上来了。他看上去惊恐万分,应该是我惊恐才对。我对暴力并不陌生。我就是在暴力旁边长大的,不过从来没有让暴力落到我身上。我总是能侥幸躲过。

我走到街上,外面很冷。我疾步走着来取暖。我们的日常生活本来无忧无虑,万圣老爹老妈非要来推开我们的门,把一切打得粉碎。一个小时以后我回到单间,菲利普·万圣已经睡着了。我没有叫醒他。

第二天,我满十八岁。作为生日礼物,菲利普·万圣向我宣布,他父亲帮我们两个人找到了工作。我们将去看守道口。在南锡那边,要等位置空出来,用不了多久。

15

善良的蝴蝶,展开你美丽的翅膀,
飞到她的墓地,告诉她我爱她。

加斯东又掉到墓穴里去了。我不再去数他掉进去的次数。两年前,有一次开棺取出遗骸的时候,他四肢张开掉到了棺材里,直接趴在了遗骨上面。葬礼的时候,他多少次被根本不存在的绳子绊倒?

诺诺转过身去几分钟,把一车泥推到四十米开外,加斯东正在跟达黎欧伯爵夫人说话,等诺诺回来的时候,加斯东不见了。泥土塌了下去,加斯东在墓穴里划动着四肢喊叫着:"去叫紫堇!"诺诺回答说:"紫堇,她又不是游泳教练!"诺诺可是提醒过他,这个季节的土很容易松动。他帮加斯东脱离困境的时候,埃尔维斯唱道:"脸朝着地面,在贫民窟,在贫民窟……"我有时候觉得自己跟马克斯兄弟[①]生活在一起。但是我每天都得面对事实。

明天有葬礼。是居耶诺医生。就连医生最后也会死去。九十一岁老死在床上。他在五十年里医治过沙隆河畔布朗西雍

[①] 20世纪活跃于歌舞杂耍、舞台剧、电影与电视领域的美国滑稽演员五兄弟。

镇以及周边地区所有的人。他的葬礼应该会有很多人参加。

达黎欧伯爵夫人掁着一颗小小的李子，从惊吓中回过神来。李子是布鲁里耶夫人送给我的，她的父母长眠在雪松区。伯爵夫人看到加斯东跌入墓穴的时候吓了一大跳。她带着狡黠的微笑对我说："我以为重新看了一遍世界游泳锦标赛。"我很喜欢这个女人。她是让我开心的扫墓人之一。

我的墓园里躺着她的丈夫和情夫。从春天到秋天，达黎欧伯爵夫人来两个坟墓上送花。给她丈夫的是些多肉植物，给她称为她的"真爱"的情夫的，是一束向日葵花，插到花瓶里。问题是，她的"真爱"已经结婚了。这个"真爱"的寡妇发现伯爵夫人的向日葵花插在他们的花瓶里，就把它们扔到垃圾桶里。

我试过把这些可怜的花捡回来，放到另一个坟墓上，但是做不到，因为那寡妇把所有的花瓣扯了下来。她扯伯爵夫人的向日葵花瓣的时候，一定不会说："有点喜欢你、非常喜欢你、热烈地爱你、疯狂地爱你、一点也不喜欢你。"

二十年来，我见过很多寡妇，丈夫下葬那天泪流满面，然后再也不来墓地。我也见过很多鳏夫，妻子尸身未寒，就想着再婚了。一开始，他们还在我的七星瓢虫里塞几分钱，让我继续照看那些花。

我认识布朗西雍的几个女人，是鳏夫专家。她们一身黑衣在墓园小径间溜达，能够辨认出那些在他们亡妻坟墓上浇花的单身男人。我观察了一个叫克洛蒂尔德·C的女人的把戏很长时间，她每个星期都编造几个葬在我墓园里需要照料的死人。一发现一个伤心欲绝的鳏夫，她就盯上去，开始跟他聊天气，聊生活，让对方请自己"某天晚上去喝酒"。她终于让阿尔芒·贝尔尼加尔娶了自己，他的妻子玛丽-皮埃尔·维尔尼耶（1967—2002）长眠在紫杉区。

我捡回了几十块簇新的铭牌，它们或被丢在垃圾桶里，或被受到侮辱的家人藏在树丛里。刻着"献给我永远的爱人"的那些铭牌，是某个情夫或情妇留下的。

我每天看到那些没有合法身份的人偷偷地来悼念。大多是情妇。经常出入墓地的大部分是女人，因为她们活得更久。情人们从来不在周末的时候来，这是可能遇到别人的时间段。总是在开门或关门的时候来。已经有多少个被我关在里面？他们蹲在坟墓上，我看不见他们，他们不得不来敲我的门，让我放他们走。

我记得艾米丽·B。自从她的情夫洛朗·D一命呜呼之后，她总是开门前半个小时就到了。我看到她在铁栏门后面等着，就在睡衣外面套上一件黑大衣，穿着拖鞋去给她开门。我每天早上请她喝一杯加了糖和一点牛奶的咖啡。我们说上几句话。她讲述她对洛朗疯狂的爱。她谈论他的口气，就好像他还活着。她对我说："回忆比死亡更强大。我还能感觉到他的手抚摸着我。我知道他在那里看着我。"她走之前，把空杯子放在窗台上。其他人来洛朗的坟墓上悼念时，他的妻子、他的父母或孩子，艾米丽就换一座坟墓，躲在角落里等待着。等没有人了，她再回到洛朗这里悼念，跟他说话。

有一天早上，艾米丽没有来。我想她接受了死亡。因为大部分时间，我们最终会接受死亡。时间瓦解悲伤。不管悲伤有多么巨大。除非是失去孩子的母亲或者父亲的悲伤。

我错了。艾米丽·B从来没有接受死亡。她在亲人的陪伴下，躺在四块木板中间回到了我的墓园。我想谁都不知道她和洛朗曾经爱过。当然，艾米丽没有葬在他附近。

她下葬那天，所有的人都走了以后，我扦插了一株植物，就像人们在孩子出生的那天种下一棵树。艾米丽在洛朗的坟墓上种了一棵薰衣草。我从这棵薰衣草上剪下一根长枝，在上面弄出很多伤口,帮助它快速生根,我切掉枝头后,把它插进一只底部打了洞的瓶子里,装满泥土和肥料。一个月以后,枝条生出根来。

  洛朗的薰衣草将会成为艾米丽的薰衣草。这株共同的花,母株的孩子,他们可以分享很多年。我整个冬天精心呵护这株幼苗,春天的时候把它移栽到艾米丽的墓上。就像芭芭拉[①]唱的那样,"春光美妙,正好谈情说爱"。直到今天,洛朗和艾米丽的薰衣草依然娇艳无比,让旁边所有的坟墓充满芬芳。

---

① 芭芭拉(Barbara,1930—1997),法国传奇女歌手。

16

> 我们从来不会因为巧合遇上别人。
> 他们因为某个原因注定经过我们的路。

"莱奥尼娜。"

"你说什么?"

"莱奥尼娜。"

"哎,你疯了……这是什么名字?洗衣粉的牌子吗?"

"我特别喜欢这个名字。再说了,别人会叫她莱奥。我喜欢取男孩名字的女孩。"

"你干脆叫她亨利好了。"

"莱奥尼娜·万圣……很好听。"

"现在已经 1986 年了!你完全可以找一些更现代的东西,比如……珍妮弗,或杰西卡。"

"不,求你了,就叫莱奥尼娜……"

"反正你一向想怎么样就怎么样。如果是女孩,就你选。如果是男孩,就我选。"

"你怎么叫我们的儿子?"

"杰森。"

"我希望是个女孩。"

"我不希望。"

"我们做爱吗?"

17

我在世界所有的声音中听到你的嗓音。

2017年1月19日,天空灰暗,8度,15点。菲利普·居耶诺医生(1924—2017)的葬礼。橡木棺材,棺材上铺着黄色与白色的玫瑰。黑色大理石。墓碑上有一个金色的小十字架。

五十来个花束、花环、灵前花篮、盆花(百合、玫瑰、仙客来、菊花、兰花)。

挽联上写着:"献给我们亲爱的父亲""献给我亲爱的丈夫""献给我们亲爱的爷爷""1924班同学存念""沙隆河畔布朗西雍全体商户敬献""献给我们的朋友""献给我们的朋友""献给我们的朋友"。

铭牌上刻着:"时间流逝,记忆永存""献给我亲爱的丈夫""永远不会忘记你的朋友们""献给我们的父亲""献给我们亲爱的爷爷""献给我们的舅爷爷""献给我们的教父""世上一切就此过往,智慧、美貌、风度、才能,仿佛一朵被风吹倒的瞬息即逝的鲜花"。

坟墓四周围着一百多人。包括诺诺、加斯东、埃尔维斯和我。棺材入土之前,四百多人聚集在塞德里克神甫的小教堂里。大家没能都进教堂,坐到教堂的长椅上,老人优先进去,一个挨一个地坐下。很多人站在教堂前的小广场上哀悼。

达黎欧伯爵夫人对我说,她回想起这位正直的医生,有一天午夜过后到她家里来,衬衫皱巴巴的,他在乡下奔波了一天之后,回来看看早上发烧的最小的孩子有没有退烧。她对我说:"我们中的每一个人都回想起自己的心绞痛、腮腺炎、危险的流感,还有他伏在厨房的桌子上填写的死亡证明,居耶诺医生开始行医的时候,人们还死在自己的床上,而不是医院里。"

菲利普·居耶诺在他身后留下了美好的印象。他儿子发言的时候说:"我父亲是一个敬业的男人,如果他一天去一个病人家里好几次,或者用听诊器为全家人都听一遍心脏,也只收一次诊费。他是一位伟大的医生,问几个问题,观察一下病人的眼底,就能做出正确的诊断。他那个时代,世界还没有发明出仿制药。"

墓碑上固定着菲利普·居耶诺的圆形肖像。他的家人选择了一张度假的照片,照片上的医生五十来岁。他咧开嘴笑着,皮肤黝黑,大海在他身后隐约可见。那个夏天他一定是找了一个替补医生,离开乡村和阵阵咳嗽,到太阳底下闭闭眼睛。

塞德里克在为棺材祈福之前,最后的几句话是:"菲利普·居耶诺,我像圣父爱我那样爱过您。为爱的人献出生命,是最伟大的爱。"

市政厅里安排了酒会,以纪念死者。我总是受到邀请,但是我从来不去。大家都走了,除了皮埃尔·鲁奇尼和我。

墓碑石工封闭家族墓穴的时候,皮埃尔·鲁奇尼告诉我,死者在他妻子与另一个男人的婚礼上遇到了她。跳第一支舞的时候,她崴了脚。菲利普·居耶诺被紧急叫去给她医治。医生看到他未来的妻子穿着婚纱,脚踝敷着冰块,就爱上了她。他抱着她去医院拍片,再也没把她送回她那个昙花一现的新婚丈夫身边。皮埃尔笑着补充道:"他给她治疗脚踝的时候向她求婚。"

铁栏门关闭之前,菲利普·居耶诺的两个孩子回来了。他们看着墓碑石工劳动。他们把钉在花束上的悼词拿下来。他们朝我挥挥手,然后上了车,回巴黎了。

18

枯叶用铲子来铲,
回忆和后悔也如此。

我自言自语。我对死人、对猫、对蜥蜴、对花、对上帝(不总是客气)说话。我对自己说话。我自省。我自问。我为自己打气。

我进不了任何级别分类。我从来就不属于任何类别。我在女性杂志上做测验的时候,"您了解自己吗"或"您更了解",没有适合我的选项。我到哪儿都一样。

沙隆河畔布朗西雍镇有些人不喜欢我,不信任我,或者害怕我。大概是因为我好像永远都穿着丧服。要是他们知道下面藏着夏天,或许会把我烧死在柴堆上。所有与死亡有关的职业都显得可疑。

而且,我的丈夫失踪了。突然之间就不见了。"不得不说这挺奇怪的。他骑摩托车出去,忽地一下,不见了。再也没有见过他。而且还是一个挺帅的男人,真是不幸啊。警察也不调查。她从来没有被追究过,从来没有被盘问过。她好像也不难过。眼睛是干的。要我说啊,她隐瞒什么东西。总是穿着黑衣服,整整齐齐⋯⋯这个女人,不吉祥。墓园里出一些不清不白的事情,她没法让我有信任感。那几个挖墓的一天到晚钻在她家里。

还有，看看，她自言自语。别跟我说自言自语是正常的。"

还有另外一类人。"一个正直的女人。慷慨。敬业。笑眯眯的，低调。这个职业很不容易。已经没有人还愿意干这样的职业了。而且还是一个人。她丈夫抛弃了她。她值得尊重。总是送一小杯东西给最不幸的人。总是说上一句安慰的话。穿着得体，优雅……礼貌、微笑、随和。什么缺点都没有。很勤劳的一个人。墓园收拾得干干净净。一个简单的女人，不惹是生非。有点心不在焉，不过心不在焉从来都没有害死过人。"

我是他们内战的主题。

有一次，镇长收到一封信，要求把我开除出墓园。他礼貌地回复说我从来没有犯过错误。

有时候，年轻人会把石子扔到我房间的百叶窗上吓唬我，或者深更半夜来猛敲我的门。我在我的床上听到他们在傻笑。等艾莲娜叫起来，或者我摇晃我那只声音可怕的铃铛的时候，他们撒腿就跑。

年轻人，我更愿意看到他们活着、讨厌、吵闹、喝醉、愚蠢，而不是看到人们在他们的棺材后面，被痛苦压垮。

夏天，有些少年有时会翻越墓园的围墙。他们等到午夜时分。他们结队而来，以相互恐吓为乐。他们躲在十字架后面，发出低吼声，或者砰地关上墓室的门。还有的为了吓唬女朋友，或者为了给她们留下深刻的印象，表演招魂。"鬼啊，你在吗？"我听到女孩们在招魂的时候尖叫，一看到"超自然的现象"就逃走。这些现象其实是猫在坟墓之间追赶飞蛾，刺猬掀翻了猫食盆，或者掀翻了我的饭盆，我躲在坟墓后面，拿着一只装满了水溶伊红的水枪，瞄准他们。

我无法容忍别人不尊重死者长眠的地方。我先是打开门口的灯，摇晃铃铛。如果没有用，我就拿出我的伊红水枪，在小径间追逐他们。墓园夜里没有灯光。我可以在里面走动而不被人发现。我对墓园了如指掌。闭着眼睛都能认得路。

除了来做爱的那些人,有一天夜里我还发现一群人来看恐怖电影,他们坐在迪雅娜·德·维也侬的坟墓上,她是第一个葬在墓园里的死者。几个世纪来布朗西雍的某些居民看到过她的幽灵。我蹑手蹑脚地来到这些擅自闯入的人的背后,拼尽全力吹响哨子。他们像兔子一样撒腿就跑,电脑也被遗落在坟墓上。

2007年,一群度假的年轻人让我遇到了棘手的问题。一些短暂停留的人。巴黎人,或者类似巴黎人。从7月1日到30日,他们每天晚上翻过墓园的围墙,到坟墓上来露宿。我叫了好几次警察,诺诺在他们的屁股上踢了几脚,告诉他们墓园不是游乐园,但是他们第二天又来了。我打开门口的灯,摇晃我的铃铛,用我的伊红水枪瞄准他们,都无济于事,怎么也赶不走他们。好像什么都吓不倒他们。

幸好,7月31日早上,他们走了。但是第二年,他们又回来了。7月1日晚上,他们来了。我午夜时分听到他们的声音。他们坐在塞西尔·德拉塞尔博(1956—2003)的坟上。跟去年不一样,他们抽很多烟、喝很多酒,在墓园里到处扔酒瓶。每天早上都得去捡戳在花盆里的烟头。

然后,奇迹发生了:7月8日到9日的夜间,他们走了。我永远忘不了他们发出的恐怖的叫声。他们说他们看到了"什么东西"。

第二天,诺诺告诉我,他在尸骨合葬堆附近找到些蓝色的"药片",一种毒品,稍微猛了点,大概在他们错乱的头脑里,把看到的鬼火当成了鬼魂。我不知道是迪雅娜·德·维也侬的幽灵,还是蕾娜·杜莎,那个白衣女人的幽灵,帮我摆脱了这些年轻的蠢货,但是我很感激这个幽灵。

19

> 如果我每次想到你，都开出一朵花，
> 地球将是一个巨大的花园。

我正要去推我们单间下面宽到足以容纳马车进出的门，看见橱窗里有一只红苹果，放在一本书的封面上：约翰·欧文的《苹果酒屋的规则》。我看不懂题目。这对我来说太复杂了。1986年，我十八岁，只有六岁孩子的教育水平。老师、学生、我去、我有、你有、我回家、这是、你好夫人、意大利面、迷你奶酪、波尔斯因奶酪、洗衣粉、汽水、威士忌。

我买下这本八百二十一页的书，虽然读一个句子并理解它可能需要几个小时。仿佛我是加大号的身材，却给自己买了条小号的裤子。但是我买下来了，因为那只苹果让我流口水。这几个月来我失去了欲望。是从菲利普·万圣在我脖子里吹气开始的。他吹气就意味着他已经准备好了，他想要我。菲利普·万圣一直是要我，而不是渴望我。我没有动。我假装在睡觉。假装用力呼吸。

这是我的身体第一次对他身体的召唤没有反应。欲望的缺乏就这样过去了，一次，两次。然后它就像偶尔的霜冻一样又回来。

我的生活一直都是一种妥协，我总是看到事物美好的一面，很少看到它们的阴暗部分。就像那些岸边的房子，它们的正面沐浴在阳光下。从船上可以看见墙面鲜艳的色彩，像镜子一样的白色栅栏，还有郁郁葱葱的花园。我很少看到这些大房子的背后，只有从马路一侧经过时才会发现的那一面，它的阴影下藏着垃圾桶和化粪池。

我虽然经历了很多接收家庭，也有咬指甲的习惯，与菲利普·万圣在一起，我看到的是正面，很少是阴影。跟他在一起，我明白了什么是幻想破灭。拥有一个男人并不足以爱他。高光相纸上英俊男孩的形象被损害了。他的懒惰，他面对父母时的胆怯，他潜伏的暴力，以及他手指尖上其他女孩的气味，偷走了我某样东西。

是他想跟我生孩子的。是他对我说："我们要生几个孩子。"还是这个比我大十岁的男人，在他母亲耳边说他把我"捡回家"，我是一个"可怜的女人"，他"很抱歉"。等他母亲又给他开了不知道是第几张的支票后转过身去，他又来吻我的脖子，对我说他总是对他们家的"老东西"乱说一通好摆脱他们。但是那些话是用来骗人的，是假的。

我也是，我那一天也假装。我笑了，我说："知道了，当然，我明白。"幻想破灭让我的心中生出了另一样东西。某种强烈的东西。我看到我的肚子渐渐圆了起来，就越想重新学习。想知道流口水是什么意思。不是通过别人的解释，而是通过词语去学习。书里的那些词，我曾经因为害怕而躲避的那些词。

我等菲利普·万圣去骑摩托车之后，去读《苹果酒屋的规则》的封底。我不得不高声朗读：为了理解词的意思，我必须听到它们的发音。仿佛我在给自己讲故事。我是我的替身：那个想学习并将要学习的人。当前的我和未来的我关注着同一本书。

为什么我们会去接触某些书，就像我们会去接触某些人？

为什么我们受到某些封面的吸引，就像我们受到某种眼神，某种我们觉得熟悉、似曾相识的声音的吸引？某种让我们偏离我们的道路、让我们抬起头、吸引我们并有可能改变我们人生轨迹的声音？

两个多小时以后，我才看到第十页，我五个词中间只看懂一个。这个句子我大声地读了又读："一个孤儿因为他对每天准时发生的事情感兴趣而比其他孩子更孩子。对所有可能持久、延续的东西，孤儿都表现出贪婪。""贪婪"，这个词可能是什么意思呢？我要去买一本词典，学会使用。

在这以前，我认得写在我那几张 33 转唱片里面的歌词。我听着歌词，试着同时去读，但是我不理解歌词的意思。

想到要买词典的时候，我第一次感到莱奥尼娜动了。大概我大声朗读的那些词把她吵醒了。我把她缓慢的动作当作一种鼓舞。

第二天，我们搬到南锡地区马尔格朗日去看守道口。但是走之前，我下楼买了一本词典，为的是在里面找到"贪婪"这个词："极其渴望得到某样东西。"

20

> 如果生命只是路过,
> 我们会记得你的样子。

我用抹布擦拭放着我那些葡萄牙娃娃的塑料盒子。我尽量把它们拉长,免得看到它们的眼睛,像黑色大头针细小的针头。

我听说有些花园里的小矮人会消失……要是我骗平托夫人我所有的娃娃被偷走了?

诺诺和塞德里克神甫在我身后高谈阔论。尤其是诺诺。埃尔维斯弯腰对着厨房的窗户,看着人来人往,轻轻地哼着"水果杂拼"。诺诺的声音把他的声音盖住了:

"我以前是漆匠。漆房子的,不是像毕加索漆画布的。我老婆把三个年幼的孩子扔给我一个人……而且我丢了工作。我因为公司不景气被解雇了。于是我 1982 年被镇政府雇来挖墓。"

"你孩子当时几岁?"塞德里克神甫问。

"他们年纪不大。大的七岁和五岁,小的六个月。我一个人抚养他们。后来,我有过另外一个女人……我就出生在附近,你教堂旁边第一片房子的后面。以前,接生婆来家里。你呢,神甫先生,你是在哪里出生的?"

"布列塔尼。"

"那里老是下雨。"

"有可能吧,但是下雨孩子照样生出来。我在布列塔尼待的时间不长,我父亲是军人。他老是被调动。"

"军人生了个神甫,倒也少有啊。"

塞德里克神甫的笑声在我屋里回响。埃尔维斯继续哼他的歌。我从来没见过他恋爱,虽然他一天到晚都在唱情歌。

诺诺喊我:"紫堇!别玩娃娃了,有人敲门。"

我把抹布扔在楼梯上,去给那个肯定在找坟墓的扫墓人开门。

我打开墓园一侧的门,是警长。这是他第一次走这扇门。他没带骨灰盒。头发依然乱糟糟的。他还是散发出桂皮和香草的味道。他的眼睛就像哭过一样闪着光,大概是疲劳的缘故吧。他腼腆地对我微笑。埃尔维斯关上窗户。他发出的声音盖住了我的问好。

警长看到诺诺和塞德里克神甫坐在桌子旁,对我说:"我打扰您吗?要不要我过会儿再来?"我回答说不打扰。两个小时后有葬礼,我就没有时间了。

他进来了。他爽直地握了诺诺、埃尔维斯和塞德里克神甫的手问好。

"我给您介绍一下,诺尔贝尔和埃尔维斯,我同事,还有我们的神甫,塞德里克·杜拉斯。"

警长也介绍了他自己,这是我第一次听到他说出自己的名字:于连·孤独。我的三个同伙齐刷刷地离开了,仿佛警长的名字把他们吓着了。诺诺喊道:"一会儿见,紫堇!"

我也第一次介绍自己:"我呢,我叫紫堇,紫堇·万圣。"

警长回答道:"我知道。"

"是吗?您知道?"

"一开始,我以为这是个绰号,类似于玩笑。"

"玩笑?"

"您不得不承认，对一个看守墓园的人来说，叫万圣可不多见。"

"事实上，我叫特雷内。紫堇·特雷内。"

"特雷内，比万圣更适合您。"

"万圣，曾经是我丈夫的姓。"

"为什么说曾经？"

"他失踪了。他突然就蒸发了。其实，也不真的是突然蒸发……可以说他延长了他的一次外出。"

他尴尬地对我说：

"这个，我也知道。"

"您知道？"

"布莱昂夫人有红色的百叶窗，也有一条喜欢乱嚼的舌头。"

我去洗手，让液体肥皂流到我的掌心里，玫瑰香的柔和肥皂。我家里的一切都有着粉玫瑰的味道，我的蜡烛、我的香水、我的衣物、我的茶叶、我用来蘸咖啡的小点心。我把玫瑰香的泡沫抹到手上。我花几个小时去侍弄花草，手指粘着泥土，我得保护它们。我希望能有漂亮的手。我已经好几年不咬手指甲了。

于连·孤独趁这会儿工夫又去观察我白色的墙壁。他似乎有心事。艾莲娜用脸去蹭他，他微笑着抚摸它。

我给他倒咖啡的时候，寻思着布莱昂夫人都跟他说了些什么。

"我写了给我母亲的发言。"

他从衣服内袋里掏出一个信封，把它放到七星瓢虫储蓄罐上。

"您跑了四百公里就是为了把写给你母亲的发言给我？为什么不从邮局寄给我呢？"

"不，我来其实不是为了这个。"

"您带她的骨灰了吗?"

"也没有。"

他停顿了一会儿。他看上去越来越不自在。

"我可以到窗口去抽烟吗?"

"可以。"

他从口袋里拿出一个压扁的烟盒,从里面抽出一支烟,黄烟丝香烟。点燃火柴之前,他对我说:

"还有别的事。"

他走向窗户,打开一半。他背对着我。他吸了一口,把烟吐到窗外。

我想我听懂了他在袅袅上升的烟中对我说的话:

"我知道您丈夫在哪里。"

"什么?"

他把香烟掐灭在外面的矮墙上,把烟头放进他的口袋。他转身对着我,重复道:

"我知道您丈夫在哪里。"

"什么丈夫?"

我感到不舒服。我丝毫不想去明白他正在说的话。就好像他不经过我的同意就来到了我的房间,打开我所有的抽屉翻了一通,把里面的东西拿出来,我却不能阻止他。他垂下眼睛,用低微到几乎听不见的声音说:

"菲利普·万圣……我知道他在哪儿。"

21

夜晚从来都不完整，路的尽头
总有一扇开着的窗户。

我唯一相信的幽灵，是回忆。不管它们是真是假。对我来说，鬼、魂、灵，这些超自然的东西只存在于活人的头脑里。

有些人与死人交流，我相信他们是真诚的，但是一个人死了，就是死了。如果他再回来，是活人通过思想让他回来。如果他说话，是活人把声音借给他，如果他出现，是活人用自己的思想将他投射出来，类似于一张全息图，一台三维打印机。

怀念、痛苦和难受可以让人体会到、感受到超越想象力的东西。当一个人离开，他就是离开了。除了在留下来的人的头脑里。一个人的思想比宇宙更广袤。

起初，我对自己说，最困难的，是学会独轮脚踏车。但是我错了。最难的，是害怕。在那些我骑独轮脚踏车的夜晚，控制住害怕。让我的心跳慢下来。不发抖。不退缩。闭上眼睛，往前冲。我必须解决这个问题。否则，它永远都不会停止。

我什么都试过了。友善、恫吓，等等。我睡不着了。我只想着这件事：解决这个问题。但是怎么办呢？

骑在脚踏车上面，一个轮子也好，两个轮子也好，几乎是一回事，是一个平衡的问题。不过，在墓园的石子上面练习骑车，我最好还是晚上去。谁也不应该看到墓园看守人沿着坟墓骑独轮脚踏车。于是接连好几天，我在夜幕降临后，关上铁栏门，就去练习。我必须训练加速和减速。我绝对不能在关键时刻摔倒。

最漫长、最枯燥的，是缝制裹尸布，这块用来包裹尸体的布料。我把几米几米长的白色布料拼接起来：薄纱、丝绸、棉布床单、罗纱。我花了很长时间去缝这些布料，让整体看上去既真实又虚幻。我缝制这"玩意儿"的那几夜，自嘲地想道：这就是我跟菲利普·万圣结婚的那天没有穿的婚纱。我肯定，到最后一切都可以用来开玩笑。至少可以笑一笑。到最后一切都让人微笑。

接着，我把裹尸布放进洗衣机，用冷水洗，加了五百克小苏打，让它有荧光。在缝内衬之前，我把遇到太阳就能充电的荧光条贴上去。我从道路养护工的卡车里偷了好几米。他们通常用这些荧光条来做室外交通标志。它们发出的光线很强烈。只要在使用前把它们放到光线下。在阳光下晒一晒，或者在灯下照的时间长一点。

我的脸和头发必须完全藏起来。我在工作间戴了诺诺的一顶黑色软帽。我在眼睛的部位剪了洞，把新娘的面纱罩在上面。一个短暂停留的收尸人送给我一个天使形状的钥匙扣。捏它的两端会投射出比较强的光线。类似于救急用的手电筒，但是小而软。我可以用嘴唇咬住。

我照镜子的时候，觉得自己很吓人。真的很吓人。我就像那些年轻人在迪雅娜·德·维也侬的坟墓上看的那部恐怖片，那天我吹过哨子之后，他们扔下了电脑。穿成这个样子——一条飘忽的白色长袍，脸藏在新娘的面纱后面，我的身体像车灯照射下的雪花一样闪亮，我的嘴巴随着我闭合或咬合嘴唇发光——在特殊背景下，也就是说夜幕下，在任何一根小树枝的断裂声都会无限放大的墓地里，我能够把人吓出心脏病来。

还缺声音。我有了形象，但是没有配音。我独自笑完之后想到这一点。黑夜中的墓地里有好多声音能吓坏所有的人。呻吟声、抱怨声、嘎吱声、风声、脚步声、放慢的音乐。我选择了一台小收音机，故意没调好频道。我把它挂在脚踏车上。等到时机适宜的时候，我就打开收音机。

晚上十点，我躲在墓室里面，手里拿着脚踏车，心脏在我可笑的衣服下怦怦地跳。

我没要等很长时间。他们的说话声比脚步声先到。他们从墓园东面的墙翻进来。那天晚上他们一共五个人。三个男生两个女生。也可能是三个女生两个男生。

我听到他们"安顿下来"。听到他们开始拉开啤酒罐，把花盆当作烟灰缸。他们躺在塞迪月夫人的坟墓上，我很熟悉的一个善良的女人，她以前常常来给她女儿的坟墓献花。知道他们躺在母亲和女儿上面，我感觉自己有了力量。

我先是跨上脚踏车，把我的长袍理好，免得它卷进轮胎里去。我的衣着老远就能看得见，我把荧光带在卤钨灯下放了两个小时。我推开墓室的门，弄出很大的声音，砰的一声。他们闭了嘴。我离他们几百米远。我开始踩脚踏车。缓缓地。仿佛空气托着我。

我离他们大约四百米的时候，他们中的一个男生发现了我。我吓坏了。我感到自己的手心在出汗，腿像棉花一样软，头在发热。那个男生说不出话来。但是其中一个女生，看到他的表情，他的惊恐失神，便向我转过身来，嘴里还叼着香烟，她惊叫起来。她叫得那么大声，我的嘴巴都变干了，非常干。她的叫声让其他三个人惊跳起来。他们本来还在放声大笑，一下子不笑了。

他们五个人盯着我看。持续了一两秒钟，不会更长。我在离他们两百米远的地方猛地停住。我咬住嘴唇,光线朝他们的方向投射出去。我张开双臂呈十字形,再次向他们冲去,不过这一次要快很多,气势汹汹。

我回想起来,这一切都像是慢镜头,我有时间去解析每一秒钟。如果我失败,如果我被揭穿,如果他们也来追我,那我就完蛋了。但是他们没有思考。当他们发现一个飘浮着的幽灵双臂张开,正在以极快的速度冲向他们的时候,他们哧溜一下逃走了。从来没有人那么快站起来。他们中的三个人尖叫着跑向铁栏门,两个人跑向墓园深处。

我选择了追逐那三个人。其中一个人跌倒了,但是马上爬起来。

我不知道他们是怎么成功地跨过那三米五高的铁栏门的。也就是说恐惧可以让你插上翅膀。

我再也没有见过他们。我知道他们到处去说墓园闹鬼。我捡了他们的烟头和空易拉罐。我把塞迪月夫人的坟墓用热水洗了一下。

我睡不着,我笑个不停。我一闭上眼睛,就看到他们,像兔子一样逃跑。

第二天早上,我把脚踏车和我的幽灵装扮放到阁楼。在把幽灵装扮放进箱子之前,我谢了谢它。我把它收藏好,就像别人收藏婚纱,时不时地拿出来,看看是否还能穿得下。

22

小小的生命之花。你的芬芳永存，
　　哪怕人类过早将你摘下。

"菲利普·万圣死了。他与这座墓园里的死者唯一的区别，就是我有时候会到他们的坟墓上默哀。"

"菲利普·万圣在电话号码簿上。其实，是他的车行的名字在电话号码簿上。"

十九年来没有人在我面前大声说他的姓和名。就是在别人的话语里，菲利普·万圣也已经消失了。

"他的车行？"

"我以为您想知道呢，以为您找过他。"

我没法回答警长。我没有找过菲利普·万圣。我等了他很长时间，这不一样。

"我发现万圣先生的银行账户上有资金流动。"

"他的银行账户……"

"他的活期账户1998年被清空。我到银行去核实，钱被取走的那个银行，想知道是否有人诈骗，冒充身份，还是万圣本人取走了这笔钱。"

我感到自己从头凉到脚。他每次说出他的名字我都希望他闭嘴。我希望他从来没有来过我家。

"您的丈夫没有失踪。他住在离这里一百公里的地方。"

"一百公里……"

可是,这一天是以美好的方式开始的,诺诺来了,塞德里克神甫,在窗户边唱歌的埃尔维斯,美好的心情,咖啡的味道,男人的笑声,我那些可怕的娃娃,要打扫的灰尘,抹布,楼梯里的热气……

"但是您为什么要去找菲利普·万圣?"

"布莱昂夫人跟我说他失踪了,我就想知道,想帮您。"

"孤独先生,如果我们的衣橱上插着一把钥匙,那是为了阻止别人把衣橱打开。"

23

> 如果生活只是路过，让我们
> 至少在这段路上撒上鲜花。

我们是在 1986 年春天快结束的时候到达南锡地区马尔格朗日道口的。春天里，一切似乎都是可能的，阳光和诺言。可以感觉到冬天和夏天的较量已经有了胜者。有人做了手脚。一个事先就被误导的游戏，哪怕下雨也一样。

"救济院的女孩子要求很低。"一个教育工作者就是这样对我第三个接收家庭说的，那时候我七岁，好像我听不见，好像我不存在。一出生就被抛弃让我被人忽视。再说，什么是"很低"？

我呢，我觉得自己拥有一切，年轻，渴望学会阅读《苹果酒屋的规则》，一本词典，肚子里有一个孩子，一座房子，一份工作，一个将要成为我第一个家庭的家庭。一个不稳固的家庭，但毕竟是一个家庭。我出生以来，除了我的微笑，几件衣服，我的布娃娃卡洛琳娜，几张艾蒂安·道、印度支那和特雷内的 33 转唱片，还有几本《丁丁》，一无所有。十八岁的时候，我将要拥有一份申报的工作，一个银行账户，一把我的钥匙，只属于我的钥匙。我要在钥匙上挂满小饰物，叮叮当当地提醒我，我有一把钥匙。

我们的房子是方的，屋顶的瓦覆盖着苔藓，跟幼儿园的孩子画的房子一样。房子两侧各有一棵迎春花，正开着花。红色窗户的白色简陋小屋看上去就像戴着金环。一排含苞待放的红色月季把房子的后面部分与铁道线分隔开来。被铁轨穿越的主干道，在离铺着旧擦脚垫的门口两米远的地方拐弯。

看守道口的勒斯特里耶夫妇，后天就退休了。他们有两天的时间来培训我们。墙上挂了很多年的几个相框刚刚被取下来：花色墙纸上有的地方留下颜色稍浅的长方形印子。厨房窗户旁边的一幅《蒙娜丽莎》十字绣被他们抛弃了。

厨房算不上厨房。只是很油腻的一间，引人注目的是一台老煤气灶，还有靠生锈的钉子支撑着的三个架子。我打开扔在门背后的极小的冰箱时，找到一块没有包好的已经变质的黄油。

尽管这个地方肮脏破旧，我已经知道怎么去改变。知道稍稍粉刷一下就让这些房间变样。我已经对着这二战前的墙纸上枯萎的花朵掩藏下的墙壁重新粉刷后的颜色微笑。我要把一切都扶起来。尤其是这些将帮助我撑起我们未来生活的架子。菲利普·万圣在我耳边承诺，等勒斯特里耶夫妇一转身，就更换所有的墙纸。

这对老夫妻走之前，给我们留下了一个万一栏杆卡住需要紧急联络的电话名单。

"自从不再需要手摇抬起栏杆，电路有时候会打不通，这样的蠢事一年会发生好几次。"

他们给我们留下了火车时刻表。夏季时刻表。冬季时刻表。没有别的什么要补充的。节假日、罢工日和周日，过往的人少，火车也少。他们希望已经有人告诉我们，工作时间不容易，工作节奏也很累人。两个人也不嫌多。啊，对了，他们差点忘了：在听到铃响和火车经过之间，我们有三分钟时间去放下栏杆。三分钟时间去按控制台的按钮，放下栏杆，切断交通。火车通过之后，规定要等一分钟，再启动栏杆让它抬上去。

勒斯特里耶先生穿外套的时候，对我们说：

"一辆火车可能会掩盖住另一辆火车，但是我们三十年的栏杆生涯中，从来没有见过哪一辆火车掩盖住另一辆火车。"

勒斯特里耶夫人走到门口转过身来，提醒我们：

"当心那些栏杆快放下来的时候还想通过的汽车。精神有病的人，总会有。喝醉的人，也一样。"

他们急着退休，祝我们好运之后，又面无笑容地补充道：

"现在轮到我们去坐火车了。"

我们再也没有见过他们。

等他们走出去，菲利普·万圣没有换墙纸，而是抱住我，对我说：

"噢，我的紫堇，等你把一切安顿好，我们在这里一定会很舒服。"

我不知道是我昨天晚上开始读的《苹果酒屋的规则》，还是我今天早上买的词典给了我力量，但是我第一次觉得自己有了勇气问他要钱。一年半以来，我的工资打到他的账户上，我靠服务生的小费凑合着，但是现在，我口袋里一个子儿都没有了。

他慷慨地给了我三张十法郎的钞票，从钱包里掏出来很是艰难。我从来没有资格碰他的钱包。他每天数着他的钱，以确保一分都没少。他每次做这个动作，就失去我一点点。失去的不是我，而是我的爱。

在菲利普·万圣的想法里，一切都很简单：我是一个他从夜总会捡回来的堕落的女人，他供我吃住，作为回报，我为他工作。而且，我年轻、漂亮、不讨人厌，容易相处，可以说很勇敢，他喜欢占有我的肉体。在他思想更加恶毒的层面，他清楚我非常害怕被抛弃，所以我不会离开。他知道有了他的孩子，就把我固定在了这里，伸手可得。

下一趟火车通过之前，我还有一个小时十五分钟。我兜里揣着我的三十法郎，穿过马路，走进卡西诺超市，去买一只桶、一支拖把、几块海绵和清洁剂。我随意买了最便宜的。我十八岁，对家用产品一窍不通。正常情况下，这个年龄，给自己买的是音乐。我向收银员介绍自己：

"您好，我叫紫堇·特雷内，我是对面新来的看守道口的。我接替勒斯特里耶夫妇。"

收银员叫斯蒂芬妮，她的名字写在她的胸牌上，她没有听我说话。她的注意力在我浑圆的肚子上面，她问我道：

"您是新来的看守道口的夫妇的女儿？"

"不是，我不是谁的女儿。我是新的道口看守人。"

斯蒂芬妮身上所有的部位都是圆的，她的身体，她的脸，她的眼睛。好像她是用铅笔画出来装饰漫画的，不狡猾的女主人公，天真、友好，总是显出吃惊的样子。眼睛总是瞪得很大。

"可您多大了？"

"十八岁。"

"哦，这样啊。孩子呢，什么时候生？"

"九月份。"

"哦，挺不错。我们会经常见面。"

"是的，我们会经常见面。再见。"

我从清洗房间里的架子开始，然后再把我们的衣服放上去。我看了一下，肮脏的地毯下面是瓷砖。栏杆的警铃响起来的时候，我正在扯地毯。15：06的火车要来了。

我一口气跑到铁道口。我按下了对应栏杆下降的红色按钮。我看到栏杆降下来的时候松了口气。一辆汽车减速，停在我旁边。一辆长长的白汽车，司机恶狠狠地看了我一眼，仿佛我得对火车时刻表负责。15：06的火车过去了。铁轨颤抖着。旅客是星期六的旅客。一群女孩子，要去南锡一下午，逛逛商店或者调调情。

  我在想：也许是救济院的女孩，那些要求很低的女孩。按绿色按钮抬起栏杆的时候，我笑了：我有一份工作，几把钥匙，一座需要粉刷的房子，肚子里有一个孩子，一块要拿掉的地毯，一个不牢靠的男人，要记得把买东西找的零钱还给他，一本词典，一些音乐唱片，还有一本要读的《苹果酒屋的规则》。

24

那些没有领会您在场的重要性的人，
必须学会让他们感受到您的缺席。

死亡从来不休息。它不知道什么是暑假，也不知道什么是节假日，什么是去看牙医。用电低谷时段，度假高峰，从巴黎到马赛的高速公路，三十五小时工作制，带薪假，年底的节日，幸福，青春，无忧无虑，晴朗的天气，这一切，它通通不在乎。它无处无地、无时无刻不在。没有人真的会去想，否则会发疯。它就像不停地在我们双腿间穿来穿去的狗，但是我们只有在被咬的那天才意识到它的存在。或者，更糟糕的是，它咬了我们某个亲人的那天。

我的墓园里有一个衣冠冢。它位于雪松区的第3号小径。衣冠冢，是建立在虚无之上的坟墓。消失于海上、山谷、飞机或者自然灾害中的死者留下的虚无。从人间蒸发的活人，但是他的死亡似乎不可置疑。布朗西雍的这个衣冠冢已经没有铭牌了。年代久远，我一直都不知道它是用来纪念谁的。昨天，出于偶然，雅克·鲁奇尼告诉我，这个衣冠冢是1967年为一对消失在山谷里的年轻夫妇竖立起来的。爬上他的灵车之前，雅克说："去攀岩的年轻人，跌了下来。"

我常常听到："失去一个孩子是最可怕的事情。"但是我也常听说，最可怕的，是不知道发生了什么。比一座坟墓更恐怖的，是一个失踪的人的面孔，张贴在柱子上、墙上、橱窗上、报纸上、电视机屏幕上。照片老去，但是照片上的面孔永远不会老去。比葬礼更可怕的，是失踪的纪念日，电视新闻，放飞气球，白衣静默游行。

三十年前，离布朗西雍几公里远的地方，有个孩子从人间蒸发了。他的母亲，卡米耶·拉福雷，每个星期都来墓园。镇政府破例出让了一块墓地给她，让她可以在上面写上她失踪的儿子的名字：德尼·拉福雷。没有任何证据可以表明德尼已经死了。他在教室与他初中对面的公交车站之间消失的时候十一岁。德尼比他的同学提前一个小时下课。他必须去自修。然后就没有任何消息了。他的母亲到处找他。警察也到处找他。当地每一个家庭都熟悉德尼的面孔。他是"1985年的失踪者"。

卡米耶·拉福雷常常跟我说，写在这个假的坟墓上的德尼的名字，救了她的命。这个刻在大理石上面的名字，让她维持在可能与不可能之间：想象着他可能还活着，在某个地方，孤身一人，没有人爱，忍受痛苦。她每次推开我的大门，坐在我的桌子旁边，喝上一杯咖啡，对我说"紫堇，你还好吗"的时候，就要补充道："比死亡更可怕的，是失踪。"

而我，我已经真的习惯了菲利普·万圣的失踪。我再也不想知道发生了什么。

我打开装着于连·孤独为他母亲写的发言稿的信封。等他能够接受把她的骨灰放到加布里耶·谨慎的坟墓上的那天，他要读的发言稿。这两个人该死的相逢。如果伊莲娜·法约尔没有遇到加布里耶·谨慎，于连·孤独永远不会走进我的墓园。

伊莲娜·法约尔是我母亲。她很香。她喷"蓝色时刻"香水。

虽然她 1941 年 4 月 27 日出生于马赛，她却从来没有南方口音。她没有南方的基因。她很矜持、冷淡，很少说话。她更喜欢寒冷而不是炎热，喜欢阴沉的天空而不是阳光。虽然她的外表正相反。她皮肤白皙，有雀斑，一头金发。

她喜欢雪。我从来没有见她穿过鲜艳的衣服，也没有见她光过脚，除了我出生之前在瑞士度假的时候拍的一张照片上的黄裙子。这件衣服就好像是一个失误。

她喜欢英式茶。她喜欢雪。她为雪拍照。家庭相册里，只有下雪时拍的照片。

她很少笑。她常常陷入沉思。

嫁给我父亲后，她变成了孤独夫人。她写这个姓的时候仿佛觉得在犯语法错误，就保留了她自己的姓。

她只有一个孩子，就是我。我想了很长时间，是不是因为我，或者我们家的姓，我的父母再也没有生育的欲望。

她一开始是理发的，后来变成种花的。她开发了好几个不怕冬天的玫瑰品种。花如其人。

有一天，她跟我说，她喜欢卖花，哪怕是用来装点坟墓。一朵玫瑰就是一朵玫瑰，用于婚礼还是葬礼，根本不重要。所有花店的橱窗上，都写着"婚礼与葬礼"。谁也少不了谁。

我不知道她对我说这些话的时候，有没有想到那个她选择与其长眠的陌生人。

我尊重她的选择，正如她一直都尊重我的选择。

安息吧，亲爱的妈妈。

25

*母亲的爱，是上帝只赐予
一次的珍宝。*

莱奥尼娜等我粉刷完道口看守人屋子里所有的墙壁之后才降临。

1986年9月2日至3日的夜间，我感觉到第一次宫缩，醒了过来。菲利普·万圣紧挨着我睡着。我的女儿选择了合适的夜晚来到人世：星期六夜晚，最后一趟火车和星期天早上的火车之间有九个小时的间隙。我叫醒了菲利普·万圣。他有四个小时的时间送我去妇产医院，再回来放下7:10的栏杆。

莱奥尼娜拖拉了很长时间，等她哭出第一声的时候，她的父亲已经不在了。我把她推向生命的时候，是中午。

我沉浸在爱与惊惧中。一个将要比我的生命更沉重的生命，我要对她负责。我可以说，莱奥尼娜切断了我的呼吸。我从头到脚都开始发抖。激动与恐惧让我的牙齿上下打架。

她看上去像个小老太。有那么几秒钟，我觉得她是我的祖先，我是孩子。

她的肌肤贴着我的肌肤，她的嘴巴寻找着我的乳头。她的小脑袋在我的掌心里。她的囟门，她的黑发，皮肤上的绿色黏液，心形的嘴巴。用"地震"一词也不为过。

莱奥尼娜出现的时候，我的青春猛地碎裂，不亚于碎裂在瓷砖上的花瓶。她埋葬了我年轻女孩的生活。几分钟内，我从微笑过渡到眼泪，从晴天过渡到阴雨。我就像三月的天气，一会儿天晴，一会儿下起冰雹雨。我所有的感官都苏醒了，与盲人的感官一样敏锐。

我一生中，每当看到自己在镜子里的样子，都会想，我像父母中的哪一个？当她的大眼睛盯着我的时候，我觉得她像天空，像宇宙，像魔鬼。我既觉得她丑陋，又觉得她漂亮。既暴躁又温柔。既亲密又陌生。美妙与恶毒都集中在了一个人身上。我跟她说着话，仿佛我们在继续很久以前开始的一段对话。

我向她表示欢迎。我抚摸她。我贪婪地看着她，我吸着她的气味，再呼出去。我检查着她的每一寸皮肤，我盯着她不放。

当她被带走去称体重、量身高、洗澡的时候，我握紧了拳头。她一从我的视线里消失，我就觉得自己是个孩子，渺小、手无寸铁、无能为力。我呼唤我的母亲。我没有发烧，我却在呼唤她。

我快速回忆了我的童年。我应该怎么做才能不让我的女儿经历我的过去？人们会不会把她从我身边带走？莱奥[1]刚来到我的生活中，我就害怕我们会分开。我害怕她抛弃我。奇怪的是，我希望她消失，以后再来，等我长大后再来。菲利普·万圣下午来与我们团聚了，15:07和18:09之间。他想要一个儿子。他一言不发。他看着我们。他冲我们微笑。他吻了我的头发。我觉得他手里抱着我们孩子的样子真帅。我请求他保护我们，永远保护我们。他回答我说："当然。"

随后发生了第二次地震。莱奥两天了。她来吃奶。我把她放在我曲着的双腿上，她的小脑袋被我的膝盖抬高，她的小脚

---

[1] 莱奥尼娜的昵称。

抵着我的肚子,她的两个拳头握着我的两根食指。我看着她。我在她的脸上寻找过去,仿佛我的父母会在我眼前出现。我死死地盯着她,以至于助产士都说,这样看下去,我会把她累坏的。只要我对她说话,她就盯着我,我都不记得我在对她说什么了。据说婴儿不会笑,他们只对天使笑。我不知道她透过我看到了哪位天使,但是她明显盯着我,对我笑。

仿佛是为了安慰自己。仿佛是为了对自己说:"一切都会顺利的。"我从来没有体会过如此令人不安的爱。

出院前一天,万圣父母衣着光鲜地来妇产医院。她呢,手指头上戴着宝石,他则穿着昂贵的带绒球的鞋子。老爹问我是不是会给"孩子"洗礼,老妈则把在透明的小床里熟睡的莱奥尼娜抱起来。她都没有问我一声就毛手毛脚地把她抱起来,仿佛小女孩是她的。莱奥的囟门消失在这个残忍之辈的衬衣下面。我愤怒至极。我猛地咬住自己脸颊的内侧,免得气愤地哭出来。

正是在那一天,我明白了,不管别人对我做什么,对我说什么,我紫堇的肌肤和心灵从出生起就对任何毁灭行为无动于衷。但是,任何触及我女儿的东西,都会渗入我的体内。我将吸收所有与她有关的东西,一个有孔隙的母亲。

万圣老妈边晃着我的孩子边对她说话,喊她卡特琳娜。我纠正道:"她叫莱奥尼娜。"万圣老妈回答我说:"卡特琳娜好听多了。"那一刻,万圣老爹对他老婆说:"尚塔尔,你有点过分。"我就这样知道了万圣老妈有个名字……

莱奥哭了起来,肯定是因为老太婆的气味,她的声音,僵硬的手指,粗糙的皮肤。我让万圣老妈把她还给我。她没有照办。她把嚎叫的莱奥放到她的床上,而不是我的怀里。

然后我们回到了"火车的房子",这是她后来给房子起的名字。在我们的房间里,我们的床上,我把她贴紧我。菲利普·万圣睡在右侧,我睡在左侧,莱奥更加靠左。我们共同生活的头两个月,我只有去升降栏杆的时候才会离开她。我在被子下面给她换衣服。我把浴室的暖气开得很高,让她天天泡澡。

然后冬天来了,帽子、围巾,她在婴儿车里裹得严严实实。出牙,咯咯的笑声,第一次得中耳炎。我在两次列车通过的间隙带她去散步。人们弯腰去看她,说,"她长得像您。"我回答说:"不,她长得像她爸爸。"

然后迎来了她的第一个春天,在房子和铁轨中间一块遮阴的草地上铺上毯子。她的玩具,她开始会坐了,笑着笑着就把什么都往嘴里塞,栏杆放下又抬起来,菲利普·万圣出去转悠,但总是在上桌吃饭的时候回来。然后再出去转一圈。莱奥很讨他开心,但是不会超过十分钟。

我认为自己虽然年轻,但是会照顾我女儿。我学会了怎么去抱她,怎么对她说话,学会了抚摸和倾听。随着岁月的流逝,失去她的恐惧消失了。我终于明白,没有任何理由让我们抛弃对方。

26

无以阻挡黑夜,无从辩解。

既然阴影笼罩

既然风静处

不是比遗忘的台阶更高的山峰

既然因为不能理解

而必须学会有自己的梦想

过"如此这般"的生活

既然你认为

仿佛明摆的事实

就是倾尽全力也不一定足够

既然在别处

你的心跳得更加有力

既然我们因为爱你太多而不去阻挡你

既然你要离开……

这是葬礼的时候最常听到的一首歌。教堂也好,墓园也好。二十年里,我什么都听到过。从《圣母颂》到约翰尼·哈里戴[1]的《产生欲望的欲望》。有一次下葬,家属要求播放皮埃尔·佩雷[2]的《鸡鸡》,因为这是死者最喜欢的歌。皮埃尔·鲁奇尼和前任神甫拒绝了。皮埃尔解释说,不是所有的遗愿都是能够实现的,在教堂不行,在"灵魂花园"——他这样称呼我的墓园——也不行。家属不明白殡葬礼仪为什么缺乏幽默感。

造访墓园的人经常会在坟墓上放一台 CD 播放器。声音不会调得太高,仿佛害怕打扰邻居。

我也见过一位夫人把她的小收音机放在她丈夫的墓上,"让他能听到新闻。"一个很年轻的姑娘把耳机放在一个高中生坟墓上的十字架的两侧,让他听酷玩乐队的最新专辑。

还有生日的时候,有人来庆祝,在墓上摆上鲜花,或者放一段手机里的音乐。

每年 6 月 25 日,一个叫奥莉维亚的女人来为一个骨灰撒在纪念花园区的人唱歌。铁栅栏开门她就来。她在我的厨房喝上一杯不加糖的茶,一言不发,也许除了评价一下天气。9 点 10 分左右,她向纪念花园区走去。我从来不陪她,她熟门熟路。要是天气好,我的窗户也开着,我家里也能听见她的嗓音。她总是唱同一首歌,查特·贝克[3]的《蓝色的房间》:"我们会有一个蓝色的房间,一个房间换两个房间,那里的每一天都是节日,因为你嫁给了我……"

她定定心心地去唱。她唱得很响,但是很慢,尽量唱得久一些。每段歌词之间都有着很长的停顿,仿佛有人在应答她,发出回声。然后她席地坐上一会儿。

去年六月份,我不得不借了一把雨伞给她,因为下着瓢泼大雨。她回到我家来还雨伞的时候,我问她以前是不是歌唱家,

---

[1] 约翰尼·哈里戴(Johnny Hallyday,1943—2017),法国摇滚歌星。
[2] 皮埃尔·佩雷(Pierre Perret,1934—),法国作家、作曲家及歌手。
[3] 查特·贝克(Chet Baker,1929—1988),美国爵士乐小号手、歌手。

因为她的嗓音非常优美。她脱掉大衣，挨着我坐下来。她开始跟我说话，仿佛我问了她一堆问题，其实二十年里，我只问了她一个问题。

她跟我说起一个男人，弗朗索瓦，她每年为他来唱歌。她认识他的时候还在马孔上中学，他是她的法语老师。她第一堂课就立即爱上了他。她为此吃不下饭。她活着就是为了再见到他。学校的假期简直就是无底深渊。当然，她总是想办法坐在前面，坐在第一排。她只专心学习本来就很优秀的法语。她重现发现了自己的母语。期中的时候，20分满分的一次写作考试她得了19分。她选的题目是：爱情是不是圈套？她洋洋洒洒地写了十页，写的是一个以教师为职业的男人，对他的一个女学生产生的爱情。他全盘否决的爱情。奥莉维亚把她的作文当作侦探小说去构建，小说里的罪犯其实就是她。她更换了所有人物（她班里的同学）的名字，以及故事发生的地点。她把故事搬到一所英国的中学里。她厚着脸皮问弗朗索瓦：

"老师，为什么是19分？为什么不是20分？"

他回答她说：

"因为完美不存在，这位同学。"

"那么，"她不甘心，"既然完美不存在，为什么要发明20分？"

"为了数学，为了解决问题。而法语方面，可靠的解决方法很少。"

在19/20这个分数旁边，弗朗索瓦用红圆珠笔草草地写了评语："完美的直接引语。您成功地发挥您惊人的想象力写出了不可抗拒的文学作品。主题引人入胜，处理得很生动、轻快、风趣、严肃。非常好，您的写作显得十分成熟。"

她低头写作业的时候，无数次撞见他的目光落在她身上。她那一年看着他解释爱玛·包法利的感情的时候，咬坏了很多圆珠笔的套子。

她确信这份爱情是相互的。而且，奇怪的是，他俩有着一样的姓。虽然他们的姓勒鲁瓦很常见，还是让她感到困惑。

法语高考几天前，作为跟弗朗索瓦一起复习的几个学生骨干中的一员，奥莉维亚居然敢对他说：

"勒鲁瓦老师，如果我们两个人结婚，什么都不会变。我们不需要办任何行政手续改我们的身份证，或者改水电费账单。"

所有的学生哈哈大笑，弗朗索瓦脸红了。

奥莉维亚法语考过了，口语得了19分，笔试也得了19分。她发了一句话给弗朗索瓦："老师，我没有得到20分，因为您还没有找到我们问题的解决方法。"

他等到她通过高考才叫她单独跟他见面。他沉默了很长时间，她以为这是爱情造成的慌乱，他对她说：

"奥莉维亚，兄妹俩是不能结婚的。"

她当时笑了。她笑是因为他说了她的名字，而之前他一直喊她"同学"。然后他紧盯着她看的时候，她不再笑了。等弗朗索瓦告诉她，他们的父亲是同一个人的时候，她一句话也说不出来。弗朗索瓦出生于之前一段婚姻，比奥莉维亚早二十年，靠近尼斯。他们共同的父亲和弗朗索瓦的母亲一起生活了两年，然后他们痛苦地分手了。那么多年过去了。

弗朗索瓦很久以后才开始寻找父亲，发现他再婚了，成了一个小奥莉维亚的父亲。

父亲对他第二任妻子隐瞒了弗朗索瓦的存在。他们见了面。弗朗索瓦为了靠近父亲，申请调到马孔工作。

他发现他的妹妹在他的班上的时候，很是震动。开学那一天，点到她的名字的时候，他看到她听到自己的名字，从同桌的耳朵边挪开嘴巴，举起一个手指头，直直地盯着他，有气无力地说了一声"到"，差点以为这是一个恶意的巧合。他认出了她,因为他俩长得很像。他注意到她,是因为他知情,而她不是,她一无所知。

一开始,奥莉维亚不肯相信。不肯相信她父亲能够隐瞒弗朗索瓦的存在。她以为他编了这个故事,以结束她这个任性的孩子的挑逗行为。接着,她明白这个故事是真的,她假装轻松地对弗朗索瓦抛出一句:

"我们不是同一个肚子生的,这不算,我对您的爱是爱情。"

他憋着怒火回答她:

"不,您忘掉吧,你马上忘掉。[①]"

然后是高中最后一年。他们在中学的走廊里经常碰到。她每次看到他,都想扑进他的怀里。但不是像妹妹那样扑进哥哥的怀里。

他低着头,躲避她。她很生气,绕过去正对着他,几乎对他吼叫:

"勒鲁瓦老师好!"

而他腼腆地回复她:

"勒鲁瓦同学好!"

她没敢问她父亲。她也不需要去问。期末发毕业证的那一天,她看到了他观察弗朗索瓦的眼神。

毕业证颁发之后,有庆祝会。学生和老师陆续上台表演。在听过"信任乐队"和"电话乐队"的翻唱之后,弗朗索瓦清唱了《蓝色的房间》,与查特·贝克唱得一样深沉:"我们会有一个蓝色的房间,一个房间换两个房间,那里的每一天都是节日,因为你嫁给了我……"

他是唱给她听的,四目相对。她立即明白了,她一生只会爱他一个人。并且这份不可能的爱情是相互的。

[①] 前面用的是"您",有距离感的敬称;后面用的是"你",有命令之意。

于是她走了。她环游了世界，读了很多文凭，也成了文学老师。她在别处跟别人结了婚。她换了姓。

七年后，二十五岁那年，她又回到弗朗索瓦身边。有天早上她敲开了他的门，对他说："现在我们可以一起生活了，我的姓跟您不一样了。我们不会结婚，我们不会有孩子，但是至少，我们会一起生活。"弗朗索瓦回答说："好的。"

他们继续以您相称，一直都这样。仿佛是为了保持两人间的距离。为了留在最初那一刻，第一次见面的时候。生命给了他们二十年的共同生活。他们的年龄差异也是这个数字。

奥莉维亚喝下一口波特酒，对我说："我们的家庭不接受我们，但是我们没有太难过，我们的家庭就是我们俩。弗朗索瓦死后，他母亲把他葬在这里，葬在沙隆河畔布朗西雍，她的家乡，好像是为了惩罚我们。她把他的骨灰撒在纪念花园里，让她的儿子彻底消失。但是他永远都不会消失，他一直在我心里。他是我的知音哥哥。"

27

苍白的黎明将落日的忧愁撒入田野。

莱奥尼娜一出生,我就订了一本教科书,重新学习阅读:M.博舍、V.博舍、J.夏博荣这三位小学教师和M.J.卡雷编写的《幼儿的一天,博舍学习法》。我怀孕末期听到一位小学女教师在电台里提到这本书。她说她的一个学生因为不识字,小学二年级留了两次级。这个孩子不努力去朗读,而是去猜测。他可以胡说一通,或者靠自己的记忆假装在朗读,其实是在背诵。我其实也一直都是这样做的。于是老师让他使用这个阅读方法,六个月以后,她这个学生的阅读水平几乎与班上其他学生一样。这个传统的阅读方法完全借助于音节。它不允许泛读:不可能作弊,不可能想办法去辨认或猜测单词或句子的意思。

还是婴儿的莱奥尼娜坐在她的婴儿车里,我大声为她朗读词语,一读就是好几个小时:"中午的路,iuiiuuiu,猫头鹰、月亮、木块、弹子。圣诞节,uoaiouao,橄榄、飞机、多米诺、四季豆、杏子。多多很固执。Ta. Té. Ti. Te. Tu. Tè. To. Tê. 埃米尔。月亮。彩票。刀片。锉刀。埃米尔在学校很乖。脖子。钞票。包菜。虱子。咕。汤——碗。嘴——巴。胳膊——肘。首——饰。飞——船。小——艇。缝——纫。护城——河。狡猾。艾莲娜买首饰。我打开酒壶,妈妈要切包菜、做汤。"

莱奥尼娜睁着大眼睛,听我朗读,不去评价我缓慢的朗读速度,我的重复,错误的发音,被卡住的单词,或者不知道它们的含义。我每天对她重复同样的音节,直到这些音节变得流畅。

插图色彩鲜艳、快乐、天真。很快,她的小手指放到了上面。莱奥尼娜一旦会抓我的小学本子并去揉搓的时候,它就变脏了。口水、巧克力、番茄汁、毡笔。她甚至用封面磨出了牙,她把书放到嘴里,好像要咽下去。

头几年,我把这本书藏起来。我不想让菲利普·万圣无意中看见。如果他发现我重新学习正确阅读,我会觉得无法忍受。这就表明我真的是他母亲瞧不起的没文化的可怜女人。

他一出去转,我就把书拿出来。莱奥尼娜看到这本教科书,就快乐地叫起来,她知道朗读马上要开始了。她将跟随着我的嗓音,观察她已经记得的图画。是一些穿着红色裙子的金发小女孩,还有鸡、鸭、圣诞树、绿色的草木、鲜花、针对儿童的日常生活场景。简单而幸福的生活。

我对自己说,我有三年的时间学会流畅地阅读,等她上幼儿园的时候我就会了。我早在这之前就做到了。莱奥尼娜吹她第一支生日蜡烛的时候,我已经读到第 60 页了。

我重新学会了正确阅读,多亏了博舍学习法,词语不再是障碍。我多想告诉电台里的那位小学女教师,告诉她,她的见证改变了我人生的方向。我打电话给 RTL 电台,我告诉接线员,我在 1986 年 8 月法布里斯主持的一档节目里听到一位小学女教师讲述她的经历,但是我得到的回复是,如果我没有确切的日期不可能找到,而我没有确切的日期。

学习阅读就像学习游泳。一旦掌握了蛙泳的姿势,就不再害怕淹死,游过一个泳池和游过大海是一样的。只不过是呼吸和训练的问题。

我很快就读到了倒数最后一页,书里讲的故事成了莱奥尼娜最喜欢的故事。是从安徒生的一个童话《小松树》改编来的。

> 从前,森林里有一棵非常可爱的小松树。它生长的位置极佳,阳光充分,周围还有很多好伙伴。它一心一意只想快点长大。孩子们坐在它旁边,看着它说:"这棵小松树真可爱啊。"小松树根本听不进去。长啊,长啊,变高,变老,这就是世界上唯一的幸福,它心里想……一到年底,伐木人就来砍几棵树,总是砍长得最好的树。它们会去哪儿呢?小松树寻思着……一只鹳对它说:"我想我看到它们了,它们挺着腰、昂着头,坐上漂亮的新船,周游世界。"每年圣诞节的时候,也要砍一些小松树,从最漂亮、最像样的松树中挑选出来。它们又会去哪儿呢?小松树寻思着。终于,轮到它了。它被带到一个宽敞漂亮的、放着漂亮扶手椅的大厅里。它每根枝条上都挂着耀眼的玩具、闪烁的灯光。多么光彩!多么华丽!多么快乐!第二天,松树被带到一个角落里,被遗忘了。它现在有时间去思考了。回想起它在森林里幸福的青春、快乐的圣诞夜,它叹了口气:"完了,这一切都完了!唉,早知道我当初应该好好享受新鲜的空气和温暖的阳光。"

我买了儿童读物,真正的儿童读物。我给莱奥尼娜读了上百遍。她大概是故事听得最多的小女孩。这成了每天的惯例,她从来不会不听故事就入睡。就算在白天,她也手里拿着书,跟着我追,含糊不清地说:"故事,故事。"直到我把她抱到膝盖上,一起打开一本书。她便一动不动,被词语迷住了。

《苹果酒屋的规则》读到 25 页时我把它合上了。我把它藏在一个抽屉里，就好像藏下了一个诺言。是往后推的假期。莱奥尼娜两岁的时候我又把它打开了，从此再也没有合上。直到现在，我一年还会重读好几次。我重新见到书里的人物，就好像重新见到了收养自己的家庭。韦尔伯·拉奇医生，是我的代理父亲。我在曼恩省的圣克劳兹孤儿院长大，那是我童年的家。孤儿荷马·威尔伯是我的哥哥，护士埃德娜和安琪拉是我两个假想的阿姨。

这便是孤儿王的选择。他想干嘛就干嘛。他也可以决定谁是他的父母。

《苹果酒屋的规则》这本书收养了我。我不知道为什么一直都没有人收养我。为什么他们情愿让我从一个接收家庭换到另一个接收家庭，而没有将我送去收养？我的生母是不是经常问起我的消息，让我永远不会被收养？

我 2003 年回到夏尔维勒-梅齐耶尔去查我的匿名出生档案。跟我预料的一样，档案是空的。没有信件，没有首饰，没有照片，没有辩解。如果我母亲愿意，她也可以查这个档案。我把我的收养小说放了进去。

28

被分享的孤独,就不是孤独。

今天早上,维克多·本杰明(1937—2017)被安葬了。

神甫塞德里克·杜拉斯没在场。维克多·本杰明希望世俗葬礼。雅克·鲁奇尼把他的音响器材放到坟墓旁边,每个人在达尼埃尔·吉夏尔[①]的《我的老头》的歌声中默哀。

"无论冬与夏,他在寒冷的清晨,穿着他磨损的旧外套离开,我的老头……"

按照维克多的要求,没有十字架,没有鲜花,没有花环。只有他的朋友和同事及妻儿放的几块铭牌。维克多的一个孩子牵着他们的狗。它也参加他主人的葬礼,达尼埃尔·吉夏尔的歌声响起的时候,它坐了下来:

"我们,我们熟悉这首歌,歌里什么都唱,资产阶级、老板、左派、右派,甚至还有上帝,和我的老头。"

家属步行离开了,狗跟在后面,似乎很讨艾莲娜喜欢。它跟了他们一会儿,然后又回来蜷缩在它的窝里。太老了,不适

[①] 达尼埃尔·吉夏尔(Daniel Guichard, 1948—),法国作家、作曲家、歌手。

合谈情说爱。

我回到家，心情极为沮丧。诺诺感觉到了。他去买了一根松脆的长棍面包和几个农场的鸡蛋，我把孔泰奶酪擦成丝，做了好吃的煎鸡蛋饼。我们在收音机里找到了爵士乐。

我桌上放着各种生菜种子和需要移栽的柏树的广告、买植物的发票、威廉姆花园的产品销售目录，邮差在这些东西中间放了一封信。我看到邮票上有伊夫城堡，这封信是从马赛寄出来的。

紫堇·特雷内-万圣
沙隆河畔布朗西雍镇墓园
索恩-卢瓦尔省

我等诺诺走了才打开。

没有"亲爱的紫堇"，也没有"女士"，于连·孤独的信的开头没有任何礼貌用语。

公证员打开了一封给我的信。我的母亲应该是不信任我。她希望事情能够"正式"。她希望由公证员来对我宣读她最后的愿望，大概这样我就不能违背了。

她只有一个愿望。就是到您的墓园安息在加布里耶·谨慎身边。我请公证员重复这个我不认识的男人的名字。加布里耶·谨慎。

我对他说应该是弄错了。我母亲跟我的父亲保尔·孤独结的婚，他葬在马赛的圣皮埃尔墓园。公证员对我说没有错。这的确是1941年4月27日出生于马赛、夫姓为孤独的伊莲娜·法约尔的遗愿。

我坐进我的汽车，在导航上输入了以下信息："沙隆河畔布朗西雍"，因为导航提供的地址里面找不到墓园。三百九十七公里。得往法国北边方向开，一路直行。不需要拐弯或绕行，高速公路一直到马孔。在桑塞的位置下高速，沿着乡间的路开十公里。我母亲到那里去做什么？

那天剩下的时间，我试着工作，但做不到。我晚上九点左右上路。开了几个小时。我在里昂的位置停了下来，喝一杯咖啡，加满油，在手机的浏览器搜索"加布里耶·谨慎"。我唯一能找到的东西，是维基百科上对谨慎的定义："建立在对风险与危险的憎恶之上。"

我向这个死去的、被埋葬的男人驶去的时候，努力回忆着我母亲，以及最后几年与她度过的时光。几次周末的午餐，我路过她住的天堂路附近的时候，偶尔喝上一杯咖啡。她谈论时政，从来不问我是否幸福。我也不问，我从来不问她是否幸福。她问我一些工作上的问题。她听到我的回答似乎很失望。她期待流血、爱情谋杀故事，而我只告诉她贩毒、扒窃。我走的时候，她总是在走廊里一边亲我，一边就我的工作对我说："还是要当心啊。"

我寻找她有可能让我窥见她私生活的东西——什么也找不到。我在我的记忆里找不到这个男人的任何痕迹，连个影子都没有。

我午夜后两点到达沙隆河畔布朗西雍。我停在墓园前面，铁栏门关着，我睡着了。我做了噩梦，我很冷。我启动了发动机来取暖。我又睡着了。我七点左右睁开眼睛。

我看到了您家里的灯光。我来敲您的门。我根本没想到会遇到您。敲一个看墓地的人的门，我以为会遇到一个红面孔的大肚子老头。我知道，成见很愚蠢。但是谁能想到会遇到您呢？会遇到您犀利、惊恐、温柔而多疑的目光？

您让我进了门，给我倒了咖啡。您家里很暖和，味道很好闻，您很好闻。您穿着一件灰色的睡袍，老太太穿的那种，但是您透露出某种年轻的东西。我无法形容。某种活力，某种没有被时光磨灭的东西。可以说您伪装在您的睡袍底下。就是说，好像一个穿了成人衣服的孩子。

您的头发挽成一个发髻。我不知道是不是因为我在公证员那里受了刺激，还是走了夜路，疲劳模糊了我的视线，但是我觉得您太不真实了。有点像幽灵，或显灵。

看到您，我第一次觉得，我母亲在跟我分享她奇怪的平行生活，她把我带到了她真正存在的地方。

接着，您拿出了您的葬礼记事簿。那一刻，我明白了您很特别。世界上存在着与众不同的女人。您不是某个人的翻版，您就是那个人。

您更衣的时候，我回到我车里，我让发动机转着，闭上了眼睛。我没能睡着。我再次看到您出现在门后。那扇您为我打开了一个小时的门。仿佛我为了再次听到刚刚经历的那段情节里的音乐，看了又看的一个电影片段。

当我从车里出来，看到您穿着一件青色的长大衣，在铁栏门后等我，我想到的是：我必须知道她从哪儿来，她在这儿做什么。

然后，您一直把我带到加布里耶·谨慎的坟墓前。您站得笔直，您的侧影很美。您每走一步，我都能隐约看到您大衣下的红色。仿佛您在鞋底里藏着秘密。我又想着：我必须知道她从哪儿来，她在这儿做什么。在十月的清晨，在您冰冷凄惨的墓地，我本该表现出忧伤，但是我感觉到的，完全相反。

在加布里耶·谨慎的坟墓前，我体会到的，是一个结婚当天爱上一位女宾的男人的反应。

我第二次来访的时候，观察了您很长时间。您一边擦拭坟墓上死者的照片，一边跟他们说话。我第三次想到：我必须知道她从哪儿来，她在这儿做什么。

没等我询问民宿主人布莱昂夫人，她就告诉我，您独自生活，您的丈夫"消失了"。我以为"消失了"就是"死了"。我承认，当时我一阵喜悦。我暗自喜悦地想到：她独身一人。当布莱昂夫人解释说，您丈夫二十年前突然不翼而飞，我就觉得他可能会回来。我第一次在门后见到您的那种不真实的状态，也许就是因为这个原因。因为他的失踪将您囚禁于这些停滞的时光中，介于一种生活与另一种生活之间。就像一间等候室，您在里面坐了很多年，一直都没有人来叫您，读出您的名字。仿佛万圣和特雷内互相推诿。大概因为如此，我产生了那种伪装感，您的灰色睡袍下藏着您的青春。

我想为您了解真相。我想解救公主。扮演漫画里的英雄。取下青色的大衣，看到穿着红裙子的你。我是不是希望透过您，去寻找我对自己的母亲，也就是我自己的存在不了解的地方？肯定是的。我非法闯入您的私生活，以释放我自己的私生活。我请求您的原谅。

对不起。

二十四小时之内，我知道了您二十年来似乎不了解的东西。拿到您在警察局做的备案记录的复印件，对我来说不是一件难事。我在1998年接待您的队长的记录里读到，您的配偶经常离家出走。他常常一走好几天，甚至好几个星期，不告诉您外出的时间里住在哪儿。没有做过任何搜寻工作。他的失踪并不令人担忧。他的心理和精神状态，以及他的健康状况，让人觉得他完全是自愿离开的。我发现他的失踪只是一个传说。您和布朗西雍居民的传说。

一个成年人有不再与亲人联系的自由，如果找到他的地址，不经他的同意不得公布。我没有权利把菲利普·万圣的联系方式给您，但是我自作主张。您亲口对我说过："如果我们只能做我们分内的工作，生活也就太悲惨了。"

　　您随意处置这个地址。我把它写下来，放在随信附上的信封里。如果您愿意，打开它。

您忠实的
于连·孤独

　　这是我一生中收到的第一封情书。一封奇怪的情书，但毕竟是情书。他只写了几行字来悼念他母亲。似乎好不容易挤出来的几个字。却给我寄了几页纸。对陌不相识的人，比在团聚的家人面前，显然更容易吐露衷肠。

　　我看了看随信附上的封口信封，里面放着菲利普·万圣的地址。我把它塞进一本《玫瑰杂志》里。我不知道怎么去处理它。把它留在封口信封里，把它扔掉，还是打开。菲利普·万圣生活在离我的墓园一百公里的地方，我难以置信。我想象着他在国外，在世界的尽头。一个早就与我不相干的世界。

29

树叶落下,季节飘过,唯有记忆永恒。

菲利普·万圣1989年9月3日娶了我,莱奥尼娜三岁生日那天。他没有跪在我面前求婚,诸如此类。他只在某天晚上,在两句"我出去转转"之间,对我说了一句:"为了孩子,我们最好结婚吧。"就结束了。

几个星期之后,他问我有没有打电话给镇政府,找一个合适的日期。他就是这么说的,"合适的日期"。"合适"这个词,不属于他的词汇。因此我知道他不过是在重复别人告诉他的句子。菲利普·万圣应他母亲的要求娶了我。为的是万一分手,我得不到莱奥尼娜的抚养权。我也不能够像"那种女孩"一样,突然消失,不留痕迹。是的,在万圣老妈眼里,我永远都是"那个人""她""那个女孩"。我永远都不会有名字。就像她对我来说,永远都不是尚塔尔。

婚礼当天下午,我们到南锡地区马尔格朗日以来第一次找人顶替看守道口。我们一直轮流休假,从来没有同时离开过我们的栏杆。这样也方便了菲利普·万圣,我们就永远不能出去度假。我休假的时候,他并没有改变他的习惯,于是还是我工作。

镇政府离我们的铁路道口只有三百米，在大街上。我们走路过去：菲利普·万圣、他父母、斯蒂芬妮——卡西诺超市的收银员、莱奥尼娜和我。万圣老妈是她儿子的证人，斯蒂芬妮是我的证人。

莱奥尼娜出生后，万圣爹妈每年来看望我们两次。他们把豪车停在我们家门口的时候，我们的简陋小屋就消失了。他们的富裕一下子就吞没了我们的清贫。我们不穷，但是我们也不富有。至少两个人加起来是的。我后来得知，菲利普·万圣有很多钱，但是都存在另外一个账户上，他母亲可以全权代理。当然，我们结婚采用的是财产分开制。我们没有去教堂，他父亲很失望。但是菲利普·万圣没有让步。

万圣老妈经常给我们打电话，一般都在不合适的时候：小孩在浴缸里的时候，我们将要上桌吃饭的时候，要出门放下栏杆、同时莱奥在浴缸里的时候。她一天打好几个电话，才能找到她经常出去"转"的儿子。因为大部分时间都是我接电话，我能听到她不耐烦的喘气声，紧接着是她像鞭子一样噼啪的嗓音："让菲利普接电话。"没有时间啰嗦。太忙。等她终于跟儿子说上话、最后说到我的时候，菲利普就往外走。我听到他压低声音，仿佛我是敌人，不能信任我。他会说我什么呢？我到现在还在想，他能对他母亲说些什么呢？他怎么看我？其实他看得见我吗？我是那个给他饭吃、帮他干活、洗刷、刷墙、养他女儿的人。他有没有重新塑造紫堇·特雷内？他有没有给我编一些习惯？一些怪癖？他有没有利用他所有的情妇去讲述一个女人，他的妻子？他有没有取一点这个女人，取一点那个女人，取一点这个和那个女人，重新组合成我？

结婚仪式是镇长助理的助理主持的，读了民法典里的三句话。他念到"对您承诺忠实、爱护，直到永远"这几个字的时候，14:07的火车盖过了他的声音，莱奥尼娜喊道："妈妈，火车!"她不明白我为什么不出去放下栏杆。菲利普·万圣回答说我愿意。我回答说我愿意。他俯下身来吻了我。助理在别处还有事,一边穿外套一边说:"我宣布你们结为夫妻。"当新娘没有穿白色的婚纱,助理的助理肯定能偷懒就偷懒。斯蒂芬妮拍的唯一的一张照片就是证明,这也是我的婚姻仅有的痕迹,菲利普·万圣和我都很好看。

我们一起去吉诺饭店吃饭,从来没有去过意大利的阿尔萨斯人开的一家比萨饼店。莱奥尼娜在欢笑声中吹了她三岁的蜡烛。她的眼里满是光芒。她看见我为她订的生日大蛋糕的时候,露出惊叹的表情。我现在还能反复感受到这一时刻,随时重温。莱奥以及她跟她父亲一样的鬈发。

莱奥让我变成一个黏人的母亲。我总是抱着她。菲利普·万圣常对我说:"这个娃娃,你不能放开她一会儿?"

我和女儿把我们的结婚礼物和生日礼物混在一起。我们随意去拆。很开心。至少,我很开心。我结婚那天没有穿白色的婚纱,但是,因为莱奥的笑容,我穿的是最美的婚纱,我女儿童年的婚纱。

我们的礼物里,有一个娃娃、一套锅、橡皮泥、一本菜谱、彩色铅笔、《法兰西书友》一年的订阅、一套公主装备和一支魔杖。

我借了莱奥的魔杖,就这么一挥,我对正埋头吃当日特选菜的那一小群人说:"但愿莱奥尼娜保佑我们的婚姻。"谁也没有听见我,只有莱奥咯咯地笑起来,把手伸向她的魔杖,说道:"到我了,到我了,到我了。"

30

你曾喜欢在这条河里做梦,
　　银色的鱼儿轻盈滑过,
在河边留住我们的回忆,回忆不会死去。

今天早上我家人很多。诺诺对塞德里克神甫和三个"使徒"讲他的故事。鲁奇尼三兄弟很少聚在一起。总有一个人在店里忙,但是最近十天,没有人去世。

我的路蜷成一团,睡在埃尔维斯的膝盖上,他像平时一样,哼着歌看着窗外。

诺诺让所有的人发笑:

"我们有时候用泵抽水,墓坑或墓穴打开的时候,里面都是水,满到齐边。我们放一根水管进去抽水,这么粗的水管啊!"

诺诺舞动着双手比划水管的直径。

"启动水泵的时候,得抓住水管。嗨,那个加斯东呢,他把水管扔到过道上……就这样,紧贴着地面……水管膨胀,膨胀,哎呀,嘭的一声,到处都是水。水像打炮一样喷了出去,加斯东和埃尔维斯,他们把一个有钱女人浇了个透!发髻里都是水!东西乱飞!那个女人,她的眼镜,她的发髻,她的鳄鱼皮包!乱成一片!这是三年来她第一次来看望她已故的丈夫,嗨,后来再也没有见过她。"

埃尔维斯转过身来,唱道:"踩着进水的鞋子,进水的鞋子，寻找着你。"

皮埃尔·鲁奇尼插嘴道：

"我记得！我也在场。天哪，我笑死了！那是一个工头的老婆！那种特别放不开、烫伤的时候才会有表情的人。像司法一样死板。所以，她的丈夫还活着的时候，喊她魔法保姆玛丽·波平斯①，因为他梦想着她会消失，永远消失，她总是跟着他寸步不离。"

"不过呢，没有两个相似的葬礼。"诺诺接着说。

"就像海边没有两次相似的日落。"埃尔维斯唱道。

"你，你见过大海吗？"诺诺问他。

埃尔维斯转身看着外面，没有回答。

"我，"雅克·鲁奇尼接着说，"我见过有些葬礼人山人海，有的葬礼只有五六个人。不过呢，就像我说的，还是葬下去了……但是下葬的时候也真的有为遗产争吵的，在棺材面前争吵……我见过的最糟糕的，是不得不把两个女人分开，因为她们互相拉扯发髻……两个歇斯底里的疯子……我那去世的父亲呢，那天被打了几下……她们喊道：'你是小偷，你为什么要拿这个，你为什么要这个？'她们互相侮辱……太可悲了。"

"就在下葬的时候……也太难看了……"诺诺叹气道。

"那是您来之前，紫堇，"雅克·鲁奇尼对我说，"那个时候还是以前的守墓人，萨夏。"

听到萨夏的名字，我不得不坐下来。好多年没有人在我面前大声喊他的名字了。

"顺便问一下，萨夏现在怎么样了？"保尔·鲁奇尼问道，"谁有他的消息？"

诺诺反应敏捷，立即转移了话题：

---

① 美国电影《欢乐满人间》（Mary Poppins，1964）中的主人公。

"十多年前,一个很旧的墓被卖了出去……上面的东西都得扔掉。我们全部清理干净,把东西都放进一个大垃圾箱里,不然就把东西送给想要的人。但是那一次,真的是很旧,不能用了。我找到一块旧的铭牌,上面写着'献给我失踪的宝贝们'。我就把它扔到垃圾箱里。然后看到一个女人,打扮得挺好,我不说她的名字,因为她是一个善良勇敢的女人……她从垃圾箱里把这块'献给我失踪的宝贝们'的铭牌捡了回来,塞进一只塑料袋里。我问她:'哎呀,您要这个做什么呢?'她立即严肃地回答我:'我丈夫没有睾丸,我送他做礼物!'"

男人们哈哈大笑,我的路吓得上楼去了我的房间。

"上帝会怎么办呢?"塞德里克神甫问,"所有这些人信不信上帝?"

诺诺回答前犹豫了一下:

"有的人在上帝除掉蠢货的那一天会信他。我呢,我见过快乐的鳏夫、寡妇,在这种情况下我可以对你说,那要使劲谢谢你的上帝,神甫先生……啊,我开玩笑呢,好了,别生气。你的上帝,他减轻很多痛苦。很简单,要是上帝不存在,就得发明一个。"

塞德里克神甫对诺诺微笑。

"干我们这一行的什么都见过。"保尔·鲁奇尼接着说,"不幸,幸福,信徒,流逝的时间,难以忍受的东西,不公正的东西,难以容忍的东西……这就是生活吧。说到底,我们这些收尸人,我们在真实的生活中。也许比别的职业更突出。因为那些跟我们说话的人,是留下来的人,是还活着的人……我们那死去的父亲,总对我们说:'儿子们,我们是死亡的助产士。我们为死亡接生,那就好好享受生活吧,好好赚钱。'"

31

相爱的时候我们是两个人，
哭你的时候只剩下我一个。

菲利普·万圣的摩托车没有带他远离布朗西雍。他生活在离我的墓园正好一百一十公里的地方。他只是换了一个省。

我常常问自己一堆问题："是什么让他停留在另一个生活里并继续下去？他是车坏了还是恋爱了？他为什么没有通知我？他为什么没有寄一封解雇信、辞职信、休妻信给我？他走的那天发生了什么？他知不知道他再也不会回来了？我是不是说了什么不该说的，还是相反，是不是我什么都没说？"最后的日子，我什么都不再说了。我只是做饭。

他没有装满他的旅行包。他什么都没有带走。没有任何一件衣服、一件小玩意儿、一张我们女儿的照片。

一开始，我以为他在另一个女人的床上待得久了一点。一个讨他喜欢的女人。

一个月以后，我以为他出了车祸。两个月以后，我去警察局申报他的失踪。我怎么会知道菲利普·万圣清空了他的银行账户？我看不到他的账户。只有他母亲可以全权代理。

十个月以后，我害怕他会回来。我已经习惯了他的缺席，我重新开始呼吸。仿佛我在游泳池底，在水下憋了太久。他的离开让我可以猛蹬一脚，浮到水面来呼吸。

一年以后，我对自己说："如果他回来，我杀了他。"

两年以后，我对自己说："如果他回来，我不让他进来。"

三年以后："如果他回来，我叫警察。"

四年以后："如果他回来，我打电话给诺诺。"

五年以后："如果他回来，我给鲁奇尼兄弟打电话。"更确切地说，给保尔打电话，那个入殓师。

六年以后："如果他回来，我杀死他之前，先问他几个问题。"

七年以后："如果他回来，我就离开。"

八年以后："他不会再回来了。"

*

我从鲁奥那儿出来，他是布朗西雍的公证员，我让他寄一封信给菲利普·万圣。他说他无能为力。我必须找家庭法方面的律师，这是程序。

因为我与鲁奥很熟，就请他帮我去做这件事。他选一个律师联系一下，帮我写信，打电话，我不需要做任何解释、任何辩解，没有任何乞求，也没有任何命令。只是通知菲利普·万圣，我希望恢复结婚前的姓，特雷内。我告诉鲁奥公证员，不是为了得到一笔赡养费，或其他任何东西，只是个形式而已。鲁奥公证员跟我谈到"抛弃家庭的补偿费"，我回答说："不，什么也不要。"

我什么也不要。

鲁奥公证员对我说，将来我老了，日子会更好过，会更舒适。我老了，就在我的墓园养老。我除了已经有的东西，不需要舒适。他坚持自己的主张。他说：

116

"要知道，亲爱的紫堇，说不定哪一天您没有能力工作了，就必须退休，休息。"

"不，什么也不要。"

"好的，紫堇，我来处理一切。"

他抄了菲利普·万圣的地址，于连·孤独潦草地写在信封里并封好的地址，最终信封还是被我打开了。

布隆市富兰克林·罗斯福大街13号
弗朗索瓦兹·佩尔蒂埃女士
转菲利普·万圣先生
邮编69500

"冒昧地问一下，您是怎么找到他的？我以为您的配偶失踪了。这么多年，他总得工作，有社会保险号吧！"

是的。他失踪几个月后，镇政府不再给他付守墓人的工资。我也是很久以后才知道的。万圣的父母领取他的工资单，帮他报税。看守道口和墓园，我们从来没有交过房租和杂费。日常开销用的是我自己的工资。菲利普·万圣说："我给你住的地方，让你取暖，让你点灯，作为交换，你给我吃的。"

我们一起生活的那些年，除了保养他的摩托车，他从来没有碰过他的工资。他和莱奥尼娜的衣服一直都是我买的。

"您肯定是他吗？万圣是一个常见的姓。有可能只是同名而已。或者长得像他的人。"

我向鲁奥公证员解释，我们总有弄错的可能，但是再次见到跟自己生活了那么多年的男人，是不会错的。就算他掉光头发，体重增加，我也不可能把菲利普·万圣跟另外一个男人混淆。

我对鲁奥公证员说起于连·孤独，他真的叫于连·孤独，他如何突然出现在我的墓园，他母亲的骨灰，加布里耶·谨慎，他因为我大衣下面露出来的红裙子而没有经过我的同意就调查菲利普·万圣，菲利普·万圣又活了过来，就生活在离我的墓园只有一百一十公里的地方。我借了诺诺——诺尔贝尔·朱力维，我说明了一下——的汽车，我一直开到布隆，把车停在富兰克林·罗斯福大街13号旁边，13号的房子本可以像我在法国东部看守道口时，在南锡地区马尔格朗日住过的那座房子，但是窗户上有漂亮的窗帘，多了一层楼，窗户是橡木的，双层玻璃，13号对面，是加尔诺酒馆。我一边等，一边喝了三杯咖啡。等什么，我毫无概念。然后，我看到他穿过大街。

　　他跟另一个男人在一起。他们笑着。他们朝我的方向走过来。他们走进酒馆。我低下头。

　　菲利普·万圣从我身后经过的时候，我不得不使劲抓住吧台。我辨认出他的气味，他特别的香味，混合了卡朗男士香水和其他女人的味道。他身上一直有她们的味道，就像一件讨厌的衣服。大概他从前那些情妇的味道像不堪回首的记忆一样缠着他，只有我能觉察得到。哪怕过了这么多年。

　　两个男人要了两份当日特选菜。我在正对着我的镜子里，看着他们吃。我对自己说，一切都是有可能的，他微笑着，谁都可以开始新的生活，莱奥尼娜和我那么久都没有他的消息，大家都不知道他现在的情况。谁都可以出现在一个生活里，而在另一个生活里消失。在此处或彼处，谁都能够重新振作，从头来过。谁都可以是菲利普·万圣，出去转转，再也不回来。

　　菲利普·万圣胖了，但是他笑得很直率。我们一起生活的时候，我从来没有看见他这样笑过。他的目光里依然没有好奇。他住在富兰克林·罗斯福大街，我知道就是现在，在这个他比以前笑得更频繁的时刻，他还是不知道谁是罗斯福，就算他换了生活，在现在的生活里，如果有人问他谁是富兰克林·罗斯福，他会回答："我那条街的名字。"

我紧紧地抓住吧台，心里明白，我运气真好，他走了，再也没有回来。我没有动。我没有转过身去。我背对着他。我看到的，只是他在镜子里微笑着的映像。

服务生喊他佩尔蒂埃先生，但是那个我以为是他朋友的人喊了他两次"老板"，然后服务生说："我像平常一样都记到账上，佩尔蒂埃先生？"菲利普·万圣回答说："好的。"

我跟踪他到大街上。两个男人并排走着。他们走进了离酒馆两百米远的一个修车行，佩尔蒂埃修车行。

我躲在一辆汽车后面，这辆车看起来跟菲利普·万圣失踪时的我一样糟透了。坏了，凹凸不平，有划痕，停在一边，等候处置。发动机的有些零件肯定可以回收。油箱深处剩下的油。足够重新启动。把行程走完。

菲利普·万圣向装着玻璃墙的办公室走去。他打电话。他看上去像是老板。但是当弗朗索瓦兹·佩尔蒂埃十分钟后进来的时候，他看上去又像女老板的丈夫。他笑着看着她。他充满爱意地看着她。他看着她。

我离开了。

我取回了诺诺的车。挡风玻璃和雨刮器之间夹了一张罚单，罚135欧元，因为停错了地方。

"我的人生故事。"我笑着对公证员说。

鲁奥公证员沉默了几秒钟。

"亲爱的紫堇，我在我的公证员生涯中什么都见过。假装成儿子的舅舅，断绝关系的姐妹，假的寡妇，假的鳏夫，假的孩子，假的父母，假的证明，假的遗嘱，但是还从来没有人跟我讲过这样的故事。"

然后他送我到门口。

我离开他的公证处的时候，他向我保证会处理一切。律师、信件、离婚手续。

鲁奥公证员对我心存感激,因为每次要结冰的时候,我都会去覆盖他为妻子种植的原产非洲的花。玛丽·达尔登娜,鲁奥之妻(1949—1999)。

32

亲爱的朋友们,我离去的时候,请在墓地
种一棵柳树。我喜欢它垂泪的叶子。
淡淡的颜色于我温柔而珍贵,它的影子
将轻拂着我长眠的大地。

四月份,我把七星瓢虫的幼虫放到我的玫瑰和死者的玫瑰上,以抵抗蚜虫。我用一把小镊子,把七星瓢虫一只一只地放到植物上。仿佛到了春天,我重新粉刷我的墓园。仿佛我在天与地之间放下梯子。我不相信幽灵也不相信鬼魂,但是我相信七星瓢虫。

我确信,一只七星瓢虫飞到我身上的时候,是一个灵魂在向我示意。我小的时候,想象着这是我父亲来看我。想象着我母亲抛弃我是因为我父亲去世了。既然人们给自己讲自己想听的故事,我就一直想象着我的父亲长得像罗伯特·康瑞德,《飙风战警》的主人公。他长得帅气、魁梧,又温柔,他在天上深爱着我。他从他所在的地方保护我。

我给自己编造了一个守护天使。我出生那天迟到的那一个天使。然后我长大了。我明白了我的守护天使永远都拿不到长期工作合同。他会常常到国家职业介绍所报到,就像布雷尔唱得那样,他"夜夜喝着劣质的酒"来买醉。我的罗伯特·康瑞德老得不像样。

一只一只地放置我的七星瓢虫需要六天的时间,还不能做别的事情。中间不能有葬礼。把它们放到玫瑰上让我觉得是在为太阳打开大门，让它洒满我的墓园。仿佛是一种许可。一张通行证。这不会阻止人们在四月份去世，也不会阻止别人来探望我。

这一次，我依然没有听见他到来。他在我身后。于连·孤独在我身后。他一动不动地观察着我。他来了多长时间了？他紧紧地抱着他母亲的骨灰盒。他的眼睛闪闪发亮，像白霜覆盖的黑色大理石，微微折射着冬日的阳光。我说不出话来。

看到他的感觉，就好像站在我的衣柜前：一条黑色的羊毛裙罩在粉色丝绸内衣外面。我没有对他笑，但是我的心怦怦地跳得就像一个智障儿童在他最喜欢的糕点店门口。

"我回来告诉您，为什么我母亲想长眠在加布里耶·谨慎的坟墓上。"

"我已经习惯了男人失踪。"

这是我唯一能够回答他的东西。

"您愿意陪我去他的坟墓吗？"

我小心地把我的镘子放在蒙佛尔家族的坟上，向加布里耶·谨慎走去。

于连·孤独跟上我，然后对我说：

"我一点方向感都没有，更不要说在墓地……"

我们一言不发，并肩走向第19号小径。我们走到加布里耶·谨慎的墓前，于连·孤独放下骨灰盒，换了几个位置，仿佛找不到合适的位置，仿佛想把一张拼图放到正确的地方。他最后把它放到阴凉的地方，贴着墓碑。

"我母亲不喜欢太阳，更喜欢阴影……"

"您想对她读您写的发言稿吗？您想不想一个人待着？"

"不，我希望晚一点由您来读。等墓园关门以后。我肯定您很擅长做这样的事情。"

骨灰盒是松绿色的。用金色的字母刻着"伊莲娜·法约尔（1941—2016）"。他默哀了片刻，我站在他身边。

"我从来都没学会祷告……我忘了鲜花。您还卖吗？"

"卖。"

他选了一盆洋水仙，对我说，他想去市中心买一块铭牌。他问我能不能陪他去鲁奇尼兄弟开的德·瓦尔殡葬服务公司。我想也没想就答应了。我从来没去过。我给别人指了二十年的路，但自己从来没去过。

我上了警长的车，一股香烟的味道。他沉默不语。我也沉默不语。汽车发动的时候，收音机里的一张 CD 开始大声吼着阿兰·巴颂的《阿尔萨斯蓝调》。我们惊跳起来。他关掉声音。我们笑了。这是阿兰·巴颂第一次用这首美丽却伤感得要命的歌让人发笑。

我们把车停在德·瓦尔殡葬服务公司门口。鲁奇尼的店挨着停尸房，但也挨着沙隆河畔布朗西雍的凤凰中餐馆。这里所有的居民最喜欢拿这个开玩笑。但是挡不住凤凰每天中午都爆满。

我们推开门。橱窗里放着铭牌和假花。我讨厌假花。塑料的或布的玫瑰，就像床头要模仿太阳的灯。店里面展示着木头棺材，就像可以选择地板颜色的装修器材店。有用来做高档棺材的珍稀木材。也有质量低一个等级的，软木、硬木、进口木、胶合板。但愿我们对一个人的爱，不是用所选木材的质量去衡量的。

橱窗里的铭牌，几乎都写着"莺啊，假如你飞到这座坟墓旁，请为他唱一首最美的歌"。于连·孤独看了皮埃尔·鲁奇尼介绍给他的几段文字之后，选择了一块黑色铭牌，刻着铜字：

"献给我母亲"。没有诗歌，也没有墓志铭。

　　皮埃尔在他店里看到我很是惊讶。他不知道对我说些什么，虽然这么多年来他每周来我家好几趟，他从来没有想过来我的墓园而不跟我打招呼。我几乎了解皮埃尔的一切，他的几袋弹子，他的初恋，他的妻子，他孩子的咽喉炎，他失去父亲的悲痛，他防止脱发涂在脑壳上的产品，而现在，我好像是一个陌生人，站在他的塑料花和只述说着永恒的铭牌中间。于连·孤独付了钱，我们离开了。朝着我的墓园往上走的时候，于连·孤独问我能不能请我吃晚饭。他想跟我讲他母亲和加布里耶·谨慎的故事。还有为了感谢我所做的一切。也为了让我原谅他没跟我说就去找菲利普·万圣。我回答他说："好的，但是我更希望我们在我家吃晚饭。"

　　因为这样我们有更多的时间，不会被上菜撤菜的服务生打扰。晚饭没有肉，但是不会不好吃。他回答我说他去布莱昂夫人家订他的房间，虽然这个房间从来都没有人住，他八点钟再来我的家。

33

> 随着时光流逝,走吧,一切都离去,
> 忘记了激情,忘记了可怜的人儿在您耳边
> 低语的声音:不要太晚回来,更不要着凉。

伊莲娜·法约尔与加布里耶·谨慎1981年相识于普罗旺斯地区艾克斯市。她四十岁,他五十岁。他为一个帮助另一个犯人越狱的犯人辩护。伊莲娜·法约尔应她的员工兼朋友纳迪娅·拉米雷兹的请求,出现在法院。后者是被告同伙的妻子。"我们不知道会爱上谁。"她在卷头发与吹风的间隙,对伊莲娜说,"要不就太简单了。"

伊莲娜·法约尔在谨慎律师辩护的那天出现在审判庭。他说到钥匙的声音,自由,逃离看不出年代的围墙的需要,和找回天空、被遗忘的地平线和小酒馆里的咖啡香味的需要。他说到犯人之间的团结互助。他说男人关在一起会产生真正的手足之情,畅所欲言是一种紧急出口。失去自由,等于失去一个亲人。这就像接受死亡的过程。没有经历过的人是不会明白的。

像斯蒂芬·茨威格的《一个女人一生中的二十四小时》一样,伊莲娜·法约尔在辩护过程中,只盯着谨慎律师的两只手。两只张开又合拢的大手。白色的指甲,仔细地打磨过。伊莲娜·法约尔心想:"真有趣,这个男人的手没有变老。它们停留在了童年。这是一双年轻男子的手。钢琴家的手。"加布里

耶·谨慎对审判团讲话的时候，它们张开，对检察长讲话的时候，它们紧紧地蜷缩起来，小到显得发育不良，似乎回到了它们真正的年龄。当他盯着法庭庭长的时候，它们静止不动，当他观察听众的时候，它们像两个兴奋过度的少年舞个不停，等他再回过来面对被告的时候，它们握在一起，像两只寻找温暖的小猫一样互相依偎。几秒钟的时间，他的手从囚禁过渡到快乐，从拘谨过渡到自由，然后又走向某种祈祷、恳求。事实上，他的手只不过是在模仿他的话语。

辩护结束后，必须离开法庭，在评审团商议的时候去艾克斯喝点东西。艾克斯的天气像往常一样晴朗。这并没有让伊莲娜愉快或忧伤。她对晴朗的天气从来没有什么反应。她根本不在意。

纳迪娅·拉米雷兹去圣灵教堂点蜡烛许愿去了。伊莲娜随意走进一家咖啡馆，她不想跟别人那样坐在外面。她爬到二楼，想安静一下。她想看看书。昨天夜里，保尔，她的丈夫，已经睡着了，她开始读那本她想重新专心阅读的小说。

谨慎律师喜欢阳光，但不喜欢人群，也在那儿，一个人坐在角落里。靠着一扇关闭的窗户等待他的客人的宣判。他目光迷蒙，一根烟接着一根烟地抽。虽然他一个人在楼上，浓烟还是弥漫了整个空间，一直飘到了吊灯上。一支烟熄灭之前，他用它来点另一支烟。伊莲娜看到他在烟灰缸里掐灭烟头的右手，再次定住了。

在昨天的那本小说里，她读到一根无形的线牵着注定要相遇的人，这根线会乱，但是永远不会断。

加布里耶·谨慎看到站在楼梯顶的伊莲娜·法约尔，对她说："您刚才在法庭上。"这不是一个问题，只是一句提示。她刚才坐在最后面，倒数第一排。他是怎么注意到她的？她默默地坐到一个角落里。

他好像听到她在想什么，开始对她描述陪审团的每个成员、两个替补成员、被告和所有坐在观众席上的人的着装。一个接一个。他用奇怪的词语来形容裤子、裙子或者毛衣的颜色，"苋红""天青石色""西班牙白""查尔特勒酒浅绿色""珊瑚色"。好像他是开染坊的，或是圣皮埃尔集市上卖布料的。他甚至注意到坐在第三排最左边的那个女人，"那个盘着乌黑油亮的发髻、系着虞美人丝巾、穿着灰色亚麻衣服的女人"，别着一枚金龟子形状的胸针。在这令人惊叹的着装描述过程中，他一直在挥舞着双手。尤其是在他应该说"绿色"这个词却没有说出来的时候。仿佛他被禁止用这个词，他使用的是"翡翠""薄荷糖浆水""开心果"和"橄榄"。

伊莲娜·法约尔依然保持沉默，心想着一个律师辨别每个人的服装有什么用。

他好像又听到她在想什么，告诉她在法庭上，一切都写在衣服上。清白、悔恨、自责、憎恨或原谅。每个人在审判当天，无论是自己的审判还是他人的审判，都会明确地选择自己的着装。跟自己的葬礼或婚礼一样。没有偶然的可能。根据每个人的着装，他可以猜出来这个人是当事人或相反，是起诉方，还是辩护方，是父亲、兄弟、母亲、邻居、证人、情人、朋友、敌人，或好奇的人。他盘问一个人和看一个人的时候，会根据他的衣服和气质去调整他的辩词。比如对于她，伊莲娜·法约尔，根据她今天的穿着方式，很明显她跟这个案件无关。她没有先入之见。她是出于兴趣而出现在那里的。

"出于兴趣"，他真的用了这几个字。

她没来得及回答她，纳迪娅·拉米雷兹来找她了。她对伊莲娜说，这样的好天气关在小酒馆里太夸张了，她的男人，他肯定梦想着坐到外面去。要是他被无罪释放，他们要把所有的露天座一个一个地坐一遍去庆祝。伊莲娜·法约尔则在想："我呢，我的梦想，是继续阅读装在我包里的那本小说……或者跟这间屋里这个一支烟接着一支烟的长着这双手的男人去冰岛。"

纳迪娅跟谨慎律师打了个招呼，对他说他的辩护极为出色，她会按照约定每个月付一部分钱给他，有他帮忙，她的于勒肯定会无罪释放的。律师在两口烟之间，用低沉的声音回答说：

"宣判的时候我们就知道了。您打扮得很漂亮，我很喜欢您穿的杏仁糖粉的裙子。我相信它提高了您丈夫的士气。"

伊莲娜喝了一杯茶，纳迪娅喝了一杯杏子汁，加布里耶·谨慎喝了一杯不带泡沫的扎啤。他结了所有的账，比她们先走一步。伊莲娜最后看了一眼他的手，它们紧紧地抓着他的文件。就像两只夹紧在审案件的大夹子。

伊莲娜·法约尔没能进法庭听候审判，只有家属可以进去。但是她在法院门口等，她站在天桥尽头，观察从法院出来的人的衣服颜色。她看到天青石色的毛衣，珊瑚色的长裙，薄荷糖浆水的短裙，发髻乌黑油亮的那个女人的金龟子。她陆陆续续都看到了。

伊莲娜一个人回了马赛。纳迪娅·拉米雷兹留在了艾克斯，从一个露天座到另一个露天座庆祝她的于勒被无罪释放。

几个星期之后，伊莲娜关掉了她的发廊，开始种花。她对自己说，她想用自己的手做别的东西，她厌倦了要剪的头发、含氨的产品、洗发池，尤其是喋喋不休的闲聊。伊莲娜·法约尔天性沉默，过于低调，不适合做理发师。要成为一个好的理发师，必须要有好奇心、幽默、慷慨。她觉得这些品质她一个也没有。

泥土和玫瑰，她已经想了好几年了。她用发廊的钱，在马赛的七区买了一块地，把它变成了玫瑰园。她学会了种植、呵护、浇灌、采摘。她回忆着加布里耶·谨慎的手，也学会了培育胭脂色、覆盆子色、石榴色、淡粉色的玫瑰新品种。

她像培育随着气候开开合合的手那样培育出鲜花。

一年之后，伊莲娜·法约尔陪纳迪娅·拉米雷兹去普罗旺斯地区艾克斯打第二个官司。她的丈夫因为毒品又被抓了。出发前，伊莲娜寻思着应该怎么穿衣服才不会显得"出于兴趣"。

她很失望，谨慎律师不在。他离开了这个地区。

从马赛到艾克斯的路上，伊莲娜在车里知道了这个消息，纳迪娅告诉她她很担心，因为这一次为她的于勒辩护的，不是谨慎律师，而是一个同行。

"可为什么啊？"伊莲娜问道，像一个出发去度假却得知不去海边的孩子。

因为离婚，他搬家了。纳迪娅只知道这么多。

几个月过去了，直到有一天，一个女人走进伊莲娜·法约尔的玫瑰园，订购白色的玫瑰花束，要送到普罗旺斯地区艾克斯市。填写送货单据的时候，伊莲娜写道，玫瑰要放到艾克斯的圣皮埃尔墓地，献给马蒂娜·罗宾夫人，加布里耶·谨慎的妻子。

伊莲娜第一次亲自在1984年2月5日清晨到普罗旺斯地区艾克斯市去送货，那一天夜里结了冰。她特意精心准备了要送的花束。它占据了她的标致小货车后面全部的位置。

在圣皮埃尔墓地，一个镇政府工作人员允许她开车进去，把玫瑰花放到还没有入土的马蒂娜·罗宾的坟墓旁边。现在才十点钟，葬礼下午才举行。

大理石上刻着："马蒂娜·罗宾，谨慎之妻。"她的名字下面，已经粘上了她的照片：一个漂亮的棕发女人对着镜头笑，这张照片应该是她三十岁左右拍的。

伊莲娜到外面去等。她想再看看加布里耶·谨慎。哪怕远远地看一眼。哪怕要躲起来。她想知道鳏夫是不是他，要入土的是不是他的妻子。她在讣告里找过，但是没有找到任何与他有关的内容。

"我们悲痛地通知你们，马蒂娜·罗宾于普罗旺斯地区艾克斯市溘然离世，享年五十二岁。马蒂娜为已故加斯东·罗宾与米榭莉娜·博尔杜克之女。其女玛尔特·杜布勒伊，其兄理查德，其妹莫莉赛特，其姨母克罗蒂娜·博尔杜克-巴贝，其婆母露易丝，及表亲、侄甥、侄甥女，其挚友娜塔莉、斯蒂芬、马提亚斯、尼侬等等，向其表达沉痛哀悼。"

没有任何加布里耶·谨慎的痕迹。仿佛把他从应该悲伤的人的名单上划掉了。

伊莲娜离开墓地，一直开到约三百米远的第一个小酒馆前面。一个招待长途卡车司机的餐馆。她思忖了一下："这个酒馆夹在墓地和艾克斯市游泳馆之间真奇怪。让人觉得它被遗忘了。"

她停好车，差点掉头离开，因为玻璃窗很脏，挂在窗户上的窗帘过时了。但是有个影子吸引住了她。里面有一个弯曲的侧影。虽然玻璃很脏，她还是认出他来了。他在这儿。真的在这儿。倚靠着一扇关着的窗户，抽着烟，目光空洞。

有那么几秒钟时间，她以为自己产生了幻觉，搞错了，把她的愿望当成了真实，身在小说中，而不是生活中，不在真实的生活中。这样的生活没有自己在高一的时候给自己许下的诺言有趣。再说，她只见过他一次，还是三年前。

她走进去的时候他抬起头。吧台倚靠着三个男人，只有加布里耶·谨慎坐在桌子旁边。他对她说：

"密特朗当选那一年，您在艾克斯旁听让-皮埃尔·雷曼和于勒·拉米雷兹的庭审……您是那个出于兴趣的人。"

被他认出来她并不惊讶。仿佛这是自然而然的事情。

"是的，您好。我是纳迪娅·拉米雷兹的朋友。"

他摇了摇头,用烟头最后的灰烬点燃另一支香烟,回答说:"我记得。"

他没有邀请她跟他一起坐,仿佛这已经是既成事实,他用食指指了指天花板,又指了指服务生,直接点了两杯咖啡和两杯苹果烧酒。

一辈子都没有喝过咖啡——她只喝茶——更没有在早上十点喝过苹果烧酒的伊莲娜·法约尔,又一次盯着加布里耶的大手看,并坐到他对面。他的手依然没有变老。

他先开始说,说了很多。他说他回艾克斯埋葬马蒂娜,他的妻子,确切地说是前妻,他受不了宗教、神甫、罪恶感。所以他不会去参加宗教仪式,只参加入土仪式,他在这儿等,他跟另外一个女人在马孔生活两年了,他走了以后再也没有见过马蒂娜,他的妻子,确切地说是前妻,他离开她是因为他遇到了别人,他的女儿——其实已经不是孩子了——给他脸色看,他听到消息——马蒂娜,去世了!——伤心欲绝,但是没有人能理解,他永远都是那个抛弃女人、他自己妻子的无耻小人。作为死后的报复,马蒂娜,他的妻子,确切地说是前妻,或者是他的女儿,他不是很清楚,让人把他的名字刻在了墓碑上。她把他带进了自己的永恒里。

"您呢?您会这样做吗?"

"我不知道。"

"您住在艾克斯?"

"不,在马赛。我今天早上送花到墓地,给您的妻子,确切地说是您的前妻。回去之前,我想喝杯茶,天气冷,倒不是我不喜欢寒冷,正好相反。但是我很冷。现在,至少,苹果烧酒暖身子。我觉得我有点头晕,其实不是觉得,我头晕,我不能马上上路,这苹果烧酒有点凶……对不起,如果您觉得我冒昧,平时我不这样,您是怎么遇到您的新妻子的?"

"噢，没什么特别的，因为几年前我辩护的一个男人；因为反复筹备他的辩护，向他的妻子解释，因年复一年不停地去监狱，我们俩就爱上对方了。您呢，您也遇到这种情况了吗？"

"什么？"

"爱上一个人？"

"有啊，爱上了我的丈夫，保尔·孤独。我们有一个儿子，于连，今年十岁。"

"您工作吗？"

"我种花。以前我理发，但是我不止卖花，我也种花。我做杂交。"

"做什么？"

"杂交。我混合不同的玫瑰，培育新的品种。"

"为什么？"

"因为我喜欢做这个……杂交。"

"能培育出什么颜色？请再来两杯咖啡——苹果烈酒。"

"胭脂色、覆盆子色、石榴色、淡粉色。我也有几个白色的品种。"

"什么样的白色？"

"雪白。我很喜欢雪。我的玫瑰也有不怕冷的特点。"

"您呢，您从来不穿彩色的衣服？在艾克斯庭审的时候，您就穿了一身米色。"

"我喜欢鲜艳的颜色出现在花上面和漂亮的姑娘身上。"

"但是您比漂亮更可怕。您的面孔前途无量。您为什么笑？"

"我没笑。我醉了。"

中午时分，他们要了两份炒鸡蛋配生菜，两人分一盘薯条。还有给她的一杯茶。他说："我不确认茶和炒鸡蛋可以搭配在一起。"她反驳道："茶和什么都相配。就像黑与白，跟什么都相配。"

吃饭的时候,他舔他的手指,舔薯条上的盐。他喝了一杯扎啤。她将英式茶和不知道第几杯苹果烈酒混在一起的时候,他说:"诺曼底和英国,就像黑与白,很是般配。"

他站起来两回。她注视着他周围的灰尘、静电,在阳光下,就像雪花一样。他们又要了薯条、茶和苹果烈酒。平常,在这样脏兮兮的地方,伊莲娜会用她外套的内衬擦杯子。但是现在没有。

灵车经过专门接待卡车司机的餐馆的时候,已经15:10了。她没有意识到时间的流逝。仿佛她十分钟之前才走进这家酒馆。他们在一起已经五个小时了。

他们急忙起身。他急忙付了账,伊莲娜叫他坐上她的小货车,她送他去。她知道马蒂娜·罗宾的墓在哪里。

在车里,他问她叫什么。他说他厌烦了叫她"您"。

"伊莲娜。"

"我,是加布里耶。"

他们来到通往马蒂娜·罗宾的铁栏门前。他没有下车。他说:

"我们在这儿等,伊莲娜。重要的是马蒂娜知道我在这儿。其他人,我不在乎。"

他问能不能在车里抽烟,她回答说当然可以,他摇下玻璃,把头靠在头枕上,抓住伊莲娜的左手,闭上眼睛。他们默默地等着。他们看着小径上来来往往的人群。有一刻,他们好像听到了音乐。

所有的人都走了之后,空了的灵车也从他们身边开过了,加布里耶下了车。他叫伊莲娜跟他一起去,她犹豫着。他说:"求求您了。"他们并肩走着。

"我告诉马蒂娜,我为了另外一个女人离开她,我撒谎了。对您,伊莲娜,我可以说真话,我离开马蒂娜是因为马蒂娜。

133

别人，为了别人而离开一个人，都是借口、托词。我们离开一个人是因为这个人，不要找别的理由。当然，我永远都不会告诉她。尤其是今天。"

他们来到墓前，加布里耶吻了一下照片。他的两只手紧紧抓住墓碑顶端的十字架。他低声说着话，伊莲娜听不见，也不想听见。她的白玫瑰放在墓的中央。有很多花，很多充满爱意的留言，甚至还有一只花岗岩的小鸟。

*

"这一切是谁告诉您的？"

"我在我母亲写的日记里读到的。"

"她写日记？"

"是的。上个星期我整理她的东西时，在纸箱里找到的。"

于连·孤独站起来。

"深夜两点了，我回去了。我累了。明天我一早就要上路。谢谢这顿晚饭，很好吃。谢谢。我很久没有吃到这么好吃的东西了。也很久没有这么愉快过。我在重复。不过我高兴的时候，就会重复。"

"可是……葬礼之后他们做了什么？您得跟我讲这个故事的结尾。"

"也许这个故事没有结尾。"

他抓住我的手，亲吻了一下。最让我心动的，就是文雅的男人。

"您总是很香。"

"安霓可·古特尔的菩提树下香水。"

他笑了。

"那就永远都别换。晚安。"

他穿上大衣,从马路一侧出去。他把身后的门关上之前,对我说:

"我会回来告诉您结尾。如果现在告诉您,您就不想再见到我了。"

入睡的时候,我想着,我可不想喜欢的小说读到一半的时候就去世了。

34

您永远都在我俩的心里。

1992年6月，我们结婚三年之后，法国铁路瘫痪了。在马尔格朗日，6:29的火车变成了10:20，10:20的火车变成了12:05，等13:30的火车停在铁轨上后，四十八个小时都没再动过。罢工的人在我们栏杆两百米远的地方设置了路障。火车上挤满了人。那天特别热。旅客不得不立即打开南锡—埃皮纳勒这趟车的车窗和车门。

卡西诺超市从来没有过这么多人。瓶装矿泉水的库存几个小时就卖光了。傍晚的时候，斯蒂芬妮不再在收银台卖矿泉水，而是直接到火车车门口去发。没有人还去区分一等车厢和二等车厢。所有的人都在外面，围着铁轨，躲在火车的阴影下。法国国家铁路公司的查票员和司机同时消失了。

等旅客明白火车不可能再开了，汽车就陆陆续续来了，邻居、朋友。有的旅客来我们家打电话，让人来接他们。其他人去电话亭打电话。几个小时之内，车厢和火车周围慢慢空了。

南锡地区马尔格朗日市所有的车次都停了。人们一直走到放下的栏杆前面，接上旅客又返回。晚上九点，大街上一片寂静，卡西诺超市关门了。斯蒂芬妮放下铁卷门，面孔通红。远处只听得见罢工的人的声音。他们就在原地过夜，在他们的路障后面。天已经黑了，菲利普·万圣已经出去转了很久了，我发现第一节车厢里还有两个旅客：一个女人和一个年纪跟莱奥尼娜相仿的小女孩。我问那个女人有没有人来接她们，她回答我说她住在离马尔格朗日七百公里的地方，太复杂了，她从德国来，她刚从德国接上她的孙女，她要去巴黎。她没有办法通知谁，要等明天，明天还不一定呢。

我请她来家里吃晚饭。她拒绝了。我没有让步。我不经她同意就拿了她们的箱子，她们跟上我。莱奥已经睡得很熟了。

我打开所有的窗户，这一回，家里总算可以热起来。

我让筋疲力尽的小艾米吃了晚饭。她边吃边玩莱奥的一个布娃娃。然后我让她躺在莱奥的旁边。看着她们并排睡着，我想我很希望能有第二个孩子。但是菲利普·万圣不会同意，我已经听到他在说，我们家太小了，不能要第二个娃娃。我想，是我们的爱情太狭窄了，没法接受另一个孩子，而不是房子。

艾米的奶奶叫赛丽亚，我对她说，她不得不睡在我家，我不会让她回到空无一人的火车上，太危险了。我也告诉她，这么多年来，多亏这次罢工，我终于第一次不用工作了，我有了一位客人，我希望这条火车线断得越久越好，我终于可以一口气睡八个小时以上，而不会被栏杆的铃声打扰。

赛丽亚问我是不是一个人跟我女儿生活。我听后笑了。我没有回答，而是开了一瓶特别好的红葡萄酒，我为"特别的日子"留着的，只是它直到今天才出现。

我们开始喝。两杯酒之后，赛丽亚接受了我的邀请，睡在我家。我会让她睡我们的房间，我丈夫和我，我们睡沙发床。菲利普·万圣的父母来看我们——我们结婚以后一年两次——的时候，我们就睡沙发床。他们来接莱奥去度假。圣诞节和元旦之间的一个星期和暑假里的十天去海边。

三杯酒之后，我的客人说她接受我的邀请，条件是她睡沙发床。

赛丽亚五十来岁。她有着美丽的蓝眼睛，极为柔和。她说话轻柔，令人舒心的嗓音带着美丽的南方口音。

我说："沙发床我同意。"我做的是对的。菲利普·万圣终于回来了，他直接倒在我们房间的床上。他一眼都没有看我们。

我看着菲利普·万圣走过去，对赛丽亚说："这是我丈夫。"她笑而不语。

赛丽亚和我在客厅里一直聊到深夜一点。窗户依旧开着。我们搬到这里之后，家里第一次这么热。赛丽亚住在马赛，我对她说，一定是她把太阳带到了家里。平常热气不进来，有一道无形的屏障阻挡它。

我们喝完那瓶酒，我对她说，我同意她睡在我的沙发床上，条件是我跟她一起睡，因为我从来没有过朋友，也没有过姐妹，除了我女儿还是婴儿的时候，我从来没有跟闺蜜一起睡过，真正的闺蜜都那么做。赛丽亚回答说："好的，闺蜜，我们一起睡。"

那一夜，我实现了一个愿望，稍微挽回了我在友谊方面的落后。所有那些我想睡在最好的闺蜜家里而她父母就在旁边的夜晚，所有那些我想跟闺蜜溜出去与马路尽头骑着轻骑的男孩们会合的夜晚，我稍微弥补了一下。

我们好像一直聊到清晨六点。天已经亮了一会儿了，我终于倒了。九点钟，莱奥来叫醒我，告诉我她床上有一个不会说话的小女孩。艾米是德国人，一句法语都不会说。莱奥随后问了一连串问题。

"你为什么睡在客厅里？为什么爸爸穿着衣服睡在床上？那个阿姨是谁？为什么没有火车了？妈妈，这些人是谁？那个小女孩是谁？是我们的亲戚吗？她们会留下来吗？"

可惜，不会。赛丽亚和艾米两天后离开了。

她们上火车的时候，我以为自己难过得要死了。好像我一直都认识她们。所有的罢工都会结束。假期也是。但是我遇到了一个人，我的第一个朋友。赛丽亚在七号车厢，透过火车半开的车窗，对我说：

"到马赛来跟我们一起住，你会喜欢的，我帮你找工作……我一般不评价别人，但是，既然法国在罢工，就算我也在罢工吧，我跟你说心里话：紫堇，你的丈夫显然不适合你，离开他。"

我回答说我已经被夺走了父母，我永远都不会夺走莱奥尼娜的父亲。虽然菲利普·万圣是所谓的父亲，毕竟还是父亲。

她们走了一个星期以后，我收到赛丽亚的一封长信。她在信里塞了三张南锡地区马尔格朗日市到马赛的往返火车票。

她在索尔米乌峡湾有一间小屋。她给我们住。冰箱也会塞满吃的。我们终于可以享受一下。她这样写道："你们总算可以享受一下了。你可以度一个真正的假期，紫堇，跟你女儿一起看大海。"她也写了她永远不会忘记我给她提供了住处和饭菜。我招待了她两天，作为交换，我每年都可以去马赛度假。

菲利普·万圣说他不去。他情愿"干别的，也不去一个女同性恋的家里"。他就是这样称呼所有不跟他睡的女人，"女同性恋"。

我呢，我回答说他不去正好，这样莱奥和我，我们走的这段时间，他可以看栏杆。他肯定不喜欢想到我们度过愉快的时光却没有他。他又恢复了爱意：六年来第一次应他的请求，法国国家铁路公司用了几个小时就找到了人接替我们。

十五天之后，1992年8月1日，我们看到了马赛。赛丽亚在圣夏尔火车站的站台尽头等我们。我扑进她的怀抱。站台上的天气就已经很好了，我记得对赛丽亚说过："站台上的天气就已经很好了……"

　　第一次看到地中海的时候,我坐在赛丽亚的汽车后座,我摇下车窗玻璃,像一个孩子一样哭了。我想这是我一生中受到的最大的震撼。为壮丽而震撼。

35

一切都会消失,一切都会流逝,除了回忆。

几封情书,一只手表,一支口红,一条项链,一本小说,几本童话,一部手机,一件大衣,几张家庭照,1966年的年历,一个布娃娃,一瓶朗姆酒,一双鞋,一支圆珠笔,一束干花,一只口琴,一块银质奖章,一个手提包,一副太阳眼镜,一只咖啡杯,一支猎枪,一根火柴,一张33转的唱片,一本封面上是约翰尼·哈里戴的杂志。棺材里什么都有。

今天埋葬的是珍妮·菲尔内(1968—2017)。保尔·鲁奇尼告诉我,按照她的愿望,他在她的棺材里塞了一张她孩子的照片。最后的愿望通常会得到满足。人们不敢让死人生气,害怕万一违抗他们,他们会从另一个世界给我们带来厄运。

我刚刚关上墓园的铁栏门。我路过珍妮刚刚放上鲜花的坟墓。我拿掉包裹鲜花的塑料纸,让它们能够透气。

"安息吧,亲爱的珍妮。也许,你已经降生于别处,在另一座城市,在世界的另一头。你身边围着你新的家庭。他们庆祝你的出生。他们看着你,他们亲吻你,他们送一堆礼物给你,他们说你像你母亲,而我们却在这里哭你。你呢,你睡了,你为新的生活做准备,一切都要重来,而你在这里已无生气。你在此处成了回忆,你在彼岸是未来。"

*

赛丽亚的汽车开到一条一直延伸到索尔米乌峡湾的崎岖小路时,我看到了美丽的景色。莱奥对我说她想吐,我把她抱到膝盖上,对她说:"看,你看到那边的大海了吗?我们快到了。"

我们打开了小屋的百叶窗,让阳光、光线和味道进来。

知了在歌唱。我只在电视上听见过知了。它们盖住了我们的声音。

我们穿上游泳衣,都懒得把箱子里的东西拿出来。我们有重要的事情要做!我们走了一百米,脚就已经浸在透明的、碧绿的水里了。地中海远看是蓝色的,近看则是透明的。我啊,我只见过市游泳池里含氯的水。

我把莱奥天鹅形状的救生圈充好气。我们走进清凉的水,快乐地叫喊着。

菲利普·万圣让我们发笑。他用水泼我们,他吻我。他把盐留在我的嘴唇上。莱奥说:"爸爸亲妈妈了。"

莱奥坐在她爸爸的肩膀上笑,知了、清凉的水、太阳,我的头有点晕。仿佛旋转木马转得太快了。我把头埋到水下,睁开眼睛。我被盐灼伤了。我兴奋过度。

我们待了十天。我几乎没有睡觉。我身上某样东西拒绝闭上眼睛,幸福爆棚,我的幸福指标超标了。我从来没有看到我女儿如此快乐。

天不管几点都是亮着的。我们不管几点都泡在水里。或者吃东西。或者倾听。或者凝视。或者呼吸。我们嘴里只有三句话:"好香""水温正好""好吃"。幸福让人变得愚蠢。仿佛我们换了一个世界,我们刚刚在别处强烈的光线下获得新生。

这十天中，菲利普·万圣没有出去转。他跟我们在一起。他跟我做爱，我也很好地回应他。我们用浸满阳光的皮肤换取虚假的幸福。我们回到最初的时光，但是没了爱情。只不过是为了乐趣，享受一切。东方的天空和其他，一切都很遥远。

我给莱奥涂防晒霜的时候，她扭来扭去。我给她遮阳的时候她也扭来扭去。她决定赤条条地待在水里。她决定变成一条小美人鱼。像动画片里那样。

我想我们在十天里都没有穿过鞋。啊，我明白了假期就是这样的：不再穿鞋。

假期，就好像是一种奖赏，一等奖，一枚金牌。靠努力才能得到。赛丽亚认为我的几段人生都应该得到回报。一段是与接收家庭，一段是与菲利普·万圣。

赛丽亚时不时地来看我们。她视察我们的幸福。她像满意的工地负责人，跟我喝过一杯咖啡后，嘴上带着笑容离开了。

我跟她道了无数声谢，就像别人给他们的妻子无数的首饰。我用谢谢给她当首饰。我还远远没有谢完。我们走的那天不是我关的小屋的百叶窗。我让菲利普·万圣去关。如果是我自己去关百叶窗，我会觉得把自己活活埋葬了，并亲手封上了墓穴。就像雅克·布雷尔唱得那样："我为你编荒诞的词语，你会懂。"出发的时候，为了让莱奥不哭，我就是这样做的。我给她编了荒诞的词语。孩子的词语，是最简单的。

"我的宝贝，必须回去，因为再过一百二十天，就是圣诞节了，一百二十天，过得很快。所以，要马上开始准备给圣诞老人的清单。这里没有笔，没有彩笔，没有纸。只有大海。所以必须回家。然后，还要装饰圣诞树，把各种颜色的彩球挂到树枝上，今年，我们要挂我们自己做的纸的彩带，是的，我们自己做！所以要赶紧回去，不能浪费时间。如果你听话，我们把你房间的墙重新刷一遍。粉色吗？好哇。还有，圣诞节前，圣诞节前有什么呢？你的生日啊！这个呢，很快就到了。我们要吹气球，快快快，要回家了！我们有太多好玩的事情要做。穿上你的鞋，我的宝贝。快快快，我们收拾行李！我们又会看到火车了——说不定火车又要停下来了！赛丽亚在火车上。快快快，我们回家了！还有，不管怎么样，我们明年还会来马赛。带上你所有的礼物。"

36

所有认识你的人都会为你惋惜,为你哭泣。

伊莲娜·法约尔和加布里耶·谨慎离开了马蒂娜·罗宾,谨慎妻子的坟墓。走之前,加布里耶·谨慎摸了摸刻在石头上的他的名字。他对伊莲娜说:"看到自己的名字出现在坟墓上终究很奇怪。"

他们沿着圣皮埃尔墓地的小径走着,时不时地在别人的墓、陌生人的坟墓前停下脚步。看看照片或者日期。伊莲娜说:

"我,我希望被火化。"

在墓地前面的停车场,加布里耶说:

"您想做什么?"

"这种事情之后还能做什么呢?"

"做爱。我想脱掉您的米色衣服,让您受尽折磨,伊莲娜·法约尔。"

她没有回答。他们坐上小货车,能开多远就开多远,带着这份爱,带着血液里的酒精和哀伤。伊莲娜开到艾克斯的火车站,把加布里耶放下。

"您不想做爱?"

"到酒店开房偷偷摸摸……我们不止这点价值,不是吗?再说,我们偷什么呢?除了偷我们自己?"

"您愿意嫁给我吗?"

"我已经结婚了。"

"那就是说我来迟了。"

"是的。"

"您为什么不姓您丈夫的姓?"

"因为他姓孤独。保尔·孤独。如果我用他的姓,我就叫伊莲娜·孤独。就会变成一个拼写错误。"

他们拥抱了对方。没有接吻。没有道别。他下了小货车,他鳏夫的正装皱了。她看了他的手最后一眼。她想这是最后一次。他朝她挥挥手,然后转过身,在站台上走远了。

她重新开上去马赛的路。高速入口离火车站不是很远。道路很通畅。不用一个小时,她就会停在家门口,保尔等着她。岁月无痕。

伊莲娜将会在电视上看到加布里耶。他会对一桩刑事案件发表意见,他会为某个他认定无辜的人辩护。他会说:"整个案件建立在不公正之上,我将一步步证明。"他会说:"我会证明!"他会显得很激动,别人的无辜折磨着他,要表现出来。她会发现他很疲劳,有黑眼圈,也许老了些。

伊莲娜会在广播里听到妮可·柯瓦西耶[①]的一首歌:"当他得知他会有爱与酒,他快乐得像意大利人。"她将不得不坐下来。歌词将让她失去双腿,突然把她带回1984年2月5日的那个接待卡车司机的餐馆里。她会记得他们穿插在薯条、肮脏的窗帘、啤酒、葬礼、白玫瑰、炒鸡蛋和苹果烧酒之间的对话片段。

"您最喜欢什么?"

[①] 妮可·柯瓦西耶(Nicole Croisille,1936—),法国歌手、演员。

"雪。"

"雪?"

"是的,很美。寂静无声。下过雪之后,世界停止转动。仿佛一条白色的巨大床单将它盖住了……我觉得这十分奇妙。就像变魔术,您明白吗?您呢,您最喜欢什么?"

"您。或者说,我觉得我最喜欢的,是您。妻子葬礼的那天遇到他生命中的女人,很奇怪。她去世好像就是为了我能遇见您……"

"您的话真可怕。"

"也许是的。也许不是。我一直都热爱生活。我喜欢吃,我喜欢女人。我好动,喜欢惊奇。如果您愿意分享我卑微的生活,赋予它光彩,欢迎您。"

伊莲娜·法约尔想到加布里耶·谨慎的时候,她会想到"缤纷"。

伊莲娜心想,她不希望生活在不确定中,而是希望活在当下。她打了转向灯。她改变了方向。她从吕纳出口下来,沿着商业区,加速向艾克斯的方向开去。比火车的时刻更快。

她来到艾克斯火车站前,把小货车停在工作人员专用车位上。她一直跑到站台上。开往里昂的火车已经走了,但是加布里耶没有坐这趟车。他在餐馆里抽烟。因为不允许抽烟,起初,服务员跟他说了两遍:"先生,大家不可以在这里抽烟。"他回答说:"我不知道大家是谁。"

他看到她的时候,笑了,对她说:

"我要搜你的身,伊莲娜·法约尔。"

37

我爱过你,我爱着你,我永远爱你。

埃尔维斯为珍妮·菲尔内(1968—2017)唱着《不要那么冷酷》。我老远就能听见他。加斯东去买东西了。现在是下午三点,墓园空荡荡的,只有埃尔维斯的歌声填满了小径:"不要对一颗真诚的心那么冷酷。我不要别的爱情,宝贝,我只想着你……"

他有的时候会对刚刚入土的死者产生友情,仿佛他有义务陪伴他。

天气非常好。我趁机种下我的菊花苗。它们需要生长五个月,五个月才能在万圣节的时候开花。

我没有听见他进来,并在身后把门关上。他穿过厨房,上楼一直走到我的房间里,躺在我的床上,又下楼,踢了我的布娃娃几脚,从房子后面的花园出去,我的私人花园,我每天卖的补贴家用的花就长在那里,因为他从来都没有保护过我们。

"宝贝,假如我让你生气,那是因为我可能说过什么,求求你,让我们忘记过去……"

他是不是知道今天诺诺不在这里?他是不是知道这个星期鲁奇尼兄弟不会来?知道没有人去世?他只会遇到我?

"未来一片光明……"

我没有时间反应，我站起身，手上满是泥，脚下放着秧苗和水壶，我在他庞大、逼人的身影里转过身去……我被刺了个透心凉。我僵住不动。菲利普·万圣在我面前，头上戴着摩托车头盔，面罩往上抬起，他盯着我的眼睛。

我对自己说，他回来杀我，了结我。我对自己说，他回来了。我对自己说，我承诺过自己，不再痛苦。

我有时间对自己说出这一切。我想到莱奥。我不希望她看到这些。我嘴里发不出任何声音。

噩梦还是真实？

"不要对一颗真诚的心那么冷酷。我不要别的爱情，宝贝，我只想着你……"

他的目光，我看不出是蔑视、害怕，还是仇恨。我想，他评判我的样子，仿佛我比不值一提更不值一提。仿佛我随着时间变得更加微小。仿佛他父母在评判我，尤其是他母亲。我已经忘了人们曾经这样看着我。

他抓住我的胳膊，捏得很紧。他把我弄疼了。我没有挣扎。我不能叫喊。我无法动弹。我从来没有想到，有一天他会对我动手。

"不要停止想我，不要让我有这样的感觉，过来吧，爱我吧……"

但凡体验过我眼下的经历的人，都明白一切正常，没什么严重的，人类有着难以置信的能力，仿佛一层叠一层长了几层皮肤，可以重生，可以烧灼。生命可以叠加。还储备着别的生命。遗忘有着无穷无尽的资本。

"你知道我要对你说什么，不要对一颗真诚的心那么冷酷……"

我闭上眼睛。我不想看见他。听见他的声音已经够了。闻

到他的气息让人无法忍受。他把我的胳膊越抓越紧,在我耳边轻轻说:

"我收到一封律师信,我给你拿回来了……你听好了,你听好了,你永远不要再写信寄到这个地址,你听见了吗?你和你的律师,永远都不要。我再也不想看到你的名字,否则,我就对你……我就对你……"

"我们为什么要分开?我真的爱你,宝贝,相信我……"

他把信塞在我的围裙口袋里,马上离开了。我双膝跪下。我听到他发动摩托车。他走了。他再也不会来了。现在,我可以肯定,他再也不会来了。他来跟我永别。完了,结束了。

我读着被他揉皱的信,鲁奥公证员紧急派遣的律师叫吉尔·拉卡迪蒂尼耶,跟作家同名。这封信通知菲利普·万圣,紫堇·特雷内,夫姓万圣,在马孔的高级法院书记室递交了协议离婚请求。

我上楼洗了个澡。我刮出指甲里的泥。他的仇恨从他身上转移到了我身上。他把仇恨像病毒、炎症一样传染给了我。我捡起我的布娃娃,把床罩放进一个塑料袋里,好把它送去干洗店。仿佛我家里发生了凶杀案,我想抹掉证据。

罪行,就是他。他踩着我的脚印。他出现在我每个房间里。他在四壁间吸进又呼出的空气。我打开全部窗户通风。我喷洒几种玫瑰的混合香味。

浴室镜子里的我,苍白得吓人,几乎就是透明的。好像我的血液不再流动了。血液聚集在我的胳膊上,变蓝了。他把手指的痕迹留在了我的皮肤上。这便是他留给我的所有的东西:瘀痕。我很快会在上面覆盖新的皮肤。我一向都是这样做的。

我请埃尔维斯接替我一个小时。他看着我,似乎没有听见我说话。

"你听见我说话吗,埃尔维斯?"

"你好白,紫堇。非常白。"

我想到几年前我恐吓过的那些年轻人。今天,我不用化妆就能让他们逃走。

38

回忆快乐的时光能够减轻痛苦。

于是我们八月份回家准备圣诞树彩带，裁剪硬卡纸。我们将大海留在身后，走上回程路。

在把我们带回位于南锡地区马尔格朗日的栏杆的火车上，莱奥和我用在火车站买的彩笔画了海上的船只，还有太阳、鱼和知了，而菲利普·万圣在我们火车停靠的站台、火车餐车吧、一节一节车厢，测试他晒黑的皮肤对女人的魅力。所有多看他几眼的目光似乎都让他得到了无限满足。

我们到家的时候，我们的替工在门口等着我们，勉强跟我们打了个招呼。我们没来得及打开箱子，他们对我们说一切都很顺利，没有什么要说的，就把我们丢下了，在身后留下一个烂摊子。

幸好，他们没有进莱奥的房间。她坐到她的小床上，写了两个清单，一个给她的生日，另一个给圣诞老人。

我开始收拾，而菲利普·万圣出去转了。他要把错过的时间补回来。他跟我在小屋的床上错过的时间。第二天，我把所有的东西洗干净，生活又恢复了原样。我跟着火车的节奏抬起、放下栏杆，菲利普·万圣继续出去转，我则继续去购物。

莱奥和我一起洗泡泡浴,把假期的照片看了上百遍。我们把照片在家里东挂一张西挂一张。为了不忘记,为了能够时不时地看上一眼,重温假期。

九月份,我利用看管道口的闲暇,把她的房间刷成粉色。她来帮我,想粉刷踢脚线。我不得不在她后面返工,还不能让她察觉到。

莱奥上了小学二年级,很快,我们就又穿上了羊毛外套。

我们做好了纸彩带,买了一棵塑料圣诞树,这样每年圣诞都可以用,以免每年都要弄死一棵树。

我心想,这是她最后一年相信圣诞老人了,明年就完蛋了。某个大人会告诉她,圣诞老人不存在。我们一生中,都会遇到些大人,告诉我们圣诞老人不存在,让我们磕绊在失望上。

菲利普·万圣是女人就追,我本来应该受不了,但其实这帮了我的忙。我不再渴望他碰我。我需要睡眠。在夜间最后一趟火车和清晨最早一趟火车之间,我睡得很少。我需要安静。他的身体压在我的身体上,是我曾经喜欢的喧闹,但是现在一点儿都不喜欢了。

有时候,我一边听广播里的音乐,一边幻想着王子。男男女女的嗓音里满是温柔的、疯狂的、粗糙的词语。充满承诺的嗓音。或者晚上我给莱奥尼娜讲故事的时候也会幻想王子。她的房间是我的庇护所、人间天堂,在宛如仙境的混乱里睡着、混合着、交错着布娃娃、绒毛熊、裙子、透明的珍珠项链、彩笔和书。

我完全可以忍受不跟任何人交谈,除了对我的女儿和斯蒂芬妮,卡西诺超市的收银员。斯蒂芬妮评价我买的东西总是那几样。她推荐新的洗洁精给我,或者对我说:"你看见电视上的广告了吗?你把产品喷到浴缸上,等上五分钟,冲一下,污渍就消失了。真的有用哎,你应该试试。"

我们绝对没有什么话可说。我们永远都不会成为朋友。我们是两个每天都会擦肩而过的生命。她中午休息的时候，偶尔会来我家喝一杯咖啡。她来我挺高兴，她很温柔。她送一些洗发水和身体乳液的样品给我。她常对我说："你是一个好母亲，是的，真的是一个温柔的母亲。"她穿着工作服回她的收银台，以及需要补货的柜台。

每个星期，赛丽亚给我写一封长信。我透过她的文字读到她的微笑。我们没有时间给对方写信的时候，就在星期六晚上通电话。

莱奥睡得早，我安顿她睡下后，菲利普·万圣跟我一起吃晚饭。我们交换几句稀疏平常的话，从来不提高嗓门。我们的关系既客气又虚无。我们的关系是沉默的，但从来都不暴力。也难说。不吼叫、从不生气的夫妻相互漠视，有时是最大的暴力。我们家不摔盘子。也不需要关上窗户以免惊扰邻居。只有沉默。

吃过晚饭，他不出去转的时候，就打开电视，我呢，我打开《苹果酒屋的规则》。十年的共同生活里，菲利普·万圣从来没有注意到我一直在读同一本小说。我不看书的时候，我们一起看一部电影，但是电视节目很少让我们变得亲近。连电视，我们也不能分享。他经常在电视机前面睡着。

我呢，我等着最后一趟火车，23:04 南锡到斯特拉斯堡的火车，然后我去睡觉，一直睡到 4:50 斯特拉斯堡到南锡的火车。当我抬起 4:50 的栏杆之后，我就去莱奥的房间，看着她睡觉。这是我最喜欢的事情。有的人送给自己一道海景，我呢，我有我的女儿。

那些年，我没有埋怨菲利普·万圣把我留在孤独里，因为我感觉不到孤独，我体会不到，它在我身上滑脱了。我认为孤独和无聊触及空虚的人，而我，我很充实。我有好几个生活，占据了所有的空间：我女儿、阅读、音乐、幻想。莱奥在学校而我也不看书的时候，我洗衣服、打扫卫生、做饭，从来都是听着音乐做着梦。在南锡地区马尔格朗日生活的这段生活里，我为自己编造了上千种生活。

莱奥尼娜，是日常生活的额外部分。是我的生命多出来的。菲利普·万圣给我的最美的礼物。锦上添花的是，他给了她美貌。莱奥非常美，像她父亲。而且多了优雅和快乐。她，不管她横着还是竖着，我都贪婪地看着她。

菲利普·万圣跟他女儿的关系，与跟我的关系一样。我从来没有听见他对她提高嗓门。但是他对莱奥的兴趣不长久。她让他高兴五分钟，他很快就转到别的事情上去了。她问他问题的时候，回答她的是我。我把她父亲不愿意花时间讲完的句子说完。他跟她不是父女的关系，而是朋友关系。他唯一喜欢跟他的孩子分享的东西，是他的摩托车。他把她放到车的后面，沿着一片房子缓缓地绕一圈，逗她开心十分钟。然后他稍微一加速，她就害怕，尖叫起来。

他也许觉得男孩更容易相处。对菲利普·万圣来说，丫头就是丫头。六岁也好，十岁也好，都一样。永远都不会强过男人，真正的男人。踢足球、玩音速风暴电动卡车的男人。摔倒了也不哭的男人，把膝盖弄得脏兮兮的、会操纵手柄和方向盘的男人。而莱奥尼娜完全相反，她是闪闪发光的粉色小女孩。

她在南锡地区马尔格朗日的图书馆登了记。那是一个紧挨着镇政府的厅，一周开放两次，其中一次是星期三下午。每个星期三，在13:27和16:05两趟火车的间隙，我们两个人手牵手跑过去，为莱奥借满一周的书，把上周的书还掉。从图书馆回来的时候，我们到卡西诺超市去。斯蒂芬妮送一根棒棒糖给莱奥，而我们则买上一盒布罗萨老爷爷品牌的大理石纹蛋糕。抬起16:05的栏杆之后，我把蛋糕泡在我的茶里，而她泡在她加了橙花香的花草茶里。

莱奥一满三岁,每次火车要通过的时候,她都到门口向坐在车里从我们家门口经过的旅客打招呼。她朝他们挥手。这成了她最喜欢的游戏。有些旅客等着这一时刻。他们知道会看到"小女孩"。

南锡地区马尔格朗日只不过是一个道口,经过的火车从来不停,最近的火车站,布朗吉火车站,要走七公里路才到。好几次,斯蒂芬妮开车带我们去布朗吉,好让我们俩能够从布朗吉到南锡坐一个往返。莱奥想爬上她天天看见经过门口的火车,想爬上这匹旋转木马。

我们第一次坐火车玩的时候,她发出了快乐的尖叫声,我永远都不会忘记。直到今天,我还会梦到她的尖叫声。她去游乐园也没有这么高兴。当然,我们坐了从我们家门口经过的那条线,她父亲在我们家门口的台阶上等她,向她招手。我们转换角色,就能让孩子如此开心,真有意思。

我们三个人一起度过了1992年的圣诞节。菲利普·万圣像以往一样给了我一张支票,让我给自己买"想要的但不要太贵的东西"。我呢,我送了卡朗男士香水和漂亮的衣服给他。

有时候我觉得给他喷香水、穿衣服是为了别的女人。让他继续到别处讨人欢心。尤其是让他继续喜欢自己的样子。因为只要他喜欢自己,只要他在镜子里,或在别的女人的目光里欣赏自己,他就不会注意到我。我不希望他注意我。男人不会离开他看不见的女人,不吵闹的女人,没有声音的女人,不会摔门的女人,因为太方便了。

对菲利普·万圣来说,我是一个理想的妻子,不捣乱的妻子。他不会为了痴迷别人离开我。他不会爱上他征服的那些女人,我能感觉出来。他指尖有她们的气味,但是没有她们的爱。

我想我一直有这种本能反应,不捣乱的本能反应。小时候,在那些接收家庭里,我对自己说:"安静,这样,这一次你就能留下来,他们会留下我。"我很清楚,爱情很久以前来过我们家,它已经去了别处,去了永远都不是我们家的地方。海边小屋是我俩泡过海水的身体的一段插曲。我照顾菲利普·万圣,就像照顾一个必须优待的同屋,害怕有一天他带着莱奥消失。

圣诞节的时候,莱奥尼娜得到了所有她写在清单上的东西。几本只属于她一个人的书,其中有纳蒂雅的《蓝色的狗》。一条公主裙,几盒录像带,一个红棕色头发的布娃娃,一套魔术师的新装备。比去年圣诞节得到的那一套更厉害。有两根新的魔棍,有魔力的扑克牌和神秘的扑克牌。莱奥一向喜欢玩魔术。很小的时候,她就想变成魔术师。她想让所有的东西都变到帽子里。

第二天,因为是节假日,火车少了。只有四分之一的火车。我可以休息休息,跟她玩玩,她让她的手消失在彩色的丝巾后面。

晚上,我整理她的行李。12月26日早上,菲利普·万圣的父母像往年一样来接我的女儿,带她去阿尔卑斯山一个星期。他们没有待很长时间,但是母子俩抽空关在厨房里窃窃私语。她肯定给了他一张支票作为新年礼物,至于我呢,年年一样,我得到了酒心黑巧克力,里面夹了一颗樱桃。不是蒙雪利牌的,是一个粉色包装的杂牌,叫蒙特索。

这一回,当万圣爹妈的汽车发动的时候,是我走到门口的台阶上向莱奥挥手。她咧开嘴笑着,膝盖上放着魔术师套装。她摇下玻璃,我们互相说:"一个星期后见。"她给了我几个飞吻。我把它们留住。

每次看到他们的豪车把我一点点大的女儿带走,我都害怕他们不把她给我送回来。我试着不去想,但是我的身体为我去想,我会生病,我会发烧。

每次莱奥离开,我都会花一个星期的时间整理她的房间。在她的房间里,与她的娃娃共处,能让我平静下来。

12月31日,菲利普·万圣和我在电视机前面过大年夜。我们吃了所有他最喜欢的东西。像往年一样,斯蒂芬妮把没有卖出去的食品礼盒送给我们。"紫堇,你明天之前要把它们吃掉,不然就坏掉了,知道了吗?"

莱奥尼娜1月1日早上给我们打电话:

"新年好,妈妈。新年好,爸爸。新年好,爸爸,妈妈。我要考我的第一颗星!"

她1月3日回来,气色极佳。我的烧退了。万圣父母待了一个小时。莱奥把她的第一颗星挂在毛衣上。

"妈妈,我得到了我的第一颗星。"

"真棒,我的宝贝。"

"滑雪我会回转了。"

"真棒,我的心肝。"

"妈妈,我可以跟阿娜伊丝去度假吗?"

"谁是阿娜伊丝?"

39

最重要的东西眼睛是看不到的。

"最近没人去世。"

塞德里克神甫、诺诺、埃尔维斯、加斯东、皮埃尔、保尔和雅克在我的厨房里高谈阔论。鲁奇尼兄弟闲得发慌,已经一个多月没有人去他们的店里了。所有的男人围着我的桌子喝咖啡。我给他们做了一个大理石纹的巧克力蛋糕,他们一边分享一边叽叽咕咕,就像围着生日蛋糕的小女孩。

我在花园里把我的菊花秧苗种完。门开着。他们的声音一直飘到我这里。

"是因为天气好。天气好的时候人死得少。"

"我今天晚上有学校的家长会。我最讨厌这个。总之,所有的老师都会告诉我,我的孩子在学校里吊儿郎当。只想着捣乱。"

"我们的生意本钱,是人。我们遇到六神无主的活人,他们特别重视仪式,希望一切顺利,这样可以让他们接受死亡,所以是一个真正的服务行业,绝对不能出错。"

"我上个星期给两个孩子洗礼,一对双胞胎。特别感人。"

"我们的职业与别的职业不同的地方,是我们讲究感情,而不讲究理性。"

"啊，我们笑得好开心啊！"

"什么意思？"

"我们绝对不能出错。每个家庭都有特别重视的地方。对一个家庭合适的东西，不一定适合另一个家庭。细节很重要。比如说，我最近的一个死者，只有一件事情很重要，就是手表要戴在右手腕上。"

"我昨天在电视上看了一部很好看的电影，那个男演员，头发有点金色的那个，他的名字我一时想不起来……"

"讣告上面也绝对不能有错别字，总有人叫卡里斯多夫而不是克里斯多夫，或者叫克莉斯蒂娜而不是克里斯蒂娜。"

"装修器材店几点关门？我得去买一个割草机的零件。"

"还有，关键就在于与死者的关系。是夫妻关系，还是孩子与父母的关系，总之吧，就是一个人与人的问题。"

"哎哟，我遇到那个女人了，她叫什么来着……德格朗热，她丈夫以前在杜塔格里公司工作。"

"加斯东，小心点，你把咖啡弄得到处都是。"

"还有，我们必须处理宗教问题，和所有感情方面的事情。"

"还有那个理发师雅诺，他对我说他妻子之前生了病。"

"奇怪的是，人们推开我们的大门时，很少哭，他们想着棺材、教堂、墓地。"

"你呢，我的老艾莲娜，你怎么看？你想吃点蛋糕，还是想要我摸摸你？"

"当我们跟他们说起可以选的音乐、文章、我们可以提供的服务、悼念、回忆的时候，因为我们可以做的事情很多，他们还是给我们很大的自由空间的。"

"我们有一段时间没有看见紫堇的警长了。"

"我呢，别人来感谢我，对我说'非常美'的时候，我总觉得很奇怪，毕竟说的是葬礼啊。"

"我呢，我觉得那个警察佬在追她，你没有看见他看我们紫堇的眼神？"

"我们葬了五千年的人了，但是市场是新的。我们呢，我们让这个职业焕然一新。"

"昨天晚上，奥蒂乐给我们做了一盘焦糖鸡。"

"我们的殡葬习俗变了，以前人们万圣节的时候自然会给坟墓献花，但是现在大家不再生活在他们的父母和祖父母生活过的地方。"

"我挺好奇，谁将是下一位总统……只要不是那个金头发的女人。"

"现在，对回忆的处理不一样了：死人被火葬。习惯变了，花费也是，大家自己安排自己的葬礼。"

"完全是半斤八两。左派、右派，他们只想着赶紧捞好处……重要的是，月底我们钱包里还剩下多少钱，这个，这个对我们这些人来说永远都不会变。"

"你想想看，到2040年，百分之二十五的法国人将事先安排好自己的葬礼？"

"我不同意，永远不要忘记是他们那些人投票通过法律。"

"但是这个呢，要看家庭，有的家庭不谈死亡。就像性，是个忌讳。"

"但是对你来说，神甫先生，还是一样的。"

"我们是世上死亡的代表。所以大家觉得，我们一定是阴沉的。"

"一个好吃的热羊奶酪生菜沙拉，加上松子和一点蜂蜜。"

"如果是私立的，叫'遗体告别室'，如果是公立的，就叫'停尸间'。"

"我呢，行了，我已经把烧烤炉重新拿出来了。"

"梳洗、穿衣，全套的遗体保存处理。法律还不强制要求，但是出于卫生考虑，应该很快就会实施了。"

"卡尔纳商店的原址上，要开一家新的店。好像是一家面包店。"

"法律草案：不允许再把遗体留在家里。"

"昨天所有的保险丝都跳掉了，我觉得是洗衣机有问题，造成短路。"

"我啊，我说活人有活人的地方，死人有死人的地方。如果你把死人留在家里，很有可能就没法接受死亡。"

"她长得真好，我要把她弄到我床上，我不会在浴缸里跟她做。"

"我觉得只有一条原则：跟着自己的感情走。"

"今年夏天你会去度几天假吗？"

"我开店以后，对自己说：'我不会卖昂贵的棺材用于火葬。'这是新手会犯的错误。我父亲对我说过：'为什么呢，你是不是以为在地下三米深的地方，这没什么意义？想在被烧掉的棺材里花一大笔钱的家属，当然不理性，但是你不能禁止他们选择一口天价棺材。你不了解别人的生活，不应该由你去决定。'"

"我呢，我说，退休，是结束的开始。"

"时间久了，遇到的家属多了，我发现我们的父亲说得有道理……有很多人想花一笔巨款在棺材上，为什么呢？我不知道……"

"我们到布列塔尼岳父家里去。"

"是镇政府的那些工人组织这个，七月初的时候。我呢，我喜欢钓鱼，我谁也不烦，除了鱼，也算不上，我把它们放回河里。"

"法律规定，六天之内要把人葬掉。"

"他教钢琴。他来了应该有三年了。他个子高,总是穿得比较正式,好像要上电视一样。"

"我们不能把骨灰分开,因为从法律角度来说,这是同一个身体。"

"一点洋葱,你把蘑菇放到鲜奶油里煮一下,很好吃。"

"把骨灰抛撒到海里,电影里才能看得到,船会动,还有风,骨灰会浮上来。真相是,我们得把骨灰装在一个可以降解的骨灰盒里,扔到离海岸一公里远的地方。"

"你还有几个小鬼来上教理课,神甫先生?应该没有几个了。"

"大家签殡葬费用保险,不想再花上几千欧元买个家族墓穴,而孩子生活在里昂或马赛。很多人对我说:'我们本来不同意火葬,但是想过之后,我们更希望我们的孩子能够在我们还活着的时候享受到这笔钱。'我对他们说他们完全是对的。"

"我七月份安排了三个婚礼,八月份有两个。"

"组织自己的葬礼到底还是很奇怪的。还没有被装进盒子就看到自己的名字写在纪念碑上。"

"我呢,我对镇长说,这个地方的行车道,应该改进一下。总会有特别的一天。"

"准备自己的葬礼的那些人,没有痛苦,没有离去的突然性。所以,他们花的钱少两倍。"

"兽医要高兴了!"

"葬礼这一行禁止去禁止。但是我不建议亲属在开棺取出遗骸的时候到场。"

"你们看到了吗?第二个进球,太神了……打进正中。"

"要让我们爱过的人留下美好的形象。失去亲人、埋葬他,已经很难受了。幸好入殓技术很先进了,十有八九结果真的很完美,让人觉得死者睡着了。我稍微化一下妆,让皮肤重新显得自然，我给死者穿衣服，问亲属要他习惯用的香水，给他喷上。"

"我不知道，得看，也许是汽缸盖衬垫。如果是的话，那可不便宜。"

"严重啊，但不是非常非常严重，因为现在我知道什么是严重了。两个星期以前，我把灵车的右侧挡泥板给扯下来了，我打碎了手机，家里漏水，挺烦的，但是不严重。"

"那天，埃尔维斯推开设备房的门，直接撞上领导，那个达尔蒙维尔，正在操雷米老妈。对不起，神甫先生。埃尔维斯转身就跑。"

"对人们说我们爱他们，他们活着的时候多跟他们在一起。我也许活得比以前更开心。看事情更客观了。"

"温柔地爱我……"

"我不是说要变回冷血动物。我能理解痛苦，但是我不在服丧，我不认识死者。"

"记得死者、认识死者本人的时候，更难受。"

40

我奶奶很早就教我怎么摘星星：
只要夜里放一盆水在院子里，
星星就在我的脚边。

  我去鲁奥公证员那里，请他停止一切程序。我对他说，他无疑是对的，菲利普·万圣消失了，就到此为止吧。我不想再旧事重提。
  鲁奥公证员没有问我问题。他当着我的面给拉卡迪蒂尼耶律师打电话，让他终止程序。不要回应我的诉讼请求。今天我姓特雷内还是万圣，并不重要。大家喊我紫堇或"紫堇小姐"。"小姐"一词可以从法语里去除①，但是没有在我的墓园里消失。
  回家的时候，我经过加布里耶·谨慎的墓。我的一棵松树的阴影遮住了伊莲娜·法约尔的骨灰盒。艾莲娜跑到我身边。它冲什么低声叫了几下，然后坐到我脚边。接着，蓝色幽怨和弗洛朗丝不知道从哪里跑过来蹭了蹭我，随后直挺挺地躺在墓石上。我弯下腰抚摸它们。它们的肚子和大理石热乎乎的。
  我想，加布里耶和伊莲娜利用猫向我打招呼。就像莱奥跑到门外的台阶上向火车上的旅客问好。我想象着伊莲娜到艾克

---

① "小姐"（mademoiselle）一词被指歧视女性，2012年2月在法国行政文件里正式废除。

斯的火车站与加布里耶会合的时候，他们俩的样子。我寻思着她为什么没有离开保尔·孤独，她为什么要回家。她最后的愿望，即长眠在这个男人的身边意味着什么？她是不是想象着他们不会生活在一起，却拥有永恒？于连·孤独会不会回来对我讲述这个故事的后续？想着想着，我就想起了萨夏，想到了萨夏的事情。

诺诺来到我旁边。

"你在做梦吗，紫堇？"

"可以说是吧……"

"鲁奇尼兄弟终于有客人了。"

"谁啊？"

"一个出车祸的……好像样子很难看。"

"是谁啊？你认识他吗？"

"谁都不知道他是谁。他身上没有证件。"

"真奇怪。"

"是镇政府的工人在一条沟里发现他的，看样子他在那里已经三天了。"

"三天？"

"是的，一个骑摩托的。"

在遗体告别室里，皮埃尔·鲁奇尼和保尔·鲁奇尼对我解释说，他们在等警察的征用令。几个小时之后，摩托车手的遗体就要去马孔。法医要求进行法医学鉴定，解剖尸体。

就像在一个糟糕的连续剧里，灯光昏暗，演员蹩脚，保尔让我看出车祸的那个人的身体。只是身体，不看头。"脸没了。"保尔说道。他也说他没有权利给我看死者。

"但是对你，紫堇，这不一样。别声张。你觉得你认识他吗？"

"不认识。"

"那你为什么要看呢?"

"为了问心无愧。他没有戴头盔吗?"

"戴了,但是他没有扣上。"

男人光着身子。保尔用一块布盖住了他的生殖器和脑袋。身上到处都是瘀痕。这是我第一次看见死人。平常,我跟他们打交道的时候,他们已经"在盒子里"了,就像诺诺说的那样。我感觉不舒服,双腿瘫软,眼前一阵发黑。

41

泥土盖住了你,而我的心依然能看到你。

1993年1月3日,万圣老妈离开之前,给了我一本广告册子。阿娜伊丝是卡特琳娜(我婆婆从来没有叫过莱奥尼娜的名字)的朋友。是"好人家"的女儿,在阿尔卑斯度假的时候跟他们相处得很愉快。父亲是医生,母亲是放射科技师。万圣老妈说到"医生"或"律师"的时候,兴奋不已。跟我戴着潜水面具在地中海游泳的时候一个样子。跟医生和律师"交往",那是她的幸福神殿。

阿娜伊丝跟莱奥在一个滑雪小组里。她们一起考她们的第一颗星星。阿娜伊丝一家住在离南锡不远的马克斯维尔,真是凑巧。

小阿娜伊丝每年去位于索恩-卢瓦尔省的拉克拉耶特度假,最好莱奥尼娜七月份能跟她一起去,阿娜伊丝的父母甚至提出可以顺路来接莱奥尼娜,万圣老妈已经答应了,都没有咨询一下我们的意见,因为"可怜的小卡特琳娜,整整一个月都被困在一条铁路线上……"。万圣老妈说起莱奥的时候,总好像很同情她。好像她必须插手,把她从作为我女儿的巨大不幸中解救出来。

我没有回答"可怜的小姑娘"一年四季在铁路线上并没有不开心。夏天的时候,每趟列车的间隙,我们做很多事情,我们在院子里给塑料游泳池打足气,虽然我们的游泳池很小,但是我们还是可以泡在里面,玩得很开心。我们在塑料游泳池里哈哈笑。但是笑不属于菲利普·万圣父母的词汇。

我只是说八月份我们要再去索尔米乌,如果莱奥喜欢,七月份倒是可以跟小朋友一起去。

万圣父母走了之后,我打开了位于拉克拉耶特的德佩圣母院夏令营的广告册。"只有我们的严谨从不休假。"在广告词下面,有注册的基本条款和一些蓝天下拍摄的照片。设计广告宣传册的人大概不允许雨天出现。第一页上面的一张照片上,可以看到一座很美的城堡和一面很大的湖。第二页是一个食堂,十岁左右的孩子们在食堂里吃饭,还有一个工作坊,同一批孩子在画画,还有一页是那面湖,还是一样的孩子在游泳,最后,在最大的一个画面上,可以看到美丽的牧场,那些孩子骑在小马的背上。

为什么所有的小女孩都梦想着能够骑上小马?

而我,自从看了《乱世佳人》这部电影,就提防着小马。莱奥骑上小马,比坐到菲利普·万圣的摩托车后面更让我害怕。

万圣老妈已经骗住了莱奥:"今年夏天,你要去乡下跟阿娜伊丝一起骑马。"神奇的句子,让所有七岁的小女孩做梦的句子。

几个月过去了,莱奥尼娜学会了区分童话故事、报纸、词典、诗歌和作文。她会解答题目:"圣诞节我有三十法郎,我买了一件十法郎的毛衣,一个两法郎的蛋糕,然后妈妈给我五法郎的零花钱,到复活节我还剩几法郎?"她学了法国概况,法国在地图上的位置,法国的几个大城市,法国在欧洲和世界的地位。她给马赛画了一个红色的圈。她玩了魔术。她把所有的东西都变没了，不过她的房间还是乱七八糟。

然后，她骄傲地给我看，她的成绩册上面写着："升到小学三年级。"

1993年7月13日，阿娜伊丝的父母来我们家带我的女儿走。

他们风度翩翩。他们很像夏令营的广告册。他们的眼睛里只有蓝天。莱奥扑进阿娜伊丝的怀里。两个小姑娘不停地笑。连我都在想："莱奥跟我在一起没有笑得这么久。"

"我累了，我想歇一会儿……"

于连·孤独在我面前。他气色不好。也许是因为病房墙壁苍白的光线。消防员把我从鲁奇尼兄弟店里的地上抬起来之后，是诺诺给他打了电话。诺诺认为我们是情人，于连·孤独会照顾我。诺诺搞错了，除了我自己，谁都不会照顾我。

我唯一能对看上去为我担心的警长说的就是："我累了，我想歇一会儿。"

如果伊莲娜·法约尔没有在艾克斯和马赛之间掉头去火车站找加布里耶·谨慎，于连·孤独永远都不会到我的墓园来。如果那天早上我把于连·孤独领到加布里耶·谨慎的墓边时，他没有看到我大衣底下的红裙子，他永远都不会介入我的生活。如果于连·孤独没有介入我的生活，他永远都不会找到菲利普·万圣。如果菲利普·万圣没有收到我的离婚起诉书，他永远都不会回布朗西雍。真是阴差阳错。

我没有告诉任何人，菲利普·万圣上个星期来我家了，连诺诺也没有告诉。

于连·孤独走进我的病房的时候看到的第一样东西，是我的手臂。他真是一条敏锐的猎犬。他什么也没有说，但是我感觉到他的目光盯着我的瘀青。

但是还有更不可思议的：菲利普·万圣从我家出去之后，恰恰跟蕾娜·杜莎（1961—1982）死在同一个地方，那个年轻的女人意外死在离墓园三百米远的地方，有人说，夏天晚上看到她出现在路边。

菲利普·万圣是不是也看见她了呢？为什么他没有系上头盔？他走进和离开我家的时候并没有摘掉头盔。他为什么没有身份证件？

于连·孤独站起来对我说，他晚点再来。离开我房间的时候，他问我需不需要什么东西。我摇头示意不要，然后我闭上了眼睛。我努力回忆，这是第一千次了，也许不止一千次，也许不到一千次。

阿娜伊丝的父母没有马上离开。他们想跟我们"认识一下"。让女孩们有重逢的时间。我们去了吉诺饭店，从来没有去过意大利的阿尔萨斯人开的一家比萨饼店。菲利普·万圣留在家里看管道口和"午间的火车"：12:14、13:08 和 14:06。这帮了他的忙。他讨厌跟陌生人交谈，对他来说，谈论假期、孩子和小马，是女人的事情。

女孩们一边说着小马、泳衣、小学二年级、第一颗星、魔术、防晒霜，一边吃了一个上面有个荷包蛋的比萨饼。

阿娜伊丝的父母，阿梅勒和让-路易·柯桑，要了当日特选菜，我模仿他们，想着要付账单的是我。既然他们来接莱奥尼娜，这是应该的。因为我刚刚付完夏令营的费用，我可能要透支了。

我吃饭的时候一直想着这个，每吃一口，我都想着我要怎么处理银行的这笔透支，我没有透支的权利。我在心里算：三个当日特选菜加两个儿童套餐加五份饮料。我还记得我对自己说：幸好他们要开车，饭桌上就不会有葡萄酒。菲利普·万圣还是一分钱都不给我。我们三个人靠我的工资生活。我一分多余的钱都没有。

我也还记得他们对我说："您那么年轻，您多大的时候有了卡特琳娜？"他们不知道莱奥尼娜叫莱奥尼娜。我还记得莱奥用她的比萨面饼蘸蛋黄。她说："我要戳破你的蛋。"边说边笑。

我记得对自己说："她终于长大了，她有真正的朋友了。而我，我的第一个朋友，要等到二十四岁火车罢工的时候才遇上。"

我不时地盯着柯桑夫妇漂亮的蓝眼睛，一边说"是……不……哦……啊……好……太好了"，但是我不在听他们说话。我的视线没法离开莱奥。我数着："三个当日特选菜加两个儿童套餐加五份饮料。"

莱奥说说笑笑。她刚刚掉了两颗牙。她的笑容好像被扔在阁楼里的钢琴。我给她梳了两条辫子，这样旅行起来更方便。

离开饭店的时候，她把餐巾纸变没了。我真希望她把账单变走。我颤抖着用支票付了账。想到账上没有钱，我羞愧得要死。真是奇怪，我想马尔格朗日所有的人都知道我的丈夫有外遇，但是大街上别人的目光并不让我窘迫。但是，如果大家要是知道我开空头支票，我就再也不出门了。

我们出发回道口。莱奥坐在柯桑夫妇汽车后面，挨着阿娜伊丝。她差点忘了她的安抚毛绒玩具。她把它藏在我的手提包里，不让阿娜伊丝知道她路上还需要它。我让她吃了止晕药，因为她会晕车，而且要开三百四十八公里路呢。我把余下的晕车药塞进她的口袋里，回程再吃。

他们傍晚的时候会到，一到就给我打电话。

下午整理莱奥的东西的时候，我找到一张我十五天前写的清单，让自己收拾她的箱子的时候不要忘了东西。

零花钱、两件泳衣、七件汗衫、七条内裤、拖鞋、球鞋（马靴会提供）、防晒霜、帽子、太阳眼镜、三条裙子、两条吊带裤、两条短裤、三条长裤、五件T恤（床单和毛巾会提供）、两条浴巾、三本漫画、柔和洗发水＋除虱洗发水、牙刷、草莓味牙膏、一件厚毛衣和一件外套晚上穿＋冲锋衣＋一支圆珠笔和草稿本。

一次性照相机＋魔术套装。

安抚毛绒玩具。

晚上九点左右，莱奥给我打电话，兴奋过度，超级棒。到营地的时候，她看到了小马，太可爱了，她给它们喂了面包和胡萝卜，太好玩了，天气太好了，房间太漂亮了，每个房间里有两张上下床，阿娜伊丝会睡下铺，她睡上铺。吃过晚饭以后，她变了几个魔术，他们笑得开心死了。辅导员太好了，其中一个跟我太像了。不，我不能让爸爸接电话，他出去转了。"我爱你，妈妈，亲亲你。亲亲爸爸。"

挂上电话以后，我走到我的小院子里。我看到一个芭比娃娃仰天浮在塑料游泳池里。水已经变绿了。我把水倒掉。水沿着玫瑰丛流淌。下个星期等莱奥回来，我再把水灌满。

42

爱，是遇上一个知道你近况的人。

于连·孤独来医院接我。我们默默地开着车。他把我送到我家门口，立即上路回马赛。孤独警长对我说他很快会再来。他抓住我的右手吻了一下。这是我们认识以来第二回。

我带着滋补品和维他命 D 的处方走进了我的墓园。检查结果都是好的。艾莲娜在台阶上等我。埃尔维斯、加斯东和诺诺也在家里等我。加斯东的妻子给我做了一道菜，只要热一热。他们取笑我，因为我看到一个死人就晕倒了。"对一个守墓人来说，这，太夸张了！"

我询问那个死人的近况，就好像别人询问一个退休了的同事的近况。"骑摩托车的陌生人"的尸体被送到马孔去了。没人知道是谁。他的摩托车没有上牌照，型号很常见，序列号被抹掉了。肯定是偷来的摩托车。警察局发了寻人启事。

诺诺给我看《索恩-卢瓦尔日报》上的文章，题目是：《被诅咒的弯道》。

1982 年蕾娜·杜莎死亡的地方发生了一起悲惨的车祸。摩托车手没有系他的头盔，车速很快。他的脸受损严重。

因此无法拍照来确认他的身份，只有一张肖像素描。

我看着那张用铅笔画的肖像素描。根本认不出是菲利普·万圣。说明文字上写着："男，约五十五岁，浅色皮肤，栗色头发，蓝色眼睛，高 1.88 米，无文身及其他显著标志。无首饰。白色 T 恤。李维斯牌牛仔裤。黑色靴子，弗里根牌黑色皮夹克。知情者请与最近的警察局联系，或拨打 17（警局急救电话）。"

谁会找他？我想应该是弗朗索瓦兹·佩尔蒂埃吧。除了她，他有朋友吗？我们一起生活的时候，他有情妇但是没有朋友。在夏尔维勒和马尔格朗日有两三个摩托车伙伴。还有他的父母。但是他父母现在已经死了。

我没有继续看报纸。我上楼洗澡换衣服。打开我夏天和冬天的衣柜的时候，我在想，我是把粉色的裙子穿在防水衣下面，还是穿黑色的裙子。我成了寡妇，没有人知道。

我在停尸房认出了他。我认出了他的身体。我觉得在恐惧之后，是因为厌恶我才晕过去的。对他的厌恶。他到我的花园里来恐吓我的时候的仇恨，对他的仇恨，在他紧紧抓住我的胳膊的时候把仇恨传染给了我。他抓得那么紧，我现在还有瘀痕。

我一直在深色衣服下面穿鲜艳的颜色，以藐视死亡。就好像在遮面长袍下化妆的女人。今天，我想反过来。我想穿黑色的裙子，上面罩一件粉色的大衣。但是出于对他人、那些留在或行走在我墓园里的人的尊敬，我永远都不会这么做。再说，我从来都没有过粉色大衣。

我下楼，脚避开那些真空布娃娃，到厨房里给自己倒了一点点波特酒，仅盖住杯底，祝自己身体健康。

我到我的墓园转了一圈。艾莲娜跟着我。我走过四个区，月桂、卫矛、雪松和紫杉。没有任何问题。七星瓢虫开始出现了。朱丽叶特·蒙特拉奇（1898—1962）的墓还是一样美。

我时不时地捡起跌倒的花盆。约瑟-路易·费尔南德兹在墓园。他给他妻子的花浇水。水果杂拼陪着他。平托夫人和德格朗热夫人也在。她们默默地刮着她们丈夫坟墓的四周。她们刮着一块已经刮得不能再刮的土地。杂草早就上西天了。

我遇到曾经见过的一对夫妻。女的常常来她的姐姐娜蒂娜·利博（1954—2007）的坟墓。我们互相问了声好。

雨停了。气候宜人。我饿了。菲利普·万圣的死没让我失去胃口。我感到我的粉色丝绸裙子摩擦着我的大腿。我对自己说，莱奥不会经历这一切。埋葬她的父亲。我也不会。

菲利普·万圣选择从我的生活里消失，也就选择了从他的死亡里消失。我不需要去刮他坟墓的四周，不需要为他买花。我又想到我们年轻时做爱的样子。我已经很多年没有做爱了。到了紫杉区，我朝儿童墓葬群走去。

大部分墓都是白色的。到处都是天使，墓碑上、花丛中、墓石上。还有粉色的心和毛绒熊，很多蜡烛和数不清的诗歌。

今天没有家长。他们如果来，经常是下班以后，从下午五六点开始，一般来的都是同样的人。起初，他们一整天都待在这儿。呆滞。因痛苦而迟钝。烂醉如泥。活死人。几年之后，他们拉长来访间隔时间，这样更好，因为生活继续下去。死亡在别处。

而且，在这个墓葬群里，有的孩子如果活着都一百五十岁了。

一百五十年之后，我们甚至不再去想
我们曾经爱过什么、失去什么。
来吧，为大街上的小偷干掉我们的啤酒！

我们终究都将入土,我的上帝,真叫人沮丧!
看看这些恶意地看着我们的骨架。
别生气,别向它们开战。
我们什么都不会剩下,并不比它们强。
我敢打赌这都是真的,都是真的。
那就笑一笑吧。

我蹲在她们墓前:

  阿娜伊丝·柯桑(1986—1993)

  娜德吉·加尔东(1985—1993)

  奥莎尼·德加斯(1984—1993)

  莱奥尼娜·万圣(1986—1993)

43

死亡将她定格在美丽的童年,
如同一朵被暴风雨摧残的鲜花。

我的女儿,你无法想象,我是有多么懊悔,在圣诞节的时候送给你这套魔术师的装备,你变成功了,你真的消失了。你让你的三个伙伴,包括阿娜伊丝,也消失了。

城堡的其他房间没有受损。或者它们及时疏散了。我搞不清了,这一点我已经忘了。

只有你的房间。只有你们的房间。只属于你们的房间,离厨房最近的那个房间。

电线短路。或者电炉没有关好。

或者烤箱里的食物着火了。

或者煤气泄漏。

或者是香烟头。

以后,以后我会知道的。

你的魔术里面没有机关。没有隐藏在地板上的活动板,没有人鼓掌,没有伴着音乐和致谢的再次出场。

死亡,骨灰,世界末日。

四个小生命化为乌有,变作尘埃。你们加在一起,头脚相连,都不到三米,一共三十一岁的小姑娘。

那个夜晚之后,你们消失了。

我们尽量安慰自己,你们没有遭受痛苦。你们在睡梦中窒息而死。火苗开始吞没你们的时候,你们已经离开了。你们正在做梦,并留在了梦里。

我希望你正骑在小马背上,我的心肝,或者在峡湾里做美人鱼。

5:50的火车过去之后,我在沙发上躺下来,刚刚重新睡着。电话铃响的时候,我的心怦怦乱跳,我以为我忘了7:04的火车。我接了电话。我刚刚梦见万圣老妈送给我一只没有眼睛和嘴巴的毛绒狗熊,我正在用你的笔画眼睛和嘴巴。

一个警察跟我说话,叫我说出我的名字,我听到了你的名字,"德佩圣母院城堡……拉克拉耶特……四具没有确认身份的尸体。"

我听到"悲剧""火灾""孩子"几个词。

我听到"很抱歉",然后又是你的名字,"来得太迟了……消防员无能为力。"

我又看到你用比萨面饼戳破你的鸡蛋,把餐巾纸变没有,而我正在算着:"三个当日特选菜加两个儿童套餐加五份饮料。"

我本可以不相信在电话里跟我说话的那个男人。我本可以对他说,"您弄错了,莱奥尼娜会变魔术,她会重新出现的",我本可以对他说,"是万圣老妈搞的鬼,她把她从我身边带走了,用一个布娃娃顶替,在床上烧掉",我本可以要求证据,挂上电话,对他说,"您的玩笑太拙劣了",我本可以对他说……但是我立即明白他对我说的是真的。

我从童年起就一直很安静,让别人留下我,不要再抛弃我。我却吼叫着走出了你的童年。

菲利普·万圣出现了,他拿过电话,跟警察又说了一会儿话，他也开始吼叫。但是跟我不一样。他骂他。所有我们不允许你说的难听的话，你爸爸都说了出来。仅用了一个句子。你的死亡则让我痛不欲生。叫过之后，我很久都没有说话。他呢，你的死亡让他气愤。

7:04 的火车通过的时候，谁也没有出去放下栏杆。

上帝，虽然那天夜里没有出现在德佩圣母院，还是屈尊到我们的道口转了一下，因为我们的生命清单上，一个悲剧已经够了。没有一辆汽车经过，没有一辆汽车撞上 7:04 的火车。通常，这条路在这个时刻很繁忙。

后面的栏杆，菲利普·万圣通知了某个人，请求帮助。我永远都不知道来的是谁。

我则躺倒你的房间里，再也没有动。

普罗多姆医生来了，我知道，你不喜欢他，他医治你的咽喉炎、水痘、耳炎的时候，你说他"难闻"。

他给我打了一针。

然后又打了一针。然后又是一针。

但不是在同一天。

菲利普·万圣向赛丽亚求助。他不知道怎么处理我的痛苦。他把它转给别人。

好像菲利普·万圣的父母来了。他们没有到你的房间里来看我。他们做得对。这是第一次也是最后一次，他们做对了。他们留下我一个人。他们三个人去了拉克拉耶特。他们去找你，几乎什么也没有留下的你。

赛丽亚来了，他们走了以后还是后来来的，我不知道，我失去了所有的时间概念。

我记得她推开门的时候天已经黑了。她说："是我，我来了，紫堇。"她的声音里没有了阳光。是的，你死了，就是赛丽亚的声音也变成了黑夜。

她没敢碰我。我则在你的床上蜷成一团。一团虚无。赛丽亚温柔地逼我吃东西。我吐了。她温柔地逼我喝东西。我吐了。

菲利普·万圣打电话告诉赛丽亚四具尸体什么也没留下。一片狼藉。你们变成了灰。没有办法一个一个地辨别你们的身份。他要起诉。我们会得到赔偿。其他所有孩子都回家了。代替他们的，是无处不在的警察。征得我们的同意后，你们将葬在一起，一起葬在儿童墓葬群里。他重复了"葬在一起"。为了避开记者、人群、混乱，只有至亲好友会出席离拉克拉耶特几公里远的沙隆河畔布朗西雍镇的小墓园的葬礼。

我让赛丽亚给菲利普·万圣打电话，让他取回你的箱子。

赛丽亚对我说箱子烧掉了。赛丽亚重复说："她们没有遭受痛苦，她们是在睡梦中死去的。"我回答说："我们将为她们痛苦。"赛丽亚问我要不要在棺材里放一件物品或一件衣服。我回答说："放我。"

三天过去了。赛丽亚告诉我明天我们一早出发。她要带我去沙隆河畔布朗西雍参加葬礼。赛丽亚问我想穿什么衣服，如果需要她可以去帮我买衣服。我拒绝购物，拒绝去参加葬礼。赛丽亚对我说那不可能。不可能。我回答说不，是可能的，我不会去参加变成灰的我女儿的葬礼。她已经远去了，去了别处。赛丽亚对我说："为了接受死亡，必须去，你必须跟莱奥尼娜道最后的别。"我回答说不，我不会去，我想去位于峡湾的索尔米乌。我要在那里跟她告别。大海将最后一次把我与你连在一起。

我坐上赛丽亚的车跟她走了。我不记得行程。我吃了药昏昏沉沉。我没有睡着，也不清醒。我好似在浓雾中飘浮，一直处于噩梦的反常状态，所有的感官都麻木了，除了痛苦。好像那些手术时无法动弹的人，但是能感觉到外科医生所有的动作。骨头被碾碎般的痛苦，达到了无法忍受的顶点。呼吸也让我疼痛。

"从一到十的疼痛等级,您是哪一级?"到了"无法确定、无穷无尽、无期"的等级。

我觉得一整天都在被截肢。

我对自己说:"我的心要停止跳动了,它要停止跳动了,越快越好。"我希望越快越好。我唯一的愿望是死亡。

我紧紧抱住两瓶陈年的李子烧酒。菲利普·万圣居住单间的时候就有了的酒。我不时地喝上一口,一直辣到肚子里,我曾经怀你的地方。

我们走了通往索尔米乌峡湾的崎岖小路。这条路叫作"火焰路"。去年我没有注意。

我没有脱衣服就进入大海。我沉到水下,闭上眼睛,听到一片寂静,在追忆中听到我们最后的假期、幸福以及反转过来的泪水。

我立即就感觉到你了,我感觉到你的存在。如同海豚的抚摸,擦过我的肚子、大腿、肩膀、脸庞。某种在我周围的水流中来来往往的东西。我感觉到你就在你所在的地方。我感觉到你不害怕。我感觉到你不孤单。

赛丽亚抓住我的肩膀把我拉出水面之前,我清清楚楚地听到了你的声音。你的声音像女人,我永远都不会听到的声音。我好像听到:"妈妈,你必须要搞清楚那天夜里发生了什么。"我没来得及回答你。赛丽亚大叫:

"紫堇,紫堇!!!"

像我们去年一样穿着泳衣的人,来度假的人,帮她把我拉回岸边,就在岸边。

44

莺啊，假如你飞到这座坟墓旁，
请为她唱一首最美的歌。

天气特别晴朗。五月的阳光轻柔地照晒着我翻过的泥土。三只老猫在旱金莲的叶子丛中青春焕发，一起追逐着假想中的老鼠。几只警觉的乌鸦在稍远处歌唱。艾莲娜仰面躺着，四脚朝天。

我蹲在花园里，一边听着介绍弗雷德里克·肖邦的节目，一边把西红柿苗种完。我把我那台用电池的小收音机放在一张长木椅上面，那是我几年前从旧货集市淘来的。我时不时地把它漆成蓝色或绿色。岁月给了它漂亮的光泽。

诺诺、加斯东和埃尔维斯去吃午饭了。墓园显得空荡荡的。尽管墓园在我的花园下方，但是因为隔着一堵石头墙，有些小径我看不见。

我脱掉了灰布罩衫，把棉布裙子上的花解放了出来。我穿上了我的旧套鞋。

我喜欢创造生命。播种、浇灌、收获。年复一年。我喜欢生活今天的这个样子。阳光灿烂。我喜欢专注于重要的东西。这是萨夏教我的。

我在院子里的桌上放好餐具。我用各种颜色的西红柿做了一盘沙拉,还做了一盘小扁豆沙拉,我买了几样奶酪和一根好吃的长棍面包。我开了一瓶白葡萄酒,放在冰桶里。

我喜欢瓷的盘子和棉的桌布。我喜欢水晶的杯子和白银的刀叉。我喜欢美丽的东西,因为我不相信灵魂是美丽的。我喜欢生活今天的这个样子,但是如果不与朋友分享,生活毫无价值。浇我的秧苗的时候,我想着塞德里克神甫就是一个朋友,我等待的朋友。我们每个星期二一起吃午饭。这成了我们的习惯。除非有葬礼。

塞德里克不知道我的女儿长眠在我的墓园。除了诺诺,谁都不知道。镇长也不例外。

我常常对别人说起莱奥尼娜,因为不说的话,是让她再死一次。不说出她的名字,就是让沉默占得上风。我活在对她的回忆里,但是我不告诉任何人她是一个回忆。我让她在别处继续活着。

别人问我要她的照片的时候,我给他们看她小时候的样子,带着缺了牙齿的微笑。他们说她像我。不,莱奥尼娜像菲利普·万圣。她根本不像我。

"您好,紫堇。"

塞德里克刚到。他手里捧着一个甜点纸盒,笑着对我说:

"贪吃是一个不光彩的缺点,但不罪过。"

他的衣服上有他教堂里的香火味道,而我则有粉玫瑰的味道。

我们从来不握手,也不拥抱,但是我们一起碰杯。

我去洗了手,再回来与他会合。他给我们各倒了一杯葡萄酒。我们面对菜园坐着,像往常一样,我们先谈论上帝,仿佛在谈论一个许久未见的老朋友,对我来说,上帝是一个我根本不信任的流氓,而对他来说,上帝则是一个杰出的、模范的、忠诚的人。然后我们评论国际和勃艮第的时事。最后总是以最精彩的话题结束，即小说和音乐。

一般我们不谈论私事。哪怕两杯葡萄酒下肚之后。我不知道他是否爱过某个人。我不知道他是否做过爱。他对我的私生活也一无所知。

今天，他在抚摸我的路的时候，第一次斗胆问我于连·孤独是不是"只是一个朋友"，或者我们之间还有别的东西。我回答他说我们之间只有一个他开始讲的故事，我等着故事的结局。伊莲娜·法约尔和加布里耶·谨慎的故事。我没有说出他们的名字。我只是说我等着于连·孤独给我讲一个故事的结局。

"您的意思是，等他给您讲完这个故事，您就不会再见他了？"

"是的，应该是的。"

我去拿甜点盘子。空气暖暖的。葡萄酒让我有些头晕。

"您还是想要孩子吗？"

他又给自己倒了一杯葡萄酒，把我的路放到他脚边。

"我夜里都会因为这个醒过来。昨天晚上，我在电视上看了《挖井人的女儿》，因为这部电影从头到尾都讲这个，说到底，只讲父亲的身份、爱和亲子关系，我哭了一晚上。"

"神甫，您是一个很善良的人。您会遇到爱人，然后有孩子。"

"然后离开上帝？永远不会。"

我们把点心叉子的后背压进蛋糕上面覆盖着的酥糖和杏仁粉。他听到我不同意他的想法，但是一言不发。他只是笑。

他常常对我说："紫堇，我不知道您今天早上吃早饭的时候跟上帝聊了什么，但是您好像很生他的气。"而我呢，我总是回答："那是因为他进我家门的时候，从来都不把脚擦干净。"

"我与上帝结为一体。我选择了他的道路。我来世上是为他服务的，但是您，紫堇，您为什么不重新开始您的生活呢？"

"因为生活不能重新来过。拿一张纸，把它撕掉，您再怎么把每一片粘贴起来，总会留下裂痕、折痕和胶带。"

"好吧，但是每一片都粘贴在一起以后，您可以重新在这张纸上写字。"

"是的，如果您有一支好的毛毡笔。"

我们开怀大笑。

"您怎么处理想要孩子的愿望啊？"

"忘了它。"

"一个愿望是忘不了的，尤其当这是一个刻骨铭心的愿望的时候。"

"我会老的，跟所有的人一样，然后就不想了。"

"如果还是想呢？不会因为人老了就会忘记。"

塞德里克神甫唱起歌来：

"随着时光流逝，随着时光流逝，走吧，一切都离去。我们爱过的那个人，我们在雨中找过的那个人，我们的目光隐约看到的那个人……"①

"您爱过什么人吗？"

"上帝。"

"什么人？"

他嘴角塞满鲜奶油回答我说：

"上帝。"

---

① 列奥·费雷（Léo Ferré，1916—1993）的歌曲《随着时光流逝》。

45

我们以为死亡是缺席，
而它悄悄地在场。

莱奥尼娜继续让她的东西消失。她的房间渐渐地空了。她的衣服和玩具去了慈善机构。保罗，他就叫这个名字，每次把他那辆带着皮埃尔神甫头像的卡车停在我家门口，我把装满粉色东西的袋子递给他的时候，我都觉得在把莱奥的一个器官捐出去，让另外一个女孩可以受益。让生命透过她的娃娃、她的裙子、她的鞋子、她的城堡、她的珍珠、她的毛绒玩具、她的彩笔延续下去。

她让圣诞节消失了。再也没有过圣诞树。为了不糟蹋活的树而买的那棵塑料圣诞树大概永远是我这辈子最糟糕的投资。复活节、新年、母亲节、父亲节、生日……她死后再没有在蛋糕上吹过任何蜡烛。

我一直活在类似酒精中毒后的昏迷状态中。仿佛我的身体为了忘记痛苦，进入醉酒状态，虽然我一滴酒都没有喝。其实，也不完全是。有时候我喝起酒来就像无底洞。这就是我，一个无底洞。我活在棉花里，我的动作僵硬、迟缓。就好像依然挂在莱奥尼娜房间墙上的《丁丁》：我行走在月亮上。

我喝掉了石榴糖浆。我吃掉了王子饼干、大理石纹蛋糕、意大利小贝壳面，儿童布洛芬退烧止痛滴剂。在此期间，我起床，我放下栏杆，我再睡下，我再起床，我给菲利普·万圣做饭，我抬起栏杆，我再睡下。

大街上有人说"节哀顺变"的时候我就说谢谢。我给数量众多的来信回感谢信。同班同学画了无数的画，我把它们放进我选的一个蓝色的文件袋。仿佛莱奥是个男孩子。仿佛她从来没有真正存在过。

最糟糕的，是我每次推开卡西诺超市的门，都要遇到收银台后面斯蒂芬妮惊恐的目光。我最害怕的就是这个和夜晚。我要先适应几个小时才能走出家门、穿过马路、推开小超市的门。我在狭窄的过道里低头推着购物车，直到斯蒂芬妮的目光与我的目光相遇。一看到我，伤心、绝望就像迷雾一样浮现在她的眼睛表面。这比镜子更厉害，照出悲痛。她看到我放在收银台物品传送带上的东西也不抗议。酒瓶。她报出总价，接着说句"请"。我把银行卡递过去，输入密码，再见，明天见。

她不再向我推荐新品，她以前说的"最好的产品"。她试过的所有那些东西。柔和不伤手的洗洁精，就算30度水洗或者冷水洗也洗得很干净的香喷喷的洗衣剂，冰冻柜台非常好吃的蔬菜古斯古斯，神奇的扫把，含欧米伽3脂肪酸的食用油。人们不再推荐任何东西给一个失去孩子的母亲。不推荐打折商品，也不推荐折扣券。人们垂下目光任由她买威士忌酒。我推开我家的门的时候，还能感觉到背后斯蒂芬妮的目光。

我们跟保险公司、律师打交道。要打官司。德佩圣母院的负责人将会被起诉，那个地方将永远被关闭。当然，我们会得到赔偿。

一条七岁半的生命值多少钱？

每天晚上，我都能听到莱奥的声音，她变成女人的声音："妈妈，你必须要搞清楚那天夜里发生了什么，你必须要搞清楚

188

为什么我的房间烧掉了。"是这些话让我坚持了下来。但是我很多年之后才采取行动。之前我的体力够不上。痛苦太强烈，我没有办法苏醒过来。

我需要时间。不是需要时间好起来，我永远不可能好起来。需要时间重新可以动起来，行动起来。

每年8月3日至6日，法国国家铁路公司给我们派替工。菲利普·万圣拒绝跟着我发痴，骑上摩托到夏尔维勒找他的朋友，我则去索尔米乌。赛丽亚到圣夏尔火车站来接我，一直把我送到小屋，然后留下我一个人去回忆。她偶尔来看我，我们看着大海喝卡西斯产的葡萄酒。

对我来说，万圣节在八月份。我沉浸其中，重新感受到我已经消失的女儿。

我从来没有收到阿娜伊丝父母阿梅勒和让-路易·柯桑的任何东西。没有任何电话，没有任何书信，没有任何消息。他们一定是在责怪我没有去参加我们孩子骨灰的下葬仪式。

两个老万圣去了好几次墓地。他们每次都带上他们的儿子。莱奥尼娜死后，我也再没有见过他们。他们不再进我家的门。仿佛这是我们之间默认的一个协议。

让菲利普·万圣坚持下来的，是愤怒和大笔赔偿金的承诺。他执着地要让纵火的人付出代价。但是，大家反复告诉他，没有"纵火者"，那是个意外。这让他更加愤怒。无声的愤怒。他想得到赔偿。他认为我们女儿的骨灰价值千金。

他的外表开始改变，他的面部轮廓越来越硬，他的头发白了。

他每年两次从沙隆河畔布朗西雍镇的墓地回来的时候，他的父母把他放到门口，从来不进门，他一句话也不跟我说。他出去转的时候，一句话也不跟我说。他几个小时后回来，一句话也不跟我说。吃饭的时候，他一句话也不跟我说。只有他坐在电视机前用他的游戏手柄激活的电子游戏，才会发出嘈杂的声音。警察或律师或保险公司偶尔打电话来的时候，他会吼叫，要求给他一个交代。

我们还是一起睡觉，但是我睡不着了。我受到噩梦的惊吓。夜里，他紧贴着我。我想象着这是我女儿，在那里，在我背后。

他跟我说过一两次"我们再生一个孩子"，我回答说好，但是我除了抗抑郁和抗焦虑的药，我还吃避孕药。我的肚子碎了。在我死亡的身体里孕育生命，永远不会。莱奥把另一个孩子的可能，也变没了。

我们的孩子去世之后，我本来可以离开，离开菲利普·万圣，但是我既没有力气，也没有勇气。菲利普·万圣是我剩下的唯一的亲人。留在这个男人身边，也是留在莱奥尼娜身边。每天看到她父亲的面容，就是看到她的面容。从她的房门口走过，就是接近她的世界、她的印记、她的人世游。我永远都是一个不会离开别人但会被别人离开的女人。

1995年9月，我收到一个没有写寄件人的包裹，是从沙隆河畔布朗西雍镇寄出的。一开始，我认为它只可能是我亲爱的赛丽亚寄来的。她去过"那里"，那个墓地。但是我没有认出她的笔迹。

我打开包裹时，不得不坐了下来。我手里是一块白色的铭牌，侧面刻了一只非常美丽的海豚，上面写着："我的心肝，你生于9月3日，卒于7月13日，而于我，你永远是我的8月15日。"

这些句子，我完全可以写得出来。是谁给我寄了这块铭牌？是谁想让我把它放到莱奥尼娜的墓前？到底是谁？

我把它放回包裹里，放到我房间的衣柜里，我们从来不用的一堆毛巾下面。

我折叠衣物的时候，发现两条床单之间塞了一张有名字和职务的名单：

艾迪特·阔克维耶叶，主任
斯万·乐特里耶，厨师
吉纳维耶芙·马尼昂，杂工
爱洛依丝·珀蒂和吕茜·兰冬，辅导员
阿兰·冯达内勒，维修工

菲利普·万圣潦草写的德佩圣母院工作人员的名单。他大概是在开庭的那一周把他们的名字记了下来。名单写在一张发票背后，是开庭那一年马孔法院咖啡馆三个人的餐费。三个人：菲利普·万圣，无疑再加上他父母。

我把这个看成莱奥尼娜发来的信号。同一天，我收到一块铭牌，眼前又出现了这些见过她最后一眼的人的名单。

从那一天起，我开始走出家门，从我的栏杆向火车里的旅客招手。从那一天起，菲利普·万圣看我的眼神变了，仿佛我失去了理智。但是他不懂我，我重新找到了她。

我开始撕掉我的化学紧身衣。我渐渐停掉了所有的药物。完全停掉酒精。所有的痛苦将冲我而来，会穷追不舍，但是我不会再因此而灭亡。

我走出我的家门，透过玻璃窗我看到了收银台后面的斯蒂芬妮的目光，她凄凉地对我笑。我走了十分钟，想着我以前走这条路的时候，沿着那些房子走的时候，女儿的手放在我的口袋里。今后我的口袋将永远是空的，但是莱奥尼娜的手会继续指引着我。我推开贝尔纳驾校的大门，报名学习交规、考驾照。

46

你已经不在原处,
但是我所到之处都是你。

我小口喝着滚烫的茶,慢慢地醒过来。清晨的几缕阳光透过厨房里放下的窗帘射进来。一些灰尘飘浮在空气中,我觉得很美,恍如仙境。我把音乐放得很低,乔治·德勒吕[①]的《美国之夜》主题曲。我右手拿着杯子,左手抚摸着艾莲娜,它闭着眼睛伸长脖子。我喜欢在指尖感受到它的温度。

诺诺敲了敲门进来了。他像塞德里克神甫一样,从来不拥抱我,也不握我的手。只是一声"紫堇你好",或者"晚上好"。给自己倒咖啡之前,他把《索恩-卢瓦尔日报》放在桌上让我读:"沙隆河畔布朗西雍镇:马路悲剧,摩托车手身份确认。"我听到自己用微弱的声音对诺诺说:

"请你帮我念一下文章,我没有眼镜。"

艾莲娜感觉到了我手指的紧张,去蹭了蹭诺诺,好像跟他打了个招呼,然后刮着门要求出去。诺诺摸摸它,给它开了门,又回到我身边。他拉过一张椅子,面对我坐下,他在口袋里摸了摸,戴上社会保险百分之百报销的眼镜,开始念,每个音节

[①] 乔治·德勒吕(Georges Delerue,1925—1992),法国电影作曲家。

都强调一下，有点像小学生。像莱奥尼娜很小的时候我给她念《博舍学习法》："如果世界上所有的女孩都围着大海牵着手，她们可以形成一个圆。"但是用的不是我彩色图书上的词汇。

"沙隆河畔布朗西雍镇交通事故死者的同居女友确认了他的身份。这位里昂地区的居民，于4月23日在沙隆河畔布朗西雍镇被发现死亡。据警方初步调查，他的摩托车，一辆庞大的——车牌号被抹去——黑色晓星GV650，蹭到路基，导致没有系好头盔的车手摔倒。他失踪的第二天，他的同居女友向当地所有警局和医院报警，两件事情因此被联系起来。"

我们被一位死者三三两两到达墓园的家属打断了。他们有些人弹着钢丝弦吉他，每个人手里都牵着一只橡胶气球。

诺诺放下报纸，对我说：

"我走了。"

"我也要走了。"

我穿上我的黑色外衣，想着我要不要告诉警察，菲利普·万圣是从我家出去的。

"独自沉默。"萨夏常常这样说。

我付出的难道还不够多吗？难道不应该让我清静下来吗？

菲利普·万圣死了还在折磨我。我记得他最后说的话，还有他留在我胳膊上的瘀痕。

我想平静地生活。我想像萨夏教我的那样去生活。我想要的是生活。不想去唠叨一个曾经对我的生活毫无用处的男人。他的父母带走了我唯一的太阳。

灵车进入墓园，一直开到冈比尼家族的墓前。今天下葬的是一个在集市上摆摊的有名的商贩，马塞尔·冈比尼，1942年出生在沙隆河畔布朗西雍镇。他的父母刚来得及把他藏到镇上的教堂里，就被送到集中营去了。

我几乎到了希望那些绝望的人把孩子藏到塞德里克神甫这儿来的地步。人生的运气有的时候分配得太糟糕。我真希望自己能够被塞德里克神甫这样的男人带走，而不是从一个接收家庭转到另一个接收家庭。

来参加马塞尔葬礼的超过三百人，几个吉他手、小提琴手，还有一个低音吉他手，在他的棺材周围演奏姜戈·莱恩哈特[①]的曲子。他们的音乐与悲伤、流淌的眼泪、灰暗的目光、迷惘弯曲的身影形成反差。当马塞尔的孙女，十六岁的少女玛丽·冈比尼发言的时候，大家都鸦雀无声：

"我的祖父有着拉丝棉花糖的甜蜜，冰糖葫芦的酥脆，煎饼和华夫饼的香味，棉花软糖、牛轧糖和西班牙油条的松软。把薯条蘸上生活的盐花，油腻的手指上满是简单的幸福。他的笑容，永远像拎着装了一条金鱼的水袋那样得意扬扬的孩子。一只手拿着钓鱼竿，另一只手抓着气球，高高坐在一匹木马上。他一生的奋斗，是为了有钱让我们玩射击，让我们床上堆满毛绒玩具，为了向坐在木马转盘的飞机、消防车或赛车里的孩子招手。我的祖父，是我们坐旋转木马时够到的绒球，是初恋的兴奋，是在高速音乐飞车、闹鬼城堡、迷宫里的初吻。这个甜蜜的吻让我们事先品尝到了我们将来要遇到的过山车的滋味。我的祖父，也是嗓音，是音乐，是看手相的波希米亚人之神。他的血液里流淌着波希米亚爵士音乐，他到我们再也听不见他的地方弹奏新的和弦去了。他的生命线断了。我不会祝你安息，亲爱的祖父，因为安息，你做不到。我只是对你说：玩得开心，一会儿见。"

她亲吻了棺材。家族其余的人模仿她。

皮埃尔和雅克·鲁奇尼借助绳子和滑轮将马塞尔·冈比尼

[①] 姜戈·莱恩哈特（Django Reinhardt，1910—1953），法国爵士乐吉他手。

的棺材下到墓穴里，所有的乐手重新演奏姜戈·莱恩哈特的《小调摇摆》。每个人都松开了自己的气球，气球飞入天空。然后，家族的每个成员把彩票和毛绒玩具抛向棺材。

今天晚上，我不会晚上七点就关闭墓园铁栏门，冈比尼家族请求我同意让他们留在墓边吃晚饭。我同意他们留到午夜。为了感谢我，他们送了我几十张两个星期以后马孔庙会的动感旋转木马票。我没敢拒绝。我把它们给了诺诺的孙子孙女。

我不知道是否可以用一个人葬礼的美丽程度来评价他，但是马塞尔·冈比尼的葬礼是我见过的最美丽的葬礼之一。

47

夜色深沉，
第一颗星才会显现出来。

1996 年 1 月，收到铭牌四个月之后，我把它放进包里，对菲利普·万圣说，这一次，他得工作，看守栏杆两天。我没等他回答，就已经开着斯蒂芬妮的车出发了，一辆红色的菲亚特熊猫，后视镜上挂着一只白色的毛绒老虎，给我做伴。

正常的话，我要开三个半小时的路程。我花了六个小时。一切都不再正常。我不得不停下来几次。我一路听着广播。我为莱奥尼娜唱着歌，我想象着两年半前的她，坐在柯桑夫妇汽车的后面，口袋里装着止晕药，手里拿着她的安抚毛绒玩具。

"像蜜蜂，像小鸟，拍拍翅膀，梦想飞翔，像云朵，像风儿，夜幕随月亮而来，灯火渐暗，炭火也躲藏，花儿带露合上，只有迷雾要升起……"

我看着房屋、树木、道路、风景，努力想象着是什么吸引住了她。她有没有睡着？她有没有坐上旋转木马？

我们难得几次一起坐的汽车，是赛丽亚和斯蒂芬妮的车。其他时候我们坐火车。我们没有汽车。菲利普·万圣只有摩托车。这样他就不需要带我们去哪里。其实，他又会带我们去哪里呢？

我下午四点左右到达沙隆河畔布朗西雍镇。"吃点心的时间。"我想到。墓园看守人的房子的大门半开着。我谁也没看到。我什么也没有问。我想一个人找到莱奥尼娜。

这座墓园，就好像一张寻宝图的背面。正面是恐怖。

手里拿着白色的铭牌在坟墓间穿行了半个小时之后，我终于看到了儿童墓葬群，在紫杉区。我想着："我本应该正在准备莱奥尼娜上初一的东西，买文具，填注册表，不允许她涂眼影，而我却在这儿，如同一个痛苦的灵魂，一个游荡的灵魂，比死人更死，在坟墓上寻找着她的名字。"

我想了很久，我到底做了什么坏事要得到这样的回报，到底要惩罚我什么？我回想了我所有的过错。我没能理解她的时候，我对她生气的时候，我没有听她的时候，我不相信她的时候，我没有明白她冷或者热或者她真的嗓子疼的时候。

我亲吻了她刻在白色大理石上的姓和名。我没有请求她原谅我没有更早来。我没有向她承诺我会经常来。我对她说我更希望八月份的时候在地中海看到她，那里比这个沉寂而伤心的地方更加适合她。我向她保证，要弄清楚那天夜里发生了什么，为什么她的房间烧掉了。

我放下铭牌："我的心肝，你生于9月3日，卒于7月13日，而于我，你永远是我的8月15日。"放在鲜花、诗歌、心形、天使中间。放在另一块铭牌旁边，上面写着："太阳下沉得太早。"

我说不清我在这里待了多久，但是要走的时候，墓园的铁栏门已经锁上了。

我不得不去敲守墓人的门。房子里面有灯光。柔和的、漫射开来的灯光。我试着透过玻璃窗往里看，但是窗帘拉上了，我什么也看不到。我不得不一再地敲，敲门，敲窗户，没有人来。我最后推开半掩着的门。我走进去喊道："有人吗？"没有人回答我。

我听到楼上有声音，我头顶上的脚步声，还有音乐声。是巴赫，不停地被收音机里传出来的主持人的声音打断。

我立即喜欢上了这个房子。墙壁和气味。我关上门，等待着，我直挺挺地站在那里，看着周围的家具。厨房装饰得像茶叶店。架子上放着五十来个贴了标签的盒子。名字是用墨水手写的。几个陶制的茶壶，也贴着标签，与盒子上的名字相符。点着几根熏香蜡烛。

一分钟之前，我还面对着我女儿的骨灰，推开这扇门的一刹那，我来到了另一个世界。

我好像等了很长时间，才听到楼梯上的脚步声。我看到一双黑色的拖鞋，一条黑色的麻布裤子，和一件白色的衬衫。那个男人应该六十五岁左右。他是混血，无疑是越南人与法国人的混合。他看到我站在他门口毫不惊讶，他只是说：

"对不起，我在洗澡。您请坐。"

他的嗓音像让-路易·特兰蒂尼昂[①]。含混、忧伤、温和、肉感，他用这个嗓音说："对不起，我在洗澡。您请坐。"仿佛我们事先有约。我想他把我当作另外一个人了。我没能回答他，因为他接着说：

"我用杏仁粉和橙花香给您泡一杯豆浆，"

我更想来一杯伏特加，但是我没有开口。我看着他把豆浆、橙花香和杏仁粉倒进搅拌器，然后把饮料倒了满满一大杯，放了一根彩色的吸管，仿佛我们在庆祝某个孩子的生日，再递给我。他递给我的时候对我微笑，从来没有人对我这样微笑过，赛丽亚也没有。

---

① 让-路易·特兰蒂尼昂（Jean-Louis Trintignant, 1930—　），法国导演、编剧、演员。

他身上一切都很长。他的腿，他的手臂，他的手，他的脖子，他的眼睛，他的嘴巴。他的四肢和面部轮廓是用加长的尺画出来的。那种小学里用来量世界地图的尺。

我开始用吸管吸，我觉得很好喝——这让我想起了我不曾有过的童年，然后想起了莱奥尼娜的童年，想起了某种无限温柔的东西。我泪如雨下。这是我第一次快乐地咽下东西。从1993年7月14日起，我失去了味觉。莱奥尼娜这也做了，让我的味觉消失了。

我对他说："对不起，铁栏门关上了。"他回答我说："没关系。您坐。"他拿了一张椅子给我。

我不能留下来。我不能离开。我不能说话。我做不到。莱奥的死也带走了我的话语。我阅读，但是我不再有能力说话。我储存，但是什么也出不来。我的话语局限于："谢谢……你好……再见……饭做好了……对不起，我去睡了。"就连考交规和路考的时候，我都没需要说话，我仅仅勾了正确答案，做了一个侧位停车。

我依然站着。我的泪水淌进我的豆浆杯底。他用一块布手绢浸了一种名叫"浪漫主义之歌"的香水，让我闻。我继续哭，仿佛打开了的阀门，但是我哭出来的这些泪水让我好了许多。它们让我排出了坏东西，好像从我体内出来的臭汗、毒素。我以为我的眼泪已经哭干了，但是还有剩下的。还剩下肮脏的眼泪，浑浊的眼泪。好像死水，那种雨停了很久之后滞留在坑洼里的水。

那个男人让我坐下，当他的手触摸到我的时候，我感觉到一阵冲击。他走到我背后，开始为我按摩肩膀、斜方肌、脖子和头部。他摸我的方式仿佛在给我治疗，在为我的背部和头顶贴上膏药。他低声说："您的背硬得像一堵墙。挂根绳子，都可以往上爬了。"

我从来没有这样被摸过。他的手很热，释放出一股奇特的能量，进入我体内，仿佛有一种轻微的灼烧感在我的皮肤上游走。我不反抗。我不明白。我在埋葬了我女儿骨灰的墓园的一座房子里。一座让我想起我从来没有经历过的旅行的房子。后来，我得知他是民间医师。"某种土医。"他喜欢这样说。

我在他双手的压力下闭上眼睛，我睡着了。睡得很沉、很死，没有痛苦的画面，没有浸湿床单，没有噩梦，没有吞噬我的老鼠，没有在我耳朵低语的莱奥尼娜："妈妈，醒醒，我没死。"

我第二天早上醒来，躺在沙发上，盖着一条又厚实又柔软的毯子。我睁开眼睛时，难以醒过来，也难以知道我在哪儿。我看到茶叶盒。那张我坐过的椅子依然在屋子中间。

房子空荡荡的。一把滚烫的茶壶放在沙发对面的矮茶几上。我给自己倒了茶，小口地喝着可口的茉莉花茶。茶壶旁边有一只瓷碟子，这里的主人在里面放了几块杏仁小蛋糕，我把它们泡在我的茶杯里。

日光下，我立即发现守墓人的房子和我的房子一样简陋。但是昨天夜里接待我的那个男人，用他的微笑、他的善良、他的杏仁豆浆、他的蜡烛和他的香水，把它变成了宫殿。

他从外面进来。他把厚大衣挂在挂钩上，朝手里吹气。他转过头看着我，对我微笑。

"您好。"

"我得走了。"

"去哪儿？"

"法国东部，南锡旁边。"

"您是莱奥尼娜的妈妈？"

"……"

"我昨天下午看到您在她的墓前。我认识阿娜伊丝的妈妈、娜德吉的妈妈、奥莎尼的妈妈。您，这是第一次……"

"我女儿不在您的墓园。这里，只有骨灰。"

"我不是墓园的主人，我只是守墓人。"

"我不知道您怎么能够做这个……这一行。您的职业真古怪，真的不好玩。一点儿也不好玩。"

他又笑了。他的目光对我不作任何评价。后来，我也发现他跟别人说话的时候，总是保持跟他们一样的高度。

"您呢，您做什么职业？"

"我看守道口。"

"您，您阻止大家去另一边，而我，我稍微出点力帮他们过去。"

我勉强地回敬他一个微笑。微笑，我已经不会了。他内心充满善良，我内心一片破碎。我成了废墟。

"您会再来吗？"

"会。我必须知道为什么那天夜里孩子们的房间烧掉了……您认识他们吗？"

我拿出菲利普·万圣写在发票背后的德佩圣母院工作人员的名单，递给他。

"艾迪特·阔克维耶叶，主任；斯万·乐特里耶，厨师；吉纳维耶芙·马尼昂，杂工；爱洛依丝·珀蒂和吕茜·兰冬，辅导员；阿兰·冯达内勒，维修工。"

他认真地读这些名字。然后他又看着我。

"莱奥尼娜的墓，您还会再来吗？"

"我不知道。"

我们认识八天之后，我收到了他的一封信：

紫堇·万圣夫人：

现归还您忘在我桌上的名单。我还为您准备了一包混合的茶，绿茶加杏仁、茉莉花与玫瑰花瓣。如果我不在家，您自己拿，门一直都开着，我把茶放在黄色的架子上，在铸铁茶壶的右边，上面写着您的名字："给紫堇的茶"。

您忠诚的仆人

萨夏·H.

我觉得这个男人直接来自小说或者疯人院。其实都一样。他在墓园干什么？我甚至都不知道还有守墓人这个职业。对我来说，死人的生意，局限于收尸人，面孔蜡白，身着黑衣，肩头不扛棺材的时候，停着一只乌鸦。

但是还有更令人困惑的事情。我认出了信封上的笔记和用词。是他给我寄了那块要放在我的小莱奥的墓上的铭牌："我的心肝，你生于9月3日，卒于7月13日，而于我，你永远是我的8月15日。"

他是怎么知道我的存在的？他怎么知道这些日期，尤其是幸福的日期？孩子们入葬的时候他已经在那里了吗？他为什么会关注她们？关注我？他为什么把我吸引到墓园？他在搞什么鬼？我甚至怀疑，他是不是故意把我关在墓园里，让我走进他家门？

我的生活是一堆废墟，废墟中有一个无名的战士给我寄了一块铭牌和一封信。

是的，战争要结束了。我感觉到了。我永远都不会从我女儿的死亡中解脱出来，但是轰炸已经停止了。我要去过战后的生活。最漫长、最艰难、最险峻……你重新站起来，直接撞见一个与她同龄的女孩。敌人远去，只剩下残余。一片狼藉。空荡荡的柜子。让她定格在童年的照片。其他一切都长大了，连树和花都长大了，她却没有。

从 1996 年起，我告诉菲利普·万圣，从今以后，我每个月的两个周日去沙隆河畔布朗西雍，我早上出发，晚上回来。

他叹了口气。他抬头望着天，仿佛在说："我一个月得工作两天。"他补充说，他不明白我葬礼的时候没有去，现在突发奇想。我没有回答。怎么去回答呢？回答"突发奇想"这个词？在他看来，到我女儿的坟墓上去寄托哀思，是心血来潮、随心所欲。

克里斯蒂昂·博班[①]说过："说不出来的词到我们内心深处发出怒吼。"

他的原话不完全是这样的。但是我，满是在我内心深处怒吼的沉默。它们让我夜里醒来。它们让我发胖、消瘦、衰老、哭泣，一睡一整天，饮酒无节制，用脑袋去撞门和墙。但是我挺过来了。

普罗斯佩尔·克雷比雍[②]说过："不幸愈大，活着就愈伟大。"莱奥尼娜死去的时候让我身边的一切都消失了，只留下我。

---

① 克里斯提昂·博班（Christian Bobin, 1951—　），法国作家、诗人。
② 普罗斯佩尔·克雷比雍（Prosper Crébillon, 1674—1762），法国剧作家。

48

如同寒冬将至飞走的燕子,
你的灵魂飞向了不归路。

于连·孤独站在我门口。那扇对着菜园的门,在房子的后面。

"这是我第一次看到您穿 T 恤。您看上去像小伙子。"

"而您呢,这是我第一次看到您穿彩色的衣服。"

"那是因为我在自己家里,在我的花园里。在这堵墙后面,谁也不会遇见我。您会待很长时间吗?"

"待到明天早上。您还好吗?"

"看守墓园的人就那样。"

他冲我笑。

"您的花园很美。"

"因为有肥料。墓园旁边什么都长得快。"

"没想到您这么刻薄。"

"那是因为您不了解我。"

"也许我对您的了解,比您以为的要多。"

"警长先生,我们不会因为调查别人的生活就了解他们。"

"我能请您吃晚饭吗?"

"条件是您告诉我故事的结尾。"

"什么故事?"

"加布里耶·谨慎和您母亲的故事。"

"我晚上八点来接您。您千万别换衣服,就保留这身彩色的。"

49

以这几枝花来纪念逝去的时光。

　　我走进萨夏的家。我打开茶叶包，闭上眼睛，嗅着里面的味道。我能否在这座墓园的房子里恢复生命？这是我第二次走进屋里，我已经又闻到了这股硬生生地将我从黑暗中拽出来的味道，自从莱奥死去，我一直在这黑暗中苟且活着。

　　就像萨夏在信中写的那样，茶叶包放在黄色的架子上，在几把铸铁茶壶的旁边。他在上面贴了一个类似孩子作业本上的标签：给紫堇的茶。但是他没有在信中提到，茶叶包下面还有一个写了我的名字的牛皮纸信封。信封没有封口。我发现他在里面塞了好几张纸。

　　我起初以为那是最近去世的人的名单，写在信封上的"万圣"两个字对应的是万圣节需要用鲜花装饰的那些坟墓。我很快就明白了。

　　萨夏收集了1993年7月13日到14日夜间出现在德佩圣母院城堡的所有工作人员的联系方式。主任，艾迪特·阔克维耶叶；厨师，斯万·乐特里耶；杂工，吉纳维耶芙·马尼昂；两个辅导员，爱洛依丝·珀蒂和吕茜·兰冬；维修工，阿兰·冯达内勒。

除了主任，那些最后见到我女儿的人的脸，我是第一次看见。

晚上八点的电视新闻里播过这个悲剧。所有的电视台都播过。展示了一张德佩圣母院城堡的照片，有湖，有小马。同样的几个关键词不停地被重复：悲剧、意外失火、四个孩子死亡、夏令营。孩子们接连好几天上了《索恩-卢瓦尔日报》的头条。我粗略浏览了葬礼第二天菲利普·万圣给我带回来的几篇文章。孩子们的一些照片，缺了很多牙齿的笑容，被幸运的小老鼠偷走的牙齿。我们这些父母，一无所有。我可以用自己的生命作为交换，去找到它的洞穴，取回莱奥的乳牙，取回一点她的笑容。但是这些文章里没有任何一张营地工作人员的照片。

主任艾迪特·阔克维耶叶的头发是灰色的，往后梳成一个发髻，她戴着眼镜，对着镜头谨慎地微笑。能感觉到摄影师给了她以下指令："笑一点，但不要笑过头，要让别人对您有好感，觉得您自信、令人安心。"我见过这张照片，万圣老妈几年前递给我的广告册的背后有这张照片。那本册子上满是蔚蓝的天空。有点像大殡葬服务公司的广告册。

"唯有我们的严肃永远不放假。"多少次，我责怪自己没能读懂字里行间的意义。

艾迪特·阔克维耶叶的照片下面，写着她的地址。

斯万·乐特里耶的照片是在自助照相机上照的。萨夏是怎么弄到这种照片的？跟主任一样，萨夏也记下了厨师的地址。不过看上去不像他的私人地址。是马孔一个饭店的名字：地方特色菜。斯万那时候大约三十五岁，看上去很瘦，杏仁眼，既帅气，又叫人不安，面相古怪，嘴唇细薄，目光阴险。

吉纳维耶芙·马尼昂，那个杂工的照片，大概是在婚礼上拍的。她戴着一顶新婚夫妇的父母有时候会戴的那种可笑的帽子。她的妆化得又浓又糟糕。吉纳维耶芙·马尼昂大约五十来岁。应该就是这个圆滚滚的、被蓝花围裙勒得紧紧的矮个子女人,给莱奥端上了最后一顿饭。我可以肯定,莱奥对她说了声谢谢,因为她很有教养。是我教莱奥的,我曾经最重视的事情,是会说你好、再见、谢谢。

两个辅导员,爱洛依丝·珀蒂和吕茜·兰冬,一起在她们的高中门口摆造型。照片上的她们大约十六岁。两个俏皮无忧的小姑娘。她们有没有跟孩子们在一张桌子吃饭?莱奥在电话里对我说,有一个辅导员长得"太"像我了。事实上,爱洛依丝和吕茜都是金发碧眼,跟我不像。

维修工阿兰·冯达内勒的脸,是从一张报纸上剪下来的。他穿着足球运动员的球衣。他大概是跟其他球员蹲在一只足球前拍的照。他有点像艾迪·米切尔[①]。

每张照片下面都用蓝色墨水潦草地写了一个地址。吉纳维耶芙·马尼昂和阿兰·冯达内勒的地址是一样的。笔迹也与装铭牌的包裹、茶叶盒标签上的一致。

这个把我吸引到这里来的守墓人到底是谁?到底是为了什么?

我等他,他没有回来。我把茶叶以及装着那天晚上在场的那些人的照片和名字的信封,一起放进包里。我到墓园转了一圈,想找到萨夏。我遇到一些浇花的陌生人,还有一些闲逛的人。我寻思着葬在这里的人跟他们是什么关系。我看着他们的面孔试图去猜测。母亲?堂兄?哥哥?丈夫?

为了寻找萨夏,在墓园小径间游荡了一个小时之后,我来到了儿童墓葬群。我沿着小天使们,一直走到莱奥的墓前。我又看到了写在墓碑上的我女儿的名字——我把她的衣服放进箱子之前,缝在领子内侧的这个名字。这是规定,否则如果被偷

---

① 艾迪·米切尔(Eddy Mitchell, 1942—),法国歌手。

或遗失，夏令营不承担任何责任。跟上次比，一些苔藓开始出现在有阴影的一块地方。我跪下来，用我衣袖的背面去擦拭残留的部分。

50

因为你灿烂的笑容,同一朵玫瑰,多年来为我,
且将一直为我,永远开在盛夏。

伊莲娜·法约尔和加布里耶·谨慎走进他们看见的第一家旅店,离艾克斯火车站几公里远。"过往"旅店。他们选了蓝色房间。跟乔治·西默农[①]一本小说的题目一样。还有别的房间:约瑟芬房间、阿马德乌斯房间、雷诺阿房间。

加布里耶·谨慎在前台订了四人份的面和红葡萄酒,送到房间。他认为做爱会让他们感到饿。伊莲娜·法约尔问他:

"为什么订四个人的?我们才两个人。"

"您呢,您一定会想到您丈夫,我会想到我妻子,干脆直接请他们一起吃。免得难以启齿、悲情涕泪、等等等等。"

"悲情涕泪是什么意思?"

"我发明的词,包含了伤感、罪过、后悔、前进、倒退。就是生活中一切令人讨厌的东西。妨碍我们往前走的东西。"

他们吻了对方。他们脱掉了衣服,她想在黑暗中做爱,他说没必要,从法院那天起,他已经用目光把她的衣服脱了好几遍,她的曲线,她的身体,他早就熟悉了。

[①] 乔治·西默农(Georges Simenon,1903—1989),比利时小说家。

她坚持。她说：

"您真会说话。"

他回答说：

"那当然。"

他拉上了蓝色房间的蓝色窗帘。

有人敲门，是客房服务。他们吃了，喝了，做了爱，又吃、喝、做爱、吃、喝、做爱。他们享受对方，葡萄酒让他们发笑，他们达到性高潮，又笑又哭。

他们一致同意，再也不走出这个房间。他们互相说，一起死去，就现在，可以是一个解决方法。他们想象着逃走、失踪、偷一辆车、火车、飞机。他们跑遍了全国。

他们决定去阿根廷生活。像战犯那样。她睡着了。他醒着，抽着烟，他要了第二瓶白葡萄酒和五份甜点。

她睁开眼睛，问他除了她的丈夫和他的妻子，谁是第三位客人。他回答说："我们的爱情。"

他们去了洗手间。走回床边的时候，他们决定跳舞。他们打开收音机，得知克劳斯·巴比[1]将被引渡到法国接受审判。加布里耶·谨慎说道："正义终于来了，要庆祝一下。"他要了香槟酒。她说："我认识你二十个小时，酒一直都没有醒。下次见面最好空着肚子。"

他们跟着吉尔贝·贝科[2]的歌曲《我来寻找你》起舞。

她凌晨四点左右睡着了，六点左右睁开眼睛。他刚刚睡着。

房间里飘浮着冷却的香烟和酒精的味道。她听到鸟儿在歌唱。她讨厌它们。

"把夜留住。"她想到的是这几个字。清晨六点蓝色房间里

---

[1] 克劳斯·巴比（Klaus Barbie，1913—1991），德国纳粹分子，因在法国里昂参与虐杀法国俘虏，被称为"里昂屠夫"。
[2] 吉尔贝·贝科（Gilbert Bécaud，1927—2001），法国歌手。

想到约翰尼·哈里戴的歌。她努力回忆歌词:"把夜留住,今日,直到世界末日,把夜留住……"她想不起后面的歌词。

他背对着她。她抚摸他,闻他的味道。他被弄醒了,他们做爱。又入睡。

十点钟的时候有人打电话给他们,问他们保留房间还是退房。如果退房,十二点之前要退出来。

51

流逝的每一天都在织迫忆你的无形的线。

左边一侧的一楼,有一条主过道,三个供度假的孩子住的房间相连,带两张上下床、卫生间和洗手池,还有员工住的一个房间。楼上,三个供度假的孩子住的房间相连,带两张上下床、卫生间和洗手池,还有员工住的五个房间。

1993年7月13日至14日的夜间,房间全部住了人。艾迪特·阔克维耶叶(主任兼辅导员)、斯万·乐特里耶(杂务)、吉纳维耶芙·马尼昂(杂务兼辅导员)、阿兰·冯达内勒(杂务)、爱洛依丝·珀蒂(辅导员)在二楼。吕茜·兰冬(辅导员)在一楼。阿娜伊丝·柯桑(七岁)、莱奥尼娜·万圣(七岁)、娜德吉·加尔东(八岁)与奥莎尼·德加斯(九岁)住一楼一号房间。她们擅自走出房间,没有发出任何声音,以免惊动睡在她们隔壁的辅导员(吕茜·兰冬)。她们走进位于主过道尽头、离她们房间五米远的厨房。她们打开其中一个冰箱,把牛奶倒进一只两升的不锈钢锅里,烧开。她们用的是八眼煤气灶(两个用电,六个用煤气)。她们用长枝火柴点燃了其中一个用煤气的眼。她们在厨房后面的储物间翻出巧克力粉,又在碗橱里翻出四只碗，用来倒热牛奶。

她们每个人端了一碗热牛奶回她们的房间（一号房间里发现了四只——烧不掉的陶瓷——碗）。

四位死者把不锈钢锅放回煤气灶，没注意火没有熄灭，只是调到了最低档。

不锈钢锅的塑料柄开始融化，最后起火（锅被发现了，不锈钢没烧掉）。

十分钟（估测的大致时间）后，塑料柄产生的火苗开始蔓延到位于煤气灶右上方的厨柜。

这些厨柜表面的塑料保护层毒性巨大。一些有机成分（朱漆和清漆）挥发性很强。

同时也发现四个孩子没有重新关上厨房的门，以及他们的房门。

从四个孩子离开厨房到有毒气体充斥厨房、过道和她们的房间，中间隔了二十五到三十分钟。

如上文所述，一号房间离厨房约五米远，厨柜燃烧产生的有毒气体应该很快让四个孩子陷入昏迷，导致她们因窒息和中毒而死亡。

四位死者烧焦的遗体在她们的床上被发现。她们是在熟睡中吸入致命的毒气的。

一号房间的一扇窗户因为热量爆炸，导致空气涌入，整个房间因此燃烧起来。

爆炸和高温导致房间里所有的窗户都炸裂，使得部分有毒气体得以排出室外。一楼的其他房间（所有的房门都关着）没有着火。

住在四位死者隔壁的辅导员（吕茜·兰冬）立即疏散了一楼另外两个没有着火的房间里睡着的八个孩子（安然无恙）。

吕茜·兰冬没能进入一号房间。

确认二楼所有的人（十二名儿童和五名成人）都安全之后，吕茜·兰冬通知了消防员。

　　消防员比平时难联系，因为拉克拉耶特村十公里以外的地方放烟火，他们被调去保证群众的安全。

　　阿兰·冯达内勒和斯万·乐特里耶通过各种方法试图进入一号房间，但是没有办法。温度过高，火苗太大。

　　从吕茜·兰冬打电话报警到消防员到场，中间隔了二十五分钟。23点24分打的电话，消防员23点50分到达火灾现场。

　　房子左侧的大部分都已经被大火烧毁了。

　　花了三个小时才将火熄灭。

　　由于四位死者年龄偏小，以及遗体严重焦化，没能通过牙齿对比来辨别她们的身份。

这就是调查结果。

警察局写给国家检察长的报告里大致就是这么写的。

（我没有出席的）诉讼的时候是这么说的，菲利普·万圣向我重复了内容。

（我没有读过的）报纸上是这样写的。

冷漠的词语，不加修饰，精确。"没有悲剧，没有眼泪，可怜又可笑的眼泪，因为有些痛苦，只能在内心哭泣。"

艾迪特·阔克维耶叶被判了两年，含一年缓刑，原因是厨房的门没有上锁，以及德佩圣母院地板、墙壁、天花板的覆盖层过于破旧。没有明确说明或写明责任在于孩子。不能指控七岁、八岁、九岁这四个年幼的受害者。但是在我看来，主任判的刑里面暗示了这一事实。

我立即从专家写的这份报告里看出了一个问题，那就是莱奥尼娜不喝牛奶，她对牛奶极为厌恶。一口就足以让她呕吐。

52

我园中最美的那朵花长眠于此。

我看着凤凰中餐馆里盖住整整一面墙的巨大鱼缸里的金鱼,又想到了索尔米乌峡湾。想到了阳光,光线里的美。

"您在马赛的时候经常游泳吗?"

"我小时候是的。"

于连·孤独给我倒了一杯葡萄酒。

"'过往'旅店,蓝色房间,葡萄酒,面,与加布里耶·谨慎做爱,这些都写在您母亲的日记里吗?"

"是的。"

他从衣服内袋里掏出一个本子。青色的硬皮封面,看上去像赛丽亚送给我的 1990 年的龚古尔获奖作品《沙场》。

"我把它带给您。我在跟我有关的几页中夹了彩色的纸。"

"为什么?"

"我母亲在她的日记里提到您。她见过您好几次。"

我随意翻开一页,飞快地看了一眼她的蓝色墨水笔迹。

"留着吧。您以后再还给我。"

我把它放进手提包最里面。

"我会保管好的……您在您母亲的日记里发现她的另一种生

活，有什么感觉？"

"我好像在读另一个人的故事，一个陌生人。再说我父亲去世很久了，俗话说，'已经超过诉讼时效了。'"

"她没有跟您父亲葬在一起，您不介意吗？"

"起初我接受不了。现在好了。不然我不会认识您。"

"再说一遍，我想我们并不认识，我们只是遇上了，仅此而已。"

"那就认识一下。"

"我想我需要喝点酒。"

我把他刚刚给我倒的葡萄酒一饮而尽。

"平时我小口小口地喝，但现在不可能。还有您看我的眼神。我永远都不知道您想拘留我，还是想娶我。"

他哈哈大笑。

"结婚或者拘留，其实是一样的，不是吗？"

"您结婚了吗？"

"离婚了。"

"您有孩子吗？"

"一个儿子。"

"他多大了？"

"七岁。"

一阵沉默。

"您要不要我们去旅店互相认识一下？"

他似乎被我的问题惊到了。他用指尖摸着棉桌布。他又对我笑。

"我和您去旅店，这是我中期或长期计划之一……但是既然您提出来了，我们可以缩短期限。"

"旅店，是旅行的开始。"

"不，旅店，已经是旅行。"

53

不要为我的死亡哭泣。为我的生命庆祝。

我第二次见到萨夏的时候,他在菜园里。

我走进他乱七八糟的房子。洗碗池里堆满了锅子,到处是茶杯,还有空的茶壶。茶几上散落着很多张纸。茶叶盒上覆盖着灰尘。但是屋子里依然很好闻。

我听到房子后面有声音。外面传来古典音乐的声音。厨房深处对着花园也是菜园的门敞开着。我看到了太阳光。

萨夏爬在靠着黄香李树的梯子顶端。他把采下来的甜甜的果子放进一只用来装土豆的麻布袋里。他看到我,对我露出一个无人能比的微笑。我心想,在如此悲伤的地方怎么可能显得如此幸福?

我立即感谢他给了我茶叶盒和德佩圣母院工作人员的名单。他回答我说:

"哦,不用谢。"

"您是怎么找到这些人的照片和地址的?"

"哦,不难。"

"艾迪特·阔克维耶叶和其他人,您认识吗?"

"我都认识。"

我很想问他跟"这些人"有关的问题。但是我做不到。

他从梯子上下来的时候,对我说:

"您像一只麻雀,一只从鸟窝里掉下来的雏鸟,看了叫人心疼。过来,我跟您说件事。"

"您是怎么得到我的地址的?为什么要寄铭牌给我?"

"是您朋友赛丽亚给我的。"

"你认识赛丽亚?"

"几个月前,她来墓园到您女儿坟墓上放铭牌。她问我位置,我陪她去。她对我说,她想到了一些您如果亲自来这里的话会刻的字。她帮您选了这些字。她不明白您为什么从来都不来墓园。她说这对您肯定有好处。她跟我谈您谈了很长时间。她告诉我您的情况很糟糕。于是我有了这个想法。我征得她同意,把铭牌寄给您,让您亲自来放。她犹豫了很长时间,最后她同意了。"

他拿起放在花园一条小径尽头的保温壶,用厨房里的杯子给我倒了茶,低声说:"茉莉花和蜂蜜。"

"我九岁的时候有了第一个花园。一个平方米的鲜花。我母亲教我播种、浇灌、采摘。我感到我喜欢这些。她总是对我说:'不要用你的收获去衡量每一天,而是用你播下的种子。'"

他沉默了片刻,然后抓住我的胳膊,盯着我的眼睛看。

"您看到这个花园了吗?我已经拥有二十年了。您瞧它是不是很美?您看到所有那些蔬菜了吗?那些颜色?这个花园,一共七百个平方,是七百个平方的欢乐、爱意、汗水、勇气、意志和耐心。我会教您怎么去打理,等您学会了,我就把它交给您。"

我回答说我不明白。他脱掉手套,给我看他手指上戴着的结婚戒指。

"您看到这枚戒指了吗?我是在我第一个花园兼菜园里找

到的。"

他把我拉到一个爬着常春藤的架子下面，让我在一张旧椅子上坐下来。他坐在我对面。

"那是个星期天，我大约二十岁，我到离我住的里昂郊区廉租房不远的地方去遛我的小狗。我离开停车场，随便选了一条路。稍微往上走，就好像到了农村，水泥中间夹着几块草地，极为干燥、也不太漂亮的草地，还有一座长着几棵老树的小岛。在这条路的尽头，我遇到一群人，坐在一棵橡树下，正在一张铺了塑料桌布的旧桌子上清理四季豆。让我惊讶的是，他们看上去很幸福。他们是我见过的邻居，廉租房里的居民，我在楼梯上遇到他们的时候没有看见他们这样笑过。在他们周围，我看到了他们的简易菜园。他们种水果和蔬菜。我明白了是这些小块的土地和这口水井给了他们这样的笑容。我问他们我能不能也有一个跟他们一样的菜园。他们叫我打电话给市政府，这些地是他们用极为便宜的价格租来的，后面还剩着几块地。

"十月份我骄傲地翻了我的那块地，给它盖上了粪肥。随后的冬天，我用空的酸奶盒播了种子。小南瓜、罗勒、青椒、茄子、番茄、西葫芦。我雄心勃勃。我对我的蔬菜寄予厚望。我春天把它们种了下去。我按照园艺教材上的指导去做，我用我的头去种，而不是用我的心。没注意月历、冰霜、雨水、阳光。我还直接在地里撒了胡萝卜籽，种了土豆。我等着发芽。我偶尔去浇水。我指望雨水。

"当然，什么都没长出来。我不知道需要整天待在菜园里，奇迹才会出现。我不知道野草，那些长在蔬菜周围的野草，如果不每天拔掉，它们会吸干所有的水，夺去生命。"

他起身去了厨房，回来的时候端了一只放了些杏仁长条糕点的瓷碟子。

"吃吧，您太瘦了。"

我说我不饿,他回答说:"我不管。"我们互相笑着品尝了他的糕点,然后他接着讲他的故事。

"我的菜园似乎在嘲笑我,九月份的时候,只长了一根胡萝卜。只有一根!我在干裂不通风的土地中央看到了发黄的、孤单的胡萝卜叶子。我对土地一窍不通。我把胡萝卜拔出来,羞愧得要死,准备把它扔给鸡吃,这时候我看到我可怜的变形的蔬菜上套着一枚银的婚戒。一枚真正的银婚戒,肯定是好几年前谁在我的菜园里丢失的。我把我的胡萝卜洗干净,然后啃掉了,我把婚戒取了下来。我把这事看作一个征兆。仿佛我因为不懂我的妻子而错过了我第一年的婚姻,但是我还有几十年的时间让她幸福。"

54

她藏起眼泪,却分享她的微笑。

用洗衣粉洗他的衣服,除了毛衣都烘干,趁热叠好,按照颜色分类放到他的柜子里。购物,含氟牙膏、《汽车摩托车》杂志、吉列剃须刀刀片、洋甘菊去屑洗发水、适合硬质胡须的剃须泡沫、软化剂、皮鞋油、多芬肥皂、几箱黄啤、牛奶巧克力、香草酸奶。

都是他喜欢的东西。他喜欢的牌子。

浴室里,一把大板梳和几把干净的单排梳子。随时可以使用的一把镊子和一把指甲钳。

长棍面包,松脆。所有的调料都是樱桃味的。屏住呼吸把肉切好。在铸铁锅里先煎一下再炖。打开锅盖,当心不要让死去的动物的肉块煳掉,撒上面粉,把它们盛进盘子里,还有浸在洋葱汁里的香叶。

端上桌。

只吃蔬菜、面、土豆泥。只吃配菜。这就是我。一个配角。

把餐具撤下桌。

洗地面、厨房。吸尘。通风。掸灰。他不喜欢的电视频道立即换掉。把音乐关掉。他在的时候从来不听音乐:我那些

"愚蠢"的歌手，让他头疼。

他出去转转，我留在家里。睡觉。他回来得晚。他把我吵醒，因为他弄出声响来，水哗哗地流进洗脸池里也不管，小便射进马桶深处，门啪啪地响。他贴在我身后。他有另一个女人的气味。假装睡着。但有时候，他还想要我。尽管有另外一个女人，他刚刚离开的那个。他进入我体内，用力，低嚎，我闭上眼睛。我想着别处。我去地中海游泳。

我只熟悉这些。这个气味。这个声音，他的用词和他的习惯。我的回忆里，更多的是我与他一起生活的最后几年，而不是最初几年，很快就过去的、短暂的那几年，因为爱情而轻盈、无忧无虑的那几年。那时候我们的年轻岁月交织在一起。

菲利普·万圣让我老去。被人爱，就是保持青春。

这是我第一次跟一个温柔体贴的男人做爱。在菲利普·万圣之前，跟收容中心和夏尔维勒几个小青年做过。都笨手笨脚，受挫的人互相撞击。我们发出声音，像两只不懂得抚摸的锅子。我们没有学好课本里的法语，也没有学会做爱。

于连·孤独知道怎么去爱。

他睡着了。我听得见他的呼吸，一种新的气息。我听着他的皮肤，呼吸着他的动作，他的双手放在我身上，一只搭在我左肩，一只围着我右侧的腰。他全身都贴着我。在我身外。而不在我体内。

他睡着了。我需要活过几回才能再次贴着一个人入眠？才能有足够的信心闭上眼睛，交出纠缠着我的灵魂？被单下的我光着身子。我的身体很久都没有在被单下一丝不挂了。

我喜爱这个爱的时刻，这种生命的迸发。

现在我想回家了。我想回到艾莲娜身边，回到我孤独的床上。我想离开这个旅店的房间，不吵醒他，其实就是逃走。

我觉得没有勇气明天早上去说再见。四目相对，与我失去莱奥尼娜后看到的斯蒂芬妮的眼神一样，令人难以忍受。

我能对他说什么呢？

我们喝掉了一瓶香槟酒来为自己打气，终于能够互相抚摸。我们惧怕对方。像真正相爱的人那样。像伊莲娜·法约尔和加布里耶·谨慎那样。

我不想要爱情故事。我已经过了那个年龄了。我错失了良机。我可怜的爱情生活是一双塞在柜子深处的旧袜子。我从来都没有扔掉，但是再也不会穿了。不要紧。除了一个孩子的死亡，什么都不要紧。

我的日子还很长，但是没有男人的爱。当一个人习惯了独自生活，就不能再跟另一个人一起生活。这一点，我是肯定的。

我们离沙隆河畔布朗西雍镇二十公里，就在克鲁尼旁边，在阿尔芒斯旅店。我不能走路回家。我会坐出租车。下楼到前台叫一辆出租车。

这个想法给了我动力。我尽量轻柔地移到床外。就像我跟菲利普·万圣睡觉时不想吵醒他那样。

我穿上我的裙子，抓过我的包，拎着鞋子走出了房间。我知道他看着我离开。他有着一言不发的高雅，而我则是不回头的低俗。

"没有礼貌。"这是我对自己的看法。

在出租车里，我试着随便翻翻伊莲娜·法约尔的日记，但是我做不到。天太暗。车穿过一片住宅区的时候，路灯的光线隐约照出了几个字。

"加布里耶……手……灯光……香烟……玫瑰……"

55

她的生命是一段美好的回忆。
她的离去是一种沉默的痛苦。

我离开萨夏的墓园时，是下午六点。我握着菲亚特熊猫的方向盘，朝马孔的方向开去，以便上高速。挂在后视镜上的白老虎懒洋洋地晃动着，从眼角打量着我。

我又想到萨夏，想到他的花园，他的微笑，他的话语。我想，一场罢工把赛丽亚送到我面前，我女儿的死亡则把这个戴草帽的园丁送到我面前。是韦尔伯·拉奇本人。一个处于生命与死者、他的土地和墓园之间的男人。《苹果酒屋的规则》。

我又想到了夏令营的工作人员。他们肯定也是好人。我回忆了主任艾迪特·阔克维耶叶、厨师斯万·乐特里耶、杂工吉纳维耶芙·马尼昂、两个年轻的辅导员爱洛依丝·珀蒂和吕茜·兰冬、维修工阿兰·冯达内勒的脸。他们的脸重叠在一起。

我要怎么处理他们的地址？我要不要一个一个地去找他们？

开着车，我想起来厨师斯万·乐特里耶在马孔一个叫地方特色菜的饭店工作。我在地图上看过，饭店在市中心，在赫里当路。

没有上高速，我进入马孔市。我停在离饭店两百米远的一个停车场，靠近市政府。一个女服务生热情地接待了我。饭店里已经坐了两对夫妇。

我上一次进饭店，是在吉诺饭店，那天我与阿娜伊丝的父母在那里一起吃饭，那天莱奥尼娜咯咯笑着戳破了鸡蛋。那一天，我重温了几千遍，吃的东西，她穿的裙子，她的辫子，她的笑容，魔术，账单，她上柯桑夫妇汽车的那一刻，她跟我挥手告别的那一刻，她藏在膝盖下的安抚毛绒玩具，一只灰色的兔子，右边的眼睛快掉下来了，我洗了那么多遍它已经掉了一只耳朵。有些时刻我们本应该很快忘掉，但是有些事情我们无法左右。

我没有看见斯万·乐特里耶。他应该在厨房里。在外面忙着服务的只有几个女孩子。"四个女孩子，跟坟墓里一样。"我心想。

我喝了半瓶葡萄酒，几乎什么都没有吃。服务生问我是否不合我胃口。我回答说不是的，但我不怎么饿。她带着傲气对我笑了笑。我看着客人进进出出。我已经好几个月没有碰酒精了，但是在桌上喝水，让我感觉到太孤单了。

晚上九点左右，饭店坐满了。我摇摇晃晃走出去，到稍远处的一张长椅上坐下来，在幽暗中盯着，等待斯万·乐特里耶。

我听到索恩河就在附近流淌。我真想跳进去。与莱奥会合。我能再找到她吗？也许跳到海里会更好。她还在那儿吗？以什么样的形状出现？而我，我还会在那儿吗？我的生命有什么意义？它有什么用？对谁有用？我出生那天，为什么要把我放到暖气片上？那个暖气片1993年7月14日以后就坏了。

我要对那个可怜的斯万·乐特里耶说什么？我又到底想知道什么呢？房间烧掉了，现在询问又有什么意义？瞎搅和。

我没有勇气回到斯蒂芬妮的熊猫汽车，上高速开夜车。

我正要起身，跨过我身后的围墙，跳进黑黢黢的水里的时候,一只暹罗猫呼噜呼噜地来蹭我的腿。它蓝色的美丽眼睛盯着我看。我弯下腰去摸它。它的毛柔软、温热、美丽。它跳到我膝盖上,我吓了一跳。我没敢动。它直挺挺地躺在我身上。死沉地压在我大腿上,犹如一道防线。我想到跳下去的时候,它来阻止了我。我想那天晚上,这只猫救了我的命,至少救下了仅存的那一点点命。

最后的客人离开后,饭店里的灯光熄灭了,斯万·乐特里耶第一个出现了。

我坐在长椅上一动没动。

他穿着一件黑色的夹克,面料在路灯下发亮,还有一条牛仔裤和一双球鞋,步伐摇摇晃晃。

我叫他。我没有认出自己的声音。仿佛是另外一个女人在斥责他。一个我体内的陌生人。无疑是酒精的作用。一切都显得抽象。

"斯万·乐特里耶!"

猫跳到地上,坐在我脚边。斯万·乐特里耶转过头来,观察了我几秒钟,再用不安的口吻回答说:

"是我。"

"我是莱奥尼娜·万圣的母亲。"

他僵住了。他的眼神,跟那天晚上被装扮成白衣女人的我吓坏的年轻人一样。我感到他惊恐的目光在搜寻我的目光。而我在黑暗中,我能清晰地从他所在的位置看到他的面孔。

四个女服务生中的一个从地方特色菜饭店里走了出来。她走到他身边,从背后抱住他。他生硬地对她说:

"走,我马上来。"

她立即看到他的目光投向我。她认出我来,在他耳边说了些什么。大概是说我刚刚一个人喝了半瓶葡萄酒。她打量了我一下,边走边对斯万喊道:

"我在迪迪家等你。"

斯万·乐特里耶向我走过来。等他走到我旁边,便等我说话。

"您知道我为什么在这里吗?"

他冷冷地回答:

"您说:是莱奥尼娜·万圣的母亲。"

"您知道谁是莱奥尼娜·万圣吗?"

他回答前犹豫了一下。

"您没有出席葬礼,也没有出庭。"

我没想到他会对我说这些。仿佛打了我一个耳光。我握紧拳头,直到把指甲掐进皮肤里。暹罗猫依然在我身边。它坐在我脚边盯着我。

"我一直都不相信,那天晚上孩子们去了厨房。"

他警惕地回答我说:

"为什么?"

"直觉。您呢,看到了什么?"

他的嗓音低哑下来:

"我们试着进入房间,但是无论如何都太迟了。"

"您跟其他工作人员关系好吗?"

他似乎呼吸困难。他从口袋里掏出一支喘乐宁,放到嘴里猛吸。

"我得走了,有人在等我。"

我看出了他的害怕。害怕的人更容易嗅出别人的害怕。那天晚上,坐在长椅上,面对着这个既不安又令人不安的年轻人,我是害怕的。我感觉到如果我不把真相找出来,烧掉我孩子的火将一直燃烧着她。

"我不想再去想这个。您应该跟我一样。很不幸,但生活就是这样。有时候生活很糟糕。很抱歉。"

他转过身去,快步走了起来。几乎在跑。他的反应让我更加确信,交给国家检察长的报告里,一句都不是真的。

我垂下眼睛,暹罗猫已经走了,我都没有察觉到。

56

永不凋零的记忆是温柔的。

让-路易·柯桑和阿梅勒·柯桑来阿娜伊丝的墓前悼念。他们不知道我是谁。他们没有把1993年7月13日跟他们一起在马尔格朗日吃饭的那个害羞、衣着难看的年轻女人,跟这个自信地在布朗西雍墓园小径之间穿梭的、衣着讲究的市政府工作人员联系起来。他们跟我买了些花,没有认出我来。

我女儿去世,我瘦了十五公斤,我的脸既凹陷又浮肿。我老了一百岁。我长着孩子的脸和身体,却装在一个揉皱的信封里。

一个衰老的小女孩。

我七岁多一点。

萨夏说我是"一只从鸟窝里掉下来的、淋了雨的老雏鸟"。

遇到萨夏以后,我变了。我留了长发,换了衣着。我不再喜欢牛仔裤和运动衫。

我找回了自己的身体,我在商店橱窗里看到的,是一个女人的身体。我把它装进长裙、短裙、衬衣里。我面部的轮廓变了。如果我是一幅画,那么我从贝尔纳·布菲[①]带棱角的椭圆过

[①] 贝尔纳·布菲(Bernard Buffet, 1928—1999),法国画家。

度到了奥古斯特·雷诺阿[①]甜美的椭圆。

萨夏让我换了一个世纪,回到从前以便继续前行。

我最后一次看到保罗和他那辆慈善机构的卡车的时候,给了他莱奥尼娜最后的东西、我的布娃娃卡洛琳娜、我的裤子和我过大不合脚的鞋。我修好指甲,在眼皮上画了眼线,买了浅口皮鞋。

斯蒂芬妮看惯了穿牛仔裤、素面朝天的我,等我把粉底和腮红放到收银台的传送带上的时候,她用疑惑的眼神观察着我。比我以前把各种各样的酒放在她眼皮底下的时候更明显。

人真是可笑。他们无法直视一个失去孩子的母亲,但是看到她振作起来,穿衣化妆,却更加惊讶。

我学会了用日霜、晚霜、淡粉色,就像别人学习做饭。

> 照看墓园的女人显得很忧伤,但是她总是对路人微笑。显得忧伤,我猜是职业的需要。她长得像一个演员,我忘了名字。她很漂亮,但看不出年龄。我注意到她穿着一向讲究。昨天我跟她买了一些花给加布里耶。我不想把我的玫瑰送给他。照看墓园的女人卖给我一盆很漂亮的紫色欧石楠。我们一起聊了聊花,她看上去很喜欢园艺。我告诉她我有一个玫瑰园的时候,她整个人都有了神采。完全变了一个人。

伊莲娜·法约尔在她2009年的日记里是这样描述我的。那是在加布里耶·谨慎下葬一个月之后。菲利普·万圣已经消失了很多年。

伊莲娜·法约尔想不到,那个"照看墓园的女人"将来有一天会跟她的儿子一夜情。

[①] 奥古斯特·雷诺阿(Auguste Renoir,1841—1919),法国画家。

我没有于连·孤独的消息。我猜想他某一天早上会照例悄无声息地出现。就像我离开阿尔芒斯旅店那样。

我在正在下葬的玛丽·伽亚尔（1924—2017）的棺材前想着我们的爱之夜。玛丽·伽亚尔似乎是一个恶毒的人。她的用人在我耳边悄悄说，她来参加"老太婆"的葬礼，是为了确定她真的死了。我狠狠地掐了一把自己的手心，免得笑出声来。墓的周围一只猫的影子都没有，连墓园的猫也不来。没有一朵花，没有一块铭牌。玛丽·伽亚尔葬在家族墓地里。我希望她不要对那些马上要跟她重逢的人太恶劣。

来对坟墓吐口水的人也是不少见的。我见到的次数，比我想象的要多。我刚开始这份工作的时候，以为敌意会跟着憎恨的人一起死去。但是坟墓上的石头关不住仇恨。我参加过没有人哭泣的葬礼。我甚至参加过欢乐的葬礼。有些人死了，解决了大家的问题。

玛丽·伽亚尔入土之后，用人低声说："恶毒像粪肥，就算被铲走了，臭味很长时间都散不掉。"

从1996年6月开始，我每两个星期天去看一次萨夏。就像没有得到孩子抚养权的人，每隔一个周末见他一次。我总是借斯蒂芬妮的红色菲亚特熊猫，她二话不说借给我。我清晨六点出发，晚上回来。我知道这不会长久。菲利普·万圣很快就会问我问题，阻止我出去。他疑心很重。

我去布朗西雍的墓园次数多了，外表慢慢变了。跟有情夫的女人一样。我唯一的情夫，是萨夏教我用马粪制作的肥料。他教我十月份翻地，到春天看天气再翻一遍。当心蚯蚓，不要弄伤它们，它们才好"干活"。

他教我观察天空，想要九月份有收获的，就要决定一月份是否可以栽种，或是再等一等。

他跟我解释，大自然需要时间，一月份种下的茄子九月份之前不会长出来，工业种植使用大量的化学肥料浇灌蔬菜，让它们快速生长。布朗西雍墓园的菜地不需要产量。除了他，这个守墓人，和我这个"从鸟窝里掉下来的老雏鸟"，没有人等着这些蔬菜。让大自然天然生长。只用天然肥料。他教我制作荨麻液肥、鼠尾草浸泡液来给蔬菜和花卉杀虫。从来不用杀虫剂。他对我说：

"紫堇，天然的东西，要付出更多的劳动，但是时间，只要我们还活着，总能找得到。它像蘑菇一样，在清晨的露水里冒出来。"

他很快就用你来称呼我了，我从来都没有以你称呼他。

他看到我，张口就骂：

"看看你，怎么穿衣服的！你这么漂亮，就不能好好穿衣服？还有，你为什么是短发？你有虱子吗？"

他跟我说话的口吻，好像是在跟他的一只猫说话，他喜欢的那些猫中的一只。

我星期天早上十点左右到达。我走进墓园，去莱奥尼娜的墓前。我知道她已经不在"那儿"了。大理石下面只有虚无。有如一块荒地，没有人烟。我念她的姓名。再亲吻一下。我不放花，莱奥尼娜对花没兴趣。七岁的年纪，更喜欢玩具和魔术棒。

我推开萨夏房子的大门时，总有一股味道，煎洋葱这种简单的菜、茶、"浪漫主义之歌"这款他撒在屋里四处散落的手帕上的香水混在一起的味道。我一走进去，呼吸马上顺畅起来。我仿佛在度假。

我们面对面地吃饭。总是很好吃，颜色鲜艳，辛香有味，没有肉。他知道我讨厌吃肉。

他打听我这两个星期的情况，我的日常，我在南锡地区马尔格朗日的生活，我的工作，我读的书，我听的音乐，来往的火车。他从来不跟我谈起菲利普·万圣，或者，提到他的时候，他说"他"。

很快,我们一起去他的花园干活。结冰也好,天晴也好,总有事情要做。

种植、播种、移栽、搭架子、松土、除草、扦插、田间管理,两个人一直弯腰面朝着土地,满手是泥。天气晴朗的时候,他最喜欢的游戏,是拿水管对着我。萨夏有着孩子的目光,以及与之相称的游戏。

他看守这个墓园很多年了,从来不谈论他的私生活。他戴着的唯一的婚戒,是他在第一个花园兼菜园的胡萝卜上捡到的。

有时候,他会从口袋里掏出让·吉奥诺①的《再生草》,为我朗读其中的段落。我为他背诵烂熟于心的《苹果酒屋的规则》。

有时候,我们会被紧急的事情打断,某个人闪了腰,或者崴了脚。萨夏对我说:"接着干,我马上回来。"他消失半个小时,去照顾他的病人,回来的时候总是端着一杯茶,嘴角带着笑,还有同一个问题:"嗳,你把我们的土地弄成什么样子了?"

我太喜欢这第一次了。手摸着泥土,面朝着天,将天与地联系起来。明白两者缺一不可的道理。第一次种下东西,两周之后再回来,看到巨大的变化,用另一种方式去数季节,这就是生命的力量。

这些周日之间的等待,让我觉得无比漫长。我不去布朗西雍的那个星期天,是一片荒漠,只有未来,下一个星期天的曙光,才显得重要。

我读着我记的笔记来打发时间,我种了什么,如何扦插各种植物,我播的种子。萨夏交给我几本园艺杂志,我贪婪地读着,就像读《苹果酒屋的规则》那样。

十天之后,我就像释放之前数着最后几个小时的犯人一样。

---

① 让·吉奥诺(Jean Giono,1895—1970),法国作家。

一到星期四晚上，我就急不可耐。星期五和星期六，我再也坐不住了，每趟火车经过的间隙，我都出去走。我需要靠走来消耗自己的精力，避免菲利普·万圣发现。我抄小路，他骑摩托车永远不会走这些路。要是他碰巧在家，我告诉他我要赶紧去买点东西。星期六傍晚，我去取斯蒂芬妮停在她家门口的菲亚特熊猫。

世界上从来没有人像我一样热爱斯蒂芬妮的菲亚特熊猫。任何法拉利或者阿斯顿·马丁的收藏家、司机，都没有体会过我颤抖的双手抓住方向盘时的感受。我转动钥匙、挂一挡、踩加速器时的感受。

我跟白老虎说话。我想象着我将要再次见到的东西，长大的植物，需要移栽的秧苗，叶子的颜色，土地的状况，疏松、干裂或者黏稠，果树的树皮，叶芽、蔬菜、花朵的生长情况，担心结冰。我想象着萨夏为我准备的午饭，我们将要喝的茶，他家里的味道，他的声音。找回韦尔伯·拉奇，我的私人医生。

斯蒂芬妮以为我急着去见我女儿，其实我急着找回女儿之后的生命。我的生命之外的其他生命。主体生命已经消失了，火山已熄灭。但是我感觉到一些分枝、与主干道平行的测道，在我体内生长。我播下的东西，我能感觉得到。我在自己体内播下种子。但是，我这块荒芜之地，远比墓地菜园的土壤贫瘠。一块石头遍布的土地。但是草随便哪里都能生长，我就是这个随便哪里。是的，沥青下面的根都会发芽。只要一条细小的裂缝，生命就会钻进不可能的内部。一点儿雨，一点儿阳光，不知道从哪儿来的根，也许是风吹来的，就出现了。

我第一次蹲在那里摘我六个月前种的西红柿的那天，花园里早已遍布了莱奥尼娜的身影，仿佛她把地中海带到了埋葬着她的这个墓地小菜园里。那一天，我明白了，她在大地产生的每一个小小的奇迹中。

57

> 命运一路往前,但是
> 从未将我们的心分开。

1996 年 6 月,吉纳维耶芙·马尼昂

我看到或听到"酸"这个字的时候,异常敏感,舌头疼,眼睛刺痛。浑身火烧火燎。我在电视上看到带酸味的糖果广告时就是这种感觉。"你神经也太敏感了。"我母亲在甩我两个巴掌的间隙对我吼过。

这大概是连通器原理:既然我的心坏掉了,只能扔给路边的野狗,我的身体就来弥补。

我换了频道。要是我按一下遥控器就能改变生活就好了。我失业以后,瘫在我的旧椅子里,不知道该做什么。告诉自己什么都不重要。都结束了。不能再回头了。事情已经了结了。死了。埋掉了。

斯万·乐特里耶打电话来的时候我在睡觉。他给我留了言,我没听懂,他说话含糊不清,紧张得要命,他那个麻雀脑袋乱成一团。我听了好几遍才把他的话理顺:莱奥尼娜·万圣的妈在他当厨子的饭店门口等他,她看上去疯疯癫癫,不相信那天夜里那几个丫头去厨房弄巧克力。

官司打完之后，我以为我再也不会听到莱奥尼娜的名字。也再也不会听到阿娜伊丝、奥莎尼、娜德吉的名字。幸好是另一个，那个头儿，担了全责。两年牢房。总得让有钱人吃点屎，偶尔也要伸张一下正义。向来不喜欢这个女人，一副假正经的样子。

莱奥尼娜·万圣的妈……那几户人家都不是本地人。有钱人才会把他们的娃娃送到城堡的湖里去泡屁股。我以为家长来我们这里，就是去一下墓地，在他们孩子的坟墓上放下花和钉着耶稣的十字架，就赶紧回到他们的窝里去。

她找什么？她想怎么样？她会不会来我家？她是不是要到每个人家里转一圈？乐特里耶慌了，但是我，我早就谁也不怕了。

城堡里有我们六个人。乐特里耶、阔克维耶叶、兰冬、冯达内勒、珀蒂和我。

想到这些，我又回想起我第一次看到他的情形。不是最后那一次，是第一次。我一般会记得最后一次。我恨得血脉贲张，仿佛酸糖果流淌在我体内。

第一次，是在大区幼儿园年终欢庆会上。我的衬衣上有呕吐物，是凝结的牛奶，我的小儿子因为天热生病吐的。我把衬衣稍微解开，让别人看不到印子。他没有看我，只是瞄了一眼我喂奶的乳罩。我哆嗦了一下。发情的公狗的目光。他让我有了欲望。十分强烈。

他没有看见我，但是我，"我的眼里只有他"，像有钱人说的那样。

两个月的假期让我觉得扫兴。

然后我被幼儿园聘去当杂工。第一天，我像条狗一样等着他。我看到他走进学校的院子来接他的小崽子的时候，我的皮肤硬得像他的皮夹克。我真希望自己是那只被剥了皮给他取暖的动物。

他很少来。总是妈妈来接送孩子。

他过了几个月才跟我说话。他那天肯定没有什么要干的。没有别的女人要操。他很好色,但帅得要命。他穿着T恤、紧身牛仔裤,一百米之外就能看出来他那方面很厉害。他蓝色的眼睛冷漠地一扫,就能把所有穿裙子的人剥光,剥掉那些散发着氨水臭味、在走廊里来来往往的妈妈的裙子。

我下课后用玻璃清洁剂擦的窗户……我陪着去厕所的那些小家伙……

有一天,我拦住他,跟他瞎聊。我在一个学生的柜子里"找到"眼镜的故事。眼镜是不是他的?他像学校储藏室里的冰柜一样冷。他说:"不,不是我的。"他习惯被女人搭讪,看得出来,闻得出来。他长着受诅咒的王子、叛徒、坏蛋的面孔,这些老电影里的英俊男人的面孔。

学期结束的时候,因为总是看到我杵在走廊中间等他、拦他,他终于跟我约会。不是那种互相甜言蜜语的约会,不是,给我时间和地点的时候,他已经把我的衣服剥光了。

他走过来对我说:"某天晚上,速战速决。"因为他结婚了,我也是。他不想惹麻烦,也不想去酒店。他在夜总会的厕所里,靠着树,或者在汽车的后座上做。

我花了几个小时收拾自己。去掉腿毛,抹上妮维雅霜,在脸上、大鼻子上做硅藻土面膜,在腋下喷香水,把几个孩子送到一个不会乱说的朋友家。她跟这个睡睡,跟那个睡睡,我掩护过她。通奸的女人不能开口。

我们约了在"小岩石"附近见面,当地人就是这样称呼一块放在出城的地方的大石头,是那种断了的石柱,一个幽暗的地方,那儿的路灯早就被一些小家伙打碎了。

他骑着摩托车来了。他把头盔放在座位上。不会停留很久的样子。他没有跟我说你好、晚上好、你好吗之类的话。我想我勉强对他笑了一下。我的心怦怦地跳。都要跳到喉咙口了。我的新鞋子陷进泥巴里，让我的脚起了几个水泡。

他把我转过来。没有看我一眼。他脱下我的三角内裤和长筒丝袜，分开我的大腿。没有抚摸，没有温柔或粗鲁的话语。一句话都没有。他给我的快感强烈到我差点死过去。我开始颤抖，就像急于被树摆脱的一片枯叶。

他走了以后，我水泡里的水和我眼睛里的泪同时流了出来。我母亲一直告诉我，爱情是有钱人的玩意儿。"不是没用的女人玩的。"

我跟他在小岩石见面的所有次数，他总是从后面上我，从来不看我。他在我身体里进进出出，让我发出被割喉的母猪般的尖叫声。他从来不知道，我的叫声，是天堂也是地狱，是善与恶，是快乐与痛苦，是结束的开始。

我的脖子里能感觉到他的气息，我特别喜欢。我要他再吹气。他拉上他的拉链的时候，我对他说："我们下个星期再见？同一个时间？"他回答说："好。"

下一个星期，我又去了。我一直都去。他呢，不总是来，不一直来。他有时候不来。他去别的地方做爱。我呢，我等着，背靠着冰冷的小岩石。我等着他车头灯的光。这样持续了几个月。

我最后一次看见他，他是开汽车来的。他不是一个人。副驾驶的位置坐了一个男人。我慌了，我想离开，但是他抓住我的胳膊，猛地掐我，咬紧牙齿大声说："你留在这儿，你不要动，你是我的。"他把我转过来，像平常一样侮辱我，我嘤嘤呀呀地叫着，任凭他做。我听见自己吼叫。我听见汽车的关门声。我听见我母亲对我说："爱情，是有钱人的玩意儿。"我听见他对坐在他车里、离我们很近的那个人说："她是你的了，玩吧。"

我说不。但是我没有反抗。

　　他们两个人一起走了。我依然转过身，内裤褪到腿下面。一个脱了臼的木偶。我的嘴贴着岩石。嘴里有石头的味道，还有一些苔藓，我以为是血。

　　后来，我一手带着一个孩子搬家了。我再也没有见过他。

　　有人敲门，应该是她。她没去参加葬礼。她没有出庭。她最终总要出现在某个地方。

58

死者没有说出来的话，
让棺材里的他们那么沉重。

1996年6月——我每隔一个星期天去萨夏家，已经持续了六个月了。我刚刚离开他，指甲里还有泥巴。我把他们的地址放在汽车仪表盘上。一个名叫夏耶之鹿的地方，出了马孔就是。我开了三十分钟，在小路上迷路了，我进进退退，恼怒地哭了。我最后终于找到了。那是一个小房子，粗抹的墙灰已经陈旧发黑，夹在另外两座更大、更气派的房子中间。好像衣着华丽的父母中间站了一个落魄的小姑娘。

门上挂着的信箱上写着他们两个人的名字："G.马尼昂·A.冯达内勒"。

我的心开始慌乱。我感到恶心。

时间已经晚了。我想我不得不开夜车回马尔格朗日，我最怕开夜车。我带着恐惧敲了好几次门。我肯定敲得很用力，把手指弄疼了。我看到了指甲里的泥巴。我的皮肤很干燥。

来开门的是她，我没有马上把这个站在我面前的女人与萨夏塞在信封里的照片上的那个婚礼那天戴着可笑的帽子摆姿势的女人联系起来。跟照片上比，她老了很多，也胖了很多。照片上她的妆化得很糟糕，但毕竟化了妆。在傍晚的光线下，她的皮肤露出了岁月的痕迹。她的眼睛下方发紫，脸颊上游走着一条红血丝。

"您好，我叫紫堇·万圣。我是莱奥尼娜的母亲。莱奥尼娜·万圣。"

在这个女人面前说出我女儿的姓名让我感到恐惧。我想道："应该是她给她端上了最后一餐。"我想了上千次："我怎么会让我七岁的女儿去那儿？"

吉纳维耶芙·马尼昂没有回答。她纹丝不动地站着，让我继续说，没有开口。她身上的一切都紧锁着。没有笑容，没有表情，只有她发黏的、血红的眼睛看着我。

"我想知道那天晚上您看见了什么，火灾的那天晚上。"

"干什么？"

她的问题让我惊愕。我不假思索地回答说：

"我不相信我七岁的女儿到厨房里给自己热牛奶。"

"这个，应该在法庭上说。"

我感到我的腿在抖。

"您呢，马尼昂夫人，您在法庭上说了什么？"

"我没什么好说的。"

她对我吐出一句再见，砰地关上了门。我想我就这样在她门口站了很长时间，窒息地看着起泡的油漆，以及塑料片上写着的他们的名字："G.马尼昂·A.冯达内勒"。

我回到斯蒂芬妮的菲亚特熊猫上。我的手还在抖。跟斯万·乐特里耶说话的时候，我感觉到那天晚上发生的事情有可疑的地方，我跟吉纳维耶芙·马尼昂的"会面"更加证实了这一点。为什么这些人看上去一个比一个含糊？是不是我自己在胡思乱想？我是不是正在发疯？越来越疯？

回家的路上，我从光明掉进了黑暗。我想着萨夏和德佩圣母院城堡的工作人员。我想着下一回，两个星期天之后，我要到城堡去一趟。我之前从来没有勇气从前面经过。虽然它离布朗西雍的墓园才五公里。然后我再去马尼昂和冯达内勒的家，我要踢他们的门，直到他们开口。

我22点37分左右到达家门口。我刚好来得及停好车，放下22:40的栏杆。我推开大门，看到菲利普·万圣在沙发上睡着了。我看着他，没有叫醒他，心里想着我曾经爱过他，很久以前。如果我刚满十八岁，留着短发，我肯定会扑到他身上，对他说："我们做爱吧？"但是我多了十一岁，我的头发也长长了。

我去躺在我床上。我闭上眼睛，毫无睡意。菲利普·万圣半夜里溜到床上。他低声抱怨道："哎哟，你回来了。"我想："幸好我回来了，要不然谁会放下22:40的栏杆？"我假装睡着了，没听见他说话。我感觉到他在我身上闻来闻去，在我的头发里寻找另一个人的味道。他唯一找到的味道，应该就是菲亚特熊猫上合成香水的味道。他很快就打起了呼噜。

我想到萨夏给我讲的一个关于种子的故事。他试着在他的菜园里种甜瓜。甜瓜一直都没有长出来。他连试了两年，甜瓜就是不肯长。第三年，他把剩下的甜瓜种子扔给鸟吃。扔在远一点的地方，在菜园的后面，堆着花盆、耙子、喷水壶和煮衣物的桶。有一只鸟，因为粗心或者调皮，大概用嘴把一颗种子叼起来，掉在了花园一条小径的中间。几个月之后，一棵漂亮的植物长出来了，萨夏没有把它拔掉，而是绕过了它。它结了两个漂亮的甜瓜。又大又甜。每年再结出一个、两个、三个、四个、五个甜瓜来。萨夏对我说："你看，这是天上掉下来的甜瓜，这就是大自然，做决定的是它。"

我想着这些话睡着了。

我梦到了记忆中的一件事。我带莱奥尼娜去学校。那天小学一年级开学。我们沿着走廊走。我牵着她的手。然后她松开我的手,因为她"现在长大了"。

我大叫着醒了过来:

"我认识她!我见过她!"

菲利普·万圣打开床头的灯。

"什么?怎么了?"

他揉了一下眼睛看着我,仿佛我被魔鬼附体。

"我认识她!她在学校工作。不在莱奥尼娜的班级,在旁边那个班级。"

"旁边什么?"

"我去见她了。去过墓园之后,我到吉纳维耶芙·马尼昂家去了。"

菲利普·万圣一下子变了脸色。

"什么?"

我垂下眼睛。

"我需要了解真相。需要去见那天晚上在德佩圣母院的人。"

他爬起来,沿着床绕过来,抓住我的领子,他把我提离地面并开始吼叫的时候我没法呼吸:

"你开始给我们找麻烦!再这样下去,我把你关进精神病院!你听见我说话了吗?!我警告你,你不要再到那里去!你听见了吗?!你永远不要再去那里!"

随着时间的流逝,他让我陷入了深不见底的孤独,一口黑色的井。我就算变成另外一个人,让人替换我,雇一个临时工去放下或抬起栏杆,去买菜,做午饭和晚饭,洗他的衣服,睡在床的左边,他也不会察觉,不会看见。

他从来没有对我动过手,也没有威胁过我。他这样做,让我清醒过来。我又变成自己。

*

第二天早上,我去斯蒂芬妮家,把熊猫的钥匙还给她。卡西诺超市星期一关门。她一个人住在大街上,在一座房子的二楼。她让我进门,用一只陶瓷高脚杯给我倒了咖啡。她穿着一件印着克劳迪娅·希弗头像的长T恤,她对我说:"星期一,待在家里,打扫卫生。"看到她的脑袋在超模的脑袋上面,我感觉太奇怪了,虽然让我感动到哭的就是她这个脑袋,她圆圆的脸,她红扑扑的鼓鼓的脸颊,她亚麻色的头发。

"我帮你加满了油。"

"嗯,谢谢。"

"今天天气好像不错。"

"嗯,是的。"

"你的咖啡很好喝……我丈夫不让我再去布朗西雍的墓园了。"

"啊,这样啊,哎。其实是去看你孩子,哎。"

"是的,我知道。不管怎么样,谢谢你为我做的一切。"

"嗯,没什么,哎。"

"不,斯蒂芬妮,你为我做了一切。"

我紧紧地抱住她,她不敢动。仿佛从来没有人向她表示过任何温情。她的眼睛和嘴巴比平时张得更圆。三只飞碟。斯蒂芬妮永远都是个谜,卡西诺超市的外星人。我丢下她,她晃荡着双臂,站在客厅中间。

我又走上大街,向小学走去。像歌曲《在斯万家旁边》唱的那样,我倒过来走这条路。这条我每天早上跟莱奥一起走过的路。在她书包里,特百惠盒子占的地方比她的书和本子还多。我执意给她准备大量的点心,让她什么也不缺。因为我一直有着接收家庭给我留下的空缺。我们跟着学校坐大巴出去的时候,别的孩子的背包里有薯片、巧克力、传统圆面包做的三明治、糖果和汽水。而我，我不缺什么，但是我的塑料包里没有任何新奇的零食。"救济院的女孩子要求很低。"我难过的不是东西比别人少，而是不能跟别人分享我简陋的午餐。没有多余的。我想给莱奥尼娜跟别人分享的机会。

我走进操场的时候，让我情绪波动的不是孩子们，而是味道，与学校毗邻的食堂的味道，还有挤满人的走廊。现在是午饭时间。我总是午饭时间来接莱奥尼娜。她常常对我说："你看到了吧，食堂味道不好闻，妈妈，我真高兴回我们的家。"

用疼痛指数衡量，如果这个该死的指数真的存在，走进莱奥尼娜的学校，比走进墓园更为艰难。在布朗西雍，我女儿与死者在一起。在她的学校里，她在活人中间已经死去了。

与莱奥尼娜做过同学的那些孩子，已经不在这里了。他们刚刚上初中。我不需要承受遇见他们、依稀认得他们却并不能真正认出他们的痛苦。同样的身影，但是多了"活着"的选项。蚱蜢一样的腿，脸上少了孩子气，嘴里戴了牙套，脚上穿了巨大的球鞋。

我口袋空空地沿着走廊走。我想着莱奥尼娜不肯再让我牵着她的手走到她的教室去。有位妈妈对我说过，他们一旦进了初中，我们每年都会失去他们一点点。是的，当他们去夏令营的时候，我们可能一下子就失去了他们。

莱奥尼娜叫她一年级二年级的老师"克莱尔小姐"。正在低头批改作业的温柔的克莱尔·贝尔蒂耶抬起头，看见我走进她的教室，脸一下白了。我女儿去世之后我们就再也没有见过面。我的出现让她尴尬，她恨不得找个洞钻进去。

一个孩子的死亡，困扰着大人、成人、别人、邻居、生意人。他们低下头，躲着你，走另一条路。当一个孩子死去，对很多人来说，父母也一起死了。

我们交换了一个礼貌的"您好"。我没有给她说话的时间。我立即掏出吉纳维耶芙·马尼昂的照片,那张她戴着那顶可笑的帽子的照片。

"您认识她吗?"

我的问题让老师吃了一惊,她皱了皱眉头,盯着照片看,回答我说没有印象。我没有放弃:

"她好像在这里工作过。"

"这里?您是说在学校吗?"

"是的,在旁边的一个班级。"

克莱尔·贝尔蒂耶蓝色的美丽眼睛又看着照片,盯着吉纳维耶芙·马尼昂的脸端详了更长时间。

"啊……我想我记起来了,她在皮奥莱夫人的班里,幼儿园大班。她是学期中间来的,在这里待的时间不长。"

"谢谢。"

"您为什么给我看这张照片?您在找她吗?"

"不,不,我知道她住在哪儿。"

克莱尔对我微笑,就像人们对疯子、病人、寡妇、孤儿、酒鬼、粗人、失去孩子的母亲的微笑。

"再见,谢谢。"

59

树倒下的时候,
我们才看出它的高大。

我把伊莲娜·法约尔的日记放在我床头柜的抽屉里。我随意翻阅跟我有关的片段,从来不按照时间顺序。她从2009年到2015年断断续续地来我的墓园,到加布里耶的坟前悼念。在这几年中,她把天气、加布里耶、旁边的坟墓、盆花和我记了下来。

于连在他母亲日记提到"墓园女人"的那些页夹了彩色的纸。就像在她提到我的段落里放上了鲜花。这让我想起了斯蒂芬·茨威格的《一个陌生女人的来信》。

2010年1月3日
　　今天我发现墓园的女人哭了……

2009年10月6日
　　离开墓园的时候,我遇到了正在忙碌的女人,她微笑着,一个挖墓人、一条狗和两只猫陪着她。

2013年7月6日

墓园的女人经常清扫坟墓，她不是非做不可……

2015年9月28

我遇到墓园的女人，她对我微笑，但是她好像另有心思……

2011年4月7日

我刚刚得知墓园女人的丈夫失踪了……

2012年9月3日

墓园女人的房子锁上了，百叶窗也关着。我问一个挖墓的为什么，他说每年圣诞节和9月3日，她不想见任何人。除了夏天的假期，这是唯一她让人代替她工作的两天……

2014年6月7日

墓园的女人好像把给死者的发言记在本子上。

2013年8月10日

买花的时候，我得知墓园的女人去马赛度假了。我也许遇到过她……

当我走出跟我有关的片段，翻到日记里于连没有用彩色纸标注地方的时候，我感觉自己走进了伊莲娜的房间，在她的床垫底下搜查。就像她儿子开始寻找菲利普·万圣那样。而我，我不守规矩的时候，寻找的是加布里耶·谨慎。

有些字我看不懂，伊莲娜写得很潦草，像医生写在处方上的药名一样。她用圆珠笔把字写得极小。

加布里耶·谨慎和伊莲娜·法约尔在蓝色房间度过缠绵之夜后，没有一起离开旅店。

他们要在中午退房。加布里耶打电话给前台，说他要多待二十四个小时。他用指尖抚摸着伊莲娜，在吸烟的间隙低语道："从这儿出去之前，我得先把酒精去掉，尤其是要把你去掉。"

她误解了他。仿佛他对她说的是：从这儿出去之前，我得先把您摆脱掉。

她爬起来，洗了一个澡，穿好衣服。她结婚以后还从来没有在外面留宿过。她走出浴室的时候，加布里耶已经睡着了。烟灰缸里一个没有被完全熄灭掉的烟头散发着浓烟。

她打开小冰箱，找到一瓶水。加布里耶又睁开眼睛，看着她就着瓶子喝水。她已经穿上了大衣。

"再待一会儿吧。"

她把手背抬到嘴边擦了擦嘴。他特别喜欢这个动作。她的皮肤、她的眼神、她用一根黑皮筋扎在脑后的头发。

"我昨天早上就出来了。我本应该送花到艾克斯，送完之后马上回去……我丈夫一定已经报案说我失踪了。"

"您想失踪吗？"

"不想。"

"来跟我生活吧。"

"我结婚了，还有一个儿子。"

"离婚，把您的儿子带上。我一般跟孩子相处得不错。"

"不能就这样一挥魔术棒就离婚。在您看来，好像一切都很简单。"

"本来就很简单啊。"

"我不想去参加我丈夫的葬礼。您抛弃了您的妻子，她因此去世了。"

"您开始令人讨厌了。"

她找她的手提包。确认她的车钥匙在里面。

"不,我很现实。不能就这样抛弃别人。如果您觉得抛弃一切,到别的地方重新开始,不用考虑别人、考虑他们是否伤心,是件容易的事情,那么……算您运气好。"

"人各有命。"

"不。别人的命也是重要的。"

"我知道,我一生都在法庭为别人的命辩护。"

"您辩护的是别人的命。您不认识的那些人的命。不是您自己的命。不是您亲人的命。这几乎……很容易。"

"我们已经开始指责对方了。才缠绵了一个晚上。我们在这个方面似乎太快了一点。"

"只有真话会伤人。"

他提高了嗓门:

"我憎恨真话!真话,那是不存在的!就像上帝……是人编出来的!"

她耸耸肩,神态与她的话语相仿:

"没什么好惊奇的。"

他难过地看着她。

"已经……我已经不让您觉得惊奇了。"

她表示赞同。对他微微笑了一下,砰地一下关上门,没有道别。

她走下楼梯,一共三层,去找她的面包车。她不记得昨天夜里把车停在哪里了。酒店附近街道的橱窗里打出冬季最后打折的广告,她找着找着,差点回到房间里,扑进他的怀抱。她正准备往回走的时候,看见她的车停在一条死胡同的尽头,一半骑在人行道上,停得有些乱七八糟。

在死胡同的尽头。乱七八糟。简直是胡闹。应该回家,与保尔和于连相会。

车里有着冷却的香烟的味道。虽然已经是冬天,她把车窗摇得很低。她一直开到马赛。她没有去玫瑰园。她直接回家了。

保尔在等她。她打开门的时候,他几乎叫了起来:"是你吗?"他急疯了,但是没有报警。他知道他的妻子会突然出现。他一直都知道。她太漂亮、太沉默、太神秘。

她向他说对不起。告诉他她在墓园意想不到地碰见一个被家人抛弃的鳏夫,总之,一个奇怪的故事,她不得不处理所有的事情。

"怎么回事,所有的事情?"

"是的。"

保尔从来不提问。对他来说,问题属于过去。保尔活在当下。

"下一次的话,打电话给我。"

"你吃过了吗?"

"没有。"

"于连在哪里?"

"在学校。"

"你饿吗?"

"我饿了。"

"我去煮面。"

"好的。"

她笑了,走到厨房里,拿出一只锅子,在里面放了水,加了点盐和香草,拿去加热。她又想起昨天晚上和加布里耶一起吃的面,想起他们做过的爱。

保尔走进厨房,贴在她背后,吻她的后颈。

她闭上了眼睛。

60

记忆永远不会死去,它只是睡着了。

1996年6月,吉纳维耶芙·马尼昂

巴黎人坐着小巴到了,箱子、被子、辫子、花裙子、呕吐袋、快乐的叫声。叽叽喳喳,尖声乱叫:六岁到九岁之间。有的我认识,去年已经见过了。都是丫头。有四个是稍后坐汽车来的。两个加莱的女娃,两个是南锡的。

我从来都没喜欢过丫头片子。她们让我想起我的妹妹们。我不喜欢她们。幸好我生的两个都是男孩,结结实实。男孩不会尖叫,他们会打架,但是不会尖叫。

我的数学从来没有好过。其他科目其实也从来没有好过。但是我知道什么是概率,我那糟糕的生活好好地给我上了一课,来,我把这个塞进你脑子里。数量越多,事情发生的可能性就越大。但是这个数量,实在细小。一个只有三百口人的破地方,我顶替别人工作了两年的地方。

我看到她从车上下来,面色煞白,我先是想到长得像,没有想到概率。我对自己说:"老姑娘,你有点发神经。你总是往坏的方面想。"

我回厨房给这些小家伙做煎饼。我在食堂看到她们的时候，她们围坐在几只水罐和几瓶石榴糖浆旁，我给她们一堆白糖煎饼，她们狼吞虎咽地吃掉了。

头儿点名的时候，那个小姑娘回答说："到。"听到她的姓，我差点晕过去。一个死人节日的姓。

其中一个辅导员给我了一杯凉水。她说："吉纳维耶芙，您是不是因为天气热觉得不舒服？"我回答说："大概是的。"

那一刻，我明白了，魔鬼是存在的。我一直相信上帝是傻瓜编出来的。但魔鬼不是。那一天，我几乎要向魔鬼脱帽致敬，我从来没有过的帽子。我们家几乎从来不戴帽子。

"帽子，是给有钱人戴的。"我母亲在甩我两个巴掌的间隙说过。

那个丫头跟她父亲长得一模一样。我看着她吞下她的煎饼，又想到最后一次，嘴巴里涌出血腥味来。我三年没有见过他了，我一直没有忘记。有时候，我夜里醒来，浑身是汗，我梦见我想念他，梦见我也想报复他，想要了他的命，就像他要了我的命那样。

吃过点心后，小毛孩们出去活动活动腿脚。我把桌子上的东西撤掉，天气很好，我打开窗户。我看到她在玩耍，跟别人一起边跑边发出快乐的叫声。我心想，我坚持不了一个星期。整整七天，早中晚开饭的时候，通过她看到他。我得请病假。但是这份工作，我需要它。城堡的清洁工作可以维持我一年的生活。我不能在旺季逃走。头儿警告过我们大家：七八月份，不允许任何人缺席，除非断了气。这个女人一副假正经的样子，真不是好东西。

我想过绊这个丫头一脚，让她在楼梯上摔断一条腿，赶紧把她送回她父亲那里。神不知鬼不觉，退给寄件人。在她的裙子上加一句话："送上我最糟糕的回忆。"

我准备吃的。西红柿沙拉、炸鱼排、焖饭和鲜奶冻甜点。我准备餐桌,二十九套餐具。冯达内勒来帮我。

"胖子,你看上去不对劲。"

我叫他闭嘴。他觉得好笑。

他趴在窗户上,盯着两个辅导员看,小毛孩们在玩一二三木头人。

一二三木头人。

61

如果天空不是那么高远，
我们知道你今天会和我们在一起。

我们 1997 年 8 月搬进墓园的时候，萨夏已经从房子里离开了。门像平时一样开着。他在桌上给我们留了言和钥匙。他欢迎我们的到来，向我们解释热水器、电表、总水阀、灯泡和备用保险丝在哪里。

茶叶盒子消失了。房子很干净。没有了他，房子是悲伤的，失去了灵魂。仿佛一个被初恋抛弃的姑娘。

我第一次看到了二楼的样子，空着的房间。

菜园昨天晚上浇过水。

镇政府技术部门的负责人晚上来看我们，确认我们是否顺利安顿下来。

起初，有人来我们家医治肌腱炎、慢性疼痛，他们不知道萨夏走了。他没有跟任何人告别。

*

教堂的钟敲响了。星期天从来没有葬礼，只有弥撒，训诫活着的人。

星期天中午，一般是埃尔维斯来跟我吃午饭。他给我带香草味的双层奶油泡芙，我呢，我给他做蘑菇空心面。我在面里加一点新鲜的欧芹。美味无比。我根据季节收获菜园里的东西，我们吃西红柿、小萝卜，或者四季豆沙拉。

埃尔维斯很少说话，我不介意，跟他没有必要谈话。埃尔维斯跟我一样没有父母。他在马孔的一家救济院待到十二岁，然后被送到沙隆河畔布朗西雍镇的一个农场。那个农场在村口，现在已经废弃了。

那个家庭所有的人都去世了，在我的墓园葬了很久了。埃尔维斯从来不靠近他们的墓地。他害怕父亲，艾米利安·傅立叶（1909—1983），一个见什么打什么的粗人。他们墓地周围的小径，没有用耙子清理干净。他总是说，他不想跟他们葬在一起。他让我保证做到。我得死在他后面才行啊。所以我让他在鲁奇尼兄弟那里签了一份丧葬合同，让他有自己的墓地，一个人独有，把埃尔维斯·普雷斯利的照片和《永驻我心》的烫金字母固定在上面。虽然埃尔维斯看上去像孩子，那些只体会过母亲的抚摸的男人通常都是这样，他其实很快要退休了。

是诺诺和我帮他管理账户，填写行政材料。他的真名是埃里克·戴尔皮埃尔，但我从来没有听见谁这样叫他。我觉得布朗西雍的居民没有一个人知道他真正的身份。他一直用的是他的艺名。他八岁的时候爱上了埃尔维斯·普雷斯利。有的人皈依宗教，他呢，则皈依了埃尔维斯，或者说他让埃尔维斯进入了他体内。他的歌像祷告透过他心田，并留了下来。塞德里克神甫唱"圣父"，埃尔维斯唱"温柔地爱我"。我从来没有见过他恋爱，诺诺也没有。

我在调料柜里找香叶的时候，看到了萨夏的一封信，塞在橄榄油和香脂醋之间。我把萨夏的信散落在屋子的各个地方，将它们忘掉，然后再偶然去发现。这封信写于1997年3月：

亲爱的紫堇：

我的花园变得比墓园更凄凉。时间一天天地过去，有如小型葬礼。

怎样才能再见到你呢？你要我安排人去那里，去火车那边绑架你吗？

每个月两个星期天，其实并不多。并不难。

但你为什么要服从他？你知道吗，有的时候，不应该屈服？再说，谁来照看我的西红柿幼苗呢？

昨天，戈登夫人来让我治疗她的带状疱疹。她问我要怎么感谢我的时候，我差点回答她："去帮我找紫堇。"

我正在准备胡萝卜秧苗。我把种子放进土陶杯子里，摊放在客厅，在茶叶盒旁边，就在窗户后面。这样的话，阳光充足的时候，直接照在上面。温度高，长得就好。热量最管用。最理想的是，把它们放在壁炉前面，但是我的小房子里没有壁炉。所以圣诞老人从不来我家。等它们长出来了，我就把它们放到玻璃棚下面去。洋葱、红葱和四季豆，你可以直接种到田里。但是胡萝卜不行。别忘了应对春寒的那三天，每年的5月11、12、13日。成败都在这个时候决定，秧苗移植也是在这个时候。理论上是这样的。你如果要保护你的幼苗，夜间在上面盖上花盆，或者塑料薄膜。

快回来。别像圣诞老人那样。

你诚挚的朋友
萨夏

埃尔维斯敲了敲门，带着用白纸包着的香草双层奶油泡芙走了进来。我把萨夏的信重新折起来，放回原位，以便把它忘掉，在以后的某一个时刻，再偶然地看见它。

"一切都好吗，埃尔维斯？"

"紫堇，有人找你。她说：'我找菲利普·万圣的妻子。'"

我的血凝固了。埃尔维斯身后跟着一个影子。她走了进来。她一言不发地盯着我。然后，她环视了一下房子的内部，目光又回到我身上。我看得出她哭了很久。我经常看到哭了很久的人，哪怕是好几天以前哭的。

埃尔维斯拍着自己的两条大腿叫艾莲娜，把它带到门外去了，仿佛想保护它。小狗快乐地跟着他。它常常跟他一起出去溜达。

家里只剩下她和我。

"您知道我是谁吗？"

"知道，弗朗索瓦兹·佩尔蒂埃。"

"您知道我为什么来这里吗？"

"不知道。"

她深深地吸了一口气，止住泪水。

"您那天见过菲利普吗？"

"见过。"

她不得不接受这个事实。

"他来这儿干什么？"

"把一封信还给我。"

她感觉不舒服，变了脸色，额头冒出汗滴。她一动不动，但我看到她深蓝色的眼睛里飓风迭起。她的手紧握着。她的指甲嵌进肉里。

"请坐。"

她微微笑了一下以示谢意，拉过一张椅子。我给她倒了一大杯水。

"什么信？"

"我让人给他寄了离婚申请,寄到您位于布隆的家。"

我的答复似乎让她松了一口气。

"他不想再听到您的名字。"

"我也是。"

"他说他因为您变得精神失常。他讨厌这个地方,讨厌这个墓园。"

"……"

"他走了以后您为什么留在这里?为什么没有搬家?重新开始您的生活?"

"……"

"您是一个漂亮的女人。"

"……"

弗朗索瓦兹·佩尔蒂埃一口气喝掉她杯子里的水。她抖得厉害。一个人的死亡让留下来的另一个他或她动作变得缓慢。她的每一个动作都显得迟缓。我又给她倒了一杯水。她勉强对我微笑。

"我第一次见到菲利普,是1970年,在夏尔维勒-梅齐耶尔,他正式领圣体的那天。他十二岁,我十九岁。他穿着白色长袍,脖子上挂着一个木十字架。我从来没有见过谁把衣服穿得这么不像样。我记得自己心里想:'这个穿得像神甫身边男童的孩子叫人不放心。'是那种偷偷喝做弥撒的葡萄酒、偷偷抽烟的家伙。我刚刚跟吕克·佩尔蒂埃,菲利普母亲尚塔尔·万圣的哥哥订婚。吕克坚持要我们早上去参加弥撒,并跟他们一起吃午饭,他跟他妹妹和妹夫的关系一点也不好,他说他们拘谨得像'插在屁眼里的扫把',但是他很喜欢他的外甥。我们过了比较无趣的一天。我们一直等到菲利普拆礼物,下午三点的时候就离开了。菲利普的母亲一整天都用敌意的目光看着我,能感觉到她哥哥跟少女做爱让她恼火。我比吕克小了三十岁。

"同一年,我们在里昂结了婚,吕克和我,菲利普和他因为愤怒而显得不自然的父母参加了婚礼。菲利普把所有大人杯子里剩下的酒都喝光了。他喝得烂醉,开始跳舞的时候,他吻了我的嘴,嚎叫道:'我爱你,舅妈。'他让所有的客人笑了。晚会的其他时候,他都在厕所里呕吐,他母亲把住门,说道:'可怜的孩子,他闹了一个星期的肚子了。'她总是想尽办法维护他,菲利普很讨我喜欢。我喜欢他漂亮的小脸蛋。

"我们结婚以后,吕克和我在布隆开了一个修车行。起初我们做基本的修理、更换机油、保养、喷漆,然后我们开始卖车。生意一直都很好。我们很辛苦,但是从来没有遇到过挫折。从来没有。两年过去了,吕克邀请被他叫作'小菲利普'的孩子来我们家过暑假。我们住在乡下的房子里,离我们的车行二十分钟。菲利普跟我们一起庆祝了他十四岁的生日,吕克送给他一辆 50 cm^3 的摩托车作为礼物。菲利普高兴地哭了。就在那个时候,吕克和他妹妹翻脸了。尚塔尔在电话里骂她哥哥,骂得极为难听,他有什么资格送摩托车给她儿子,太危险了,他想要菲利普去死,他这个没用的东西,孩子都生不出来。这倒是真的,他从来没有过孩子。跟第一个妻子没有孩子,跟我也没有。

"那一天,尚塔尔捅到了敏感的地方。吕克再也没有跟他妹妹说过话。菲利普不顾他父母的反对,每年夏天都来我们家。来了就不肯走。他说他想全年跟我们住在一起。他求我们把他留下来,但是吕克对他解释说这不可能,他这么做就是找死,他妹妹会杀了他。他是个善良的孩子,虽然没头脑,但是善良。吕克看到他很高兴,他把爱意转移到他的外甥身上。菲利普一直都是他的替补儿子。我跟他相处得很好。我用对孩子的口气跟他说话,他常常为此指责我,他对我说:'我不是小孩子。'

"他十七岁那年的夏天,跟我们去戛纳附近的比奥度假。我们租了一处海景别墅。我们每天都去海边。我们早上出发，在海滩上的茅屋饭店吃饭，晚上回来。菲利普跟姑娘们约会，一天换一个。有时候，其中某个姑娘白天到海滩上来跟我们会合。他在沙滩毛巾上吻她们，我觉得他有着令人困惑的成熟，和叫人不知所措的懒散。他总是显得对什么都不在乎。他每天晚上去跳舞，夜里回来。走之前，他霸占浴室，把香水瓶的盖子扔得到处都是。他偷他舅舅的剃须刀，总是把剃须泡留在洗脸池边上，从来不把牙膏的盖子拧回去，还把浴巾扔在地上。这些都让吕克生气。让他生气，但也让他觉得有趣。我呢，我把我和吕克永远都不会有的孩子的衣服捡起来洗干净。我们喜欢接待菲利普，他给我们带来青春、无忧无虑。菲利普和我相差七岁。头二十年，这个差异很大，但是随着时间的流逝，慢慢显得模糊了，我们越靠越近：喜欢同样的电影、同样的电视剧、同样的音乐。最后我们因为同样的东西发笑。

"那次在比奥度假的时候，我跟一个酒吧招待有了私情，既没什么特别，也没什么危险。吕克和我爱着对方。我们一直深爱着对方。吕克经常对我说：'我是个老笨蛋，如果你想跟年轻的男人玩，你就去，别让我知道就行。你千万不要爱上别人，这个，我受不了。'现在回去想想，我可以肯定，他把我推到别的男人的怀里，是希望我能怀孕。虽然不是刻意的，但是我相信他一直希望我哪一天能够怀着孕回来。一个他可以刻上他名字的小孩子。总之，那年暑假，我们在别墅里请客，来了二十来个人，大家都喝了很多酒，我和我那个英俊的情人在游泳池里的时候被菲利普撞见了。我永远忘不了他看我的眼神。我在他的眼睛里看到惊愕与喜悦混合在一起，某种欢乐的东西。我想，那一晚，他第一次把我当成女人去看。一个女人，也就是一个猎物。菲利普是一个厉害的猎手。帅得连圣人也愿意为他入地狱。我不需要跟您说您也知道……

"当然，他跟吕克只字不提，从来没有出卖我，但是每当我在别墅里遇到他，他对我笑得很暧昧。笑容的含义是：'我们是一伙儿的。'我很讨厌这样。我恨不得扇他一整天的耳光。他变得自满，令人难以忍受。曾经一起笑的我们，突然就不再笑了。我开始受不了他的出现，他香水的味道，他到处留下的乱七八糟，他清晨五点回来时弄出的声音。我草草打发他的时候，吕克对我说：'对小孩说话客气点，他母亲够让他烦的了。'吃饭的时候，吕克一转身，菲利普就微微笑着盯着我看。我垂下眼睛，但是我能感到他傲慢无比的目光在盯着我。

"最后一天晚上，他回来得比平时早，而且没有带女人回来。我一个人在露台上，躺在一张躺椅上。我昏昏欲睡。他把嘴唇贴在我的嘴唇上，我醒了过来，打了他一记耳光，我对他说：'你听好了，毛头小子，你再这样做，就永远不要再来我们家。'他一声不响去睡了。第二天，我们离开别墅。我们一直把他送到火车站。他坐上了开往夏尔维勒-梅齐耶尔的火车。在站台上，他把吕克和我，一手一个，抱紧在怀里亲我们。我不希望他流露情感，但是别无选择。吕克受不了我无法容忍他的外甥。这让他很难过。我进退两难。菲利普谢了我们一百次。他抱住我们的时候，一只手沿着我的背往下滑，滑到我的屁股上，将我紧紧地贴住他的一条大腿。我没能反抗，吕克跟我们靠在一起。菲利普的动作让我呆住了。我心想，他脸皮极厚，动作充满男人的自信。他终于松开了我们：'再见，舅妈，再见，舅舅。'他把包甩到肩上，上了火车，带着天使般的笑容朝我们挥手。当我狠狠地盯着他的时候，他呢，他笑了，仿佛在说：'你上当了。'

"我们回到布隆，恢复工作。第二年春天，菲利普给我们打电话，告诉我们，夏天他不来我们家，他和朋友去西班牙庆祝他的十八岁生日。我承认我松了一口气。我不会看到他，也不需要躲避他出格的眼神和动作。吕克很失望，但是挂电话的时候他说：'这很正常，他这个年龄就是这样。'我们又去了比奥，我们跟在那里碰面的朋友一起过了一个月，但是吕克很怀念菲利普在的时候。他常对我说：'房子里太整齐了，也没有足够的声音。'确切地说，虽然吕克很喜欢菲利普，他想念的不是他，而是属于我们的孩子。我记得在度假后回去的路上，我向他提议领养一个孩子。他回答说不。肯定是因为他已经考虑了很久了。他只是对我说，我们两个人挺好，非常好。

"接下来那年的一月份，吕克和尚塔尔的母亲去世了。我们去参加葬礼，在这样的情形下，吕克和他妹妹也没有说话。菲利普也在。我们一年半没有看见他了。他变化很大。吕克把他紧紧抱在怀里，抱了很长时间，一边说，现在菲利普超过他一个头了。整个葬礼过程中，菲利普假装没有看见我。就在回到汽车上之前，吕克去跟亲戚告别，他用他一米八八的个子把我逼在车门前，对我说：'哎哟，舅妈，你也在啊，我没有看见你。'我没来得及反应他就吻了我的嘴唇，然后他在我耳边说：'夏天见。'

"夏天到了。他二十岁的那个夏天。他还没有走进他在别墅里的房间，我就抓住他的衣领。他睁大眼睛，挺高兴，我想这看上去很滑稽。一米六高的我，踮着脚尖，魁梧的他，靠在走廊的墙上，我发抖的小手用尽全力抓住他。'我警告你，我跟他说了，如果你想过一个好假期，就别再耍花样。你不要靠近我，不要看我，不要有任何暗示，就不会有问题。'他讽刺地回答我说，'好的，舅妈，我保证，我会老老实实的。'

"从那一刻起，他就当我不存在。他始终很礼貌，你好，晚安，谢谢，一会儿见，但我们的交流仅限于这几句礼貌用语。我们早上一起去海滩，他坐在后座上，我们俩坐前面。他总是很晚回来，把他的东西扔得家里到处都是。姑娘们夜里来找他，或者下午去他的沙滩毛巾上,他有时候到岩石后面跟其中一个做爱,女人们晃来晃去不停歇。我们不管走到哪里都有咯咯的笑声。这让吕克很快乐。菲利普是那么帅,天使的面孔,金色的鬈发,黝黑的肤色。他有着男人的体型,纤细、阳刚,海滩上所有的姑娘都贪婪地盯着他看,女人也是,甚至别的男人也羡慕他。这些投向他的目光,给了他无比的自信。有时候吕克在我耳边说:'我妹妹肯定对万圣老爹不忠,这两个讨厌的人不可能生出这么漂亮的孩子。'我笑死了。吕克总是让我笑。我跟他在一起真的很幸福。我备受恩宠。我们是世界上最好的朋友,我肯定忍受不了分离。他是朋友,是父亲,是兄长。我们在床上几乎不再做什么,但是我偶尔在别的地方弥补。

"我知道您在想什么:'菲利普是什么时候把她弄到手的?'"

弗朗索瓦兹沉默很久才继续她的独白。她用手背蹭掉牛仔裤上一个想象的污渍。时间停滞了。我们孤独地面对着面。仿佛菲利普换了香水。仿佛弗朗索瓦兹让一个陌生人进了我的厨房。

"他二十岁生日那天晚上,吕克和我在别墅为菲利普庆祝。他的年轻朋友来了。有音乐,有酒,小游泳池旁边放了自助冷餐。天气很舒服,我们一起跳舞,我不知道我发了什么神经,但是我开始勾引菲利普的一个朋友,一个叫罗兰的,一个白天总跟菲利普在一起的年轻的傻瓜。我们避开人群去接吻。切生日蛋糕、送生日礼物的时候我们终于回到人群里。我们重新出现的时候,菲利普恶狠狠地看着我。我以为他要打我耳光。他吹灭了他的二十根蜡烛,眼里满是愤怒。就在这时,吕克把他请人用红色缎带装饰的礼物开到他外甥旁边:一辆灰色的本田CB100,全包头盔上挂着的信封里有一张一千法郎的支票。接下来是拥抱、举香槟酒杯、快乐和惊愕的叫声。我看到菲利普假装放松,对大家微笑,像平常一样装模作样,但是他一直咬紧牙关。他无比气恼。音乐再次响起,所有的人开始跳舞的时候,罗兰又来贴着我,菲利普抓住他的肩膀,在他耳边说了些什么,罗兰回答他说:'小子,你是认真的吗?'然后就动手了。吕克已经睡了,听到吵闹声又起来了。他在罗兰屁股上狠狠踢了几脚,把他赶出去了。牵涉到他外甥的时候,吕克的反应跟他妹妹一样:绝对不是他的错。吕克问菲利普怎么回事,已经醉醺醺的菲利普回答说:'罗兰在我的领地上打猎……我的领地是我的!!!'

"生日晚会继续下去,好像什么都没有发生过。那一晚,我没有睡着。菲利普把他一个女伴的衣服脱掉,压在我们房间的窗台上。我隐约看到他们的影子上下左右晃动。我听到女孩的呻吟声,菲利普对她说了一堆淫荡的脏话,显然是说给我听的。他说得挺大声,让我足以听见他,却不会吵醒吕克。他知道他舅舅睡觉吃安眠药。他也知道我在那儿,离他们很近,睁大眼睛,头枕着枕头,听得清清楚楚。他在报复。接下来的几天,我们不怎么见到他。他从早到晚都出去骑摩托车。白天也不再来海滩跟我们会合。他的沙滩毛巾一直都是干的、空的。有的时候我沉睡过去,梦见他站在我旁边,在我背后躺下来。我喘不上气而醒过来。

"他生日十几天后,又重新出现在海滩上。我已经游到离海滩很远的地方了。我看见他走近吕克,只看得见一个点。他的金发和他的外形。他热情地亲了他,在他旁边坐下。吕克最终把我指给他看。菲利普看到我,脱掉自己的衣服。他下水来找我。他用自由泳的姿势向我游过来。我不能逃走。我像一只老鼠一样被困住了。他靠近我的时候,我开始恐慌,没法游走,原地不动。我不知道为什么,但是我心里想,他靠近我是为了淹死我,伤害我。我恐慌得哭了起来。我开始喊叫,但是我所在的地方，没有人能听见我。我已经越过航向浮标很久了。他几分钟内就游到了我旁边。他马上看出我情况不妙。我继续喊救命，没有看他。他想帮我，但是我一边打他一边叫：'别碰我！'我呛了口水。他把我驮在背上，勉强把我带到一个浮标上。他游的时候，我打他，他也打我，让我安静下来。我们终于到了。我抓住浮标不放。他也筋疲力尽。我们喘过气来。他说：'现在你给我安静下来！吸气，然后我们回海滩！'我叫道：'别碰我！''我不碰你，但是我所有的朋友都可以上你，是这样吗？''你，你是我外甥！''不，我是吕克的外甥。''你就是一个被宠坏的孩子。''我爱你！''马上给我住嘴！''不，我永远不会！'我开始觉得冷，开始发抖。我看着海滩，它显得那么遥远。我看到了吕克。我渴望他用厚重、呵护、令人安心的胳膊抱着我。我叫菲利普把我带回岸边。他又把我驮在背上。我用双手勾住他的脖子，他开始蛙泳，我任由他载着我。我能感觉到我身体下面他的肌肉，但是我除了恐惧和厌恶，没有别的感觉。

"接下来的两个夏天，我没有见到菲利普。吕克和我去了摩洛哥。他时不时地给我们打电话，给我们一些他的消息。他五月份来看我们，海滩的插曲已经过去快三年了。他那年二十三岁。他是骑着吕克送给他的本田来的，后面坐着他的女朋友。他脱掉头盔，我看到他的面孔、他的微笑、他的目光的时候，到死都记得我对自己说：'我爱他。'那天天气很好。我们四个人在花园里吃晚饭。我们在一起闲聊了很长时间。那个女朋友，我不记得名字了，非常年轻。她非常胆小。吕克看到外甥很高兴。菲利普早就不读书了，换了一份又一份的零工。当吕克建议他来车行工作的时候，我慌乱不已。他对他说，他可以培训他，如果顺利的话，他就录用他。我从来不相信上帝。我没有上过教理课，我也很少去教堂，但是那天晚上，我祈祷了：'上帝啊，永远不要让菲利普跟我们一起工作。'我立即感觉到菲利普在看着我。他回答他舅舅说：'让我跟我父亲商量一下，免得他小题大做。'我们去睡觉了。我一夜没睡。那天是节假日。菲利普和他女朋友起得很晚。我们拖拖拉拉一直到午饭时间。下午，吕克去睡午觉，我跟菲利普的女朋友看电视，他则开着摩托车出去转了。

"他们来了之后，我尽可能不跟他单独相处。喝餐前酒的时候还是遇到了这种情况。我到地窖去拿一瓶香槟酒，我在背后闻到了他的香水味道。他没有浪费时间。他对我说：'我不会来你们的车行工作，但是今天晚上，午夜时分，你到花园里去，你坐在围墙上，你等着。'我正要开口，他打断了我，'我不会碰你的。'他立刻又上去了。我拿了瓶酒，回到在桌旁等着我的吕克和年轻女孩身边。菲利普过了五分钟后到，仿佛刚从外面回来。我不知道他想从我这里得到什么。花园尽头有一个木板房，后面是一堵很旧的矮墙。菲利普还是少年的时候，在上面玩滑板。吕克称它为'菲利普墙'：'我们应该把花盆放在菲利普墙上面'，'应该把菲利普墙刷一下'，'我那天在菲利普墙上看到一只漂亮的安哥拉猫……'

"那天晚上过得迷迷糊糊，我喝了很多酒。十一点的时候，大家都起身去睡觉。菲利普看了我一眼，然后对吕克说：'舅舅，我想我不能来你家工作。我今天跟父母说了，他们大惊小怪。'吕克回应道：'没关系，我的孩子。'

"我在床上打开一本书。吕克贴着我睡着了。时间越往前，我的心越恐慌。家里寂静无声。11点55分的时候，我穿上大衣，到矮墙上坐下来。夜里漆黑一片。花园在房子的后面，没有一盏路灯都照得到。我记得一有声音我就惊跳起来。我也怕吕克醒过来，到处找我。我不知道这样一动不动坐了多长时间。我吓得无法动弹。什么也没有发生。我的周围只有寂静。但是我不敢动，我想着：如果我动了，菲利普会改变主意，来我们家工作。要是这样的话我就离开。我会离婚，什么也不告诉吕克。他要是知道他疼爱的外甥一心想要我，肯定会气死。他要是知道我爱他也会气死。

"菲利普和他的女朋友终于来了。他对她说：'别说话，听我指挥。'菲利普抓住她的手，她摸索着往前走，她的眼睛被扎起来了。他的另一只手拿着一支手电筒，朝我的方向照过来。他把我照亮了。我感到刺眼。我只能分辨出他们的身影。他让女孩背过来面对着一棵树。他则面对着我。他把手电筒放在脚边，还是对着我。我就好像被汽车的大灯困住了。他说：'我想看你的脸。'女孩以为他在说给她听。他给她下了一堆命令，她在我眼皮底下照着做，不知道我也在，近在咫尺。'既然不允许，至少让我亲亲你的脸。'他跟女孩做爱。我看不见他，我的眼睛花了，但是我能感觉到他在盯着我看。有那么一刻，他说：'过来，过来，过来。'知道我站起身，走到他们旁边。她依然背对着我，菲利普贴着她，面对着她，也面对着我。我离他们那么近，能够闻到他们身体的气味。'对，就这样，看看我有多爱你。'他的眼睛盯着我的眼睛，我永远忘不了。也忘不了他凄惨的笑容。忘不了他怎么抓住她，他进进出出的抽送，他看我的眼神，他的快感，他对我的胜利。

"我回到我的房间，浑身发抖，我贴着吕克睡着了。那天夜里我梦到了菲利普。之后的夜里也梦到了。第二天，菲利普和女孩回家了。我没有看到他们离开。我借口头痛躺在床上。我听到他的摩托车发动，发动机的声音随之消失后，我边起床边发誓，永远不会再见他。但是我想着他。经常想。第二年夏天，我想办法和吕克去塞舌尔过二人世界，对他说我想和他重新度一个蜜月。

"我在菲利普二十五岁的时候再次见到了他。他不打招呼就来了别墅。吕克事先知道的,他们想给我一个惊喜。我假装很高兴,我因为过于激动,又厌恶又被吸引,直想吐。当天晚上,他跟另外一个女孩在我的窗户前做爱,低声说:'过来,过来,看看我有多爱你。'这样持续了一个月。我白天尽量躲避他。如果我吃早饭的时候遇到他,他故作轻松地对我说:'舅妈好,睡得好吗?'但是他不再笑了。他看上去很不开心。有样东西变了。但是,他每天晚上跟一个不同的女孩重新开始。我也不再笑了。我也很不开心。他成功地把畸形的爱情传染给了我。与其说我爱他,不如说我被他感染了。

"假期的最后一天,是我送他去火车站的。我对他说,我再也不想见到他了。他回答我说:'来吧,我们一起走。我觉得跟你在一起,一切都是可能的,跟你在一起我充满勇气。如果你拒绝,我会成为一个可怜的家伙,一无用处。'他让我的心都碎了。我温和地告诉他我不会离开吕克。永远不会。他问我能不能最后再吻我一次。我说不可以……如果我让他吻我,我会跟他一起走。

"1983年8月30日,他坐的火车消失后,我知道我不会再见到他。我感觉到了。总之,不会在这段人生里。您知道的,人一生里有好几段人生。

"我们再也没有看见菲利普。起初,他继续给我们打电话,然后,渐渐地,一年一年地过去了,什么都没有了。吕克以为他最终顺从了父母。他站到了他们一边。我们恢复了我们的习惯,我们的生活。安逸、宁静的生活。一年之后,我们得知菲利普遇到了一个人,就是您,他有了一个孩子,他结婚了。他搬家了。但是他从来没有打电话来告诉我们。我呢,我知道这是因为我。但是吕克因为不再有他的消息而很难过。

"我觉得他很想认识您,认识你们的……也许事情会不一样。更容易些。然后,发生了这个悲剧。我们几乎是偶然得知的。夏令营。太可怕了。吕克想找到菲利普。他给他妹妹打电话要你们的联系方式,她啪地就把电话挂了。他也没坚持。他把这归结为伤心的缘故。吕克对我说:'再说,我们能对他们说什么呢?可怜的菲利普。'

"1996年10月,吕克在我怀里去世了,心脏病突发。那天天气其实很好。我们吃早饭的时候还一起笑。快中午的时候,他停止了呼吸。我大喊大叫,让他睁开眼睛,我大喊大叫,让他的心脏重新跳起来,但是一点儿用都没有。吕克再也听不见我的声音了。我很内疚。我很长时间认为这是因为菲利普。因为这个隐藏的可笑的爱情。一点儿都不好笑。

"他的葬礼我只请了最小范围的亲朋好友。我没有通知菲利普的父母。有什么意义呢?吕克看到他们来参加自己的葬礼肯定受不了。他完全有可能复活五分钟,给他们一记耳光,叫他们滚。我也没有通知菲利普。有什么意义呢?我决定保留车行,但是我请别人管理,我远离布隆,走了好几个月。我需要思考一下,所谓的'接受死亡'。

"远走对我并没有好处。相反,我也差点死掉。我得了忧郁症。我进了精神病院,靠吃药维持。我甚至都没有能力数到十。吕克的死差点也要了我的命。失去我的男人,我也失去了所有的参照标准。我认识他的时候是那么年轻。我开始好转的时候,决定重新打理生意。这个车行,是我们一生的心血,尤其是我的。我把我们乡下的房子卖掉了,在城里重新买了一个,离车行五分钟。房子卖掉那天,我把钥匙交给新的房主的时候,一只乌鸦停在菲利普墙上,大声啼唱。

"1998年,我正在为一个客户的车报价的时候,看见他进了车行。我在我的办公室里,通过落地玻璃窗看到他骑着摩托车来了。他还没有脱掉头盔我就知道是他。我已经十五年没有看见他了。他的身体变了,但是风度还在。我以为我要死了。我以为像我的男人一样,我的心脏要停止了。我没有想到有一天会再见到他。我很少想他。他属于我夜里的一部分。我常常梦见他,但是白天我很少想他。他属于我的回忆。他脱掉了头盔。他开始属于现在。他的脸很憔悴。面色很差。令人震惊。我把一个二十五岁的男孩留在了火车站站台上,现在看到的是一个迷茫的男人。我觉得他特别帅。有眼袋,但是很帅。我想扑进他怀里,像在勒卢什[①]的电影里一样。我记得他最后说的几句话:'来吧,我们一起走,我觉得跟你在一起,一切都是可能的,跟你在一起我充满勇气。如果你拒绝,我会成为一个可怜的家伙,一个废物。'

"我向他走去。我呢?我也一样,我也变了。我快四十七岁了。我瘦骨嶙峋。我的皮肤也因此受损。我酒喝得太多,烟也抽得太多。我想他根本不在乎,他看到我的时候,立即扑进我怀里。'倒在我怀里'可能更确切。他哭了起来。哭了很久。就在车行中间。我把他带回我家。他把一切都告诉了我。"

*

弗朗索瓦兹·佩尔蒂埃已经走了一个小时了。她的声音在我家里回荡。我以为她是来伤害我的,但她是为了告诉我真相。

[①] 勒卢什(Claude Lelouch, 1937—),法国导演。

62

我不再幻想，我不再抽烟，我甚至不再有故事，
　　没有你我是肮脏的，没有你我是丑陋的，
　　　　我就像宿舍里的孤儿。

加布里耶·谨慎掐灭了烟头，在关门前五分钟走进了玫瑰园。伊莲娜·法约尔已经把店里的灯光关了，通往花园的门也关了。她放下了厚重的卷帘门。她看见他出现在柜台前的时候，正在储藏室里。他像一个被遗弃的、没有人搭理的顾客一样等着。

他们在同一个时间看见了对方，她在卤素灯的白光里，他则勉强被大门上方挂着的红色荧光灯照亮。

她依然很美。他来这里做什么？我希望这是一个惊喜。他来是要跟我说什么吗？她没有变。他也没有变。过了多久了？三年了。最后一次，有点不愉快。他显得不知所措。她没有告别就走了。我希望他不要怪我。不会，否则他不会来这里。她是不是还跟她丈夫在一起？他有没有开始新的生活？她的头发好像换了颜色，更浅了。还是穿着他那件旧的青大衣。还是一身米色。他上一次在电视上显得更年轻。这么久以来她做了什么？他看见了什么？辩护了什么？体验了什么？吃了什么？经历了什么？好几年了。时间如水流逝。她会不会答应跟我去喝杯酒？他为什么这么晚才来？她记得我吗？他没有忘记我。她

在这儿太好了。我们运气真好,平时星期四晚上,保尔来接我。我不能一言不发就离开。他会吻我吗?她有时间陪我吗?今天晚上有家长会。我或许应该到马路上去跟踪她。他跟踪我了吗?假装在人行道偶然遇到她。保尔和于连晚上七点半在中学门口等我。法语老师想跟我们谈话。第一步,我希望她迈出第一步。这个,这个是首歌啊。各过各的生活。我们会去旅店吗?他会像上次那样让我喝酒吗?她肯定有话跟我说。还有英语老师。我要把她的礼物给她,我不能不把她的礼物给她就离开。我在这里干什么呢?她的皮肤,旅店。他的气息。他不抽烟了。不可能,他永远不会停止抽烟。现在,他只是不敢。他的手……

伊莲娜·法约尔的日记

1987年6月2日

我从储藏室里出来,加布里耶跟在我身后,腼腆地笑着,他这个大律师,他这个极具魅力、善于言辞的人,不会说话了,活脱脱一个小孩子的样子。他这个为罪犯和无辜的人辩护的人,说不出为我们的爱情辩护的话来。

我们到了马路上。加布里耶依然没有把我的礼物给我,我们一句话都没有说。我把店锁上,我们一直走到我的汽车旁。像三年前一样,他坐在我旁边,后颈靠在椅座的头枕上,我漫无目的地开。我再也不想停下来,不想把车停好。我不希望他从我的车上下去。我开到了高速上,我往土伦的方向走,然后沿着海岸线一直开到昂蒂布角。晚上十点的时候,油箱空了,我停在海边一家叫黄金海岸的旅店旁边。我们一直走到房间和餐厅菜单的价目表面前。一个金发女人笑容满面地接待了我们。加布里耶问还有没有晚饭吃。

这是我在他走进我的玫瑰园之后第一次听到他的嗓音。在汽车里，他一句话也没有说。他只是在电台里找音乐。

前台的女人回答说这个季节，餐厅不到周末不开。她会让人送两份沙拉和两个总汇三明治到房间里。

我们并没有要房间。

她不等我们回答，就递给我们一把钥匙，七号房的钥匙，并问我们喜欢白葡萄酒、红葡萄酒还是粉葡萄酒来搭配我们的晚餐。我看着加布里耶：酒，由他来选。

前台的女人最后问我们待几个晚上，这个轮到我回答："我们还不知道。"她一直陪我们到七号房间，向我们演示怎么使用灯光和电视。

加布里耶在楼梯上咬着我的耳朵说："我们应该看上去很相爱，所以她给了我们一个房间。"

七号房间是淡黄色的。这是南部的颜色。前台的女人悄悄退出之前，把通往露台的一扇落地窗打开了，大海漆黑一片，风是温暖的。加布里耶把他的青大衣搭在一张椅子的椅背上，从里面拿出一样东西递给我。一个用礼品纸包着的小东西。

"我是来把这个送给您的，我走进您的玫瑰园的时候，没有想到我们会出现在这里，在这家旅店里。"

"您后悔了吗？"

"永远不会。"

我打开礼品纸。我看到一个雪花玻璃球。我把它倒过来好几次。

前台的女人敲了敲门，然后推进来一部餐车，留在房间正中。她道了个歉，来也匆匆，去也匆匆。

加布里耶捧起我的脸，然后吻我。

"永远不会"是那天晚上他说的最后几个字。我们没有碰食物，也没有碰葡萄酒。

第二天早上，我给保尔打电话，告诉他我不会马上回去，就挂了电话。然后我通知我的员工，我让她一个人照看玫瑰园几天。她有点慌，说："我也要管收银吗？"我回答说是的。然后我挂了电话，没有说再见。

我想着永远不回去。永远地消失。不再面对任何东西，尤其是保尔的目光。懦弱地逃走。重新见于连，但是晚一点，等他长大以后，等他能够理解之后。

加布里耶和我都没有替换的衣服。第二天，我们去一家店里买了一些衣服。他拒绝我选择米色，送了几条彩色的裙子给我，到处带着点金色。还有露脚的凉鞋。我一向讨厌露脚的凉鞋。讨厌让别人看到我的脚指头。

那几天，我觉得自己乔装改扮。穿着其他衣服的另一个人。另外一个女人的衣服。

我想了很长时间，到底是我换了装束，还是我第一次找到了自己，发现了自己。

我们到昂蒂布角一个星期之后，加布里耶不得不去里昂法院为一个被指控谋杀的男人辩护。加布里耶确信他是无辜的。他求我陪他去，我想："我也许可以抛弃玫瑰和家庭，但是不能抛弃一个被控谋杀的人。"

我们回马赛取加布里耶的汽车。我把我的货车留下，钥匙像平时一样藏在左前方的车轮上，我们一起去里昂。

我看到加布里耶的汽车，一辆红色的敞篷跑车的时候，心想，我不了解这个男人，我对他一无所知。我刚刚度过了我一生中最美好的几天，那么以后呢？

我不知道为什么，由此想起了假期里的那些爱情。在海滩上疯狂地爱上的那个英俊的男人，九月份在巴黎一条灰蒙蒙的街上再次遇见他的时候穿着紧绷的衣服，失去了夏天的所有魅力。

我想到了保尔。我了解保尔的一切。他的温柔，他的帅气，他的体贴，他的爱意，他的羞涩，我们的儿子。

就在这个时候，我看到开着车的保尔。他应该从玫瑰园出来。他应该在到处找我。他面色苍白，正在想着什么。他没有看见我。我多么希望他的目光能够遇到我的目光。他看不到我，就是给我留下了选择。回到他身边还是坐上加布里耶的车。我在一家商店的橱窗里看到了自己。在我绿色金色的裙子里，我看到了另外一个女人。

我对已经握着方向盘的加布里耶说："等我一下。"我一直走到我的玫瑰园，我从前面走过，一个人都没有。我的员工应该在后面的花园里。

我开始奔跑起来，仿佛有人追我。我从来没有跑得这么快过。我走进我遇到的第一家旅店，把自己关在一个房间里，可以不受打扰好好地哭。

第二天我回到玫瑰园上班，我换上了米色的衣服，把雪花玻璃球放在柜台上，回家了。

我的员工告诉我，一个很有名的律师昨天来了玫瑰园，他像疯子一样到处找我。他本人没有电视上好看，更矮小。

一个星期之后，报纸上说加布里耶·谨慎律师让里昂那个男人被无罪释放了。

63

父亲的缺失,让人更怀念他在的日子。

法庭上,吉纳维耶芙·马尼昂之后,唯一让他记忆深刻、让他放不下的,是冯达内勒的嘴脸。他的衣服,他的动作,他的态度。那些来作证的所有人当中,他只记得他。

原告律师最后一个叫到阿兰·冯达内勒。在管理人员、消防员、专家、厨师之后。冯达内勒用自信的语气回答法官的问题的时候,菲利普·万圣看到吉纳维耶芙·马尼昂垂下了眼睛。他开庭第一天在法庭的走廊里看到她,得知她那天晚上在德佩圣母院的时候,马上想道:"是她在房间里放的火,她在报复。"

但是,冯达内勒开口的时候,菲利普·万圣觉得特别不舒服。他想他不是唯一有这种感觉的人,这种面对谎言的眩晕。他仔细观察其他父母,看看冯达内勒是不是让他们产生跟他一样的反应,但是什么也没有。其他的父母已经死了。像紫堇,成了死人。像被告席上的主任,目光空洞。她听着冯达内勒,却并不真的在听。

菲利普·万圣再次想道:"我是唯一还活着的。"他感到内疚。莱奥尼娜的死没有让他像别人一样被毁灭。仿佛他们这对夫妻里,是紫堇承受了一切。他没有分担她的悲伤。但是他内心很清楚，是愤怒让他双足离地，让他置于混乱的人群之上。这无声的、沉重的、剧烈的、黑暗的愤怒，他从来没有跟别人提起过，因为弗朗索瓦兹不在了。对他父母的憎恨，对他母亲的憎恨，对所有那些在大火……的时候没有做出反应的人的憎恨。

他不是一个好父亲。一个缺席的父亲，一个疏远的父亲，一个有名无实的父亲。他太自私，太自我而不能去爱。他决定只关心自己的摩托车和女人。所有像商人的货摊上那些成熟的水果那样等着被消费的女人。年数久了，他在女邻居们那里玩多了，一个伙伴就给了他一个地址，一个可以几个人一起玩的地方。那里的女人不会坠入爱河，不会找麻烦，不会摆臭脸，来跟男人寻找一样的东西。

判决结果出来了：主任判了两年监狱，缓刑一年。还有赔偿，很多赔偿。他会把钱留给自己。他那个臭老娘让他养成的习惯："都留给你自己，另外那个人，她是来榨取你所有的钱的。"

他从法院出来的时候，他父母在外面等他，比他刚刚经历的司法更死板。他想逃走，从一扇暗门逃走，避开他们的目光。莱奥尼娜死后，他再也忍受不了他们了。他那个把所有的坏处都推到紫菫身上的母亲，悲剧发生后没能怪罪到她。她试过，但是，是她坚持让莱奥尼娜去那个不幸的地方度假的。他佝着背跟他们一起去吃饭。他什么都咽不下去，什么都说不出来。在账单背后，他用父亲开支票的圆珠笔草草写下："艾迪特·阔克维耶叶，主任；斯万·乐特里耶，厨师；吉纳维耶芙·马尼昂，杂工；爱洛依丝·珀蒂和吕茜·兰冬，辅导员；阿兰·冯达内勒，维修工。"

他回家了，摩托车上的唯一一行李，是冯达内勒的证词："我，我在二楼睡觉。我被斯万·乐特里耶的叫声吵醒。女人们已经开始疏散别的孩子。楼下的房间着火了，没法进去，情况本来可能会更糟糕。"

他把判决结果告诉紫堇的时候，她没有反应。她说："好的。"然后她出去放下栏杆。这个时候，他又想起了弗朗索瓦兹，想起了比奥。他常常想起来，当现实让他太消沉的时候，他会在自己的回忆里重温假日。然后他拿起任天堂手柄，一直打到头昏脑胀，在马里奥没法越过障碍、陷入困境的时候大叫大骂、烦躁不安。他关上电视机的时候，紫堇已经在他们的房间里睡了很久了。他没有去找她。他跨上摩托车，一直开到那个地址，上那些跟他期待同样东西的女人，凄凉的性交、快感，与世隔绝的地方。但是冯达内勒的话一直在他耳边："我，我在二楼睡觉。我被斯万·乐特里耶的叫声吵醒。女人们已经开始疏散别的孩子。楼下的房间着火了，没法进去，情况本来可能会更糟糕。"

还有什么会更糟糕？

莱奥尼娜的死让他不再以自己为中心。他母亲想尽办法教给他的自我中心主义，"别为别人着想，想着你自己。"

有时候他对紫堇说："我们再生一个孩子。"她回答说好的来打发他。打发那个抛弃了她这么多年的人，那个对她不忠的人，不是因为围着他转的那些女人，而是因为弗朗索瓦兹，他唯一爱过的女人。他娶紫堇不是为了让她幸福，他娶她是为了摆脱纠缠他的母亲。

紫堇失去他们的孩子的时候，他为她感到无比悲伤。比起失去孩子，他妻子的悲伤更令他难过。他因为没法帮她而难过。因为不能做什么而难过。因为她的沉默而难过，没能跟她谈论洗发水牌子或电视节目之外的东西而难过。没能对他的妻子说："你还好吗？"他为此内疚。他甚至没有学会难过。说到底，他什么都没有学会。不会爱，不会工作，不会付出。一个废物。

他看到吧台后的紫堇时，第一次为她心动了。他感觉被她散发出来的满满的甜蜜吸引了。仿佛庙会卡车上卖的彩色棒棒糖。这与他对弗朗索瓦兹有过的并且一直会有的感觉完全不同，但是他想得到这个女孩。想得到她的声音，她的皮肤，她的微笑，她的轻盈。她男孩般的气质，她的脆弱，她毫无保留地付出的方式。他为此很快跟她生了个孩子，他想把她留住，留给自己一个人。就像给自己买了一块糕点，不想跟任何人分享。一个人偷偷地吞下去，哪怕弄得浑身都是。他，这个小皇帝，被母亲当场抓住，毛衣上都是油渍。而且女孩的肚子里还怀了孩子。

1996年8月，也就是艾迪特·阔克维耶叶被判入狱九个月之后，紫堇去马赛到赛丽亚的小屋待了十天。这个女人，他受不了，他觉得她也是一样。他呢，他说这段时间他可以跟夏尔维勒的朋友们，也就是以前的朋友去骑摩托。朋友，他如今没有了，以前的没有了，现在的也没有了。

他一个人去了索恩河畔沙隆镇。阿兰·冯达内勒在那里的一家医院工作。圣特蕾莎医院，建于1979年，他丢掉德佩圣母院的工作之后，在那里和另外两个同事负责电路养护、水管管道、油漆翻新。菲利普·万圣不知道怎么去接触他。是要和气地跟他谈话，还是狠狠地揍他，直到他说出真相？冯达内勒比他大二十来岁，控制住他，扭他的胳膊不是件难事。他事先没有任何打算，除了跟他当面对质。问他一些法庭上没有问的问题。

菲利普·万圣走进医院，在服务台要求见阿兰·冯达内勒，得到的答复是："您知道他的房间号吗？"菲利普·万圣含糊地说："不知道，他在这儿上班。"

"他是护士吗？还是实习医生？"

"不是，是维修工。"

"我打听一下。"

服务台工作人员打电话的时候，菲利普·万圣看见冯达内勒走进一楼的快餐厅，离他大约五十米远。他穿着灰色的工作服。他感到不舒服，跟在法院一样，他受不了这个家伙。他不假思索地快步向他走去，走到他背后。冯达内勒端着一个托盘，在自助区排队。菲利普·万圣跟在他后面，也拿了一个托盘，要了当日特选菜。冯达内勒一个人向一扇窗户走去。菲利普·万圣跟着他，没有征得他的同意就坐在他对面。

"我们认识吗？"

"我们从来没有说过话，但是我们认识。"

"我能帮助您吗？"

"当然。"

另外一个如无其事地切他的肉。

"我一直都在想着您。"

"我通常对女人有这种效果。"

菲利普·万圣用力咬住自己的脸颊内侧，让自己保持冷静，不激动。

"是这样的，我觉得您在法庭上没有全部说出来。您的证词，在我的脑子里打转，像笼子里的野兽。"

冯达内勒没有流露出任何惊讶。他盯着菲利普·万圣看了一分钟，应该是为了回忆诉讼的时候他是谁，把他放到当时的环境中去，然后他用一大块面包蘸盘子里的汤汁。

"您以为我会补充点什么，就这样，因为您长得帅？"

"是的。"

"我为什么要这么做？"

"因为我可以变得很不客气。"

"您可以杀了我，我也无所谓。我甚至可以告诉您，倒是帮了我的忙了。我不喜欢我的工作，我不喜欢我的老婆，我不喜欢我的孩子。"

菲利普·万圣紧紧地握住拳头，手都握得发白了。

"您的生活关我屁事，我想知道您那天晚上看到了什么……您明显在撒谎。"

"那个马尼昂，您认识那个马尼昂吗？她是我老婆。"

"……"

"在法庭上，她每次看到您就尿裤子。"

冯达内勒说出她的名字的时候，他又看到了吉纳维耶芙·马尼昂站在学校的走廊里，眼角带着眼屎，像发情的母狗一样追着他不放。他又看到了自己总是在同一个地方上她，脚踩着烂泥，被他摩托车的灯光照着。他感到一阵恶心。冯达内勒与食物和医院的味道混合在一起……她是不是为了报复在房间里放了火？这个问题折磨着他。

"到底发生了什么，妈的……"

"就是个意外。就是这样。一个他妈的意外。别找了，您找不到更多的东西，相信我。"

菲利普·万圣跳过桌子，抓住他，疯了一样揍他。脸上，肚子上，他到处乱打。他觉得在打一张扔在街角的床垫。他打着，完全不顾周围的叫声。冯达内勒没有反抗，任由他打。有人抓住了菲利普的胳膊，阻止他继续下去，想要控制住他，把他压在地上，但是他挣扎着，力大无比，他逃走了。他打得那么重，滚烫的拳头流着血。

跟他预料的一样，冯达内勒什么也没有说，没有因为挨打受伤去告他。他声称不知道打他的人的身份。

64

睡吧，爸爸，睡吧，但我们这些孩子的笑声
希望你在苍穹尽头依然能听见。

布隆墓园，2017年6月2日，晴，25度，下午三点。菲利普·万圣（1958—2017）的葬礼。橡木棺材。灰色大理石墓。没有选择。

三只花环："美丽的鲜花象征着永不凋零的美好回忆"；白色的百合；"谨以此花代表我真挚的慰问。"

挽联上可以读到："献给我的伴侣""献给我们的同事""献给我们的朋友"。在一块铭牌上，金色的摩托车旁写着："永远怀念逝者"。

坟墓旁站着二十来个人。菲利普·万圣另一个生活里的人。

作为合法妻子，我允许弗朗索瓦兹·佩尔蒂埃把菲利普·万圣葬在吕克·佩尔蒂埃的墓穴里。让他与这位我从未听说过的舅舅相聚。我对菲利普·万圣的一部分人生一无所知。

我等大家都离开了才靠近墓穴。我放下一块以莱奥尼娜的名义赠送的铭牌："献给我的父亲"。

65

就一小句话告诉你我们爱你。
就一小句话求你
帮我们克服世上严峻的考验。

1996 年 8 月，吉纳维耶芙·马尼昂

我等了他很久。我知道他一定会来。我在看到冯达内勒的脑袋之前就知道了。他回家的时候脸已经不像样子了。走路靠两根拐杖。面孔又红又青，断了两颗牙。

"你又干什么了？"我问。我以为他酒喝多了，又跟别的酒鬼打架了。他天生暴躁、易怒。他喝醉的那些夜晚，也狠狠地揍我。

但是他回答说："去问那个背着我上你的家伙。"

这句话，比我母亲和冯达内勒揍我的拳头更疼。他们的暴打，在这句话旁边，显得可笑。像在肉里捅了几刀。

毁容的、瘸腿的是他，受伤的却是我。都无法动弹了。我愣住了。吓坏了。

我又想起上个星期邻居家杀的那头猪。它吓破了胆，抖得厉害，叫得瘆人。害怕，疼痛。吓死人了。不肯松手的男人们，他们的笑声。然后，我们这些女人，被叫去做血肠。死亡的气味。那一天，我想上吊。这种有钱人所说的"了结"的想法，

已经不是第一次了。不是，已经不是第一次了。但是这一次我想了很长时间，比平时要长。我甚至拿了钱想去装修超市买根绳子。然后我想到孩子，又把钱放下了。一个四岁，一个九岁。他们独自跟着冯达内勒怎么办呢？

我在法院走廊里看见他看我的眼神，就知道有一天他会来问我问题。

有人敲门，我以为是邮差，我在等乐都特的包裹。但不是邮差，是他，他站在门后。他的眼睛很疲倦。我看到了他的悲伤。我看到了他的英俊。接着是蔑视。他看我的样子，好像我是一坨屎。

我想把门关上，但是他狠狠地踢了一脚。像个疯子。我想到叫警察，但是我又能对警察说什么呢？那天晚上之后，我就一直很害怕。他没有碰我，我太让他恶心了。我感到他又恨又怕。我只说得出一样东西："真的是个意外，我没干什么特别的，我永远不会伤害孩子。"

他盯着我，然后做了一件我意想不到的事情。他坐到我厨房的桌子旁，把头埋进手臂里，哭了起来。他像在人群里丢失了母亲的孩子那样泣不成声。

"您想知道事情的经过吗？"

他说不想。

"我发誓，那是个意外。"

他离我一米远。我想摸他，剥掉他的衣服，剥掉自己的衣服，让他上我，让我像从前贴着岩石一样吼叫。从来没有人像我现在这样讨厌自己。

绝望的他，迷失在我很久没有整理过的厨房里。我失业之后，什么都不干了。责任在我。有罪的是我。

他站起来，没有看我一眼，离开了。他走了以后，我坐了他的位置。还留着他的香水味。

放学后,我会把我的孩子放到我妹妹家。我的妹妹,她比我和蔼多了。我会告诉他们要听话。不要乱动。我会把上次的钱拿上。我会到装修超市买一根绳子。

66

> 一位母亲的死是第一个令我们
> 在没有她的陪伴下哭泣的哀伤。

"您要尝一下吗?"

"好哇。"

我摘下几颗樱桃番茄,给鲁奥公证员吃。

"太好吃了。您会留在这里吗?"

"我又能去哪里呢?"

"以您继承的钱,您可以不用工作了。"

"啊不,不。我喜欢我的房子,喜欢我的墓园,喜欢我的工作,喜欢我的朋友。再说了,谁来照顾我的动物啊?"

"但是,您还是买一个小房子吧,到某个地方买一个。"

"哦,不。然后我就不得不到那里去。您知道,有了度假屋就不能去别的地方旅行了,那种最后一刻才决定的旅行。而且,说实话,您觉得我像有度假屋的人吗?"

"冒昧地问一句,这么多钱,您打算怎么办?"

"一百除以三等于多少?"

"33.33333,除不尽。"

"那好,我把 33.33333% 和除不尽的小数捐给爱心食堂、国际特赦组织和芭铎基金会。这样我也能从我的小墓园拯救一点世界。来，公证员，我们喝点酒。"

他抓住他的拐杖，笑着跟着我。我们坐在我的花架下，品尝可口的冰镇苏玳甜白葡萄酒。鲁奥公证员脱掉正装外套，伸长了双腿，抓了一把咸花生。

"瞧瞧今天天气多好啊，每天我都为世界的美丽陶醉。当然，也有死亡、悲伤、恶劣天气、万圣节，但是生活总能赢。总会有一个阳光灿烂的早晨，焦枯的土地上长出新的草。"

"我应该把在我的公证处互相谩骂的弟兄送到您这儿来，让他们跟着您学学智慧。"

"我啊，我觉得遗产不应该存在。我觉得应该活着的时候把所有的东西给自己喜欢的人。自己的时间和金钱。遗产，是魔鬼发明的东西，让家庭分裂。我只相信活着时候的捐赠。不相信死了以后的承诺。"

"您知道您的丈夫很富有吗？"

"我的丈夫不富有。他太孤单，太不幸。幸亏，他最后的日子是跟一个合适的人一起度过的。"

"您多大了，亲爱的紫堇？"

"不知道。1993年以后，我就不再过生日了。"

"您应该重新开始您的生活。"

"我这样生活也挺好。"

67

生命飞逝的流沙上，
开出一朵我用心挑选的温柔之花。

1996年8月，我在墓园安顿下来的前一年，我比平时早离开索尔米乌的小屋。我坐火车坐到马孔，然后换了开往图尔尼、中间停靠沙隆河畔布朗西雍镇的公交车。我坐的公交车经过拉克拉耶特，我第一次透过车窗，远远地看到了德佩圣母院城堡。几分钟后，我的公交车在沙隆河畔布朗西雍镇的镇政府门口停下来，我下车的时候，从头到脚都在发抖。我的双腿好不容易把我支撑到墓园。我的脚下浮现出城堡、窗户、白墙。我隐约看到了城堡后面的湖，像一大片蓝宝石一样闪闪发亮。天气非常热。

萨夏家靠墓园一侧的门半开着，我没有进去。我直接向莱奥尼娜的坟墓走去，又看到了城堡的墙壁。站在刻着我女儿和她朋友名字的墓碑前，我第一次后悔没有来参加葬礼，后悔让她一个人离去，后悔没有在她的墓上放点什么，哪怕一颗白石子。然而，我那一天又一次确信，莱奥尼娜在我刚去过的地中海里，在萨夏花园的鲜花里，而不在这块墓碑下。我心如死灰一直走到萨夏家。

他不知道我来，我没有通知他。我已经两个多月没有见到他了。自从菲利普·万圣禁止我来见他之后。家里很整齐。通往他的花园兼菜园的门敞开着。我没有喊他。我走出去,我看见他了,躺在一张长椅上,他在午睡,脸上盖着一顶草帽。我轻轻地靠近他,他立即爬起来,将我紧紧抱在怀里。

"透过草帽看到的天空最美丽。我喜欢透过草帽孔看天空,太阳不会耀眼。我的小麻雀,太让人惊喜了……你会待一天吗?"

"更久一些。"

"太棒了。你吃过了吗?"

"我不饿。"

"我给你做面。"

"可是我不饿。"

"加点黄油和奶酪丝,来,过来,有很多活要干!你看看长势多好啊!今年是菜园长得很好的一年!一个大年!"

就在这一刻,当我看到他动来动去微笑着的一刻,我感到肚子里升出一股温暖,有点像幸福。不是那种假装的东西,不是那种只持续几秒钟的生命中的惊慌,而是一种满足,一种不会马上消失的嘴边的微笑,也就是欲望。我不再受遥控,而是有了生机。

我多么想永远留住夏天,留住这一刻,留住花园和萨夏。

我在他身边待了四天。我们先采摘成熟的西红柿,把它们做成罐头。先在萨夏用木柴火烧开的一大桶水里给玻璃罐消毒。然后我们把西红柿切块、去籽,装进罐内,加一些刚刚摘下来的罗勒叶子。萨夏告诉我,要把玻璃管密封住,新的橡胶圈很重要。把橡胶圈烫十五分钟。

"现在,这些玻璃罐,可以至少保存四年。但是你看,所有长眠在这个墓园里的人,都存了些东西,他们派上用场了吗?我们俩,我们不等什么,今天晚上我们就打开一罐。"

四季豆我们也做了罐头。我们把四季豆两头掐掉，装进玻璃罐里，加一倍盐水，盖上罐子，煮开。

"今年，我的四季豆一夜之间就发芽了，就在两天前，它们大概感觉到你要来……永远不要低估你的花园的预见能力。"

第二天有一个葬礼。萨夏求我陪他去。我不用做什么，站在他旁边就行。那是我第一次参加葬礼。我看到了他们的脸，悲伤、苍白、深色的漂亮衣服。我看到了紧握的手，大家挽着胳膊，低着头。我还记得死者的儿子的发言，嗓子里含着泪水：

"爸爸，安德烈·马尔罗说过，最美的葬礼，是人们的回忆。你热爱生活、女人、名酒和莫扎特。每当我打开一瓶好酒，或者遇到一个漂亮的女人，每当我在一个漂亮女人的陪伴下品尝好酒，我都会知道你就在我身边。每当葡萄园改变颜色，从绿色变成红色，天空在几个时辰内染上柔光，我都会知道你就在我身边。每当我听到单簧管协奏曲，我都会知道你就在这儿。安息吧，爸爸，我们会照顾好一切。"

人全部走光了以后，我们回到他家，我问萨夏，他会不会保留他听到的悼词。他会不会把它们写下来。

"有什么用啊？"

"我想知道莱奥尼娜葬礼那天人们说了些什么。"

"我什么也不留。蔬菜隔年不会再长。每年都要重新开始。除了樱桃番茄：它们，它们自己会长出来，有点到处乱长。"

"您为什么跟我说这个？"

"生活就像接力赛，紫堇。你把它传给一个人，他接过去再传给另一个人。我把它交给你，有一天，你会把它传出去。"

"可我在世上没有别人了。"

"不，有我在啊，我之后会有别的人。如果你想知道莱奥尼娜葬礼那天人们说了什么，你就自己写，一会儿就写，睡觉之前写。"

第三天，我把悼词读给莱奥尼娜听。

我在墓园的一条小径找到了萨夏。我们沿着坟墓走，他跟我讲死人，已经死了很久的人，然后是那些刚刚搬进来的人。

"您有孩子吗，萨夏？"

"我年轻的时候，想跟大家一样，我结了婚。真是一件巨大的蠢事，一个愚蠢的想法：跟大家一样。举止文雅、装模作样、固定观念是杀人凶手。我妻子叫维丽娜，她很漂亮，她的嗓子像你一样温柔。其实你有点像她。我这个年轻自负的傻瓜，以为她的美貌会让我勃起。结婚那天，我看到穿着白色婚纱的她，腼腆，红着脸，我揭开盖住她美丽面孔的头纱，就知道我在对大家撒谎，首先对自己撒谎。我贴了一个冰冷的吻在她的唇上，而宾客在给我们鼓掌，我唯一感兴趣的，是男人衬衫下的肌肉。我在舞会开始之前就醉了。新婚之夜是场噩梦。我满怀诚意，想着我妻子的兄弟，一个长着大大的黑眼睛的棕发男人。但是没有成功，我没能跟她做爱。维丽娜把'这个'归结为激动和醉酒。几个星期过后，夜夜贴在一起，我终于成功了。我终于破了她的处女身。我都无法告诉你，这让我有多难过，她充满爱意和温柔的眼睛，而我是靠自己龌龊的想象力才能够碰她的。一夜一夜过去了，我们村所有的男人都过了一遍，我通过她把他们都摸过了。

"然后我们搬家了。第二件蠢事，不是因为换了地址就会改变欲望。欲望黏在箱子上。跟候鸟和杂草不一样，它没有本领适应所有的气候。我换了房子，但是我继续注视男人。我无数次在公共厕所里对妻子不忠。太丢人了……由于不停地假装，我病了。我不是假装爱维丽娜，我真诚地爱她。我贪婪地看她，但只是看看而已。我喜欢她的姿势、她的皮肤、她的动作，但是我把她遮着脸的那簇漂亮的刘海，看成针对我的禁令。我最后得了血癌。我的白血球开始吞噬我的红血球。这些白血球，我把它们看成在我的血管里增生的穿着婚纱的新娘,我无比羞耻。你也许会觉得奇怪,但是住院让我感到解脱。减轻了我要在床上给维丽娜'面子'的义务。'丢她的面子'也许更恰当。在被单底下,我继续闭上眼睛,摸着她的身体,却想着别人,随便哪一个人。甚至电视上的主持人。

"维丽娜怀孕了。我在她的怀孕中看到了光明,仿佛是我们结合以来灰暗的三年中唯一正面的结果。我看着她的肚子圆起来,我又开始种菜。我又变回了一个几乎幸福的男人。这个孩子,我做梦都在想。然后他出生了。一个我们取名叫爱弥儿的儿子。维丽娜看我少了,对我的渴望也少了,她一心扑在孩子身上,我感觉越来越好。我有几个情人,一个温柔的妻子,我儿子的母亲,我几乎沉浸在幸福中,一种不纯洁的幸福,但毕竟是幸福。我是一个出色的父亲,你知道吗?况且不想再碰妻子的时候,有个小孩很方便。她很累,脆弱,经常头疼,夜里听见他哭,太热,太冷,出牙了,做噩梦了,得中耳炎了。我跟维丽娜重新睡过一次,是在一个喝多了的新年,一次就又让她怀上了。爱弥儿出生三年之后,妮侬出生了,一个十分可爱的小姑娘。

"我让维丽娜生了两个孩子。两个孩子。我给予了生命,真正的生命,两次。所以说,上帝拿什么都开玩笑,连同性恋也开。"

"他们现在多大了?"

"跟我妻子同龄。"

"我不懂你的意思。"

"他们没有年龄了。他们1976年出车祸死了。在南方的高速上。我本来要三天后坐火车去我们在海边租的房子跟他们会合。你知道为什么吗?"

"什么为什么?"

"为什么我要三天后跟他们会合?"

"……"

"我对维丽娜说我要赶工作。1976年的时候我是工程师。事实上,我准备跟一个同事做三天爱。我得知他们去世的时候,发疯了。不得不把我关进精神病院,关了很久。我是在那里,面对着白墙,学会用我的手给别人治疗的。你看,我的紫堇,你和我,我们都有自己的悲惨遭遇,但是我们依然还在。凭我们两个人,就可以代表维克多·雨果所有的小说。巨大的不幸、微小的幸福和希望的集锦。"

"他们葬在哪里?"

"靠近瓦朗斯,在维丽娜家族的墓穴里。"

"那您怎么会在这里,在这个墓园?"

"我从疯人院出来后,成了需要救助的人。这儿的镇长认识我很久了,他聘我做了养路工。那个穿着蓝色工作服一边在市镇垃圾桶旁边打扫一边自言自语的人,就是我。我重新振作起来之后,就申请了当时空缺的墓园看守人的职位。我的位置在死去的人旁边。别人家死去的人。"

萨夏挽住我的胳膊。我们遇到一男一女,问他一座坟墓的位置。他在给他们指走哪个方向、走哪些小径的时候,我观察着他。他在跟我讲述他死去的家人的时候,腰渐渐有些弯。我想,我们是两个还站得直的幸存者。失事船只上的两个人,不幸的汪洋没能完全淹死。

那一男一女谢过他之后,我用自己的手握住他的手,继续往前走。

"一开始,镇长犹豫了一下。但是我的家人死了那么久了,已经是过去的事了。用不着我来教你,在死亡和时间之间,总有一个时效问题……看,天气太好了。今天,我要教你扦插玫瑰的艺术。你知道什么是木化枝吗?"

"不知道。"

"是八月份开始木化的枝条。绿枝条上开始出现棕色的斑点，就像你在我手上看到的斑点。这是老化的标志。我们把它们叫作'木化枝'。你想想啊，你就是要用这些老枝条来生新枝。是不是不可思议？你今天晚上想吃什么？我给你做柠檬牛油果好不好？这对你身体好，这个，都是维生素和脂肪酸。"

第四天，他用他的旧标致车一直把我送到马孔火车站。他在我的箱子里塞了几罐西红柿和四季豆。它沉得我好不容易才把它拖到马尔格朗日。

从墓园到火车站的停车场这段回家的路上，他对我说他想退休了。他累了，是时候转交给别人了，这个人，只能是我。

68

他们的爱，比周围的天空更蓝。

你不会举办单身告别派对。
你不会过未婚姑娘的圣卡特琳娜节。
你不会跳慢步舞。
你不会有手提包，也不会痛经。
你不会戴牙套。
我不会看着你长大、发胖、伤心、离婚、减肥、生子、哺乳、恋爱。
你不会长青春痘，也不会上避孕环。
我不会听到你撒谎。我不需要包庇你，也不需要维护你。
你不会偷我零钱包里的硬币。我不用帮你开储蓄账户让你不缺钱花。
你不会吃避孕药。
我不会看到你的皱纹和色斑出现，不会看到你的橘皮组织、妊娠纹。
我不会在你的衣服上闻到香烟的味道，我不会看见你抽烟，然后戒烟。
我永远不会看见你喝醉或吸毒。

你不用一边看着法国网球公开赛一边为高中毕业考试复习法语，你不用埋怨包法利夫人，"这个可怜的女人"，也不用埋怨玛格丽特·杜拉斯，或者你的老师。

你不会有小摩托，也不会失恋。

你不会接吻，不会有高潮。

我们不会庆祝你通过高中毕业考试。

我们永远不会一起干杯。

你不会用腋下除臭剂，你不会有盲肠炎。

我不用害怕你上谁的车。这个，你已经做了。

你不会牙疼。

我们不会半夜里去看急诊。

你不用去国家职业介绍所报到。

你不会有银行账户，也不会有大学生证、青年优惠卡、社会保险号，也不会有会员卡。

我永远不会知道你的品位，你喜欢什么。什么样的衣服，什么样的文学，什么样的音乐，什么样的香水。

我不会看见你生气、摔门、偷偷溜出去、等人，坐飞机。

你不会离开。你不会更换地址。

我永远不会知道你咬不咬指甲，涂不涂指甲油、眼影、睫毛膏。

也不知道你有没有外语天赋。

你永远不会改变头发的颜色。

你心里永远的爱人，是小学二年级的亚历山大。

你不会嫁人。

你永远都是莱奥尼娜·万圣。永远都是小姐。

你永远都只喜欢法式吐司、煎鸡蛋、薯条、意大利小贝壳面、煎饼、炸鱼排、雪花蛋奶和掼奶油。

你将以别的方式长大，伴着我对你永远的爱。你将在别处长大,在世界的喃喃细语中,在地中海里,在萨夏的花园里,在鸟儿的飞翔中,在晨起日落中,在我偶然遇见的小女孩身上,在树木的叶子里,在女人的祷告中,在男人的眼泪中,在蜡烛的光明中,你终将会重生,某一天,以一朵鲜花或一个小男友的形式,在另一位母亲那里,你在我目光所落的每一个地方。你的心将跟着我的心继续跳动。

69

没有什么会让它凋零，没有什么会让它枯萎，
　　这朵美丽的花叫作记忆。

"您好，夫人。"
"你好，小伙子。"
一个可爱的小男孩用力吸着吸管，要喝掉易拉罐底部的最后几滴苹果汁。他一个人坐在我厨房的桌子旁。
"你爸爸妈妈呢？"
他扭头对着墓园向我示意。
"我爸爸叫我在这里等他，因为下雨。"
"你叫什么名字。"
"纳唐。"
"你要吃巧克力蛋糕吗，纳唐？"
他睁大贪婪的眼睛。
"要，谢谢。这里是你的家吗？"
"是的。"
"你在这里工作？"
"是的。"
他眨眨眼睛。他有着长长的黑睫毛。
"你也在这里睡觉吗？"

"是的。"

他看着我,仿佛我是他最喜欢的动画片。

"你晚上害怕吗?"

"不害怕,我为什么要害怕呢?"

"因为僵尸啊。"

"什么是僵尸?"

他吞下一大块巧克力蛋糕。

"就是吓人的活死人。我看过一部电影,很吓人。"

"你看这样的电影年纪是不是小了点?"

"我们是在安托万家的电脑上看的,没有全看,我们吓死了。但是我已经七岁了啊。"

"啊,的确。"

"你有没有见过僵尸?"

"没有,从来没有。"

他显得特别失望。他可爱地撇了撇嘴。水果杂拼从猫的专用门洞进来了。它的毛湿透了。它靠近狗窝里的艾莲娜取暖。小狗睁开一只眼睛,马上又睡着了。纳唐从椅子上下来去摸它们。他用双手提了提牛仔裤,又把卫衣的袖子往上拉了拉。他穿着一双球鞋,每走一步鞋底就会发光。这让我想起迈克尔·杰克逊的《比利·简》的音乐视频里的画面。

"这是你的猫吗?"

"是的。"

"它叫什么名字?"

"水果杂拼。"

他咯咯地笑了。牙齿上都是巧克力。

"这个名字太奇怪了。"

于连·孤独敲了敲我墓园一侧的门,走了进来。他也像猫一样浑身湿透了。

"您好。"

他看了一眼孩子,温柔地对我微笑。我感觉他很想走过来,摸摸我,但是他没有动。他满足于用目光来代替。我觉得他在脱我的衣服。脱掉冬天去看夏天。

"怎么样,我的宝贝?"

我愣住了。

"爸爸,你知道那只猫叫什么名字吗?"

纳唐是于连的儿子。我的心跳得像奔腾的野马,仿佛我刚刚上上下下跑了好几趟楼梯。

于连立即回答他:

"水果杂拼。"

"你怎么知道的?"

"我认识它。我不是第一次来这里了,纳唐,你有没有跟紫堇打招呼?"

纳唐盯着我看。

"你叫紫堇?"

"是的。"

"你们这里的名字都好奇怪!"

他回到桌上,坐下来,把蛋糕吃完。他的父亲微笑着观察着他。

"我们走吧,宝贝。"

我这下感到特别失望。就像纳唐听说我从来没有见过僵尸那样。

"你们不再待一会儿吗?"

"我们要去奥弗涅那边。一个堂姐今天下午结婚。"

他盯着我看了一下。然后对他儿子说:

"宝贝,到车里去等我,车门开着。"

"但是雨大得像母牛撒尿!"

孩子的回答让我们大吃一惊，一起哈哈地笑了起来。

"第一个上车的有权力放他喜欢的音乐。"

纳唐迅速地在我脸上亲了一口。

"如果你看到僵尸，给我爸爸打电话，他是警察。"

他从墓园一侧跑出去，跑向停车场。

"他真的很可爱。"

"他这一点像他母亲……您读了我母亲的日记没有？"

"我没有读完。您要带一杯咖啡上路吗？"

他摇摇头。

"上路的话，我更想把您带上。"

他这一回走近我，把我紧紧抱进怀里。我感觉到他在闻我脖子的气味。我闭上眼睛。我重新睁开眼睛的时候，他已经到了门口。他把我的衣服弄湿了。

"紫堇，我一点儿也不想有一天有人来把您的骨灰放到我的坟墓上。事实上我根本不在乎。我想现在跟您一起生活，马上。趁我们还能一起看天空……就算像今天一样下着雨。"

"跟我一起生活？"

"我希望我母亲和那个男人之间的这个故事……这段相遇，能起到这个作用，对我们有用，真的。"

"但是我没有能力。"

"能力？"

"是的，能力。"

"我又不是在跟您说服兵役。"

"我没有能力，已经破碎了。爱情对我来说不可能了。跟我生活简直不可能。我比我墓园里游荡的幽灵更加没有生气。您还没有明白吗？这不可能。"

"我不是在强人所难。"

"您就是。"

他悲伤地对我微笑。
"真可惜。"
他在身后把门关上,两分钟后不敲门又进来了。
"我们带您一起走。"
"……"
"去参加婚礼。离这里两个小时的车程。"
"可是我……"
"我给您十分钟时间准备。"
"可是我不能……"
"我刚刚给诺诺打了电话,他五分钟后来接替您。"

70

总有一天我们会来到天堂，
坐在你的身旁。

1996 年 8 月

菲利普从吉纳维耶芙·马尼昂家出来的时候，比石头更不幸——他舅舅吕克常用的奇怪的表达。他一直开到墓园。那天有一个葬礼。热浪下，人群东一簇、西一簇地聚集着，离莱奥尼娜的坟墓很远。他没有带花来。他从来都没有带过花。平时，是他母亲负责这些。

他是第一次单独来看她。他一年来两次，总是跟他父母一起来。

他父母把车停在栏杆前，从来不进家门，怕遇到紫堇，面对她的绝望。他呢，作为好儿子，坐在汽车后座上，像他小时候他们去度假一样，后面的座椅曾经显得宽大无比，但是旅途尽头是大海。

菲利普一直认为他之所以是独生子，是因为他父母只做了一次爱，而且是个意外。菲利普一直认为自己是个意外。

他的父亲，因为悲伤以及与妻子多年的共同生活，腰已经直不起来了，他车开得很差。不知道他为什么刹车，也不知道他为什么加速。左边开开,然后又过于靠右。不该超车的时候超车,直行道的时候又不超车。老是迷路。好像看不到指路牌。

栏杆和墓园之间的路程在菲利普看来漫长无比。他们第一次走这段路的时候,他闻到了焦枯的味道,而他们离城堡还有好几公里。熊熊大火之后,空气里飘浮着臭味。

他们先在城堡的铁栏门前停下来,把车停好。没敢马上进去,三个人就这样沮丧地待在车里。然后他们走了两百米,一直走到雄伟的建筑前,左翼已经烧黑烧毁了。在场的有消防员、警察、呆滞的父母、官员。恐怖中的混乱。格外的寂静,动作迟缓,仿佛被冻住了。每样东西都被放慢了。从远处看,没有什么感觉,被包裹在棉花、棉絮中。仿佛只有身体与思想分离了才能坚持住。彼此过于沉重,无法忍受。悲痛的重压。

菲利普没能走近一号房间。四周被封锁了——美国电视剧里的一句话出现在了勃艮第,出现在真实的生活里。几条胶带纸限定了恐怖的范围。专家们仔细观察地面和墙面,拍着照片。研究火的走势,通过研究明显的点、证据、线索、痕迹来还原现实。要给检察官一份详细的报告,不能拿四个孩子的死亡开玩笑。必须惩罚、定罪。

他听了无数遍"我很抱歉,我们很抱歉,我们向您表示慰问,她们没有受罪"。他没有看见城堡里的工作人员,或许看到了,但是他忘了。其他孩子,运气好的,幸免的,已经离开了。已经被紧急疏散了。

他没能认出莱奥尼娜的尸体,没有尸体了。他不需要挑选棺材,也不需要为葬礼挑选文章,他父母处理好了。因此他什么都不需要选。他想:"我从来没有给我的女儿买过一双鞋子、一条裙子、一只发卡、一双袜子。都是紫堇去做,她喜欢做这些。"但是选什么棺材,紫堇不会来。紫堇不会来了。因此他也不需要照顾任何人。

那天晚上，他从旅店给她打电话。接电话的是马赛女人。他是这么称呼赛丽亚的。他想起来是他让她来的。紫堇睡着了。医生来了好几次，给她镇静剂。

葬礼是在1993年7月18日举行的。

其他人，他们拉着手，挽着胳膊，他们互相支持。他没有跟任何人接触，也没有跟任何人说话。他的母亲试过，他往后退，就像他十四岁的时候她想亲他那样。

其他人，他们哭，他们叫。其他人，他们晕倒。不得不扶住那些像大风天的芦苇一样倒下的女人。葬礼的时候，所有的人似乎都喝醉了，没有人能站得直。他站得笔挺，没有眼泪。

然后，他从聚集在坟墓周围的乌压压的人群中，看到了她。一身黑色。面色惨白。目光空洞。吉纳维耶芙·马尼昂在这里干什么？他逃避。他对一切失去了兴趣。他喜欢过弗朗索瓦兹。他喜欢过紫堇和莱奥尼娜。现在结束了。

在勃艮第的四天里，他想了上千遍的唯一一句子是："我甚至没能保护我的女儿。"

然后，其他人，他们会去度假。然后，其他人，他们会留下来，留在这个不幸的墓园。而他，将坐在他父母的车里，坐在巨大的后座上回去，旅途尽头，不会有大海，而是紫堇，以及她无法估量的悲伤。

房间空了。他向来讨厌的粉色房间。每天晚上从那里传来笑声和紫堇朗读的句子。

悲剧过去三年之后，他独自站在女儿的墓前，一言不发。没有为她说一个字，一句祷告。虽然他知道很多祷告词。他上过教理课，正式领过圣体。正是在那一天，他第一次见到了挽着他舅舅胳膊的弗朗索瓦兹。那一天，他跟一个朋友的哥哥喝着弥撒的葡萄酒悄悄地背诵道：

空洞的圣父啊,

愿你的名字被刺穿,愿你的主宰流着血,

愿你的旨意行在癞痢头,如同行在梳子上。

今日赐给我们救命的酒。

饶恕我们的挥霍,如同我们饶恕鸡奸我们的人的挥霍。

不叫我们去渗入,救我们脱离思索。

带走。

他们眼泪都笑出来了,尤其是当他们把白色的长袍套在他们的T恤和牛仔裤上面的时候。还有他们互相嘲笑的时候:

"你看上去像神甫。"

"你像丫头!"

然后他看见了弗朗索瓦兹,眼里就只有她。

像他舅舅的女儿。像一个大姐姐。像一个理想的母亲。像完美的化身。像他的挚爱。

他想再见到她,由于每年都见到她,他就更想再见到她。

悲剧过去三年之后,在女儿的墓前,他想着他以后再也不会来沙隆河畔布朗西雍镇了,他一句话也说不出来。因为他没有能力跟莱奥尼娜说话。他想骑上摩托车去看弗朗索瓦兹,扑进她的怀里。但是这么多年过去了,应该忘了她。

应该回到紫堇身边去,跪在她面前,请求她原谅。像当初那样吸引她。在栏杆和火车出现之前。试着照顾她,让她笑。跟她再生一个孩子。她毕竟还很年轻。紫堇。跟她说他要弄清楚那天夜里城堡里究竟发生了什么,向她承认他打破了冯达内勒的脸,以前跟马尼昂发生过关系。向她承认他很差劲,但是他会知道真相。是的,跟她再生一个孩子,并加以照顾。也许他们会有个男孩,一个小子,这是他的梦想。然后循规蹈矩。再也不到处睡女人。也许会搬家。跟紫堇换一种生活。换一种生活是可能的,他在电视上看到过。

首先,要再去找马尼昂。"我永远不会伤害孩子。"她为什么会这样说?要回去让她说出真相,她差一点就说出来了,但是他拒绝了。没有准备好。

他看了莱奥尼娜的墓最后一眼,终于还是没能开口,像她活着的时候一样,他也不曾跟她说过什么。他从来不回答她的问题。"爸爸,为什么月亮亮着?"

他离开莱奥尼娜的墓,快步走向出口的时候,他看见他们了。紫堇和那个老头在小径上。紫堇挽着他的胳膊。菲利普看到了谎言。他听到他母亲对他说:"永远不要相信别人,只想着你自己,你自己。"

他以为她在马赛,在赛丽亚的小屋里。他以为她去朝圣了。但是她在这里,跟另一个男人在一起。她微笑着。莱奥尼娜死后,菲利普没有看见紫堇笑过一回。

六个月内,紫堇每两个星期天来一次墓园。原来如此。她借卡西诺超市那个蠢女人的红汽车,骗菲利普说她要到莱奥尼娜的坟上去。她真会隐藏。她有情夫?这个老头?她是怎么认识他的?在哪里?情夫,紫堇,不可能。

他躲在一个大的石头十字架背后,观察了他们一会儿。他们互相挽着胳膊,一直走到墓园门口的房子里。晚上七点左右,老头出来关了铁栏门。原来如此,他是这个该死的地方的看守人。他的妻子跟葬着他们女儿的墓园的看守人睡觉。菲利普听到自己大笑,狰狞的笑。他有了杀人、打人、毁坏的强烈欲望。

紫堇在里面。他透过一扇窗户看见她在桌上摆放两个人的餐具,像在他们家一样,腰上系着一条抹布。他难受得把手指咬出血来。像他小时候看的西部牛仔片里一样,牛仔肚子里的子弹被取出来的时候,牙齿间咬着一块木头。紫堇过着双重生活,他一点都没有察觉到。

夜幕降临了。老头和紫堇关了灯。关了百叶窗。她留在了屋里。她睡在那里。没有任何疑问了。

两个月前，他禁止紫堇再来勃艮第。她跟他谈起马尼昂，对他说她去找过她时，他害怕了。害怕被抓住。害怕紫堇知道她是她丈夫的情妇，这同一个女人在城堡做饭。

但是故事完全不一样了，她有情夫。正因为如此，她出发的前几天，显得更加轻松。每隔一个星期天。她居然敢对他说："我每隔一个星期天去墓园一次。"而他什么都没有看出来，现在他明白了为什么他妻子的状态显得一周比一周好。

他从一堵墙头爬了出去，已经很晚了。他狠狠地踢了一脚马路一侧的门，跨上摩托车，猛踩着油门离开了。

他出现在马尼昂住的房子所在的那条路时，大概晚上十点钟左右。家里有几个警察，他们的警车停在房子前面。几个穿着睡袍的邻居在路灯下讲话。据说冯达内勒对她下手很重。

菲利普掉了头，往东边开，一路没有停。到的时候，他直接去了那个地址，那个有人送上肉体的地方。

71

> 透过开着的窗户，我们一起看着
> 生活、爱情、欢乐。我们听着风的声音。

伊莲娜·法约尔的日记

1992 年 10 月 22 日

　　昨天晚上，我在电视新闻里听到了加布里耶的声音。我听到他在说"为一个离开我的女人辩护"。当然他没有这样说，我的思想让他的句子走了样。

　　保尔在厨房里帮助我准备晚餐，隔壁房间里的电视开着。我听到他的音调、我最美好的回忆里的声音的时候，吃惊得连手里端着的一锅开水都掉到地上去了。它碎在瓷砖上，碰到了我的脚踝。一声巨响，保尔惊慌失措。他以为我因为被烫伤而发抖。

　　他把我拉到客厅里，让我在电视机对面的沙发上坐下来，正对着加布里耶。他就在那儿，在这个我从来不看的长方形盒子里。保尔手忙脚乱地给我烫伤的皮肤敷浸了水的纱布的时候，我看到了加布里耶在一个法院里面的画面。一名记者说他在马赛辩护了一个星期。他让被指控合伙越狱的五个人中的三个无罪释放。诉讼昨天结束了。

加布里耶在马赛，离我的生活那么近，我却不知道。知道了又怎么样？我会去看他吗？跟他说什么？"五年前，我逃到街上，因为我不想抛弃我的家庭。五年前，我怕您，怕我自己。但是要知道，我一直都想着您"？

　　于连从他的房间里走出来，他对他爸爸说要带我去医院。我拒绝了。我丈夫和儿子争论着，最终在放药的抽屉里找到一支比亚芬烫伤乳膏的时候，我看着加布里耶在记者面前挥舞着他漂亮的双手。我看到了穿着黑色长袍的他为别人辩护时投入的激情。我希望他走出荧屏，就像伍迪·艾伦的电影《开罗的紫玫瑰》里的米亚·法罗[①]。

　　而我？他会为我辩护吗？他会为我丢下他的那天找出减轻罪行的理由吗？

　　他坐在车里等了我多长时间？他过了多久才终于重新发动汽车？他什么时候明白我不会回来了？

　　眼泪开始在我的脸上流淌。怎么也止不住。

　　保尔把电视机关了。

　　我在黑色的屏幕前崩溃了。

　　我儿子和丈夫以为这是因为疼痛。他们叫来了家庭医生，他检查了我的伤口，说是表皮烫伤。

　　我一夜没睡。

　　再次看到加布里耶，再次听到他的声音，我明白了，我太想念他了。

*

　　第二天早上，伊莲娜找加布里耶律师事务所的电话号码。

[①] 米亚·法罗（Mia Farrow, 1945—　），美国女演员。

事务所依然在索恩-卢瓦尔省的马孔市。她要求跟他预约见面，得到的答复是要等好几个月，谨慎律师的日程排得满满的，但是如果约他的两个合伙人中的随便哪一个，就非常快。伊莲娜说她有的是时间，她会等谨慎律师。她留了她的名字和电话号码，不是家里的电话号码，而是玫瑰园的电话号码。问到她涉及哪类案子的时候，伊莲娜沉默了一下，然后回答说："一个谨慎律师已经知道的案子。"约定了一个时间，需要等三个月。

加布里耶两天后亲自打电话到了玫瑰园。那天早上，电话铃响的时候，伊莲娜正在把卷帘门往上推。她以为是来订花的，跑过去接，气喘吁吁。她已经抓过了订货单和圆珠笔，笔套被她的员工咬过了。他说："是我。"她说："您好。"

"你打电话到我律师事务所了？"

"是的。"

"我一周都在色当辩护。你想来吗？"

"想。"

"一会儿见。"

然后他挂了电话。

伊莲娜在订货单上潦草地写道："色当"，写在"发货人留言"一栏里。

要走一千两百公里。需要穿过整个法国。划出一条长长的直线。

她十点左右离开马赛，搭了好几列火车，换乘了好几次。在里昂佩拉什火车站，她照着厕所里的镜子，在脸上扑了粉，在嘴唇上涂了点唇彩。当时是四月份，她穿着一件米色的雨衣。她觉得好笑。她把金色的头发用一根黑色的皮筋扎了起来。她买了一个切片面包做的三明治，一把牙刷，一支柠檬味的牙膏。

她晚上九点左右到达色当。她坐上一辆出租车，让司机把她送到法院门口。她知道她会在最近的咖啡馆或者饭店找到加布里耶。伊莲娜知道加布里耶不是很早就回旅店的男人。他的材料，他在桌子的一角去处理。在一杯啤酒和一盘薯条之间。在一杯葡萄酒和当日特选菜之间。加布里耶需要感觉到身边的活力。他讨厌旅店房间里的沉寂，讨厌床罩，讨厌窗帘，讨厌为了模仿人的存在而打开的电视。

她通过一扇窗户看到了他，跟另外三个男人坐一桌。加布里耶一边说话一边抽烟。他们把桌布弄脏了，衬衣的领子也解开了。他们的领带搭在椅子的扶手上。

加布里耶看见她走进来，举手喊她：

"伊莲娜！来跟我们一起坐。"

他这样说，好像她回家的时候偶然经过这里。

伊莲娜跟另外三个男人打了招呼。

"我跟你介绍一下三个同行，洛朗、让-伊夫、大卫。先生们，我跟你们介绍一下伊莲娜，我命中的女人。"

三个男人笑了。仿佛加布里耶在开玩笑。仿佛加布里耶只可能用玩笑的口吻来谈论这种事情。他一生中有过很多命中的女人。

"坐吧。你饿吗？不，要吃点东西。奥黛蕾小姐，请把菜单给我们拿来！你想喝什么？茶？不行，在色当，我们不喝茶！奥黛蕾小姐，请给我们再上一瓶同样的酒。2007年的沃尔奈，你尝一下……终于喝到一瓶好酒。过来坐在我旁边。"

加布里耶的一个同行站起来给她腾位子。加布里耶抓住伊莲娜的手，闭上眼睛吻了一下。伊莲娜看见他戴着一枚婚戒。一个白金的圆圈。

"我很高兴你来。"

伊莲娜要了一份饮料，打断了对话。她给人的感觉，就是一个歌迷，穿过整个国家来跟一个摇滚明星度过一个夜晚，明星不急着跟她单独相处，因为已经到手了。音乐会之后赢得的一夜情。

伊莲娜很想消失。她后悔了。她想着怎么站起来，怎么找到紧急出口，一扇后门，一直逃到火车站，回到家里，钻进她用芦荟香喷过的干净被单。她悄悄地向女招待要了一杯绿茶。加布里耶时不时地跟她说句话，问她好不好，她冷不冷，渴不渴，饿不饿。

加布里耶和其他男人终于同时起身离开了桌子。加布里耶去吧台付账。伊莲娜默默地跟上。

外面下起了雨。也许已经下了很久了，伊莲娜没有注意。她觉得越来越不自在。她想起来她没带衣物就出发了。只有一个手提包，几张车票和一个支票本。她想她疯了，这不是她的风格。她平时一向很规矩。她觉得自己很可悲，一个蹩脚的歌迷。

加布里耶向饭店借了一把伞，他说他明天还回来。他抓住伊莲娜的胳膊，紧跟着另外三个人的步伐。他们朝同一个方向走去。加布里耶把她的胳膊抓得很紧。

在阿登旅店的大堂里，他们都在前台取了钥匙，上了同一部电梯。其中两个人停在了三楼。"再见，小伙子们，明天见。"第三个停在了五楼。"晚安，大卫，明天见。"

"七点半在早餐厅见？"

"好的。"

在五楼和七楼之间，只剩下他们俩，面对面。加布里耶一直看着她。

电梯门打开了，通向一条阴暗的走廊。他们一直走到 61 号房间。他一推开门，伊莲娜就闻到了冷却的香烟的味道。橙色的墙壁，模仿摩洛哥风格的仿大理石灰墙。

他对她说了句"对不起"，先进去了，把房间每一个角落里的灯都打开，消失在浴室里。

伊莲娜不知道要怎么处理自己的雨衣和自己的身体。她站在房间门口没有动,好像一尊大理石雕像,橱窗里的模特儿。她看着加布里耶半开着的箱子,衬衫叠得整整齐齐。他的毛衣,他的袜子。她想着谁为他烫衣领、叠衣服。

加布里耶微笑着从浴室里走了出来。

"进来,把衣服脱了。"

伊莲娜的表情大概很奇怪,因为他哈哈地笑了。

"不是脱光。脱掉你的雨衣。"

"……"

"我觉得你特别沉默。"

"您为什么叫我来?"

"因为我想要你来。我想见你。我一直都想见你。"

"这枚婚戒,是什么?"

他坐到床上。她脱掉了雨衣。

"有人向我求婚,我没能说不。对一个向你求婚的女人说不,太难了。而且也不合适。你呢?你还是结婚的吗?"

"是的。"

"这样的话我们打平了。一比一。"

"……"

"我经常梦到你。"

"我也是。"

"我很想你。过来。"

伊莲娜坐到他旁边,但是没有紧贴着他。她在他们之间留了空缺,一条横向线。

"您有没有对妻子不忠?"

"跟你在一起,我不会对她不忠,我只是背叛她。"

"您为什么要结婚?"

"我告诉你了,我妻子向我求的婚。"

"您爱她吗?"

"你为什么要问我这个问题?你会为了我离开你的丈夫吗?我没必要回答你。你是一个受到束缚、受到牵制的女人,伊莲娜。把衣服脱了。脱光。我想看看你。"

"把灯关了。"

"不,我想看你。我们之间不用装害羞。"

"您觉得您的三个朋友把我当成您召的妓了吗?"

"他们不是我的朋友,是我的同行。把衣服脱了。"

"那您跟我一起脱。"

"好的。"

72

哦，耶稣，愿我的快乐永驻。
愿造鸟的上帝将我变成英雄。

雨还在下。雨刮器扫着我们的脸。

纳唐在后座上睡着了。我常常转过头去看他。我很久没有看着孩子睡觉了。我们时不时听到电台里的歌曲，然后拐弯的时候就听不清了。在两段副歌之间，于连和我说着伊莲娜和加布里耶。

"色当的插曲过后，他们常常见面。"

"您知道您母亲这些事情之后有什么感觉？"

"说实话吗？我觉得读了一个陌生人的故事。正好，她的日记，我给您，我不想拿回来。您把它放到您的记事簿里。"

"可是我……"

"别跟我客气，留着吧。"

"您全部看过了吗？"

"是的，看了好几遍。尤其是她说到您的那些段落。您为什么没有告诉我你们认识？"

"我们并不真的认识。"

"您总是不可思议地让事物走样，紫堇，玩弄文字……我一直想让您说真话。您比我所有的拘留犯更坏……说实话，我不喜欢逮捕您……审讯您会让我发疯的。"

我开怀大笑。

"您让我想到一个朋友。"

"一个朋友?"

"他叫萨夏。他救了我的命……通过让我笑,像您一样。"

"我把这看作赞扬。"

"是赞扬。我们去哪儿?"

"去道歉。"

"……"

"道歉是拉布尔布尔的一条街名。我父亲是在那儿出生的。我的一部分家人还住在那儿……他们有时候也会结婚。"

"他们会寻思我是谁。"

"我会告诉他们您是我妻子。"

"您疯了。"

"还不够。"

"我们送什么给新婚夫妇?"

"其实他们不年轻了。他们遇到对方之前已经有了丰富的经历。我的堂姐六十一岁,她未来的丈夫五十来岁。二十公里外有一个加油站,我们去给他们找一些好玩的礼物。再说,纳唐也需要换衣服。"

"我已经换好了。"

"您,您总是在换。您生活在变换中……您总是穿成去参加仪式的样子,婚礼也好,葬礼也好。"

我又开怀大笑。

"您呢?您不换衣服吗?"

"不,我从来不换。冬天是牛仔裤毛衣,夏天是牛仔裤T恤。"

他看着我,对我微笑。

"您真的要去加油站买结婚礼物吗?"

"真的。"

于连加油的时候,我陪着纳唐去加油站的商店。我拉着他的手。一个老习惯。这些永远忘不掉的动作。是我们不需要思考的一部分。就像头发的颜色,熟悉的气味,相似的外貌。我很久没有拉过一个孩子的手了。我感觉到他的小手指抓紧我的手指的时候很激动。他哼着一首我没有听过的歌。

我走进店里的时候觉得自己很轻盈。纳唐看到收银台前各种各样的巧克力条和糖果,睁大了眼睛。

我在男厕所的门口站住了脚步。

"我不能进去,我在门口等你。"

"好的。"

纳唐背着装着他衣物的包进去,把门关上。他五分钟后出来了,骄傲地炫耀着他白衬衫外面的浅灰麻布三件套正装。

"你很帅,纳唐。"

"你有啫喱吗?"

"啫喱?"

"用在我的头发上。"

"我去看看他们这里卖不卖。"

我们在琳琅满目的货架上寻找啫喱的时候,于连买了两本小说、一本菜谱、一盒蛋糕、一个气压计、几张五颜六色的餐垫、一张法国地图、三张DVD、一张最佳电影插曲集、一个地球仪、茴香糖、一件男士防水夹克、一顶女士草帽和一只绒毛玩具。他让收银员都用礼品纸包起来。收银员没有礼品纸。他笑着补充道,这里不是老佛爷商场,而是89号高速公路。于连最后找到一个大的布袋子,上面印着世界自然基金会的标志,他把所有的东西都放了进去。纳唐让他买彩色的贴纸,可以贴到袋子上让熊猫变成彩色的，在周围画上竹子和蓝天。于连回答他说："这个主意好极了，儿子。"

我感觉自己变成了另外一个女人，换了生活。在另外一个人的女人的身体里。就像在昂蒂布角把她的一身米色换成彩色衣服和露脚凉鞋的伊莲娜。

纳唐和我终于找到了最后一罐强力啫喱，夹在两把剃须刀、三把牙刷和一盒湿巾中间。我们发出了胜利的叫声。我第三次开怀大笑。

纳唐兴高采烈，去洗手间整理头发了。他出来的时候头发乱蓬蓬的，他一定是把一整罐啫喱都倒在头上了。于连疑惑地看着他儿子，但是什么也没有说。

"你们觉得我帅吗？"

于连和我异口同声说帅。

73

没有一辆快车会将我带向极乐,
没有一辆老爷车会在那儿停留,没有一架协和飞机
会有你庞大,没有一艘轮船会去,除了你。

1996 年 9 月

菲利普的一天一直都是这样度过的。九点左右起床。紫堇准备好的早餐。淡咖啡、烤面包片、黄油、不含果肉的樱桃果酱。洗澡、刮胡子。骑摩托车一直骑到下午一点。走乡间小路,每天在他知道不会有警察和测速雷达的地方玩命加速。跟紫堇吃午饭。

在世嘉游戏机上玩他的电子游戏《真人快打》,一直玩到下午四五点。骑摩托车骑到晚上七点。跟紫堇吃晚饭。然后,他借口要出去走走,步行到大街上,去找情妇。或者参加在那个地方组织的群交派对,那他就会骑摩托车去,不到凌晨一两点是不会回来的。如果下雨,或者他觉得厌倦的时候,他就看电视。紫堇留在他身边,看书,或者看他挑选的电影。

自从菲利普两个星期前无意中撞见紫堇和墓园看守人,他看她的方式不一样了,他从眼角观察她。他想着她会不会想念那个老头,她会不会趁他不在的时候给他打电话,她会不会给他写信。

一个星期以来，菲利普回到家，会按电话的重拨键，但是每次听到的都是他母亲讨厌的声音，他前天或大前天打过电话给她，他啪地就挂了电话。

每隔一天，他得给她打电话。这成了一个习惯。说来说去就那几句话："好吗，我的儿子？你吃得好吗？你睡眠足吗？身体好吗？路上小心点。打游戏不要把眼睛打坏了。你老婆呢？工作还好吗？家里干净吗？她每个星期洗床单吗？我留意着你的账户呢。别担心，你什么也不缺。你爸爸上个星期在你的人身保险账户上打了钱。我又疼了。说到底，我们运气一直都不好，不好，真的。那些人真叫人失望。你当心。你爸爸越来越胆小了。幸好我还在，可以照看你们。再见，我的儿子。"菲利普每次挂掉电话，感觉都不舒服。他母亲就像剃须刀一样，越来越刮人。有的时候，他会想她有没有她哥哥吕克的消息。他想念他的舅舅。看不到弗朗索瓦兹让他极为沮丧。但是他母亲想责怪他的时候，就生气地或伤心地回答他说："请你永远不要再跟我提这些人。"他母亲把弗朗索瓦兹和吕克归为一样的垃圾。

除了这些令他反感的对话，菲利普的生活表面上完美无缺。他一直就是弗朗索瓦兹1983年最后一次送到昂蒂布角火车站的那个人：一个任性的孩子。一个不幸福的孩子。

但是两个消息，前后相隔五分钟，让他连贯的日子戛然而止。一个消息是寄来的。

他正在咬着他喜欢的又热又脆的面包片，紫堇告诉他，栏杆将于1997年5月自动化。给他们八个月的时间找一份新的工作。她把寄给他们的信放在桌上，放在果酱和融化的黄油中间，出去放下9:07的栏杆。

我会失去紫堇。菲利普看到信第一个想到的就是这个。从今以后没有什么能留住她了。他们的房子、他们的工作还把他们连在一起，他甚至都不明白为什么。把他们连在一起的那根线那么细，几乎看不见。除了一直关着门的莱奥尼娜的房间，他们再也没有共同的东西了。失去栏杆，她会永远离开，去跟墓园的老头。

他从厨房的窗户看到一个女人在对紫堇说话。他没有马上认出她来。他先是想到某个情妇来揭发他，但是这个想法一闪而过，他经常找的那些女人不是那种爱妒忌的类型。他不冒任何风险。他侮辱自己，侮辱紫堇，但不冒任何风险。

但是他看到紫堇听着听着脸色越来越苍白。

他马上出去，迎面撞上莱奥尼娜的老师。她叫什么来着？

"您好，万圣先生。"

"您好。"

她也面色苍白。她看上去很是震惊。她转过身，疾步离开了。

9:07 的火车开过。菲利普看着车厢里靠窗的几张脸，又想到对他们打招呼的莱奥尼娜。紫堇在沉默中机械性地抬起栏杆，对菲利普说：

"吉纳维耶芙·马尼昂自杀了。"

菲利普想到两个星期前，他最后一次经过马尼昂家门口。警车，路灯下穿着睡袍的女人。她一定是见过他之后自杀的。他在她面前哭过。"我永远不会伤害孩子。"是不是负罪感的重压将她推向了死亡？

紫堇补充道：

"求求你，想办法不要让她跟莱奥尼娜葬在一个墓地。"

菲利普答应了。哪怕要亲手把她挖出来，他答应紫堇。

紫堇重复了好几遍：

"我不希望她弄脏我墓园的泥土。"

那天早上菲利普没有洗澡。匆匆刷过牙之后，他骑上摩托车走了。被留在他身后的紫堇，惶恐地站在整整两个小时后才需要放下的栏杆前。

74

你看我覆盖着阳光之羽的笔,
在唤醒天使的纸上如雪花飘洒。

为什么流逝的时光
凝视我们的脸庞,再将我们打伤
为什么你不留下来陪我
为什么你要离去
为什么生命与船只
随波而去,它们是否有双翅……

节庆大厅空了。只有两个服务员在撤桌子,一个拿掉最后的纸桌布,另一个打扫白色的纸屑。

于连和我独自在临时的舞池里跳舞。旋转彩灯最后的光线在我们皱巴巴的衣服上描绘出点点星星。

人都走光了,包括新婚夫妇,包括纳唐,他去堂兄家睡觉了。只有拉斐尔[①]的声音还在喇叭里回响。这是最后一首歌。之后,播放音乐的人,有点大腹便便的一个远房姑父就要收拾东西走了。

---

① 拉斐尔(Raphaël, 1975—),法国歌手。

我想让我刚刚度过的一天再长一些。把它拉长。就像我们在索尔米乌时,天已经黑了很久了,我们不想回小屋。我们的脚指头不知道怎么离开海边的涛声。

我很久没有这样笑过了。从来没有这样笑过。我从来没有像今天这样笑过。我跟莱奥尼娜也一起笑,但是跟自己孩子的笑,与跟别人一起笑是不一样的。这些笑,来自别处,别的地方。欢笑、泪水、害怕、快乐,藏在我们体内不同的地方。

又一天过去
在这卑微的生活里,不能闷死……

歌结束了。播放音乐的人在话筒里祝我们晚安。于连叫道:"晚安,安德烈!"

除了我自己的婚礼,我没有参加过任何婚礼。要是婚礼都这么快乐有趣,我倒是愿意改变自己的习惯。

我穿外套的时候,于连消失在厨房里,出来的时候拿着一瓶香槟酒和两个塑料高脚香槟酒杯。

"您不觉得我们喝得已经够多了吗?"

"不觉得。"

外面的天气很舒适。我们肩并肩地走着。于连抓住我的胳膊。

"我们去哪儿?"

"现在是凌晨三点,您觉得我们能去哪儿?我很想把您带回我家,但是离这里差不多五百公里,所以我们去旅店。"

"可是我不想跟您一起过夜。"

"啊,这太、太傻了,因为我,我想。这一次,您不会逃走。"

"您要把我关起来吗?"

"是的,一直关到我们死的那天。别忘了我是警察,我无所不能。"

"您知道我没有能力去爱。"

"您啰里啰嗦，紫堇。您累死我了。"

这种感觉又来了。就像美妙的疯狂的气泡，快乐的气泡，一直上升到我的喉咙，抚摸着我的嘴巴，欢乐地摇晃着我的肚子，让我爆发出笑声。我不知道我的身体里还会有这种声音，这样的音调。我觉得自己就像一个乐器，多了一个键。一个有益健康的制造缺陷。

这是不是就是青春？快五十岁的时候有没有可能与它相识？从未有过青春的我，是不是无意中一直保留着它？它是不是从未离开过我？它是否会在今天，一个星期六出现？在奥弗涅的一个婚礼上？在一个不属于我的家庭里？在一个不属于我的男人的身边？

我们走到旅店门口，门紧锁着，于连的脸变了样。

"紫堇，您的面前是个大傻瓜。昨天，我跟前台通电话的时候，她让我今天下午到了以后过来取钥匙和进门密码……我忘了。"

我又笑了。我止也止不住。我笑得那么厉害，我的笑声似乎互相呼应，仿佛我的音响开到了最大。笑得太痛快了，我肚子都疼了。我的呼吸都停止了，我越是想喘气，越是笑得厉害。

于连愉快地看着我。我试着对他说"您没办法一直把我关到我们死的那天"，但是那些词就是不肯出来，我的笑声挡住了一切。我越笑越厉害，感到眼泪淌了下来，于连用大拇指帮我擦。

我们一直走到他的汽车旁。我们这一对真是滑稽，我弯成两截，他呢，手里拿着香槟酒，勉强拖着我往前走，裤子的口袋里一边插着一个塑料高脚香槟酒杯。

我们并肩坐到汽车后座上，于连吻我，堵住了我的笑声。

美丽的寂静在我内心深处生根。

  我感觉萨夏就在附近。他刚刚给了于连指示，让他将我自己的那些新枝移栽到我们每一个重要的器官里去。

75

> 我是一个漫行者，
> 我总想去彼岸看看。

今天是皮埃尔·乔治（1934—2017）的葬礼。他的孙女在棺材上画了画。感人的幼稚的画。她用了三天时间在没有经过加工的木头上画了乡村和蓝天。应该是想象着她的爷爷到了另一个世界在那里漫步。

皮埃尔以前叫艾力·巴胡，跟那位歌手同名，但是二战前，他如今都葬在布朗西雍的父母，不得不改了他的姓和名。一个从巴黎来的女拉比，来为他做最后的告别仪式。她是法国第三位女拉比。她唱了经文，唱得很美。棺材放进皮埃尔的父母安息了几十年的家族墓穴的时候，她朗诵了纪念死者的犹太祈祷文。然后，每个人在棺材上扔了点沙子。在乡村和蓝天之后，皮埃尔的家人和朋友，通过抛撒白沙，也送了一点海滩给他。

因为召唤的不是塞德里克神甫的上帝，他葬礼的时候就留在我的厨房里。

据说什么样的人就有什么样的家。看到围在皮埃尔坟墓周围的孩子辈和孙子辈，团结一致做最后的告别，我心里想，皮埃尔应该是一个好人。

葬礼后，镇里的小节庆厅里安排了酒会。皮埃尔的家人和朋友聚在一起为他唱歌。门开着,我可以从我家听到歌声和音乐声。

那个叫黛尔菲娜的女拉比,到我家来喝咖啡。塞德里克还在。天主教堂的男人和犹太教堂的女人同时在我的厨房里,看着挺美。他们将他们的信仰、他们的笑声和他们的青春混合在一起。我想萨夏一定会很喜欢。

因为天气很好,我去花园劳动。黛尔菲娜和塞德里克坐到我的花架下,又一起说笑了两个多小时。

黛尔菲娜似乎被我美丽的植物和果树迷住了。塞德里克带她转了一圈,仿佛他是幸运的主人。仿佛是他那个就住在旁边的上帝,引发了所有这些奇迹。

我在种茄子的时候,听到了皮埃尔·乔治的家人和朋友在镇广场上唱的一首歌。他们应该是离开了节庆厅,坐到了树底下。

连黛尔菲娜和塞德里克也闭上了嘴去听。

不,我不再有兴趣疯狂寻找我爱你的回音来自吹自捧

不,我不再有心情模仿我烂熟于心的游戏让自己心碎……

你啊,如今将最美的表演送给我

你啊,美到可以遮住一切……

我却再也看不出它的任何奥妙

我怕它不是我的担心或希望

因为虽然我封闭的内心存有幻想

我却再也没有勇气去爱恋……

我面朝土地,想着他们唱这首歌,是为了我还是为了皮埃尔。

六点半左右,所有的人都坐上汽车回巴黎了。我又一次听到了我十分讨厌的声音,车门砰地关上的声音。

我的三个男人跟我一起坐在外面吃晚饭。我给他们随便做了沙拉、煎土豆和煎鸡蛋。我们吃得很幸福。几只猫也来了,来听我们缺乏连贯的对话,没什么意义,但是令人愉快。诺诺在吃晚饭的时候一直重复:"在我们紫堇家里,不舒服吗?"而我们,齐声回答他:"太舒服了。"埃尔维斯补充道:"不要现在离开我。"

他们九点半左右离开了。六月份的白天是最长的。我坐在花园里的长椅上聆听着寂静。聆听莱奥尼娜再也不会发出来的声音,除了我心中一小段爱的旋律,只有我知道调子。

我回想起坐在汽车后座上的纳唐。我们三个人星期天早上一起坐着汽车回来。于连和我昨天喝多了,干燥如木的嘴巴,仿佛从一根细树枝上削下来的新木,一株新苗,一片刚刚破土的细小的叶子,两三条根须像线一样细,轻易就拔出来了。可以连根拔除的幼稚的爱情萌芽。稍纵即逝。

啫喱在纳唐的头发里形成了白屑。有点像雪花。于连对他说,到了马赛,他回妈妈家之前,要多洗几遍头发。纳唐一边做鬼脸一边看我,让我帮他。

他们把我送到我家门口,靠马路一侧的门。他们要马上离开,但是纳唐想看看动物。弗洛朗丝和我的路过来蹭他的小腿。纳唐抚摸了它们很长时间。他对我说:

"你一共有多少只猫?"

"目前十一只。"

我说出它们的名字,仿佛是普莱维尔的诗歌。

他咯咯地笑了。我们添满猫粮,把以前的猫粮扔给鸟吃。我们给它们换了新鲜的水。这段时间里,于连去加布里耶的坟墓看他母亲的骨灰盒。

他回来的时候,纳唐求他再待一会儿。而我,我想求他的父亲再待很久。但是我什么也没有说。

他们在我的花园里吃了点心,然后离开了。我去送他们。于连上车前想吻我的嘴唇,我往后退。我不想当着纳唐的面接吻。

纳唐想坐在前面,他父亲对他说:"不,等你满十岁再说。"纳唐嘟哝了一下,然后在我的脸颊上亲了亲。"再见,紫堇。"

我极想哭。他们的车门关上的时候,比别人的声音更响。但我对他们的离开假装若无其事。仿佛我松了一口气。仿佛我有数不清的事情要做。

我在我的长椅上重温了这一切之后,回到屋里,关上两扇大门,马路一侧和墓园一侧。艾莲娜一直跟着我走进房间里,直直地躺在床脚。我打开窗户,让夜间柔和的空气进来。我涂上玫瑰面霜,打开床头柜的抽屉,又沉浸到伊莲娜的日记里。

在阅读她的日记之前,我想着她见过她的孙子几年。我思忖着她是什么样的奶奶。她是怎么迎接纳唐的出生的。我计算着他是在加布里耶去世一年后出生的。

伊莲娜与加布里耶的爱情,让我想起一个猜词游戏。我还没有找到定义他们爱情的词。

于连走进我的家的时候,他的母亲和加布里耶一起走了进来。

我们的相逢将会有怎样的结局?

76

家庭不会毁灭，它会变化。
它一部分转入无形。

1996 年 9 月

那天早上，向紫堇保证吉纳维耶芙·马尼昂不会葬在布朗西雍的墓地之后，菲利普先是朝马孔方向走，然后到了最后一刻，他一路往下，一直走到里昂，然后去布隆。他下午三四点左右到了佩尔蒂埃车行前面。他把车停得很远，免得被人看见。车行跟他记忆中的一样。白色和黄色的墙。他十三年没来过这里了，虽然隔得很远，他还是闻到了各种机油的味道。他十分喜欢的味道。

改变的，只有他透过头盔看到的展示车的款式和线条。他把头盔在头上保留了好几个小时。他等了很长时间想看到他们。

晚上七点左右，看到弗朗索瓦兹和吕克并肩坐在他们的梅赛德斯里，她握着方向盘，他在她旁边，他的心像疯狂的拳击手一样无法控制。心一直跳到了嗓子眼。菲利普回忆起他与他们度过的最美好的时光，这时他们的后车灯已经熄灭很长时间了。那些时光里，他真的感觉到自己有人爱有人疼。那些时光里，没有人对他有任何期待。远离他父母的那些时光。他没有跟上梅赛德斯。他只想看见他们，确认他们依然在这里，还活着。仅此而已，还活着。

然后他上路去夏耶之鹿，这个该死的地方住着吉纳维耶芙·马尼昂和阿兰·冯达内勒。他走夜路。他喜欢夜里骑摩托，车灯里照出灰尘和蛾子。

他停在他们家门口。一楼的一间屋子里亮着灯。尽管出了事，菲利普还是毫不犹豫地敲了门。阿兰·冯达内勒一个人在家，已经不止微醉了。两个星期以前被菲利普打肿的眼睛几乎恢复了。

"吉纳维耶芙自杀了。你今天晚上不能打炮了。"

冯达内勒看到菲利普出现在门洞里，就是这么说的。这些话让他双腿发软，一阵恶心。菲利普差点吐出来。他怎么会下贱到这种地步？

站在他面前的这个男人，是个下三滥，但他也是一路货色。跟马尼昂偷情的是他。某天晚上肆无忌惮地把她"借给"一个朋友的也是他。

菲利普想到这里一阵晕眩。他靠在门框上。那天晚上，在这个蔑视他的男人面前，菲利普明白了，马尼昂遇到践踏她的两个下流胚，他和冯达内勒，该有多么痛苦。这种痛苦，像刺骨的寒风穿透了她。他仿佛被吉纳维耶芙·马尼昂的鬼魂用长长的尖刀刺穿。他眼前一黑。

冯达内勒看到他瘫软下去，狞笑了一下，转过身去，没有关上大门。菲利普跟着他走进幽暗的过道。里面一股霉味，是油脂和灰尘混合在一起的哈喇味，仿佛这种地方从来不通新鲜的空气。从来不擦不拖的地方。菲利普想到紫堇冬天也要通风。紫堇。菲利普跟在冯达内勒身后的时候，真想把她紧紧抱在怀里。前所未有地抱紧她。像墓园的老头肯定已经做过的那样。

两个男人坐到饭厅的桌子旁。一个没有什么东西吃的饭厅,只有几十个空啤酒罐子堆在塑料桌布上。两三个空的伏特加和其他烈酒的酒瓶。仿佛恶魔主动到这个该死的家里来陪他们,他们开始默默地喝起酒来。

冯达内勒很久以后才开口,是当菲利普的目光落在两个小男孩的照片上,再也不能移开的时候。陈旧、肮脏的餐具柜角落里框起来的两张笑脸。学校拍的照,拍过集体照以后,让同一个家庭的孩子单独拍,给父母留下另外的回忆。

"孩子在吉纳维耶芙妹妹家。跟着她比跟着我好多了。我从来都不是一个好父亲……你呢?"

"……"

"那些小孩的死,你的小孩,吉纳维耶芙,她没有过错……我想说的是,她没有故意做什么。我只有故事的结尾,她来叫醒我的时候,我正在打盹,我以为我做了一个噩梦。她摇我,像个疯婆娘。她一边哭哭啼啼,一边结结巴巴,我根本听不懂她叽里咕噜说什么……她跟我说到你,跟我说你女儿在那里,她在马尔格朗日做替工,命运,像坏人一样凶恶……她跟我说到她母亲,我以为她喝酒了。她拉着我的胳膊叫:'来!快来!太可怕了……太可怕了。'吉纳维耶芙,她从来没有说过这样的话。等我到了楼下的房间里,已经没有救了……"

冯达内勒一口气喝光了一罐啤酒,又喝光了一杯伏特加。他深深地吸了一口气,然后盯着塑料桌布上的一条裂口,用指甲刮着,一字一句吐了出来:

"那个头儿,阔克维耶叶,给我很少的钱,让我做维护工作。电力、水管、油漆、绿化……绿化,我操你妈的绿化。就是草和石子。吉纳维耶芙,她一个夏天负责买菜和做饭。那个头儿,孩子们来的时候加点钱,让我们俩睡在那里……多一份现场看护的工作。那天晚上,吉纳维耶芙不应该上班。但是小家伙们去睡觉以后，吕茜·兰冬叫吉纳维耶芙顶替她两个小时，去看管一楼的房间。兰冬想到楼上乐特里耶的房间去抽大麻烟卷。吉纳维耶芙没敢说不……那个兰冬一直帮她的忙。但是吉纳维耶芙，没有留在城堡。她溜走了。她扔下那些小女孩没人照看，去她妹妹家了，去看我们的孩子，因为小的那个病了，她不放心。夏天，她得扔下自己的孩子，而别人的孩子去海滩度假，这让她发疯……她因为这个骂我：'你就是个废物，都没有本事带我们去海滩……'"

冯达内勒吹着口哨去小便了："糟糕的生活。"回到餐厅的时候，他坐到了桌子另一边的另一个座位上。仿佛他不在的时候，他的座位被别人坐了。

"吉纳维耶芙顶多走了一个小时。她回来后，推开一号房间的门，头马上就晕了，她跌倒在地上……下午的时候，她就有点晕。她以为自己生病了……她被我们孩子的病毒感染了。她好不容易站起来……她打开窗户深吸一口气……这救了她。五分钟以后，她觉得有点不对劲……小孩子睡得太沉了。吉纳维耶芙马上就明白了……一氧化碳，没有味道的气体……每个房间里有一个老掉牙的单独热水器……一个已经不能用的老家伙，谁也不许碰……但是，有人碰了。吉纳维耶芙马上发现了，因为这些该死的东西藏在一个假的柜子里，这个柜子被打开了……柜子的门在空中摇晃。"

阿兰·冯达内勒用桌上的一只打火机打开另一罐啤酒，接着往下说：

"我们都知道城堡里的设施是堆破烂……简直就是一颗定时炸弹。我无能为力。太迟了。窒息而死……一氧化碳中毒。四个一起。"

冯达内勒不再说话。他的声音里第一次流露出激动。他闭上眼睛点燃一支烟。

"我马上关掉热水器。我甚至找到了用来点热水器的火柴。吉纳维耶芙,她从来都不知道撒谎……你操她,我是知道的。她那双痴心女的眼睛。真是个疯子。她香水喷得发臭,在脸上涂什么东西,穿的鞋磨伤了她的爪子……那天晚上,我在她的眼睛里看得出,这件事不是她干的,跟她一点关系都没有。我看到她害怕。她臭得要死……还有,要开这种老家伙,必须懂才行。她没有这个本事……明令禁止碰城堡里的旧热水器。所有的工作人员都是知道的。跟我们说了又说的。没有写在规定里面,否则头儿直接去坐牢了,但是我们,我们是知道的……她应该叫人把它们拆下来……阔克维耶叶,让家长掏钱的时候她是在的,但是要花钱买新的东西,就找不到人了。唯一的新热水器,在公共澡堂里。"

有人敲门,冯达内勒没有去开。他只是低声地抱怨了一声"他妈的邻居",又在他用于厨房的杯子里倒了酒。冯达内勒讲述的时候,菲利普没有动。他满杯满杯地喝伏特加,以规则的间隔,燃烧痛苦,淹没悲伤。

"吉纳维耶芙慌了。她说她不想去坐牢。要是有人知道她去看自己的孩子,她会替所有的人顶罪。她求我帮助她。起初我说不。'再说你要我怎么帮你呢?'我说,'我们说实话,这是个意外……会找到做这件事的疯子的。'她疯了,她的脸变了形……她骂我,威胁我。她说她会告诉那帮警察,我偷看辅导员……她看见我在脏衣服里面偷她们的短裤……她有证据。我狠狠地打了她一个耳光,让她闭嘴……然后我想起我在部队里的时候,有一天晚上,一个小兵把一锅吃的忘在没有关好的煤气上,烧掉了一部分兵营……就这样我有了主意……一把火,什么都消失了。都烧掉了,谁也不会去坐牢……尤其是小孩子们自己做了蠢事,把牛奶锅忘在了火上。"

这一刻,菲利普很想让冯达内勒闭嘴。但是他张不开嘴,一个字也说不出来。他很想站起来,马上离开,逃走,捂住耳朵。但是他僵住了,瘫痪了,使不上劲。仿佛两只冰凉的手把他牢牢地按在椅子上。

"是我在厨房里放的火……吉纳维耶芙把碗放在了孩子们的房间里……我把她们的房门半开着,在走廊尽头等。吉纳维耶芙回到我们楼上的房间里……从那天晚上起,她一直不停地哭……她也害怕……她说你和你老婆,你们一定会来杀了她……"

菲利普浑身抖了几下。仿佛无形的电极让他触了电。

"火苗进入房间后,我跑到楼上,狠狠地踢了乐特里耶的门几脚……我跟吉纳维耶芙躲在我们的房间里。兰冬醒了,她去了一楼,看见火尖叫起来,我假装刚从床上起来,不知道发生了什么……乐特里耶想进房间,但是太迟了……火势已经太旺了。我们疏散了所有的人……等消防员到的时候,一切都消失了……好像地狱,但是比地狱更糟糕……兰冬一直都没敢问吉纳维耶芙那天晚上她在哪儿,小孩为什么又怎么起床去厨房而没有被人发现,因为这一切,说到底,是她的错。我们也一直都不知道是谁开了热水器……也不知道为什么……什么时候……我当然看了其他的房间,没有人碰热水器……我一直都没有说。"

菲利普晕过去了。他重新睁开眼睛的时候,头昏脑胀,嘴里干燥,肚子里火烧火燎。

阿兰·冯达内勒依然坐在原来的位置上,目光空洞,眼睛充血,手里拿着厨房里的杯子。他没有抽还夹在手指间的香烟,烟灰落在塑料桌布上。

"别这样看着我,我肯定不是吉纳维耶芙干的。别这样看着我,我跟你说,我是一个坏人……大家躲着我,碰到我的时候,换一条人行道走,但是我从来没有碰过孩子的一根头发。"

*

吉纳维耶芙·马尼昂于1996年9月3日下葬。不知道是命运的嘲弄，还是不幸的偶然，那天莱奥尼娜本该庆祝她十岁的生日。

她被葬在离她家三百米远的夏耶之鹿的小墓地的时候，菲利普已经坐着火车回到了东部。

1996年到1997年的冬天，他没有去那个地址，让他的摩托车在车库里沉睡。

他父母一月份来接过他一次，要带他去布朗西雍的墓园，到莱奥尼娜的坟墓上去凭吊，他拒绝上他们的车。像一个固执的孩子。就像他不顾母亲的斥责，去吕克和弗朗索瓦兹家度假那样。

他花了六个月的时间玩任天堂，在那些需要他拯救公主的游戏前玩得昏头昏脑。他救了她成百上千次，却没能救活自己的公主，真正的公主。

一天早上，在日常的早餐热面包片和午餐之间，紫堇告诉菲利普，沙隆河畔布朗西雍镇的墓园看守人的位置空出来了，她一心想要这个职位。她向他描述了幸福的前景。她把职位描绘得好像是到阳光下度五星级的假期。

他看着她，好像她失去了理智。不是因为她提的建议，而是因为他明白，她给了他继续共同生活的机会。起初，出于本能，他说不，因为他以为这是为了接近看守墓园的老头，但是这个想法站不住脚。如果她想接近他，就会离开菲利普，住到他家去。他明白了她想继续下去，他是她的计划、她的未来的一部分。

成为墓园看守人的想法让他恐惧。但是比起马尔格朗日，他也不会多做什么。紫堇会料理好一切。再说，他又能做什么呢？他昨天去职业介绍所赴约，人家告诉他把他的简历更新一下。更新什么呢？除了修修摩托车，勾引轻浮的女人，他什么都不会。人家建议他去参加机械方面的培训，到修车行或卖车行工作，他外表不错，可以改行做销售。想到他做销售，在汽车销售和相关保养合同上拿佣金的样子，他觉得恶心。从来不响的闹钟要响了，要遵守时间，正装领带，一周工作三十九小时，还不如去死。没法想象的噩梦。他从来没有过工作的欲望，除了十九岁的时候，去吕克和弗朗索瓦兹的车行工作。

接受这份收尸人的工作，工资每个月会发下来，他不会碰的工资。紫堇用自己那一份买东西，吃的、用的。他把妻子留在自己的床上，保住自己的烤面包片，干净的床单和餐具，他只要把他的习惯，把他最喜欢的酸奶牌子搬一下家。继续他永远的少年生活。紫堇说过，她会在他们家窗户上挂上窗帘，他就不会看到葬礼了。他把他的任天堂装在一个房间里，关上门，拯救一个又一个公主，避免被某个掘墓人或者寻找某座坟墓的迷路的扫墓人打扰。

而且，这也是找出哪个王八蛋1993年7月13至14日夜间在德佩圣母院城堡里点燃热水器的机会。他会到现场问问题，打断几颗牙齿，让沉默的人开口。他会悄悄地去做，这样谁也不会来收回或者分享他拿到的保险费，莱奥尼娜意外身亡支付的损失赔偿。

这个母亲教他的把什么都存起来的怪癖，让他感到厌恶，但是他控制不住。遗传的毛病。一个病毒，一个致命的细菌。这种小气，就像天生的畸形。一个他没法抵抗的讨厌的遗传。存钱去哪儿呢？干什么用呢？他完全不知道。

他们1997年8月搬了家。他们只用了一辆刚好二十立方米的小货车，没有多少东西。

墓园的老头已经不在了。他在桌上留了言。菲利普假装没有发现紫堇十分熟悉房子的每一个角落。她一到就消失在花园里。她喊他，叫他去看："来，快来。"菲利普很多年没有在她的声音里听到这种笑意了。当他看到她蹲在菜园尽头，摘下像少女的脸颊一样红的大西红柿咬上一口的时候，想到莱奥尼娜出生那天，产院里的她眼睛里闪烁着光芒。她对他说："来尝尝。"他先是退缩了一下。然后他看到花园高高在上，墓园的脏水不会流过来。但是，他勉强对她笑了笑，强迫自己咬了一口她递过来的西红柿。汁水在他手上流淌，紫堇抓住他的手，舔着他的手指。那一刻，他明白了他一直都爱着她，但是太迟了。时光不可能倒流。

他从货车上取出他的摩托车，对紫堇说："我去转转。"

77

情愿哭你,而不是从未认识你。

亲爱的紫堇:
　　你丈夫已经两个月不允许你再来了。我很想你。哎,你什么时候再来啊?
　　今天早上,我听了芭芭拉的歌,她的声音与秋天,与潮湿的泥土的味道真是绝配,不是那种正在滋润根部生长的湿土,而是根部为了更好地再生而缓缓睡去、准备在冬天汲取力量的湿土。秋天是孕育生命的摇篮。树叶变了颜色,好像时装秀,是芭芭拉嗓音里面的音调。我,我觉得芭芭拉很有趣。用心去听,可以听得出,在她眼里,再严重的东西也不严重。我差一点爱上她,假如她是男人就更有可能了。没办法,我没有水手妻子的美德。
　　今年入秋天气比较温暖,还没有霜冻,我刚刚摘下最后的西红柿、青椒和西葫芦。万圣节快到了,仿佛一道无形的屏障:万圣节一过,就没有夏天的蔬菜了。我的生菜还是那么漂亮,一个月之后,就只剩下包心生菜了。包菜长出来了。我已经在霜冻之前把几块地翻过了,盖上了粪肥,就是我们八月份一起挖土豆拔洋葱的那些地方。我的农民朋友给了我五百公斤的粪，我放在木屋旁边，用塑料布盖住了。我盖塑料布是因为如果下雨，最好的肥力就会流到水里去，只剩下稻草。有点臭，但是还可以（总比那该死的化学肥料好）。我不想让我同一楼层的邻居们觉得不舒服。对了，我们三天前埋葬了——在睡眠中死去的——爱德华·夏泽尔（1910—1996）。有时候我问自己，人在夜里会看到什么，以至于会产生死亡的愿望。

我听说了吉纳维耶芙·马尼昂的事，一个悲伤的结局。我想应该忘记，紫堇。我想应该继续生活，不再寻找怎么、为什么、谁。过去的肥力比不上我堆在地上的粪。它更像生石灰，这烧根的毒药。是的，紫堇，过去是现在的毒药。沉湎过去，等于死掉了一部分。

上个月，我开始修剪年数已久的玫瑰。天气太好，没有蘑菇。往年，夏天结束的时候，如果能来两三场雨量多的暴风雨，七天之后，鸡油菌就出现了。昨天我去了树林里那个我平常能捡一大堆鸡油菌的秘密角落，我像巴黎人一样几乎空手而归。篮子里只有三个鸡油菌在嘲笑我。像一窝生的蛆虫。我还是把它们煎到鸡蛋饼里吃了。算它们活该！上个星期，我见了镇长，跟他说到你，向他强烈推荐了你。他想见你，不反对你接替我。我告诉他你不是一个人，你有丈夫。他一开始皱了皱眉头，因为这要多一份工资，但是因为以前有四个挖墓的，现在只有三个人，你们夫妻应该不会超出预算。所以，如果我是你，我不会拖延。赶在某某人去求他之前——总有一个侄子、一个表妹、一个邻居，寻求公务员的职位。我同意，不会有很多人想去看守墓园，但不管怎么样，谨慎为妙！我绝不能把我的猫和我的花园留给你以外的人。

你来吧，让我安排你跟镇长见一面。平常应该提防当官的，但是他，还算是个好人。如果他答应了，你不需要签聘用承诺书。所以要立即找一个随便什么借口，尽快来这里。我有没有跟你说过谎言的美德？如果我忘了，你在手帕上打个结。

温柔地拥抱你，亲爱的紫堇。

萨夏

1996 年 10 月 22 日

"菲利普，我得去马赛！"

"可是这又不是八月份。"

"我不去海滨小屋。赛丽亚需要我去几天，在她家。顶多三四天……如果没有并发症。不算路上的时间。"

"为什么？"

"她住院，没有人照顾艾米。"

"什么时候去？"

"马上去，急诊。"

"马上？！"

"是的，我说了是急诊。"

"她什么病？"

"阑尾炎。"

"她这个年纪？"

"阑尾炎不分年纪……斯蒂芬妮会送我去南锡，我坐火车。我到之前，艾米待在一个邻居家……赛丽亚求我，她只有我，我必须去，马上去。我在电话旁边的一张纸上给你留了火车的所有时刻。我买了吃的，你只需要把你的炖肉或者奶酪焗菜放到微波炉里热一下，冰冻柜里有两个你喜欢的比萨饼，我在冰箱里塞满了酸奶和直接可以吃的沙拉。中午，斯蒂芬妮会给你送新鲜的长棍面包。我像平常一样在刀叉下面的抽屉里放了几包饼干。我走了,过几天见。我到赛丽亚家以后给你打电话。"

*

在二十五分钟左右的路程上,我没跟斯蒂芬妮说几句话,我对她撒了谎。我用了跟菲利普·万圣同样的故事。赛丽亚得了阑尾炎,我得马上去接她的孙女艾米。斯蒂芬妮不会撒谎。如果我跟她说真话,她不小心就说出来了。她遇到菲利普·万圣的时候会脸红,含含糊糊说不清楚。

斯蒂芬妮让人在收银台接替她一个小时,好送我去南锡。我们在车里没有说什么话。她好像跟我说了一个新的有机饼干的牌子。有机产品出现在卡西诺超市的柜台上几个月了,被斯蒂芬妮说得很神圣。我没在听她说。我在脑子里重温着萨夏的信。我已经在他的花园、他的房子、他的厨房里了。我急不可耐。看着熊猫车后视镜上挂着的白老虎,我已经在找恰当的词、恰当的理由了,让菲利普·万圣同意搬家,接受这份看守墓园的工作。

我先坐了开往里昂的火车,再坐了开往马孔的火车,然后是经过城堡的大巴。车开到城堡位置的时候我闭上了眼睛。

我傍晚时分推开了我未来的家门。天几乎黑了,出奇地冷。我的嘴唇裂开了。屋里很暖和,萨夏点了蜡烛,总有这股沁人心脾的味道,他的布手帕浸透着"浪漫主义之歌"香水。他看见我的时候,只是微笑着说:

"我感谢谎言的美德!"

他正在削蔬菜的皮。他微微颤抖的手握着一把削皮刀,像握着一块宝石一样。

我们吃了绝对美味的蔬菜浓汤。我们谈了花园、蘑菇、歌曲与书籍。我问他,如果我们住这儿他会去哪儿。他回答我说,他已经都安排好了。他要去旅行，想停哪儿就停哪儿。他的退休工资跟他一样单薄，但是他吃得不多，够用了。他可以徒步，坐二等车，搭便车。他唯一想体验的，就是这样去闲逛。他想让自己感受未知的事物。到朋友那儿去住住。他朋友不多，但都是真正的朋友。去看他们也是他计划的一部分。照顾他们的花园。如果他们没有花园，就帮他们造一个花园。

印度是萨夏的目的地。他最好的朋友萨尼，是萨夏小时候遇到的一个印度人。萨尼是外交官的儿子，从七十年代起就生活在喀拉拉邦。萨夏去看了他很多回，有一回是跟妻子维丽娜一起去的。萨尼是他们的孩子爱弥儿和妮侬的干爹。萨夏想在那儿结束他的人生。萨夏从来不说"结束我的人生"，而是说"走向死亡"。

至于甜点，他拿出昨天准备的，放在各种各样的酸奶玻璃罐里的奶香米布丁。我用勺子挖最下面的焦糖。看着我做这个动作，萨夏的声音变了：

"失去我的亲人，我也卸掉了一个重负。这种我死后他们就孤零零的、被我抛弃的担忧。这种想着他们会冷、会饿而我却不能再拥抱他们、保护他们、支持他们的恐惧。我死的时候，不会有人哭我。我之后不会有悲伤。我可以轻松地走，没有了他们生活的重负。只有自私的人才为他们自己的死害怕。其他人，为被他们留下的人害怕。"

"可我，我会哭您，萨夏。"

"你不会像我妻子和两个孩子那样哭我，你哭的是朋友。你永远不会像哭莱奥尼娜那样再去哭别人。你是知道的。"

他去烧泡茶的开水。他说很高兴我来。他退休后要去看的真正的朋友，我也是其中一个。他补充说："等你丈夫不在的时候。"

他放了音乐，是肖邦的奏鸣曲。他跟我谈了活人和死人。

一些常来的人。一些寡妇。最难受的，是孩子的葬礼。但是谁也不会被强迫去做什么。墓园工作人员和殡葬服务公司真的很团结。可以找人代替。如果他们中的某个人觉得不能承受悲伤的葬礼，那么一个挖墓的可以代替一个抬棺材的，一个抬棺材的可以代替一个做大理石墓碑的，一个做大理石墓碑的可以代替殡葬服务公司负责葬礼仪式的，他又可以代替看守墓园的。只有一个人不能被代替，就是神甫。

我会看到和听到各种各样的东西。暴力和仇恨，解脱和悲苦，怨恨和悔恨，悲伤和欢乐，后悔。几公顷的地方聚集了不同阶层、不同出身、不同宗教的人。

平时有两件事情要注意：不要把扫墓人关在里面——有些人刚失去亲人，完全没有了时间概念——并当心小偷——偶尔来一趟的人常常会拿旁边坟墓上的鲜花，甚至铭牌（"献给我的祖母""献给我的舅舅"或者"献给我的朋友"适用于各种家庭）。

我看到的老年人会比年轻人多。年轻人，到很远的地方去学习、工作。年轻人，不怎么来墓园了。如果他们来，不是什么好兆头，是为了来看一个朋友。

第二天就是11月1日，一年中最忙的一天。到时候看吧，我得为那些没有习惯来墓园的人指路。萨夏把墓园所有的图存放的地方指给我看了，写着最近六个月去世的人的名字的硬纸卡片，放在房子外面墓园一侧的一个办公间兼储藏室里。他对我补充说，其他人，以前去世的那些人，档案在镇政府里。

我想到莱奥尼娜已经被归入档案。那么年轻，已经归档了。

这些对应每座坟墓的卡片上写着名字、死亡日期，以及坟墓位置。

开棺取出遗骸的时候，这种情况不多，我要注意不能损坏旁边的坟墓。三个挖墓人中的一个，特别笨拙。

有些扫墓人有特别许可，可以开汽车进来。我很快就能认出他们来，听听汽车的发动机就能认出来，大部分人是老年人，把他们的雪铁龙的离合器踩得吱吱地响。

其他的东西，我慢慢会发现的。每天都不相同。我可以写成一本小说，或者等我哪天读完已经看过无数次的《苹果酒屋的规则》，写一本活人和死人的回忆录。

萨夏在一个空白的本子，学生的那种作业本上列了第一个单子。他写了生活在墓园里的猫的名字，它们的特征，它们吃什么，它们的习惯。他用毛衣和毯子在卫矛区最里面靠左的地方做了一个简易猫窝。没有人去那里凭吊，没有足迹的十个平方，挖墓人帮着他在那里搭了一个庇护所，一个干燥温暖的过冬的地方。他写了图尔尼兽医的联系方式，父子俩可以直接来打疫苗、做绝育手术、看病，打对折。墓园里也会有狗，睡在它们主人的坟墓上，我得照顾它们。

在另一页上，他写了挖墓人的名字、绰号、习惯和权限。还有鲁奇尼兄弟的名字，他们的地址和职务。最后，还有镇政府负责死亡开证明的人的名字。他最后写道："这里已经埋葬了两百五十年的人，还没有结束。"

本子的其他地方，他花了两天时间才填满。涉及花园、蔬菜、花卉、果树、季节、种植。

第二天，万圣节那天，一层薄薄的霜落在了花园的地面。打开墓园的铁栏门之前，我连夜帮萨夏收夏天最后的蔬菜。萨夏跟我说起吉纳维耶芙·马尼昂的时候，我们俩正拿着电筒，裹着大衣，待在冰冻的小径上。他问我得知她自杀的时候是什么感受。

"我一直认为孩子们没有烧掉厨房。应该是谁没有把烟头完全熄灭，或者类似这样的情况。我觉得吉纳维耶芙·马尼昂知道真相，她受不了了。"

"你想知道吗？"

"莱奥尼娜死后，知道真相的愿望，让我撑了下来。现在，对她，对我，重要的，是让花长好。"

我们听到第一批来扫墓的人在墓园前停车。萨夏去给他们开铁栏门。我陪他去。萨夏对我说："你瞧啊，你要适应开门和关门时间。事实上，要适应别人的悲伤。你不会忍心让早来的人等，晚上也一样。有时候，你不忍心叫他们离开。"

我一整天都在观察扫墓的人，他们手里拿着菊花，在小径上穿行。我去看那些猫，它们过来蹭我。我抚摸它们。它们让我觉得愉快。昨天晚上，萨夏跟我解释过，很多上坟的人移情于墓园的动物。他们认为死去的亲人会通过它们显灵。

下午五点左右，我走向莱奥尼娜，不是她本人，而是写在坟墓上的她的名字。我看到万圣父母正在放黄色的菊花，浑身的血都凝固了。悲剧之后我就没有再见过他们。他们每年两次来接他们的儿子，把车停在门口的时候，我不会通过窗户去看他们。我只是听到他们汽车发动机的声音，菲利普对我喊："我走了！"他们老了。他的腰弯了。她腰板一直挺得很直，但是人缩小了。时间把他们压矮了。

不能让他们看见我，他们会马上通知菲利普·万圣，而他以为我在马赛。我像小偷一样躲起来，观察着他们。仿佛我做了坏事。

萨夏来到我身后，我惊跳起来。他抓住我的胳膊，没有问我问题，对我说："来，我们回家。"

晚上，我跟他讲了去莱奥尼娜坟墓的万圣父母。我向他描述了母亲的恶毒。她第一次看到我的时候，对我视而不见，投给我的是蔑视。凶手是他们，是他们把我女儿送到不幸的城堡去的。是他们策划了她的死亡。我告诉萨夏，来布朗西雍生活，在这个墓园工作不是一个好主意。每年两次在小径上碰到我的公婆，看着他们为了消除罪恶感放几盆花，我受不了。今天，他们把我带回悲伤里。我生命中的每分每秒都在想念莱奥尼娜，但是现在已经不同了。我对她的消失进行了转化：她在别处，但是离我越来越近。今天，看到万圣父母，我感到她又与我疏远了。

萨夏回答我说，他们知道我和丈夫住在这里的那一天，会回避我，再也不来了。待在这里，是永远不再见到他们的最佳方式。永远地让他们离开。

第二天早上，我见了镇长。我一只脚刚跨进他的办公室，他就对我说，菲利普·万圣和我将从1997年8月起被雇用为守墓人。我们每人领一份国家最低工资，配一套房子，我们的水电费和垃圾税由镇政府承担。我有没有别的问题？

"没有。"

我看到萨夏笑了。

镇长在让我们离开之前，请我们喝香草味的袋泡茶，吃发硬的饼干，他像孩子一样把饼干泡着吃。萨夏虽然讨厌袋泡茶，但是没敢拒绝。"透水的塑料袋上挂着一根庸俗的线，是我们文明的耻辱，紫堇，他们居然敢把这称作'进步'。"镇长在两块饼干的间隙中查看着他的日历对我说：

"萨夏肯定告诉过您了，您会看到稀奇古怪的事情。二十多年前，我们的墓园里有老鼠，很多老鼠。我们请了人来灭老鼠，他在坟墓四处放了砒霜，但是老鼠依然很猖狂，谁也不敢再去墓园。简直就是加缪的《鼠疫》里的样子。灭老鼠的人增加了毒药的剂量，但还是没有用。第三次，他放了同样的诱饵，但是他没有离开，而是藏了起来，想弄明白，看看老鼠的反应。哎，您大概不会相信我，一个小老太婆，带着一个簸箕和一个小扫把来了，她拿走了所有的砒霜粉末。她已经偷偷地倒卖了好几个月！第二天，报纸上就登了出来：《沙隆河畔布朗西雍镇墓园非法买卖砒霜》！"

78

你不知道的东西太多了,可以推倒
大山的信仰、你心中纯洁的源泉,
你入睡前想一想吧,爱比死亡更强大。

"每一座坟墓都是一只垃圾桶。葬在这里的,是残余的东西,灵魂已经去了别处。"

达黎欧伯爵夫人念叨过这几句话之后,一口喝下她的烧酒。奥黛特·马洛瓦(1941—2017),她深爱的人的妻子刚刚下葬。她坐在我厨房的桌子旁,激动的情绪平息下来。

伯爵夫人远远地观看了葬礼。奥黛特的孩子们知道她曾经是他们父亲的情妇,他们母亲的情敌,他们对她有敌意。

从今往后,伯爵夫人可以把向日葵花放在她情夫的坟墓上,我不会在垃圾桶里看到它们被扯掉了花瓣。

"就好比我失去了一个老朋友……其实我们憎恨对方。不过,说到底,老朋友也总是有点互相讨厌的。再说,我很嫉妒,她第一个去会我的情人了。这个臭女人,一辈子都争先。"

"您还会给他们的坟墓送花吗?"

"不,她现在跟他一起在下面,不会了。要不我就太不知趣了。"

"您是怎么遇到您深爱的人的?"

"他为我丈夫工作。他负责他的几个马厩。他长得很帅,您没见过他的脖子。他的肌肉，他的身材，他的嘴巴，他的眼睛！现在还让我心动不已。我们做了二十五年的情人。"

"你们为什么没有离开各自的配偶？"

"奥黛特用死来威胁他：'你要是离开我，我就自杀。'还有，说真心话，紫堇，这也帮了我的忙。我二十四小时跟深爱的人在一起能干什么呢？工作量太大了！我除了看书和弹钢琴，从来不知道能用十根手指干什么，他很快就会厌烦我的。而那样呢，我们想的时候就在一起玩玩，我精心打扮自己，涂脂抹粉，喷喷香水，穿着入时。我的手指头从来没有做饭或者凝乳的臭味，这个，相信我，男人都喜欢。应该承认那是很舒服的。跟着我丈夫周游世界，出入豪华酒店，到游泳池、到南方的海里游游泳。我回来的时候皮肤晒得黑黑的，又空闲又精神，我又跟我深爱的人在一起，更加狂热地爱着对方。我觉得自己就是查泰莱夫人。当然我让他以为比我大二十岁的伯爵已经不再碰我了，我们分房睡。他呢，让我以为奥黛特对性方面的东西不感兴趣。我们出于爱情互相撒谎，避免伤害自己。我每次听到《老情人之歌》，都会掉一滴眼泪……说到眼泪，我很想再喝一口您的烧酒，紫堇。今天，我太需要它了……我每次遇到奥黛特，她都会蔑视地打量我，我喜欢这样……我呢，我故意对她微笑。我丈夫和情人都去世了，前后相隔一个月。两个人都是心脏病发作。太可怕了。我一下子什么都没有了。地和水。火和冰。仿佛上帝和奥黛特联合起来要毁了我。不过，我有过美好的岁月，我从来不抱怨……现在，我最后的愿望，是火化，把我的骨灰撒到海里。"

"您不想葬在伯爵身边？"

"永远待在我丈夫身边？！绝不可能！我怕无聊死！"

"但是您刚才对我说，葬在这里的，是残余的东西。"

"就是我的残余在伯爵身边也会无聊。他让我沮丧。"

诺诺和加斯东进来泡咖啡。他们看到我哈哈大笑好像很吃惊。诺诺脸红了。他喜欢伯爵夫人。他每次看到她，脸就像小学生一样红了。

塞德里克神甫几分钟后到了，他吻了她的手。

"说说看，神甫，怎么样啊？"

"就是一个葬礼，伯爵夫人。"

"她的孩子给她放音乐了吗？"

"没有。"

"噢，这些笨蛋，奥黛特很喜欢胡里奥·伊格莱西亚斯。"

"您怎么知道的？"

"一个女人对她的情敌无所不知。她的习惯，她的香水，她的品位。一个男人出现在他情妇家里的时候，应该觉得自己在度假，不是在自己家里。"

"这些可不太道德啊。"

"神甫，总要有人犯错，否则您的忏悔室就空了。罪过是您的生意资本。如果大家都没有要自责的东西，您教堂的椅子上就没有人了。"

伯爵夫人的目光搜寻着诺诺。

"诺尔贝尔，请问，您可愿意送我？"

诺诺局促不安，脸更红了。

"当然了，伯爵夫人。"

诺诺和伯爵夫人刚刚跨出我的大门，加斯东就打碎了他的杯子。我弯下腰，用我的簸箕和小扫把收拾碎瓷片的时候，加斯东在我耳边悄悄说："我在想，诺诺会不会睡伯爵夫人。"

79

在连接天与地的时间里,
藏着最美丽的神秘。

伊莲娜·法约尔的日记

1993 年 5 月 29 日

  保尔病了。我们的家庭医生说,他的症状是肝、胃,或者胰腺的并发症。保尔很痛苦,却不治疗。奇怪的是,他没有去做化验,征求医疗专家的意见,相反,一个星期内他见了三个算命的,算出他可以活得很长、很好。保尔对通灵者,或者类似的东西,向来没有过半点兴趣。他让我想到那些不相信神的人,在他们的船要沉的时候,开始跟上帝对话,我觉得他是因为我生病的。我为了去旅店的房间找加布里耶而撒的谎,终于伤害到了他。

  里昂、阿维尼翁、夏斗湖、亚眠、埃皮纳勒。一年来,加布里耶和我睡遍各地的床,就像别人去遍各个国家。

  为了让保尔去保利-卡尔梅特研究所做扫描,我帮他约了两次,他都没有去。每天晚上我跟他说必须赶紧接受治疗的时候,他对我微笑,回答我说:"别担心,不会有问题的。"

  我看着他痛苦,看着他消瘦。夜里,睡眠中,疼痛让他呻吟。

我很绝望。他想干吗?他是疯了还是想死?

我不能强迫他上我的车,带他去医院。我什么都试过了,微笑、眼泪、发火,好像什么都不能触动他。他让自己死去,他丧失了意志。

我求他跟我说话,跟我解释他为什么要这样做。为什么要放弃。他去睡觉了。

我不知所措。

1993年6月7日

今天早上,加布里耶打电话到玫瑰园来,他的声音很欢乐,他一个星期都在艾克斯辩护,他想见我,跟我度过所有的夜晚。他对我说,他只想着我。

我回答他说这不可能。我不能留下保尔一个人。

加布里耶啪地挂了电话。

我拿起柜台上的雪花玻璃球,吼叫着用尽全力把它砸碎在墙上。

都不是真的雪花,只不过是塑料泡沫。都不是真正的爱情,只不过是在旅店里过夜。

我们都疯了。

1993年9月3日

我给保尔的茶下了毒。我在里面放了药性很大的镇静剂,让他失去知觉,我可以叫医疗急救。

他们看到保尔直挺挺地躺在客厅中间,把他送到急诊去了,他可以在那里接受检查。

保尔得了癌症。

他因为病和药物变得十分虚弱,我不得不骗他说,医生决定让他无限期地住院。

保尔的毒理检查显示,他吞服了大剂量的镇静剂。他骗医生是他自己服下去的,他不想再忍受痛苦了。他这样说,是为了避免我受到追究。

我向保尔解释我的举动:我别无选择,这是我找到的让他住进医院的唯一办法。他回答我说,我这么爱他,让他吃惊。他以为我不爱他了。

我偶尔想跟加布里耶一起消失。不过只是偶尔而已。

1993年12月6日

我打电话给加布里耶,告诉他手术、化疗的事情。告诉他最近不会再见面了。

他回答说:"我理解",然后他挂了电话。

1994年4月20日

今天早上,一个漂亮的孕妇进了玫瑰园。她想买一些老品种的玫瑰,以及一些芍药,在她孩子出生那天种下。我们随便聊天。特别聊到了她的花园、她的房子,房子西南朝向,最适合种植玫瑰和芍药。她说她怀的是女儿,真的很美好,我回答说我有一个儿子,也很美好。她为此笑了。

我很少让别人笑。除了加布里耶。还有我儿子小的时候。

付钱的时候,女顾客开了张支票,把她的身份证递给我,对我说:

"对不起,这是我丈夫的身份证。但是姓和地址是一样的。"

我在支票上看到她叫卡琳娜·谨慎,她住在马孔市孔塔米纳路19号。然后我发现身份证上的名字是加布里耶。

他的照片，他的出生日期，他的出生地点，统一的地址，马孔市孔塔米纳路19号，他的指纹。我过了几秒钟才明白过来。才把他们联系起来。我感到自己的脸红了，脸颊滚烫。加布里耶的妻子没有低头，盯着我看，然后从我手里取回了身份证，塞进她外套的内袋里，贴着她的心脏，就在未来婴儿的上方。

她带着放在一只纸箱子里的植物离开了。

1995年10月22日

保尔进入缓解期。我们和于连一起去庆祝。我儿子住在学校附近的公寓里。我现在一个人。我像他出生前一样孤独。孩子填满我们的生活，然后留下一个巨大的空白，无边无际。

1996年4月27日

我三年没有加布里耶的消息了。每次我生日的时候，以为他会出现。以为，相信，还是希望？

我想他。

我想象着他和妻子、女儿、芍药、玫瑰在他的花园里。我想象着他无聊至极，他这个只喜欢烟雾缭绕的餐馆、法庭、没有希望的案子的人。

80

像从前一样跟我说话
不要改变口气
不要表现出庄严或悲戚
继续为让我们一起笑的东西笑下去。

1997 年 9 月

菲利普在沙隆河畔布朗西雍住了四个星期了。每天早上，他一睁开眼睛，沉寂就让他沮丧。在马尔格朗日的时候，车来车往，紫堇放下栏杆、铃声响起的时候，小汽车、卡车在他们家门口经过、停下，还有火车疾驰而过的声音。在这里，在这个死气沉沉的农村，死人的沉寂让他恐惧。连来扫墓的人都轻手轻脚。只有教堂每个准点敲响的钟，用凄凉的音色提醒他，时间在流逝，但没有丝毫动静。

他来了四个星期，已经厌恶了这个地方。坟墓、房子、花园、地区。连挖墓人也是。他们的卡车开过铁栏门的时候，菲利普躲着他们。他远远地跟他们打招呼。他不想跟这三个痴呆成为朋友。一个没脑子的给自己取名叫埃尔维斯·普雷斯利，另一个一天到晚乐呵呵的，把受伤的猫和其他各种各样的小动物捡回来照顾，第三个一开溜就跌倒，简直就是直接从疯人院出来的。

菲利普一直都警惕关心动物的男人。在一团毛面前心软，是女人的玩意儿。菲利普知道紫堇梦想着能有猫和狗，但是他拒绝了。他让她以为他对猫狗过敏。事实上，他害怕猫狗，觉得很脏。动物让他觉得恶心。问题是，墓园里到处都是猫，因为紫堇和其中两个痴呆给它们喂食。

他们搬进来之后，葬礼第一次被安排在了下午三点。他一早就出去转了。平常他中午回家，但是他怕遇上沉浸在哀伤中的家属和棺材。他在乡下随便乱开，吃饭的时候到了马孔。

他停在红灯前，看到孩子们从一所小学出来。他差点在一群小女孩中间以为看到了莱奥尼娜。一样的头发，一样的发型，一样的形态，一样的步伐，连裙子也是一样的。粉色、红色，带着白点。那一刻，他想道："说不定火烧掉一切的时候，莱奥尼娜不在房间里？说不定莱奥尼娜还活着，在别的地方？说不定她被人偷走了？"马尼昂和冯达内勒这类人什么都干得出来。

他熄灭摩托车发动机，向那个孩子走过去。然后，走到她身边的时候，他想起来最后一次见到她的时候，她七岁。她今天不再是尖叫着的蹦蹦跳跳的孩子了，而应该是初中生了。她已经穿不下她那条带着白点的粉色、红色的裙子了。

重新跨上摩托车的时候，仇恨又涌了上来。对他女儿死亡的仇恨。他因为"他们"生活在这里，这个该死的地方。

他走进一个接待卡车司机的餐馆里，吞下一份牛排薯条，然后，又一次在纸桌布背后，写下：

艾迪特·阔克维耶叶
斯万·乐特里耶
吕茜·兰冬
吉纳维耶芙·马尼昂
爱洛依丝·珀蒂
阿兰·冯达内勒

他要怎么处理这些名字？这些人错就错在当时在那里，错在玩忽职守。谁开了那个该死的热水器？为什么要开？冯达内勒有没有对他胡说八道？但又有什么好处？现在吉纳维耶芙·马尼昂死了，他完全可以告诉他罪人是她。他完全可以告诉他火灾是个意外。维持意外事故的版本。他也完全可以什么都不说。阿兰·冯达内勒一口气说出来，不停顿、不思考的时候，第一次显得很真诚。但是他的话里面浸透了酒精。菲利普对他的话的理解也是一样。他们俩在那个该死的饭厅里都喝醉了。

菲利普重新看了一下这个他写了太多遍的名单。必须追究到底。亲自去见其他几个主角。太迟了，不追查真相是不可能的了。

*

1997 年 11 月 18 日

吕茜·兰冬正在请一位病人进候诊室，没有马上认出他来。她完全记得她在法庭上见过的被称为"原告"的每一位家长的面孔。而他，莱奥尼娜·万圣的父亲，她当时就注意到他了，因为他孤身一人，而且特别帅。没有妻子的陪伴，在阿娜伊丝、娜德吉和奥莎尼的父母组成的夫妻中间，显得孤独。

她在他们的注视下做了证词。解释说那天夜里，她除了疏散其他的房间，向其他的工作人员报警之外，无能为力。她没有听见孩子们起床去厨房。

小女孩们去世之后，吕茜·兰冬一直都觉得冷。仿佛她一直站在风口。她穿再多衣服也没有用，冻得发抖。悲剧让她陷入了冰冷的沙漠里，慢慢将她吞噬，就像大火吞噬了孩子那样。她的皮肤下面钻进了一层薄薄的霜。看到莱奥尼娜的父亲，她交叉着双手，搭在胳膊上，用力摩擦着，仿佛在取暖。

他来这里干什么？那几个家庭都不住在附近。他知不知道她是谁？他是偶然出现在这里，还是来找她？他有没有预约？或者他想跟她说什么？

他坐在一扇窗户的对面，摩托车的头盔放在脚边，仿佛在排队等候。万圣。吕茜·兰冬是诊所的理疗秘书，她翻着今天在诊所上班的三个医生的记事本找他的名字，但是哪里都看不到他的名字。在两个多小时的时间内，医生们过来打开候诊室的门，但是从来没有叫到万圣先生。到中午的时候，他还在那里，面对着窗户坐着。还有另外两个候诊的病人。半个小时之后，候诊室空了，吕茜·兰冬走进去，把门在身后关上。他的头转向她，盯着她看。金发，纤细，还算漂亮。在其他情形下，他会勾引她。虽然他从来不需要勾引，只要粗鲁地说句话就能享用了。

"您好，先生，您有预约吗？"

"我想跟您说话。"

"跟我？"

"是的。"

她是第一次听到他的嗓音。她很失望。他的嗓音流露出乡气的拖沓的调子。凤毛鸡嗓子。这个念头闪了两秒钟，她慌张起来。她的手开始发抖。她又把手放在胳膊上，神经质地摩擦着。

"为什么是我？"

"冯达内勒告诉我，那天夜里，您让吉纳维耶芙·马尼昂代替您看管孩子……是真的吗？"

他说这些话的时候一点语调都没有。没有愤怒，没有仇恨，没有激情。他没有介绍自己就说了这些话,他知道吕茜·兰冬认识他,认出他来了。她会明白"那天夜里"这几个字的含义。

撒谎无济于事。吕茜感到她别无选择。冯达内勒,仅仅这个名字就让她感到恐惧。一条目光阴险的老色狗。她一直都没有明白,他怎么会被雇用到城堡里在孩子身边工作。

"是的。我叫吉纳维耶芙接替我。我跟斯万·乐特里耶在楼上。我睡着了。有人敲门,我下楼,然后看到……火苗……我无能为力,我很抱歉,什么都没能……"

菲利普站起来,没有向她告别就走了。至少到这里,冯达内勒没有撒谎。

*

1997 年 12 月 12 日

"有人讨厌您吗?"
"讨厌我?"
"火灾之前,有没有人恨您?"
"恨我?"
"恨您恨到去破坏设备?"
"我不明白,万圣先生。"
"一楼房间里装的热水器是不是坏的?"
"坏的?"

菲利普抓住艾迪特·阔克维耶叶的领子。他在埃皮纳勒市的科拉超市的地下停车场等她。埃皮纳勒,是她出狱后跟她丈夫定居的地方。

菲利普耐心等着,直到她推着购物车回来,打开汽车的后备厢,把买的东西装进去。必须等她孤身一人的时候。

他气势汹汹地走近她的时候,她花了几秒钟的时间才认出他来。然后她对自己说,他是来杀死自己的,而不是来提问题的。她想到:"终于,完了,这是我最后的时刻。"她一直认为,总会有一天,某个家长会来杀她。

菲利普知道她住在哪里之后,接连观察了她两天时间。她从来不独自外出。她丈夫到处陪着她,如影随形。今天早上,她第一次一个人开车离开了家。这次轮到菲利普跟着她了。

"我从来没有打过女人,但是如果您继续用问题来回答我的问题,我会打破您的脸……相信我,我已经没有什么可以再失去了,已经都失去了。"

他松开手。艾迪特·阔克维耶叶看着菲利普蓝色的眼睛黯淡下去。仿佛他的瞳孔因为怒火而扩散了。

"说白了,因为热水器破旧,孩子们在房间里用冷水洗手,是真的吗?"

她想了一想,勉强说出一个"是的"。

"是不是所有的工作人员都知道不能碰那些热水器?"

"是的……它们已经坏了好几年了。"

"一个孩子有没有可能开热水器?"

她使劲地摇头,然后说:

"不可能。"

"为什么不可能?"

"它们离地面两米多高,藏在一个安检口后面。没有任何风险。"

"既然这样,又是谁干的呢?"

"干什么?"

"开热水器。"

"可谁也没有啊。谁也没有。"

"马尼昂?"

"吉纳维耶芙？她为什么要那样做？可怜的吉纳维耶芙。您为什么要跟我说热水器？"

"冯达内勒，您跟他关系好吗？"

"好啊。我跟我的员工从来没有问题。从来没有。"

"跟邻居呢？情夫呢？"

艾迪特·阔克维耶叶的脸随着菲利普炮轰的问题变了样。她不明白他到底什么意思。

"万圣先生，一直到1993年7月13日那天，我的生活都是规规矩矩的。"

菲利普讨厌这句话。他母亲经常这样说。菲利普想杀了她。但是又有什么用呢？这个女人已经死了。看看她的样子，缩在一件凄惨的大衣里。凄惨的面色，凄惨的眼睛。连她面部的线条都垂下来了。他转过身背对着她，一言不发就离开了。艾迪特·阔克维耶叶大声叫道：

"万圣先生？"

他不情愿地转过身去对着她。不想再看见她了。

"您在找什么？"

他没有回答她，跨上摩托车，违心地向沙隆河畔布朗西雍镇的方向驶去。他又冷又累。他走了三天了，没有给紫堇任何消息。他想躺倒到干净的床上。他想用手柄玩游戏，再也不去思考，恢复从前的习惯，再也不去思考……

81

我不知道你是否在我体内，或者我是否在你体内，
或者你是否属于我。
我想，我们俩在我们创造的另一个叫作"我们"
的人的内部。

加布里耶·谨慎不喜欢他妻子的品位。他老是在她从"未来录像"这个位于他们街角的录像带圣地租来的电影前睡着。她总是借一些爱情片。加布里耶喜欢克洛德·勒卢什的《偷抢骗》，他背得出里面的对话，或者贝尔蒙多与迦本合演的《冬天里的猴子》。

除了罗伯特·德尼罗，他对美国人一点也不感冒。但是他从来不让卡琳娜生气。再说，他喜欢周日晚上的这个习惯，坐在沙发上，紧靠着他妻子，在她的体温和浓重的香水里闭上眼睛。英语对话渐渐低沉下去。在睡梦中，他想象着两个发型完美的演员相遇、撕裂、分手，又在街角重逢，最后拥抱亲吻。卡琳娜在最后放字幕的时候温柔地叫醒他，她因为电影剧情哭红了眼睛，又高兴又恼火地对他说："亲爱的，你又睡着了。"他们站起身，走过孩子的房间，她长得太快了，他们满心欢喜地看着她，然后在他离开之前做爱，星期一早上，他要去法庭，声称自己无罪的那些被告在等着他。

1997年的那个晚上，加布里耶没有睡着。卡琳娜把录像带塞进录像机，刚出现几个画面，他就被故事打动了。完全被吸

引住了。他看到的不是一男一女的出色演戏，他的面前是两个一见钟情的人。仿佛他，加布里耶，是他们爱情的幸运的证人。他就像那些在法庭上轮流出现在所有人面前的遭到他指控或辩白的陌生人。他感到卡琳娜无声的目光好几次落在他身上，为他没有沉睡过去而担心。

电影的最后几分钟里，女主人公坐在她丈夫身边，没有打开她的车门去找在车里等着她的情夫，情夫打了转向灯，永远离去的时候，加布里耶感到他四年来为了忘记伊莲娜而竖起来的感情堤坝，在暴风雨、在龙卷风、在自然灾害的冲击下，逐渐崩溃了。他感到电影最后画面里的雨落在他身上。他又看到自己，从昂蒂布角回来的时候，在车里等着伊莲娜。"我五分钟后回来，就去放一下小货车的钥匙。"他等了她好几个小时，方向盘握得手都僵硬了。最初的几分钟，他在挡风玻璃后面想象着跟伊莲娜一起的生活将会是什么样子。他梦想着两个人的未来。然后，等待越来越漫长。

他最后终于松开方向盘。他下车进了玫瑰园。他遇到一个营业员，她好几天没有见过伊莲娜了。他绝望地在街上到处找她，拒绝去想她再也不会回来了，她选择了留在她的生活里，不会为了他改变。肯定是出于她对丈夫和儿子的爱。无可奈何——他诉讼的时候常常听到的一句话。

他回到车上，在他的挡风玻璃前，在车灯里，看到的只是黑夜，没有其他。

然后有一天，在律师事务所，有人告诉他伊莲娜·法约尔要求见他。他起初愚蠢地以为是同名同姓的人。当他看到他熟记于心的一直都没有敢拨打的玫瑰园电话号码时，他知道是她。

然后有了色当，其他旅店，其他城市，持续了一年，然后保尔病了，克萝艾出生了。一边是疾病，另一边是希望。

四年多没有伊莲娜的消息。她怎么样了？她还好吗？保尔有没有痊愈？她还住在马赛吗？玫瑰园还是她的吗？他想起她的笑容，她的姿态，她的味道，她的皮肤，她的雀斑，她的身体。他那么喜欢弄乱的她的头发。跟她在一起，向来与别人是不一样的，跟她在一起更好。

在电影的最后一幕里，孩子们在桥上把母亲的骨灰撒下去，加布里耶哭了。在加布里耶的世界里，男人是不哭的。哪怕是在宣布最疯狂的、最出乎意料的、最不可能的、最幸福的、最绝望的判决的时候。他最后一次哭的时候，大约八岁。骑自行车摔倒后，没有上麻药给他缝头上的伤口。

卡琳娜，她没有哭。一般情况下，在这样的剧情面前，她的手帕应该能绞出水来，但是加布里耶对电影的关注，让她今天晚上只能感受到害怕。

她想起玫瑰园里的伊莲娜。她精致的手，她头发的颜色，她白皙的皮肤，她的香水。她记得那天早上她把加布里耶的身份证递给她，向她表明自己的存在，而且怀孕了。

加布里耶的律师事务所给他留言的时候，卡琳娜发现了伊莲娜的存在：里昂旅店的门卫想把加布里耶最近入住的时候遗忘的东西还给他。上一周，她的律师丈夫在里昂的刑事法庭辩护。卡琳娜给旅店回了电话，跟门卫通了话，把私人地址给了他，两天之后收到了一个包裹，里面有两件白色的丝绸衬衫、一条爱马仕的丝巾和一把刷子，上面缠绕着几根金色的长发。卡琳娜一开始以为弄错了，然后想起了加布里耶的样子。他从里昂回来的时候神色黯淡，而他赢了上诉的官司。她以为他病了，他气色很差。她跟他说起来，他手一挥，笑着回答说他只是太累了。

第二天夜里，加布里耶在梦中叫了好几次一个人的名字：莲娜。第二天早上，卡琳娜跟他说起这件事："谁是莲娜？"加布里耶脸红了，把鼻子埋在咖啡杯里。

"莲娜？"

"你一晚上都在叫这个名字。"

加布里耶笑了，是她极为喜欢的洪亮的笑声，他回答说："是被告的妻子。她明白她丈夫被无罪释放的时候，晕了过去。"糟糕的借口，卡琳娜熟悉那桩案子。是塞德里克·皮耶罗的案子，他妻子叫珍妮。但是她没有声张，人家可以改名字，或者有两个名字。

加布里耶连续好几个夜晚在睡梦中叫着莲娜的名字。卡琳娜把这归结为工作、压力。她丈夫接的案子太多了。

卡琳娜遇到加布里耶的时候，他独身，与上一任女友分手了。她问他生活中有没有跟别人交往，他回答说："偶尔"。

拿着两件散发着"蓝色时刻"香水味的丝绸衬衫时，她想起了这件事。卡琳娜把喷着娇兰香水的衣服和丝巾，还有梳子，扔进了垃圾桶。这些东西不属于随便玩一次的妓女，事情要严重得多。这几个月来，加布里耶变了。他人回到家里，心思却在别处。他被什么东西吸引住了，好像非常苦恼。卡琳娜发现他吃饭的时候葡萄酒喝得更多。她跟他说起来的时候，加布里耶引用了奥迪亚的一句话："如果有样东西让我怀念，不会是葡萄酒，而是醉酒。"加布里耶的谎言里，有另外一个女人。

在最后几张有明细的电话费账单上找出那个经常出现的电话号码，并不是复杂的事情。加布里耶在的那几个星期，在律师事务所也好，在家里的书房办公也好，拨打了同一个号码。总是上午九点钟左右。通话时间很少超过两分钟。仿佛祝对方度过愉快的一天后就挂了。卡琳娜也拨了这个号码。接电话的是一个年轻的女人：

"您好，这里是玫瑰园。"

卡琳娜把电话挂了。她一个星期后再打，碰到同一个人：

"您好，这里是玫瑰园。"

"啊，您好，我的玫瑰花病了，花瓣尖上面有奇怪的黄斑。"
"什么品种？"
"我不知道？"
"您能不能带一两根枝条来玫瑰园？"
卡琳娜打了第三个电话。还是同样的声音：
"您好，这里是玫瑰园。"
"莲娜？"
"请稍等，我让她接电话。请问谁找她？"
"是私事。"
"伊莲娜，有人打电话找您。"
卡琳娜弄错了：加布里耶在睡梦中叫的不是莲娜，而是伊莲娜。有人过来拿起话筒，这一次，卡琳娜听到一个女人的声音，更低沉、性感：
"喂？"
"伊莲娜？"
"是的。"
卡琳娜把电话挂了。那一天，她哭了很长时间。加布里耶说的"偶尔"，是她。
最后，她打了第四个也是最后一个电话。
"您好，这里是玫瑰园。"
"您好，请问，能不能给我你们的地址？"
"马赛七区，玫瑰街道，困境路69号。"

卡琳娜退出录像带，把它放回套子里。加布里耶依然坐在沙发上，因为流泪而难为情。这一回，他也有了他辩护了一辈子的原告的样子。

她一边把录像带放进手提包，以免第二天早上去上班的时候忘了，一边对加布里耶说：

"四年半前,我怀着克萝艾的时候,见过伊莲娜。"

虽然加布里耶习惯在刑事法庭上面对最复杂、最卑劣的案件,以及各种阶层的人,还是不知道怎么回答他的妻子。他惊讶得目瞪口呆。

"我去了马赛。我向她买了白色的玫瑰和芍药。付钱的时候,我介绍了自己。那些花,我没有种在我们的院子里,我把它们扔进海里了……就像祭奠死人那样。"

那天晚上,他们回房间的时候没有从孩子的房门口经过,也没有做爱。他们在床上背对背躺着。她根本睡不着。她想象着加布里耶睁大眼睛,毫无睡意,回味着他刚刚看过的电影里的场景,那些他与伊莲娜经历过的场景。他们永远不会再提到伊莲娜。那个星期天之后的几个月,他们分手了。卡琳娜后悔了很久,不应该租《廊桥遗梦》。跟加布里耶相反,虽然这部电影在电视上重播了好几次,她再也没有看。

*

伊莲娜·法约尔的日记

1997 年 4 月 20 日

我已经一年没有碰这本日记了。但是我没法扔掉它。我像小姑娘一样把它藏在一个抽屉深处,放在内衣下面。有时候我把它打开来,又写上几个小时。说到底,回忆就是度长假,是私人沙滩。人超过一定的年龄就不写日记了,我的一定年龄,我已经超过很久了。不得不相信,加布里耶总是让我回到我十五岁的年纪。

他少了很多头发。他有点发胖。他的目光依然严肃、美丽、逼人、深邃。他的声音低沉,独一无二。一首交响曲。我的最爱。

我在玫瑰园旁边的一家咖啡馆见到了加布里耶。他任由我点了茶，没有说出类似"这是一种凄凉的饮料"的评语来，没有在茶里面加苹果烧酒。我发现他更安静，看上去没有那么苦恼、愤怒。虽然加布里耶一直充满魅力，但他是一个怒气冲天的男人。大概是因为他一生都承担着别人所受的指控，替他们去反驳。有一天晚上，我们在昂蒂布角的时候，他对我说，某些不公正的宣判会要了他的命。某些判决让他精疲力竭。他先是问了我保尔和于连的消息，尤其是保尔，他的癌症，他的缓解期，他病后得知自己得救时的那些日子，然后要了一杯又一杯咖啡，对我讲述他最近几年的事情，他的小女儿，他的大女儿，那个已经结婚了的女儿，他的最后一个妻子，他的离婚，他的工作。

加布里耶对我说他理解我，他戒烟了，他不久前看了一部让他震动的电影，他第二天要去里尔的刑事法庭，他得坐飞机，他傍晚的时候跟同行有约。这是他第一次没有叫我跟他一起去，去陪他。我们一起待了一个小时。最后十分钟，他用双手握着我的手，离开之前他闭上眼睛，吻了它们。

"我希望我们能葬在一起。失败的人生过后，我希望我们至少死后能成功。你同意跟我长眠在一起吗？"

我不假思索地回答说同意。

"你这一次不会逃走了吧？"

"不会。但是您只能得到我的骨灰。"

"就算只有骨灰，我也要你永远待在我身边。我们俩的名字放在一起，加布里耶·谨慎和伊莲娜·法约尔，像雅克·普莱维尔和亚历山大·特劳纳[①]一样好看。你知道不知道诗人和他的美术设计师的墓紧挨着？我觉得能够跟他的设计师葬在一起，真是太好了。你，说到底，你是我的设计师。你给了我最美丽的风景。"

"你要死了吗，加布里耶？你病了吗？"

"这是你第一次用你称呼我。不，我不会死，至少我觉得不会，还没有考虑过。是因为我刚才跟你提到的那部电影。它让我心神不宁。我得走了。谢谢，再见。伊莲娜，我爱你。"

"我也是，我爱您，加布里耶。"

"我们至少有一个共同点。"

[①] 亚历山大·特劳纳（Alexandre Trauner, 1906—1993），法国电影美术设计师。

82

我的爱人长眠于此。

那是1998年1月的一个早上。我只是猜出了他们的名字。带来厄运的名字。马尼昂、冯达内勒、乐特里耶、兰冬、阔克维耶叶、珀蒂。它们塞在菲利普·万圣一条牛仔裤的后袋里,几乎看不清。名单在洗衣机里洗过了,墨水化开了,仿佛谁在洗干净的纸上哭了很久。我把他的裤子放到浴室的暖气片上去烘干,再取下来的时候看到有一样东西露了出来。是一块对折了两次的纸桌布,上面是菲利普·万圣又一次写下来的他们的名字。

"为什么?"

我坐在浴缸的边沿上,说了好几遍:"为什么?"

我们在沙隆河畔布朗西雍镇生活五个月了。菲利普·万圣每天用两种方式来逃避:下雨天用他的电子游戏,不下雨的时候用他的摩托车。他恢复了在马尔格朗日的习惯,但是他离开的时间更长了。

他逃避墓园的行人、葬礼、铁栏门的开启与关闭。比起火车,他更害怕死人。与法国国家铁路公司的乘客比,他更害怕悲伤的上坟人。他找到一些像他一样爱好摩托车的人,到乡下拉力赛。那些长长的路线，我猜想最后以出轨结束。1997年年底，他连续走了四天。他溜达完回来，筋疲力尽，奇怪的是，我立即看到、明白、感觉到他没有像平常一样去找他的情妇中的某一个。

他到家的时候对我说："对不起，我应该给你打电话的，我们跟其他人走得比预计的远，我们的路线上没有电话亭，那种乡下地方。"菲利普·万圣第一次为自己辩解。他第一次为自己没有给我他的消息而道歉。

他回来的那天，正好开棺取亨利·安吉的遗骸，1918年二十二岁的时候死在埃纳省桑西镇的战场上。白色的墓碑上，字里行间还能隐约看到"永远悼念"。亨利·安吉的永恒在1998年1月结束了，他的遗骸被扔到尸骨合葬堆里。我第一次看到开棺取遗骸。我和挖墓人没能避免他不受打扰。他的坟墓过于破败，被苔藓侵蚀几十年了。

挖墓人打开被时间、潮气和虫子毁坏的棺材时，我听到了菲利普·万圣的摩托车的声音。我留下他们让他们完成自己的工作。我像平常一样走回家去。菲利普·万圣回家的时候，我要接待他……就像主人回家时的用人。

他缓缓地摘掉头盔，他的脸色很差，眼睛很疲劳。他洗了很长时间的澡，然后默默地吃饭。接着，他上楼睡午觉，一直睡到第二天早上。晚上十一点左右，我到床上去与他会合。他紧紧地贴着我的背。

第二天早上，他吃过早饭后，又骑着摩托车出去了，但只出去了几个小时。后来，他向我承认，他离开的那四天里，去埃皮纳勒找艾迪特·阔克维耶叶说话。

我们在这里生活五个月了，我没有回吉纳维耶芙·马尼昂家去审问冯达内勒，也没有去斯万·乐特里耶工作的饭店。我也没有去找两个辅导员的住址，去跟她们说话。主任应该出狱了，她只判了一年的牢。我再也没有经过城堡。我再也听不见莱奥尼娜问我为什么那天夜里一切都烧掉了的声音。萨夏没有弄错：这个地方为我疗伤。

我立即在这个墓园，在房子里、花园里找到了自己的方向。我欣赏挖墓人、鲁奇尼兄弟和小猫的陪伴，我丈夫不在家的时候，他们越来越频繁地到我的厨房里来，有的来喝咖啡，有的来喝牛奶。菲利普·万圣的摩托车停在马路一侧的大门时，他们从来不进来。他们之间没有任何感情，仅限于你好再见。墓园的那些男人和菲利普·万圣互相不感兴趣。至于猫，它们像躲瘟神一样躲着他。

只有一个月来看我们一次的镇长，不在乎菲利普·万圣在家不在家，总是跟我说话。他似乎对"我们"的工作很满意。1997年11月1日，他在祭扫过家族的坟墓并看到了我种的松树之后，让我种几盆墓园用的花，并拿来卖，可以多点钱，我接受了。

我1997年9月以墓园看守人的身份参加了第一个葬礼。我从那天开始做记录，描写在场的人、花、棺材的颜色、铭牌上刻着的悼词、天气、选的诗歌或歌曲，猫或鸟有没有靠近坟墓。我立即感觉到有必要留住最后一刻的痕迹，让所有的东西都能保存下来。对所有那些因为痛苦、哀伤、旅途、排斥或驱除而不能参加葬礼的人来说，有个人在那里为他们讲述、见证、描绘、汇报。我多么希望有人在我女儿的葬礼上这样做。我的女儿。我的挚爱。我是否抛弃了你？

我坐在浴缸的边沿上，手里拿着那一块纸桌布，看着上面化开的名字，有了一种无法抑制的欲望，像菲利普·万圣一样出去几个小时。从这里出去。到别处去行走。看看别的街，别的面孔，看看衣服和书籍橱窗。回到生活中去，回到河边去。我除了到规模很小的市中心购物之外，已经五个月没有离开墓园了。

我走到墓园里,找到诺诺,让他送我去马孔,傍晚的时候再去接我。他问我有没有驾照。

"有。"

他把镇政府小货车的钥匙递给我。

"我有权开吗?"

"你是镇上的员工。我今天早上加满了油。祝你今天过得愉快!"

我朝马孔的方向开去。自从斯蒂芬妮的菲亚特之后,我再也没有摸过方向盘,摸过这种自由。我边开边唱着歌:"甜蜜的法兰西,我成长的故乡,无忧无虑的童年,我将你留在心中。"我为什么要唱这个?我这位虚幻的叔叔的所有歌曲,犹如子虚乌有的回忆,渗透我心。

我把车停在市中心。大约十点钟的样子,商店开门了。我先在一个酒馆里喝了一杯咖啡,看着活人进进出出,走在人行道上,看着他们的车遇到红灯停下来。没有因为失去亲人而痛苦的活人。

我穿过圣罗兰大桥,沿着索恩河,在街上乱走。就是在那一天出现了我的冬装和夏装。我给自己买了打折的灰色裙子和粉色的高领毛衣。

吃午饭的时候,我想走到饭店林立的街区买个三明治。天气很冷,但是晴空万里。我想坐在河边的一张长椅上吃午饭,把剩下的面包扔给鸭子。我回忆着我等斯万·乐特里耶的那天晚上,那只救了我的命的暹罗猫的时候,迷路了。我走到了我不认识的街上。我在一个十字路口以为知道自己到了哪里,但是我没有走对方向,离市中心越来越远。路的两边都是独栋房子和公寓。我看着围墙,空荡荡的秋千,一月份这个时节用塑料布遮起来的户外沙发。

就在这个时候我看到了它,用撑脚撑着,一个轮子锁着防盗锁。菲利普·万圣的摩托车停在离我一百米的地方。我像一个没有得到父母的允许而溜出来的小姑娘那样,心跳加速。我想转身就跑,但是某样东西拦住了我:我想知道他在这里干什么。他十一点左右出门,下午四点左右回来,我以为他走得很远。有时候,他回来的时候向我描述看到了什么。他经常一天开四百多公里。看着他的本田,我想起总是看到它停在我们家门口。菲利普·万圣从来没有说过要带我出去。家里从没有过两个头盔,只有他自己的。他换头盔的时候,就把旧的卖掉。

篱笆后一条狗叫了起来,吓了我一跳。就在这个时候,我从马路对面房子的窗户里看见了他,房子侧面的草坪已经枯黄了。他穿过一楼的一个房间,我认出了他的侧影,他的姿态,他迅速穿上的夹克,他狡猾的脑袋,他的瘦削:斯万·乐特里耶。我感到双手发麻,仿佛我同一个姿势保持了太长时间。他住在一个褪色的浅色混凝土三层小公寓楼里。阳台很旧,护栏也很破旧,带着时间的烙印,阳台上还挂着几只花盆,好像有些年头了,但没种过什么花。

斯万·乐特里耶出现在大厅里,他推开一扇铝合金门,沿着对面的人行道走。我跟着他,一直到他进了附近的一个酒吧。他走到最里面。菲利普·万圣在那里等他。他跟他坐一桌,面对着他。他们平静地交谈着,好像两个老相识。

菲利普·万圣追查故事的源头,但又是哪个故事?他在寻找某个人,某样东西。所以才会有这个名单,总是一样的名单,写在一张账单或者一块桌布纸的背后,似乎在破解某个谜团。

透过玻璃窗,我只看得到他的头发。好像在堤布林夜总会的第一个夜晚,他背对着我的时候。那时候,我从吧台盯着他金色的鬈发,随着聚光灯从绿色变成红色。他的鬈发有些发白了,他年轻时的神采已经消失了。我曾经透过光束欣赏他,现在光束也消失了。我想到这么多年来，我把目光投向他的时候，天气总是那么灰暗。那些在我盯着他完美的侧影时，贴着他的耳朵甜蜜私语的漂亮姑娘已经消失了。他简陋的床上只剩下臃肿的女人。她们留在他皮肤上的香水味变了，精致的芳香变成了廉价的气味。

阴暗酒馆的最深处只有他们俩。他们交谈了十五分钟，然后菲利普·万圣突然起身走出来。我刚来得及溜进酒吧旁边的一条死胡同里。他发动摩托车离开了。

斯万·乐特里耶还在里面。我向他走过去的时候，他正在把他的咖啡喝完。我发现他没有认出我来。

"他想要什么？"

"对不起？"

"您为什么跟菲利普·万圣说话？"

乐特里耶认出我之后，面部线条僵硬了。他干巴巴地回答我说：

"他说孩子们是被一氧化碳闷死的。好像有人开了热水器，我也不知道他说什么。您丈夫在找一个不存在的罪人。您如果想知道我的看法，你们俩最好向前看。"

"您的看法简直就是臭狗屁。"

乐特里耶瞪大了眼睛。他没敢再说一个字。我出去走到街上，像喝醉了酒一样把胆汁吐在了人行道上。

83

每个人都有不同的星辰。
于旅行者而言，星星在指引方向，
于其他人而言，它们只是微弱的亮光。

"有时候，我后悔在莱奥尼娜不听话或发脾气的时候骂她。我后悔在她想多睡一会儿的时候把她从床上拉起来，让她去上学。我后悔不知道她只是匆匆而过……我从来不会后悔很长时间。我更情愿去回忆美好的东西，继续靠她留给我的幸福的东西活下去。"

"你们为什么没有要其他孩子？"

"因为我不再是母亲，只是一个孤儿。因为我没有与其他孩子相称的父亲……况且，对孩子来说，做'其他孩子'，'之后的孩子'，太难了。"

"现在呢？"

"现在我老了。"

于连哈哈笑起来。

"嘘！"

我用手盖住他的嘴。他抓住我的手指，吻了起来。我害怕了。害怕我家里乱七八糟。害怕几个小时后车门会啪地关上。害怕这个不是故事的故事走向失败。

纳唐和他堂弟瓦朗坦睡在我们旁边的沙发上。隐约看得见混杂在一起的被单和毯子下,他们头脚相对的细小的身体。他们黑色的头发在白色枕头的映衬下,好像露出来的一片乡村,一条有着榛子味道的小路。

于连、纳唐和瓦朗坦昨天晚上从奥弗涅过来。他们在道歉街的时候,纳唐缠着他父亲:"我们不回马赛,我们去紫堇家,我们不回马赛,我们去紫堇家……"直到于连让步,走了墓园的方向。他们晚上八点左右到达,铁栏门已经关了。他们敲马路一侧的门,但是我没有听见他们。我正在花园里移栽我最后的生菜秧苗。两个男孩子踮着脚尖走到我身后:"我们是僵尸!"艾莲娜叫了起来,小猫也走了过来,仿佛它们记得纳唐。

昨天晚上,我想一个人待着,我觉得很累,我想早点睡,在床上看一部电视剧。不开口。尤其是,不再开口。我努力不向他们表露出来,我不想见到他们。我很想因为这个惊喜而高兴。但是我并不高兴。我想着纳唐说话声音太大,想着于连太年轻。

于连在厨房里等我们。他尴尬地对我说:"对不起,不打招呼就来了,但是我儿子爱上了您……我们带您去吃晚饭?……我在布莱昂夫人家订了房间。"

他一开口,我就感到孤独像死皮一样从我身上剥离开去。他的声音照亮了我,仿佛他在我头顶点亮了一盏落地灯。仿佛本来显得很糟糕的一天,低沉的天空打开了缺口,阳光透过来,来照亮风景的某几个点。我想把他们留下,三个人都留下。

绝对不去饭店,他们就在我家里吃晚饭。绝对不去布莱昂夫人家过夜,他们就睡在这里。我给他们做了奶酪火腿烤吐司、意大利小贝壳面、煎鸡蛋和西红柿沙拉。于连帮我摆了桌子。至于甜点,我的冰冻柜里还有草莓冰沙。抽屉里总有糖果,冰箱里有冰激凌、巧克力蛋糕、酸奶。这与抓住纳唐的手一样,都是老习惯。

我让于连喝了很多白葡萄酒,以免他改变主意去布莱昂夫人家里过夜,让他留在我家,跟我在一起。

我撤掉脏盘子,在大沙发上给两个孩子弄出一张床来,就是我来看望萨夏的时候睡的那张沙发。男孩们尖叫着在上面跳了起来,可怜的老弹簧发出快乐的咯吱声。

睡觉之前,他们求我带他们去墓园"看鬼魂"。他们看着墓碑上的名字问了我一堆问题。他们问我为什么有的坟墓上有很多花,有的却没有。他们读着日期,问我是不是大部分死人真的都很老。

他们没有看到任何鬼魂,失望至极,让我讲"吓人的故事"。我给他们讲了迪雅娜·德·维也侬和蕾娜·杜莎的故事,据说有人在墓园附近、在路边,或沙隆河畔布朗西雍镇的街上见过她们。孩子们的脸开始发白了,为了让他们放下心来,我向他们保证,这只是传说,我本人从来没有见过她们。

于连在院子里的一张长椅上等着我们。他在艾莲娜旁边抽烟,他抚摸着它,陷入沉思。当孩子们告诉他我们没有看到任何鬼魂,但是有人在墓园里面和旁边看到过时,他笑了。他们一定要我把老明信片上迪雅娜的模样给他们看。我推说明信片被我弄丢了。

我们四个人回到屋里。男孩们检查了三遍,门是否紧紧锁上了。我把通向我房间的走廊里的灯给他们亮着。但是他们看到平托夫人的布娃娃后,每人问我要了一个夜灯。

于连和我上楼,小心不踢到那些布娃娃。他跟在我身后。有那么一刻,我停了下来。我在后颈上感觉到他的气息,他抚摸着我的乳房,低语道:"您快点儿。"

我们刚关上门,两个男孩就把它打开了,睡到了我的床上。我们躺在床的两侧,等他们睡着。我们抚摸着他们的脑袋,我们的手时不时地碰到、重逢,在纳唐的头发里握在一起。

随后我们下楼，在沙发上做爱。四点钟的时候，男孩们掀开我们的被单，跟我们贴在一起。我们挤得像沙丁鱼罐头。我没有闭眼，听着他们的呼吸。就像聆听着萨夏反复播放的肖邦的奏鸣曲。

六点左右，于连抓住我的手，我们又上楼，去我的房间做爱。我没想到会跟同一个男人做好几次爱。以为只会跟匆匆的过客。某个陌生人。某个来墓园的人。某个鳏夫。某个绝望的人。就一次，消磨一下时间。

此刻，我们窃窃私语着，鼻子埋在我们的咖啡杯里。我的手上有桂皮和烟草的味道。我的身体散发出性爱、玫瑰、汗水的味道。我的头发乱七八糟，嘴唇开裂。我很害怕。一会儿，等于连离开的时候，因为他会离开，孤独，这个忠实、永恒的伙伴，又会回到我身边。

"您呢，纳唐之后为什么没有别的孩子？"

"跟您一样。没有遇到合适的母亲。"

"纳唐的妈妈现在怎么样？"

"爱上了另外一个男人。她为他离开了我。"

"太难受了。"

"是的，太难受了。"

"您还爱她吗？"

"不爱了。"

他站起来吻我。我屏住呼吸。在美好的季节被人吻，是如此愉悦。我觉得自己迟钝、笨拙。我忘了要怎么做。我们学习怎么拯救生命，但是从来不学习怎么让自己和另一个人的皮肤复苏。

"孩子们一醒，我们就出发。"

"……"

"您要是看到昨天晚上我们突然出现的时候您的表情……妈

的，我太尴尬了……要不是纳唐在，我肯定马上逃走了。"

"那是因为我不再习惯……"

"我不再来了，紫堇。"

"……"

"我不想每个月到您的墓园来跟您做一次。"

"……"

"您的生活里是死人、小说、蜡烛和几滴波特酒。您是对的，这里面没有男人的位置。况且这个男人还有个孩子。"

"……"

"再说，我从您的眼睛里看到，您对我们的故事不抱希望。"

"……"

"说话啊，求求您。说点什么。"

"您很清楚，我们俩，不可能长久。"

"我当然知道。其实，不，我根本不知道。知道的人是您。经常给我点消息。但不要太频繁，我会等的。"

84

> 如今我们位于虚无的边缘,
> 因为我们到处寻找着
> 我们失去的面孔。

伊莲娜·法约尔的日记

1999 年 2 月 13 日

  我不知道加布里耶是怎么得知保尔的死讯的。我今天早上在圣皮埃尔墓园隐约看到了他。他隐藏着,缩在另一座坟墓后面,像个贼。

  被埋葬的,是我丈夫和我,我的眼里只有加布里耶。我是谁?我是多么没有人性?

  我低下头,默默地为保尔祈祷,我重新抬起头的时候,加布里耶消失了。我的目光绝望地寻找着他,徒劳地搜寻墓园的每一个角落。

  我像"寡妇"一样哭了起来。

  一个女人失去她的丈夫的时候,就被称为寡妇。但是一个女人失去她的情人的时候,要怎么称呼她呢?一首歌?

2000 年 11 月 8 日

我出售玫瑰园。

2001年3月30日

今天早上,加布里耶打电话来了。他差不多一个月给我打一次电话。我每次接电话的时候,他听到我的声音都显得很吃惊。他问我几个问题:"你怎么样?你做什么?你穿什么衣服?你的头发有没有扎起来?你正在看什么书?你最近有没有去电影院?"他似乎在确认我是否真的存在。或者我是否还存在。

2001年4月27日

加布里耶来我家吃饭。他喜欢我的新公寓,对我说它跟我一个样子。

"房间很明亮,很香,像你。"

我住在天堂路,他觉得很有趣。

"为什么?"

"因为你是我的天堂。"

"我是您断断续续的天堂。"

"你有没有见过心电图上标注心脏跳动的曲线?"

"见过。"

"我心脏的曲线,就是你。"

"您真会说话。"

"我希望是。别人因为这个重金聘我。"

他说我不会做饭,我更会种花,而不是在锅里炖肉。

他问我想不想念我的工作。

"不,不真的想。也许有点想念花。"

他问我能不能去厨房里抽烟。

"可以。您又抽烟了吗?"

"是的。就像跟你在一起一样,我戒不掉。"

他像往常一样跟我说起他正在办理的案子,很少给他消息的大女儿,还有小女儿克萝艾。他对我说他很想她,他应该会跟她母亲复合。

"是的,要想重新跟我女儿一起生活,我必须回到卡琳娜那里。重新回去,我不太擅长。"

他也问了我于连的消息。

走之前,他吻了一下我的嘴唇。仿佛我们还是少年。"爱情"这个词是阳性的还是阴性的?

2002 年 10 月 22 日

今天是加布里耶日。

现在,他每次来马赛,都到我家来吃午饭。他在楼下的熟食店里要了两份当日特选菜(因为我做的菜很难吃:"黄油不够,奶油不够,汤汁不够,你什么都水煮,我喜欢用红酒炖的蔬菜。")

他按我的门铃,铝盒里面装着我们的午饭。他总是把我的盘子吃光。我一般吃得很少。加布里耶在我的厨房里的时候,我吃得就更少了。

他又跟卡琳娜生活在一起了,为的是留在克萝艾身边。这个,是他的说法。我也特意对他说了:"这个,是您自己的说法。"他回答我说:"别妒忌,你不需要妒忌。不要妒忌任何人。"

"我不妒忌。"

"还是有点的。我,我很妒忌。你跟谁来往?"

"我能跟谁来往呢?"

"我不知道啊,某个情人,某个男人,某些男人,你很漂亮。我知道你走进某个地方,大家都看着你。我知道你随便去哪里都有人想得到你。"

"我跟您来往啊。"

"可是我们不一起睡。"

"您想吃完我的盘子吗?"

"好的。"

2003 年 4 月 5 日

今天是加布里耶日。他昨天给我打电话,他法庭结束后,大概傍晚的时候会来我家。我得买苏兹甜酒,加布里耶特别喜欢喝。

有些日子是无加布里耶日。有些是加布里耶日。

2003 年 11 月 25 日

昨天晚上,加布里耶很晚才来。他喝了剩下的汤,吃了一杯酸奶和一只苹果。他还喝了一杯苏兹甜酒。我看得出是为了让我高兴。

"要是我睡着了,明天早上七点钟叫我,好吗?"

他这样说,好像他经常睡在我家,其实从来都没有过这样的情况。二十分钟后,他在我的沙发上睡着了。我把毯子盖在他身上。我没法闭上眼睛,因为他在旁边那间屋子里。隔壁的男人。我一整夜都在想:加布里耶是我隔壁的男人。我想起特吕弗电影《隔壁的女人》里的一个片段,法妮·阿尔当从医院里出来,一边想着她准备去杀死的情夫,一边对她丈夫说:"很好,你想到把我的白衬衫带来,我很喜欢这件(她闻着白衬衫的味道),因为它是白色的。"

今天早上,我看到加布里耶趴着睡,他脱掉了袜子。客厅里有冷却的香烟的味道,他夜里起来抽烟了。一扇窗户半开着。

我很遗憾他没有到我的床上来。他洗了澡,灌下一杯咖啡。每喝一口,他就对我说:"你很漂亮,伊莲娜。"他走之前像往常一样,吻了一下我的嘴唇。加布里耶来的时候,在我的脖子里深吸一口气。加布里耶离开的时候,吻一下我的嘴唇。

2004 年 7 月 22 日

我决定跟加布里耶睡。我们这个年龄,已经不再追问过错了。再说,做爱也做不了一辈子。我一打开我公寓的门,加布里耶就知道、看到、读到、感觉到我想要他。他说:

"哎呀,烦恼开始了。"

"这不是第一次。"

"是的,不是第一次……"

我没给他时间把话说完。

85

别留在我的棺材旁哭泣,
我不在里面,我没有睡去。
我是阵阵吹过的风。

我给诺诺的清单写好了。今年像往年一样,是他来接替我,他来接力浇灌那些外出度假的家庭的坟墓上的花。埃尔维斯呢,将负责照顾艾莲娜和那些猫。塞德里克照料菜园和花园里的花。我把萨夏亲手写的——他一个月写一张——卡片交给了他。

八 月

本月重点:浇水

要晚上浇,因为可以有整夜的清凉,但是千万不要浇得太早:不然地面还是热的,水马上就蒸发了,所以浇得太早,等于白忙活。

<u>要天黑的时候用洒水壶浇</u>——用井水或收集的雨水。洒水比喷水柔和,如果你用水喷,就把土压实了,它就不能呼吸了。土得呼吸。所以,你要时不时小心地用耙子翻翻植物脚边的土,让它透气。

蔬菜成熟了就采收。

西红柿可以等几天。

茄子每三天收一次，否则就会长粗变老。

四季豆每天收。马上就吃。可以用来做罐头，也可以掐掉两端后冷冻，或者送给周围的人。

别的蔬菜也一样，别忘了种菜是为了跟别人分享，否则毫无意义。

塞德里克不用独自照看菜园。加莱的难民营被拆除以后，几个苏丹家庭被安置在霞多丽城堡。他每周去城堡三次，帮助义工。有一对年轻夫妇，十九岁的卡马尔和安妮塔，在等他们孩子的出生。塞德里克得到省政府的许可，把他们接到自己家里。孩子出生后，他会尽可能长久地保护他们。让他们有时间重新读书，获得文凭，尤其是得到永久居留权。这种状况很不稳定，塞德里克神甫说他活在火药桶上，但是他接受他所处的脆弱处境。只要时间允许，他会尽可能地去享受这种快乐，与他接纳的这家人分享日常生活的快乐。不管持续一个月还是一年，他至少经历过了。

"一切都是短暂的，紫堇，我们是过客。只有上帝的爱留存于万物中。"

卡马尔和安妮塔住在神甫家里之后，每天都到我的厨房里来，并且跟别人不一样，停留的时间更长。安妮塔对艾莲娜爱得要命，卡马尔则特别喜欢我的菜园。他不帮我干活的时候，花很长时间去认读萨夏的卡片和我的《维纶与花园》产品销售目录。他很聪明。我第一次跟他说他有着擅长园艺的绿手的时候，他没有听懂，不安地回答说："可是，紫堇，我是黑人。"

我把我学习阅读的博舍学习法课本《幼儿的一天》给了安妮塔。她大声读给我听，她读错的时候，遇到不认识的字的时候，我不用看书就能纠正她，因为我能背出来。

安妮塔第一次打开这本书的时候，问我是不是我孩子的书，我用一个问题来回答她:"我能摸摸你的肚子吗?"她回答我说:"可以,摸吧。"我把两只手平摊在她的棉布裙子上。安妮塔开始笑,因为我摸得她发痒。婴儿踢了我几脚。安妮塔说,孩子也在笑。于是我们三个人一起在我的厨房里笑。

如果有人去世,需要安排葬礼,雅克·鲁奇尼会接替我。我不在的时候也必须让加斯东做点事,就请他帮我收取信件,放到电话旁边的架子上。我几乎可以肯定,他不会弄坏我任何一封信。

我躺在床上盯着放在五斗橱上面的依然打开着的箱子。我明天把箱子整理完。我总是带太多的东西去马赛。我在小屋里的时候几乎一丝不挂。我的行李里有太多"以防万一"的东西。

我第一次见到这只箱子,是在1998年。菲利普·万圣永远地离开了,但我还不知道。四天前,他喘着气吻了我:"一会儿见。"他得去盘问第二个辅导员爱洛依丝·珀蒂。唯一一个他还没有交谈过的人。他对我说:"这之后我就收手,这之后我们换一种生活。我再也受不了这一切了,受不了这些坟墓。我们到南方去生活。"

他一个人换了生活。

去找爱洛依丝·珀蒂的那天,他改变了方向。他没有去找她,而是走去布隆方向,去找弗朗索瓦兹·佩尔蒂埃。

四天了,我独自一个人。我跪在菜园尽头,头埋在被我缠绕在竹架上的旱金莲里。那些猫跟菲利普·万圣每次不在的时候一样,靠近房子,围着我玩捉迷藏。它们一起突然奔跑,其中一只终于打翻了装满水的盆,它们惊跳起来,慌乱中撞在了一起。我笑得止也止不住。我听到家门那里传来一个熟悉的声音:"听到你一个人笑真好。"

我以为眼花了。以为是树木里的风在恶作剧。我抬起头,看见花架下的桌子上放着箱子。像大晴天的地中海一样蓝的箱子。萨夏站在门口。我走近他，摸着他的脸，因为我不敢相信。我以为他把我忘了。我对他说："我以为您抛弃我了。"

"永远不会，你听到了吗，紫堇？我永远不会抛弃你。"

他杂乱地跟我描述了他退休的最初几个月。他去了印度南部萨尼的家，那个几乎是他兄弟的人。他在沙特尔、贝桑松、西西里和图卢兹参观了宫殿、教堂、修道院、街道、别的墓园。他在湖里、河里和海里游了泳。他治疗了一些严重受伤的背、崴了的脚踝、轻度烫伤的皮肤。他从马赛回来，他在马赛给赛丽亚种了几盆香料植物。他去瓦朗斯给葬在那里的妻子维丽娜以及孩子爱弥儿和妮侬上坟之前，想先拥抱我一下。之后，他再去印度找萨尼。

他刚把他的东西放到布莱昂夫人家。他要在她家住上两三晚，好有时间去看镇长、诺诺、埃尔维斯、猫，等等。

这只蓝色的箱子是给我的。里面装满了礼物。茶叶、香、丝巾、布料、首饰、蜂蜜、橄榄油、马赛肥皂、蜡烛、火柴、书、巴赫的 33 转唱片、向日葵种子。萨夏到哪儿都给我买一件纪念品。

"我每次旅行都给你带回来一个印记。"

"箱子也是吗？"

"当然啦，你有一天也会出发。"

他含着眼泪在花园里转了一圈。他说：

"学生超过老师了……我就知道你能做到。"

我们一起吃了午饭。我每次听到远处的发动机声音，就觉得可能是菲利普·万圣回来了。但不是。

*

十九年以后，我突然发现自己在等另外一个男人。早上我打开铁栏门的时候,在停车场寻找他的汽车。有时候,我在小径上听到身后有脚步声,就转过身,心里想着:"他在这儿,他回来了。"

昨天晚上,我以为有人在敲我马路一侧的门。我下楼去,但是空无一人。

可是,于连上一次关上车门的时候,对我说过"下回见",说得就像永别似的,我也没有**设**法把他留住。我对他微笑,自信地回答说"好,走好",完全就像在对他说:"这样更好。"纳唐和瓦朗坦在汽车后座对我招手的时候,我就知道不会再看见他们了。

那天早上以后,于连只给了我一个他还活着的示意。一张巴塞罗那的明信片,告诉我他和纳唐夏天要去那里两个月。纳唐的妈妈时不时会去跟他们会合。

伊莲娜和加布里耶的相遇帮了于连和纳唐妈妈的忙。我是他们中间的一座桥、一个通道。于连通过我才明白不能失去他孩子的妈妈。多亏了于连,我知道我还能做爱。我还有人要。这已经不错了。

86

我们来这儿寻找，寻找某样东西
或某个人。寻找比死亡更强大的爱情。

1998 年 1 月

紫堇那天在马孔看见他和斯万·乐特里耶面对面的时候，菲利普就感觉到背后有人盯着他。有熟悉的人站在他身后。他没有在意。没有真的在意。没有在意到转过身去。现在斯万·乐特里耶在他面前。"长得像耗子。"他在法庭上就有过这个想法。凹陷的小眼睛，刀削的面颊，单薄的嘴唇。

乐特里耶在电话里对他说："中午时分到附近的酒吧找我，比较安静。"菲利普跟对别人一样，用冷冰冰的口气和咄咄逼人的眼光问了他同样的问题："别撒谎，我已经没有什么可以再失去了。"他还是坚持问最后一个问题：谁有可能开一个破旧的热水器？

乐特里耶好像不知道那天夜里发生了什么。菲利普一口气把阿兰·冯达内勒招供的话告诉他的时候，他的脸变得像床单一样惨白：吉纳维耶芙·马尼昂离开去亲吻他们生病的儿子，然后回到城堡，发现因一氧化碳中毒窒息死亡的四具尸体的时候惊慌失措，想到放火，让人以为是意外事故，冯达内勒去踢楼上乐特里耶的门,把他吵醒,吵醒所有的工作人员。

但是乐特里耶不相信这个故事。冯达内勒是个酒鬼,肯定会对一个为无法解释的事情寻找解释的父亲胡说八道。

他记得那几脚重重的踢门声。记得好不容易才醒过来,因为他和辅导员抽了大麻烟卷。记得味道、烟、火。记得进不了一号房间,火苗已经太旺,无法跨越这道障碍。记得不请自来的地狱。那种反复对自己说这是一场噩梦,根本不真实的时刻。他又看到小女孩们穿着睡衣站在外面,光脚穿着拖鞋或者没有系好的鞋子,所有的工作人员都失去了理智。阔克维耶叶老婆子喘不过气。其他人震惊之下哆哆嗦嗦、絮絮叨叨。等着消防员。数了又数安然无恙的孩子的数量。她们的眼里满是睡意,而他们这些成年人,再也不能安心入睡。小女孩们被火苗和大人苍白的脸吓坏了,嚷着要她们的爸爸妈妈。不得不一个个地给他们打电话,通知他们。同时不得不对他们撒谎,不告诉他们里面有四个女孩丧命。

斯万·乐特里耶补充道,他今天还在内疚。如果辅导员留在一楼,这一切可能不会发生。

他和吕茜·兰冬向官方闭口不谈吉纳维耶芙·马尼昂的事,因为他们觉得自己是有过失的。吕茜·兰冬不应该让吉纳维耶芙·马尼昂代替自己。但是斯万一再坚持。他们都没有尽到自己的责任。

阔克维耶叶极为过分,不肯多花一分钱,房间里的塑料地板没有贴好,屋顶上有石棉,玻璃棉不再保暖,油漆褪色,管道含铅,火灾扩散过于迅速,厨柜散发出毒烟。不,没有人是清白的,马尼昂不是,兰冬不是,冯达内勒不是,他自己也不是。他们全都脱不了干系,真叫人受不了……他唯一肯定的,是没有人会故意开一楼的一台热水器。所有的工作人员都知道不能碰。况且,这些老机器藏在一个石膏板的检修口后面,孩子们够不着。度假的孩子们将在两个月的时间里相继而来，他清清楚楚记得艾迪特·阔克维耶叶在第一批度假的孩子到来的前天晚上说过的话："现在是仲夏时节，我们的寄宿生可以用冷水洗脸，到崭新的公共浴室去洗热水澡。"斯万·乐特里耶记得这些话，因为他做饭、上菜。他的专长，是薯条和食堂。城堡里的浴室，根本不关他屁事。

然后他沉默了。他喝了几口咖啡，目光焦虑不安，默默地想着菲利普刚才跟他说的话。他是不是应该相信这个不大可能的版本？冯达内勒居然在厨房里放火？孩子们吸入了有毒气体？乐特里耶向酒馆的服务生招手，要了一杯浓缩咖啡。他显然是这里的常客。大家用你称呼他。

乐特里耶得知吉纳维耶芙·马尼昂自杀后，并没有感到吃惊。从那天晚上起，她就形同死人。看看她在法庭上的状态就知道了。他最后一次跟她说话，是那个女人到他上班的饭店门口等他的那一天。他慌慌张张地给吉纳维耶芙打电话，跟她说她来问他问题。菲利普听到自己用粗暴的口气问道：

"哪个女人？"

"您的女人。"

"您肯定跟别人搞混了。"

"不可能。她对我说：'我是莱奥尼娜·万圣的妈妈。'"

"她长得像什么？"

"天黑，我记不清楚了。她在饭店门口的一张长椅上等我。您不知道吗？"

"是什么时候？"

"大概两年前。"

菲利普听够了。也许说够了。他是来提问题的，不是让人家问他问题的。他站起来嘀咕了一句再见，乐特里耶看着他离开，不明白怎么回事。菲利普回头的时候以为在人行道上看见了紫堇,就在玻璃窗后面。"我疯了。"他直接回了布朗西雍。

他第一次发现墓园的房子是空的。他第一次在小径上转了一圈后没有找到她。

紫堇到底是谁?他整天不在家的时候她做什么?她见什么人?她在找什么?

紫堇在他两小时之后回来了。她推开门的时候十分苍白。她盯着他看了几秒钟,像在她厨房里发现一个陌生人一样吃惊。然后,她递给他一片纸:"莱奥尼娜是窒息而死的?"

他在那张磨损的纸片上认出了自己的字迹,潦潦草草写在桌布纸背后的名字几乎消失了。墨水化开来,让名字变得几乎无法辨认。

紫堇的问题让他觉得自己好像触了电。他想找个谎言,却找不到,结结巴巴,仿佛紫堇刚刚在他某个情妇的怀里抓住他:

"我不知道,也许,我在找……我不确定我知道,不确定,我想,我有点乱。"

她走上前去,无比温柔地抚摸着他的脸。然后她一声不吭地上楼睡觉去了。没有摆桌子,也没有做晚饭。他躺到她身边的时候,她抓住他的手,问了同样的问题:"莱奥尼娜是窒息而死的?"如果他不吭声,她会一直问下去。

于是菲利普全都说了出来。全都说了出来,除了他与吉纳维耶芙·马尼昂私通。他说了他跟阿兰·冯达内勒的对话,包括第一次,他在他工作的医院的快餐厅打破他的脸,跟吕茜·兰冬在一家诊所的候诊室里的对话,跟艾迪特·阔克维耶叶在埃皮纳勒一家超市的地下室的对话,以及今天跟斯万·乐特里耶在马孔一家酒馆里的对话。

紫堇握着他的手,默默地听着。他在黑暗的房间里讲了几个小时,看不见她的脸。他感到她很专心,认真地听他讲。她

397

没有动。没有问任何别的问题。

菲利普终于问了她那个极为想问的问题：

"你真的去找乐特里耶了吗？"

"是的。以前，我需要知道真相。"

"现在呢？"

"现在，我有我的花园。"

"你还见了谁？"

"吉纳维耶芙·马尼昂，见了一次。但是这个，你已经知道了。"

"还有谁？"

"没了。只有吉纳维耶芙·马尼昂和斯万·乐特里耶。"

"你向我保证？"

"是的。"

87

没有任何愧疚。没有丝毫遗憾。

活得痛快的一生。

直到今天,我在电视上看到《马里乌斯》《芬妮》和《恺撒》①的时候,虽然再熟悉不过,但依然听到头几句台词就会流泪。童年的泪水、快乐、赞赏交织在一起。我喜欢莱姆②、皮埃尔·弗雷奈③、奥兰娜·德马齐斯④的黑白色面孔。我喜欢他们的每一个动作、眼神。父亲、儿子、年轻姑娘与爱情。我多么希望能有一个用恺撒看他儿子马里乌斯一样的眼神看着我的父亲。我多么希望年轻时有芬妮和马里乌斯一样的爱情。

我第一次看三部曲的第一部《马里乌斯》的时候,大概十二岁。接收我的家庭里只有我一个人。记忆中,其他孩子去度假了,或者去看望亲戚了。那是在夏天,第二天不用上学。

---

① 法国作家马塞尔·帕尼奥尔(Marcel Pagnol, 1895—1974)的《马赛三部曲》的三部戏剧名,后拍成电影。
② 莱姆(Raimu)是法国演员朱尔斯·奥古斯特·穆拉尔(Jules Auguste Muraire, 1883—1946)的艺名。他在《马赛三部曲》中扮演恺撒。
③ 皮埃尔·弗雷奈(Pierre Fresnay, 1897—1975),法国演员,在《马赛三部曲》中扮演马里乌斯。
④ 奥兰娜·德马齐斯(Orane Demazis, 1894—1991),法国演员,在《马赛三部曲》中扮演芬妮。

我的家庭请朋友吃饭,他们在院子里烧烤。他们允许我离开饭桌。我走到餐厅的时候,恰好碰到大电视机开着。我就在那儿发现了这个黑白故事片。电影开始差不多半个小时了。芬妮伏在厨房的格子桌布上哭,对面是她母亲,在切面包。我听到的第一句台词是:"好了,来,傻瓜,喝你的汤,千万不要让眼泪掉进去,汤已经够咸的了。"

我立即被她们的面孔、对话、幽默和温柔迷住了。没办法放下。那天夜里,我睡得很晚,因为我看完了三部曲。

我如今依然喜欢他们普通简单却又复杂的感情。我喜欢他们说的话,如此美丽,如此恰当。喜欢他们声音的音乐性。

我想,我在遇到马赛和马赛人之前就爱上他们了,犹如一种预感,一场预示的梦。这种原始的美,我每次去索尔米乌,沿着那条通往蓝色大海的崎岖小路往下走的时候,都能感受到。我懂马塞尔·帕尼奥尔,我明白他三部曲的人物来自这里。来自这被太阳、高温烤得发白的陡峭岩石,来自与纯净的天空嬉戏的清澈碧水,来自大自然慷慨种下的这些伞形松树。风景不矫揉造作,淳朴而壮丽。就这么摆在眼前。是马里乌斯对大海的热爱。是恺撒说的那个"做帆布让风带走别人的孩子"的帕尼斯[①]。

我跟赛丽亚打开小屋的红色百叶窗,看到厨房里的酒柜、原木的桌子和黄色的椅子、洗碗池的台面、干的薰衣草花束、杂拼的地砖、天蓝色的木护墙板的时候,想到了因为芬妮嫁给了另一个男人而阻止马里乌斯和她亲吻的恺撒:"孩子们,不,别这样做,帕尼斯,他是个善良的人,不要让他在家人面前抬不起头。"

---

① 帕尼斯(Panisse),《马赛三部曲》里的人物,娶了怀着马里乌斯孩子的芬妮。

这个小屋是赛丽亚的外公在1919年盖的。他去世之前，让她发誓永远不会卖掉。因为这个屋子的价值，比得上全世界的宫殿。

如今我来这里已经二十四年了。每年夏天，赛丽亚在我到来的前一天过来把冰箱塞满，换上干净的床单。她买咖啡、滤纸、柠檬、西红柿、桃子、羊奶酪、洗衣液和黑醋栗酒。我求她，告诉她我可以自己买东西，至少给她钱，都没用，她根本不听，每次都跟我重复："你不认识我，却把我接到你家里。"我试过把装着钱的信封留在一个抽屉里。一个星期后，赛丽亚把信封寄给了我。

我把百叶窗打开，把衣服放好之后，就去找在这里出生的几个渔民，他们全年住在下面的峡湾里。他们跟我说，海里的鱼越来越少，就像这里的人渐渐没了口音。他们送我海胆、小乌贼，还有他们妻子或妈妈做的点心。

赛丽亚一会儿会出现在站台尽头。火车晚点了一个小时，她散发着等我的时候喝的咖啡的味道。我一年没有看见她了。我们紧紧地抱在一起。

她对我说：

"怎么样，我的紫堇，有什么新消息？"

"菲利普·万圣死了。后来，弗朗索瓦兹·佩尔蒂埃来找我。"

"谁？"

88

> 我在这里微笑着,因为我的人生
> 曾经很美好,尤其是我曾经爱过。

菲利普·万圣再也没有回来,萨夏留在了布莱昂夫人家。

知道真相之前,我打开那只装满了礼物的蓝色箱子的那一天,我告诉萨夏,那个与我共同生活却从没有真正共同生活过的男人,可能比表面上露出来的样子好很多。

知道真相之前,我告诉萨夏,那个我以为自私的、不再去听也不再去看的男人,那个抛弃我的、让我陷入深深的孤独的男人,当我在马孔的酒馆里看到他跟斯万·乐特里耶在一起的时候,露出了另外一面。

知道真相之前,我告诉萨夏,那天夜里,菲利普·万圣从马孔回来,跟我说他在寻找事情发生的究竟。他盘问,有时甚至逼问城堡的工作人员。法庭上他谁也没有相信。除了爱洛依丝·珀蒂——而她,他还没有找到她。

我丈夫跟我讲了阿兰·冯达内勒和其他人。我抓住他的手害怕跌倒,虽然我们并排躺在我们的床上。我想象着那些最后见到我活着的女儿的人的话和面孔。那些没能照顾好她与她的笑容的人。那些玩忽职守的人。

辅导员和厨师在楼上媾和抽大麻烟卷的时候,小女孩们没人照看。吉纳维耶芙·马尼昂走了，留下无人监护的孩子。主任掩盖问题，只知道兑现家长的支票。

他把冯达内勒的话、热水器故障、窒息的故事转述给我听的时候，我为了不崩溃，把注意力集中到我昨天用来洗床单的新洗衣液的香味上，信风的气息。为了不在床上吼叫，我一遍遍地回忆着洗衣液桶上的图画，粉色和白色的提亚蕾花。这些花让我想到了莱奥尼娜裙子上的图案。她的裙子如同想象中的飞毯，当现实变得过于残酷的时候，我便坐上去。我整个夜里一边听着几乎第一次跟我说话的菲利普·万圣，一边嗅着干净的床单的味道。

知道真相之前，我重新抚摸了他的脸，我们做了爱，像年轻的我们在他父母不打招呼就突然出现的时候那样。知道真相之前。知道我们住在马尔格朗日的时候他跟吉纳维耶芙·马尼昂睡觉之前。

*

菲利普·万圣再也没有回来，萨夏留在了布莱昂夫人家。

1998年，他消失了一个月之后，我去警察局申报他失踪。我是听了镇长的建议去的。否则我不会去。接待我的警官露出了奇怪的表情。为什么那么长时间以后才来申报失踪？

"因为他经常出去。"

他把我带到挨着总台的一个办公室里，让我填表，给了我一杯咖啡，我没敢拒绝。

我提供了他的体貌特征。警官让我拿了照片再来。我们到了墓园之后就没有拍过照。最后一张是在南锡地区马尔格朗日拍的，照片上他的胳膊挽着我的腰，对着记者装出笑容。

警官让我说出他摩托车的牌子，我最后一次见到他时他穿的衣服。"

"一条牛仔裤，摩托车专用黑色皮鞋，黑色夹克，和一件高领红毛衣。"

"有没有特殊的标志？文身？胎记？明显的痣？"

"没有。"

"他有没有带什么物品、重要的证件等，让人觉得他离开很久？"

"他的电子游戏和我们女儿的照片还在家里。"

"最近几个星期他的行为习惯有没有变化？"

"没有。"

我没有告诉警官，我最后一次见到菲利普·万圣的时候，他要去爱洛依丝·珀蒂位于瓦朗斯的工作的地方。他找到了她的足迹，她在那里的一家电影院当引座员。他在家里给她打了电话，她约他下周四下午两点在电影院门口见。

那一天，爱洛依丝·珀蒂下午打了电话来。她一定是找到了菲利普·万圣给她打电话的号码。接电话的时候，我以为是镇里负责讣告的部门打来的。他们经常在这个时间给我打电话通知我，或者询问我已经结束或将要举办的葬礼，咨询某个姓、某个名字、某个出生日期、某座墓穴、某条小径。爱洛依丝·珀蒂自报家门的时候，声音在发抖。我没有马上听懂她说的话。等我终于明白她是谁，她为什么打电话来的时候，我的手变得湿答答的，喉咙也干了。

"有问题吗？"

"问题？万圣先生没有来，我们约了下午两点，我在电影院门口等了他两个小时了。"

不管是谁都会想到车祸，会给马孔和瓦朗斯之间所有的医院打电话，不过是谁都会对爱洛依丝·珀蒂说："一号房间起火的那天晚上你在哪里？你就在旁边安心地打盹吗？"但是我回答她说，没有什么好想的，菲利普·万圣总是出人意料。

电话那头沉默了很长时间，爱洛依丝·珀蒂挂了电话。

我没有告诉警官，菲利普·万圣"飞走"七天后，他没有赴与爱洛依丝·珀蒂的约会的七天后，一个年轻女人来孩子们的坟墓，来我孩子的坟墓前凭吊。心潮澎湃的她，像很多来扫墓的人一样，来我家买花，喝点热的东西。我开门看到这个年轻的女人的时候，马上认出她来：吕茜·兰冬。我保存的照片上，她更年轻，衣着鲜艳，面带笑容。在我的厨房里，她苍白，带着黑眼圈。

我给她泡了茶，里面倒了好几滴烧酒——太可笑了，我本想在里面加耗子药。我让她喝下一杯茶，一小杯酒，两小杯酒，然后三杯。然后像我希望的那样，她终于敞开了心扉。

我的左手心里还留着我的指甲印，吕茜·兰冬开口时我自己掐出来的指甲印。我的生命线从那一天起就布满了疤痕。我记得我掌心里变干的血迹，我握紧拳头让她看不见，让她永远不知道。

吕茜·兰冬告诉我，她是德佩圣母院城堡的一名工作人员。

"您知道，那个五年前烧光的夏令营，四个孩子葬在这里。这场悲剧之后，我睡不着，我不停地看到火苗，悲剧之后，我一直觉得冷。"

她接着往下说。而我，我继续给她倒酒。握紧左拳，我的指甲扎进肉里，我痛苦到感觉不到肉体的疼痛。她自言自语之后，终于说出吉纳维耶芙·马尼昂跟小莱奥尼娜·万圣的爸爸私通。

"私通？"

我的嘴里一阵苦涩。血的味道。仿佛我刚刚喝下了钢水。但是我还能重复："私通？"

这是我在吕茜·兰冬面前说的最后几个字。然后我沉默了。

然后她站起来离开。她盯着我看。她一弯胳膊，擦了眼睛里、鼻子里、嘴巴里哗哗涌出来的泪水。她大声地擤着鼻子，我真想打她。

"是的，跟小莱奥尼娜·万圣的爸爸。在悲剧发生的一两年前吧。那时候吉纳维耶芙在一个学校工作……好像在南锡那边。"

我没有告诉警官，当我明白是马尼昂杀了四个孩子，来报复他、报复我们、我们的女儿的时候，在萨夏怀里愤怒、痛苦地吼叫。我没有告诉他菲利普·万圣盘问了我们孩子死去的那座城堡里的工作人员。这些是在诉讼之后，因为他再也不相信任何人。这样做是有原因的。他必须想尽办法来将功补过。他寻找的不是罪人，而是他无罪的证据。

最后，警官问我菲利普·万圣会不会有情妇。

"很多。"

"什么意思，很多？"

"我丈夫一直有很多情妇。"

一阵尴尬。警官在表格上写下菲利普·万圣是色鬼之前，犹豫了一下。他有些脸红，又给我倒了一杯咖啡。如果有消息他就给我打电话。会贴寻人启事。我再也没有见过这个男人，直到他安葬他母亲那天，乔塞特·勒杜克，本姓贝尔多米耶（1935—2007）。他看见我的时候哀伤地笑了笑。

*

我得知菲利普·万圣与吉纳维耶芙·马尼昂私通的时候，第二次失去了莱奥尼娜。他父母意外地把她从我身边掳走，他们的儿子则有意把她从我身边拽走。意外变成了谋杀。

我肆意踩躏我的记忆，无数次翻寻着我送女儿去学校的清晨，以及去接她的傍晚时分，我想尽一切办法在教室最后面、走廊里、衣架前、操场上、院子里搜寻着这个幼儿园助教，回忆她可能对我说的每一个词、每一句话。哪怕就是一句"您好"，或者"再见，明天见""天气很好""把她包严实了，别着凉""我觉得她今天很累""她忘了班级活动手册，那个包着蓝色书皮的本子"。学校期末联欢汇演的时候，在歌曲和彩色纸带卷中间，吉纳维耶芙·马尼昂可能会与我丈夫说的话。几个眼神，一个微笑，一个动作。无声的默契，情人之间的默契。

我寻找着他们见面的时间、时长，她为什么要在孩子身上报复？菲利普·万圣到底对她做了什么，逼她做出这样的举动？我找得头直撞墙，却一无所获。仿佛自己的意识丧失了。

我隐约见过她，没有认真地瞧过她，她与学校的家具融为一体，抽屉紧锁。"紫堇啊，都没有本事想起来。"萨夏知道这件事，这件叫人无法容忍的事之后，接替我做墓园的日常工作，因为我又变成了废物。只会像这样呆滞地坐着或躺着，胡思乱想。

假如他没有在我生命的这一刻，带着蓝色的箱子和礼物回来，菲利普·万圣这一次真会要了我的命。萨夏又重新照顾我。不是为了教我种植，而是教我如何抵抗这个猛扑在我身上的又一个寒冬。他帮我按摩脚和背，帮我热茶，热柠檬水和汤。他给我煮面，让我喝酒。他为我读书，收拾搁置的花园。他卖掉我的花，给它们浇好水，陪伴因失去亲人而悲伤的家属。他对布莱昂夫人说，他会在她家无限期地住下去。

他每天来强迫我起床、洗漱、穿衣。他任由我重新躺到床上。他把吃的用托盘端上来，强迫我咽下去，低声抱怨说："瞧瞧你让我受的罪，算什么退休生活啊。"他在厨房里放音乐，把走廊里的门开着，让我在床上也能听见。

而后，阳光就像墓园里的猫，进入我的房间，钻到被单下。

我拉开窗帘,然后打开窗户。我下楼进了厨房,我烧了开水泡茶,我打开房间通风。我终于又走进了花园。终于给花儿换了水。我又开始接待家属,给他们倒热的东西或烈酒喝。我老是翻来覆去地说:"你想想看,萨夏?菲利普·万圣跟吉纳维耶芙·马尼昂睡觉!"我一天到晚对着他念叨同样的东西:"我都不能揭发她,她死了,你想想看,萨夏?她死了!"

"紫堇,你不应该再去找原因,否则完蛋的是你。"

萨夏劝我:

"不是因为他们认识,她就会拿孩子出气。这肯定是极为可怕的巧合,一个意外。真的。只是一个意外。"

如果说我只会啰嗦,那么萨夏,他,说服我了。如果说菲利普·万圣播下了恶的种子,那么萨夏,他,播下的都是善的种子。

"紫堇,常春藤妨碍树的生长,永远别忘了修剪。永远别忘。你的思想一旦把你拖向黑暗,就拿上你的园艺剪刀,把痛苦修剪掉。"

菲利普·万圣消失于1998年6月。

萨夏于1999年3月19日离开沙隆河畔布朗西雍镇。他确信我接受这场悲剧是意外而非蓄意的时候,就再次离开了。

"紫堇,肚子里有了这份肯定,你就可以往前走了。"

我想,他在早春时节出发,是为了确定我有整个夏天去适应他的离去。花儿会再次开放。

他常常谈到他的最后一次旅行。但是他一开口,就感觉到我还没有准备好让他离开。他想再坐飞机去孟买,一路往下,走到印度的南方,喀拉拉邦的阿姆利塔普里村。他想在那里住下来,就像住在布莱昂夫人家那样,没有期限。萨夏常常说:

"在喀拉拉邦一直住到死,挨着萨尼,是很久以来的梦想。不管怎么说,到我这个年纪,任何梦想都不再年轻了,都有些年头了。"

萨夏不想葬在维丽娜和孩子们的旁边。他希望他的遗体在那里,在恒河的柴堆上烧掉。

"我七十岁了。我还能活上几年。我要看看能用他们的土地做些什么。怎么能够把我对植物的肤浅知识传递下去。还有,我还能继续减轻别人的痛苦。这些计划让我觉得高兴。"

"您要把您的园艺本领送给印度人。"

"是的,谁要就送给谁。"

有一天晚上,我们两个人一起吃晚饭,我们谈到约翰·欧文,谈到《苹果酒屋的规则》。我对萨夏说,他就是我的私人医生拉奇,我的代理父亲。他回答我说,他有一天会松开我的手,他觉得我已经准备好了。就是代理父亲也应该让他们的孩子离开。某天早上,他不会再把新鲜的面包和《索恩-卢瓦尔日报》送到我家里。

"您不至于不辞而别吧?"

"如果我跟你告别,紫堇,那我就走不了了。你能想象我们俩在火车站台上紧紧拥抱吗?为什么要做叫人受不了的事情呢?你不觉得我们已经受了太多的苦吗?我的位置不在这里。你还年轻,阳光灿烂,我希望你开始新的生活。从明天开始,我每天都跟你说再见。"

他信守诺言。从第二天起,每天晚上去布莱昂夫人家之前,他都把我紧紧地抱在怀里,对我说:"再见,紫堇,照顾好自己,我爱你。"仿佛这是最后一次告别。第二天他又来了。他把长棍面包和报纸放在我桌上,夹在茶叶盒与花卉、树木、园艺杂志的中间。然后他去跟鲁奇尼、诺诺和其他人聊天。他与埃尔维斯一起去墓园里看猫。为寻找一条小径或者一个名字的扫墓人指路。帮加斯东除草。晚上,我们一起吃过晚饭后,他又紧紧地把我抱在怀里,对我说:"再见,紫堇,照顾好自己,我爱你。"仿佛这是最后一次告别。

  他的告别持续了整个冬天。1999年3月19日清晨,他没有来。我去布莱昂夫人家敲门,萨夏走了。好几天前他的行李就收拾好了,昨天夜里回去的时候,他决定要去实现他很久以前的梦想,那个最初的梦想。

89

我们曾经共同生活在幸福中。
我们永远长眠在一起。

伊莲娜·法约尔的日记

2009 年 2 月 13 日

我从前的售货员刚刚给我打电话:"法约尔夫人,电视上刚刚说您的律师朋友今天早上在法庭突然心脏病发作……他当场去世。"

当场。加布里耶当场去世。

我常常说,我会死在他前面。我不知道自己会跟他同时死去。加布里耶死了,我也死了。

2009 年 2 月 14 日

今天是情人节。加布里耶讨厌情人节。

我在日记里写着他的名字加布里耶、加布里耶、加布里耶的时候,我觉得他就在我身边。也许是因为他还没有被埋葬。死去的人只要还没有被埋葬,他们就在我们身边。他们在我们与天空之间拉开的距离还不存在。

我们最后一次见面的时候,吵架了。我叫他离开我的公寓。加布里耶愤怒地走下楼梯，没再回头。我等着他的脚步声，等着他再上来。但是他再也没有回来。平常他每天晚上给我打电话，但是我们吵架以后，我的电话就一直沉默着。我现在再也不能挽回了。

2009年2月15日

　　加布里耶给我留下的，是我每天因为他而享受到的自由。是放在抽屉深处的、在昂蒂布角买的衣服，是一瓶在酒吧里喝了一部分的苏兹甜酒，几张火车票，往返票，三本小说，《苹果酒屋的规则》和杰克·伦敦《马丁·伊登》。他还送给我一本珍藏版的安妮·德尔贝的《一个女人》。加布里耶迷恋卡米耶·克洛岱尔。

　　几年前，我去巴黎跟他待了三天。我一到，他就带我去罗丹博物馆。他想跟我一起去看卡米耶·克洛岱尔的作品。在花园里，他在《加莱义民》前吻了我。

　　"他们的手和脚是卡米耶·克洛岱尔雕刻的。看看有多美。"

　　"您也有一双漂亮的手。我第一次在普罗旺斯地区艾克斯法庭看到您辩护的时候，只盯着您的手看。"

　　加布里耶就是这样的：出人意料。加布里耶是一块磐石，结实强大。一个不能忍受女人在他面前付账单或自己倒酒喝的大男子主义者。加布里耶是男子气概的化身。我以为他会更加崇拜罗丹而不是克洛岱尔，我以为他会拜倒在罗丹的《巴尔扎克》或《思想者》面前，他却在卡米耶·克洛岱尔的《华尔兹》面前弯下了腰。

　　他在博物馆里面一直抓着我的手。像个孩子一样。罗丹所有伟大的雕塑，他都不屑一顾。

　　他欣赏卡米耶·克洛岱尔带底座的小型雕塑《谈笑

风生》的时候，用力地抓住我的手指。加布里耶俯下身去，就这样看了很久，时间停滞了。真让人以为他在闻她们的气味。在这四个一百多年前诞生的绿玛瑙的小女人面前，他的眼睛闪闪发亮。我听见他低声说道："她们的头发乱了。"

出来的时候，他点燃一支雪茄烟，向我承认他等我来陪他进这个博物馆，他进去之前就知道，需要拉着我的手才不会去偷《谈笑风生》。他还是学生的时候，看到《谈笑风生》的一张照片就喜欢上了。他一直都渴望它，甚至想拥有它。他知道，他第一次真的看到它的时候，需要一道防线。

"不是因为我为坏人辩护我就不是坏人。这些聊天的女人是那么精致小巧，我很清楚，我会把她们塞到大衣底下逃走。你想想把她们放在自己家里的样子。每天睡觉之前看看，每天早上喝着咖啡再看看。"

"您一直住酒店，总归有点复杂的。"

他哈哈大笑起来。

"你的手阻止我犯罪。我应该把它借给所有我辩护的笨蛋，这样可以避免他们做一堆傻事。"

那天晚上，我们在埃菲尔铁塔顶上的儒勒·凡尔纳餐厅吃饭。加布里耶对我说："这三天，我们要落入俗套，世界上什么也比不过庸俗。"他说着把一只镶嵌着钻石的手镯套在了我的手腕上。这玩意儿在我的白皮肤上像太阳一样耀眼，闪得让人以为是假货。像美国肥皂剧里的女演员戴的那种仿制品。

第二天，在圣心教堂，我正在把一支蜡烛放到圣母跟前，他系了一条钻石项链在我的脖子上，吻着我的后颈。他抓住我的肩膀，把我拉进他怀里，在我耳边低语道："亲爱的,你像一棵圣诞树。"

最后一天,在里昂火车站,我登上火车前的一刹那,他抓住我的手,把一只戒指套在我的中指上。

"别误会我。我知道你不喜欢首饰。我送给你不是让你戴。我希望你把这些东西卖掉,希望你去旅行,买房子,随便要什么。永远不要对我说谢谢。这会让我死掉的。我送礼物给你不是为了让你对我说谢谢。只是为了万一我出什么事可以保护你。我下星期去看你。你到马赛的时候给我打电话。我已经开始想你了。这些分离太难受了。但是我喜欢去想你。我爱你。"

我卖掉了项链买了公寓。手镯和戒指在银行的一个保险箱里,留给我儿子。我儿子会继承我挚爱的人的遗产。这是非常公平的。加布里耶希望公平。

加布里耶是一个极有个性的人。谁惹他都没有好处。包括我。但是我最后一次见到他的时候,却这样做了。他公开攻击他的一个女同行,所有的报纸都刊登了。那个律师为一个长年受到丈夫虐待、最后把丈夫杀死的女人辩护。我斗胆指责加布里耶批评他的同行。

我们做完爱,两个人都在厨房里。他微笑着,看上去很轻松,十分幸福。加布里耶一跨进我的门,就很轻松,仿佛卸下了过于沉重的行李。我喝着茶,气势汹汹地质问他:他怎么能够攻击一个为受虐待的女人辩护的律师?他怎么可以这样非黑即白?他变成了什么样的男人?他把自己当成什么东西了?他的理想在哪里?

受伤的加布里耶怒不可遏。他开始吼叫。说我什么也不懂,这个案件比看上去要复杂得多。我瞎搅和什么啊?我就应该喝茶,把嘴闭上,我唯一有能力做的事情,就是开发可怜的玫瑰品种,这些玫瑰最终再被我剪下来,说到底，我把一切都毁了。

"你根本拎不清，伊莲娜！你他妈的这一辈子都没有本事做出任何决定。"

我最后用手捂住耳朵，不再听他说话。我叫他马上离开我的公寓。当我看到他面色沉重地穿上衣服的时候，我已经开始后悔了。但是太迟了。我们太要面子，不可能向对方道歉。我们不该经历这一切。吵着架分开了。

要是能够重新来过……

我想打开窗户，对所有的行人高喊："你们和好吧！说声对不起！跟你们所爱的人重归于好。不要等到来不及。"

2009年2月16日

公证员刚刚打了电话给我：加布里耶都安排好了，我可以跟他一起葬在沙隆河畔布朗西雍的墓园，他出生的那个村庄。公证员让我去他的公证处，加布里耶留了一个信封给我。

我的爱人，我甜蜜的、温柔的、美妙的爱人，从晨光到暮色，我一直爱着你，你知道吗？我爱你。

习惯于申诉、反驳、即兴发言，为杀人犯、无辜者、受害者辩护的我，要借用雅克·普莱维尔的词语来向你表述我内心深处的想法。

如果你读到这封信，那就是说我已经离开这个世界了。我比你先走，算是平生第一回。我写给你的，都是你已经知道的内容，除了我一直讨厌你的名字。

伊莲娜，真难听，伊莲娜。什么都与你相配，你什么都能驾驭，但是这样一个名字，好比瓶绿色或芥末黄，跟谁都不配。

我在我车里等你的那一天，就知道你不会回来，我空等一场。这个空无阻止我立即发动汽车离开。

她不会回来，我一无所有。

我想你想得好苦。这仅仅是开端。

我们的旅店，午后的做爱，被单下的你……你永远是我所有的爱人。第一，第二个，第十个，也是最后一个。你将是我最美好的回忆。我最大的希望。

这些外省的城市，只要你一踏上它们的人行道，就变成了首都，我永远都忘不了。你插在口袋里的手，你的香水，你的皮肤，你的丝巾，我的故乡。

我的爱人。

你看，我没有撒谎，我在我旁边给你留了长眠的地方。我不知道到了天上，你是不是还会用"您"来称呼我。

别急着来，我有的是时间。再享受一下人间看到的天空。尤其要再享受一下最后的几场雪。

一会儿见。

加布里耶

2009 年 3 月 19 日

我第一次去了加布里耶的坟墓。哭过之后，产生过把他挖出来、摇着他对他说"告诉我这不是真的，告诉我您没有死"的念头之后，我把一个雪花玻璃球放在了覆盖着他的黑色大理石上面。我向加布里耶保证，会常常来摇晃他。我打量着这个我以后要葬在里面的坟墓。

我大声地回复他的信：

"我的爱人，您也一样，您将是我最美好的回忆……我有过的女人比您少，其实，我想说，我有过的男人比您少，我经历的男人太少。您呢，您一挥手就能迷住人。甚至都不需要挥手。您什么都不需要做，做您自己就可以了。您是我的第一个爱人，第二个爱人，第十个爱人，最后一个爱人。您占据了我的一生。我会来与您长眠，我会信守诺言。帮我留着位置，就像在那些我与您会合的旅馆房间里一样，您如果早到了，就在那些短暂停留的大床上先暖好我的位置……您把长眠的地址发给我吧，这样的旅行，需要事先准备一下。我看看是坐火车、坐飞机还是坐船去找您。我爱您。"

我在他身边待了很长时间。我把花放在他的坟墓上，把塑料纸包着的那些已经凋谢的花扔掉，读了铭牌上的字。好像是叫铭牌吧。

加布里耶埋葬的墓园是一个女人在照看。这挺好。他那么喜欢女人。她从我身边走过，跟我打招呼。我们聊了几句。我不知道有这样的职业。不知道有人的工作就是照料、守护墓园。她还在入口靠近铁栏门的地方卖花。

继续写日记，就是让加布里耶继续活下去。但是天呐，生活将显得那么漫长。

90

> 十一月是永恒的,
> 生活几乎是美好的,
> 回忆是我们反复来回的死胡同。

1998 年 6 月

马孔离瓦朗斯不过两百公里,但是这段路在他眼里无比漫长。菲利普随便乱走的时候,从来不觉得哪条路长。但是当他必须从一个点到达另一个点的时候,他就感到厌恶。他永远都忍受不了束缚。

自从紫堇发现他想知道真相,他就没兴致了。仿佛一个人怀着这个秘密,能够让他在这场没有结果的寻找中坚持下去。一说出来,他就泄了气。完全泄了气。说出来没让他得到解放,反而把他掏空了。

就连紫堇似乎也与过去诀别了。

他要去找爱洛依丝·珀蒂谈话,然后他就把这一切忘掉。与旧辅导员的会面,就好比是与过去的最后一次约会。

爱洛依丝·珀蒂按照约定在她工作的电影院门口等他。她站在上映时间表下面。她头顶上挂着《英国病人》的巨幅海报。虽然售票口很拥挤,菲利普还是马上就认出她来了。进出影院的观众来来往往。他们两年前在法庭上见过面。他们马上就认出了对方。

爱洛依丝似乎怕别人说闲话，把菲利普拉到两条街外的H驿站旅店的咖啡吧里，靠近瓦朗斯火车站。他们肩并肩默默地走着。菲利普依然觉得无比空无与泄气。他问自己来这里的人行道上搞什么鬼。他甚至都没有问题要问爱洛依丝了。热水器关她屁事啊？她对热水器这玩意儿懂什么？

他们要了两个奶酪火腿烤吐司，一瓶250毫升装的伟图矿泉水，一瓶可乐。爱洛依丝显得十分温柔，菲利普对她产生了信任感，这跟其他所有人给他的感觉不同。她没有试图说谎。她还没有开口说话就看得出她的真诚。

爱洛依丝讲述了1993年7月13日孩子们到达的情形。房间根据亲密程度分配。相互认识的孩子不希望被分开。她和吕茜·兰冬尽可能满足大家的要求，似乎也真的做到了。小女孩们在辅导员的帮助下，把她们的衣服和个人物品放进房间的柜子里，就靠着她们的床。

然后吃了点心，再去城堡的花园里散步，去牧场看小马，把它们带回马厩过夜。孩子们特别喜欢给动物洗澡，相互泼水，把小马刷洗干净后带回各自的隔栏里，在大人的帮助下喂它们。孩子们上桌吃晚饭的时候高兴得像燕雀。食堂闹哄哄的，二十四个快乐的小女孩，叽叽喳喳很大声。她们去过公共浴室后，九点半左右回到各自的房间。

"她们为什么没有在自己房间的浴室里洗澡？"

这个问题让爱洛依丝吃了一惊。

"我忘了……公共浴室是新的。我记得我也在那里洗澡。"

爱洛依丝咬着嘴唇回忆着。

"我想起来了，我房间的盥洗室里没有热水。"

"为什么？"

她吹气球般地鼓起两个腮帮，抱歉地回答说：

"我不知道……那些管道陈旧。城堡有些破败。里面霉味很重。还有，需要冯达内勒来换哪怕一只灯泡的时候，都有得等呢。"

"孩子们来自法国北部和东部，"爱洛依丝接着说，"旅途加上天热，那天傍晚，孩子们累瘫了。她们乖乖地去睡了。她和吕茜·兰冬9点45分左右去查房，看看是否一切正常。一共有六个房间，三个在一楼，三个在二楼。四个孩子一个房间。小女孩们都睡下了。有的在看书，有的在说话，照片或图画从一张床传到另一张床。孩子之间的对话：'你的睡衣很漂亮。''你的裙子能借给我吗？''我想要跟你一样的鞋子。'她们的猫，她们的房子，她们的父母，她们的兄弟姐妹，学校，老师，伙伴。特别是小马。她们只想着这个，明天她们要骑马。"

爱洛依丝·珀蒂在跟菲利普讲一号房间之前犹豫了一下。而且，她没有提到莱奥尼娜、阿娜伊丝、奥莎尼和娜德吉的名字。只说了"一号房间的孩子"，目光垂下片刻，再继续说下去。

那是辅导员最后去的房间。她和吕茜·兰冬走进去的时候，小女孩们差不多睡着了，她们询问小女孩们是否一切都好，并给每个人一个手电筒，万一她们夜里需要起床用得上，告诉她们要是夜里她们谁做噩梦或者肚子疼，吕茜就睡在旁边的房间里。走廊里的一盏小夜灯通宵都会亮着。

然后，爱洛依丝去了她楼上的房间，吕茜去找斯万·乐特里耶。吉纳维耶芙·马尼昂这个时候应该待在一楼几个房间附近。两个辅导员上楼之前，看到吉纳维耶芙坐在厨房里。她正在清洗摊在大桌子上的几口铜锅。她对她们说晚安，面带凄凉，或许是厌倦。爱洛依丝说不上来。

"我上楼去了我的房间，昏昏沉沉地睡过去了。有那么一刻，我起来把一扇撞着窗框的窗户关上。"

爱洛依丝·珀蒂蓝色的眼睛里闪过一道奇怪的光芒。仿佛她在重温那一刻，透过窗户看到远处走过一样东西。就像发现某个熟悉的身影或者某个引人注意的意外的动静的时候，便越过跟自己对话的人的肩膀盯着看那样。

"您看到什么了吗？"

"什么时候？"

"您关窗户的时候。"

"是的。"

"看到了什么？"

"他们。"

"谁，他们？"

"您知道是谁。"

"吉纳维耶芙·马尼昂和阿兰·冯达内勒？"

爱洛依丝·珀蒂耸了耸肩。菲利普没能看懂这个动作。

"您真的跟吉纳维耶芙私通？"

菲利普浑身僵硬。

"谁告诉您的？"

"吕茜。她告诉我吉纳维耶芙爱您。"

菲利普的眼睛闭了几秒钟，心如死灰地回答她说：

"我是来谈我女儿的。"

"您想知道什么？"

"我想知道谁开了一号房间浴室里的热水器。孩子们中了一氧化碳的毒。但是，大家都知道不能碰那些该死的热水器！"

菲利普叫得太响。埋头读报纸的、排队付账的顾客，转过身来看着他们俩。

爱洛依丝脸红了，好像情人在吵架一样。她跟菲利普说话的口气，好像面对的是一个失去理智的人。就像对疯子那样温柔地说话，免得刺激他们。

421

"我不明白您在说什么。"

"有人开了浴室里的热水器。"

"哪个浴室？"

"那个烧掉的房间里的浴室。"

菲利普发现他讲的话爱洛依丝一个字也听不懂。那一刻，他开始动摇了。这个热水器的故事站不住脚，简直是胡说八道。该接受现实了，吉纳维耶芙·马尼昂或阿兰·冯达内勒在一号房间里放了火，来报复他。

"是这个引发了火灾吗？旧热水器？"

爱洛依丝把他从恐怖的想法中拉了出来。

"不，火应该是冯达内勒……让人以为是意外事故。他掩护马尼昂。"

"可是为什么啊？"

"因为那天晚上她溜走了。她没有留在小孩身边，她回来的时候，发现……已经太迟了……孩子们已经窒息而亡了。"

爱洛依丝用两只手掩住嘴巴，她蓝色的大眼睛亮了起来。菲利普想起那天他在地中海游到弗朗索瓦兹身边的时候，她用力挣扎。爱洛依丝惊恐的神情跟差点淹死的她一模一样。

菲利普和爱洛依丝整整十分钟没再说一句话。他们没有碰自己的盘子。菲利普最后要了一杯浓缩咖啡。

"您要别的东西吗？"

"也许是他们。"

"冯达内勒和马尼昂，是的。"

"不，那两个人。"

"谁？"

"您认识的那对夫妻，我关窗户的时候看到他们离开院子。"

"什么夫妻？"

"火灾第二天跟您一起来的那两个人。您的父母，我想可能是您父母吧。"

"我根本听不懂您在说什么。"

"但至少，您知道他们那天晚上来过城堡，不是吗？"

"哪个父母？"

菲利普觉得自己要晕倒了，仿佛他从摩天大楼的顶层跌了下来。

"7月14日，你们一起到的。我以为您知道他们前一天来过城堡。经常有家里人来看孩子，但是从来没有人晚上来。所以我才觉得惊讶。"

"您有病。我父母住在夏尔维勒-梅齐耶尔。火灾那天晚上他们不可能在勃艮第。"

"他们在，我看到他们了。我向您发誓。我关窗户的时候，看到他们离开城堡。"

"您大概弄混……"

"没有。您的母亲，她的发髻，她的姿态……我没有弄混。我在马孔庭审的最后一天见过他们。他们在法院前等您。"

菲利普想起来了。突如其来，一记冲击，仿佛潜伏在他意识里多年的微乎其微的细节突然变得清晰。某样不正常的、不合理的东西，因为当时的情况，没能在1993年7月14日那天触动他，而是一掠而过。

他给他父母打电话，告诉他们："莱奥尼娜死了。"他们几个小时后来接他，菲利普第一次坐到了前面，坐在他父亲旁边，他母亲躺在后座椅上。悲痛、迟钝的菲利普一路都没有开口。他时不时地听见他母亲在后面呻吟。他知道他父亲在默默地念"圣母马利亚"。

菲利普想起生他的父亲，想到的是一个在妻子面前老老实实、虔诚过度的人。菲利普曾经希望自己是舅舅吕克的儿子。大自然搞错了：他想成为哥哥的儿子，却被妹妹生了出来。

爱洛依丝提到他父母的时候，他想起来他父亲没有寻找路线，没有问他要地址，就这么去了，仿佛他认识路。下高速的时候，路牌上有拉克拉耶特这个村庄的名字，但是没有指出去城堡要走哪个方向。而他小的时候，父母经常吵架，因为父亲完全没有方向感，母亲很是恼火。要是他那天没有迷路，那是因为他之前已经去过了。

爱洛依丝盯着他看，而他脑子里重温着那段恐怖的路程。尽管他脸色露出惊惧的神色，她还是觉得他很帅。她努力回忆莱奥尼娜的轮廓，却想不起来。四个孩子从她的记忆里消失了。她一直都在寻找，却再也找不到她们了。她唯一记得的，是她们问有关小马的问题时的声音。她没有告诉菲利普，莱奥尼娜把她的安抚毛绒玩具弄丢了，她们俩到处找。莱奥尼娜对她说："安抚毛绒玩具是只兔子，跟我同龄。"在找到之前，爱洛依丝从储藏室里给她弄来一只被人遗忘的小熊。她向莱奥尼娜保证，第二天一早，她就找遍城堡，一定会把安抚毛绒玩具找回来。

菲利普让她回过神来：

"我请您用莱奥尼娜的脑袋发誓，不会把这些告诉任何人。"

爱洛依丝心想，菲利普是不是刚刚听出她在想什么了。她一句话也说不出来。他又强调说：

"我们俩从来没有见过面，说过话……您发誓！"

爱洛依丝仿佛在法庭上，举起右手说道："我发誓。"

"用莱奥尼娜的脑袋发誓？"

"用莱奥尼娜的脑袋发誓。"

菲利普把布朗西雍墓园自己家的座机号码写下来，递给她：

"两个小时后，您打这个电话号码，我妻子会接，您介绍一下自己，告诉他我没有来赴约，您等了我一下午。"

"可是……"

"求求您……"

爱洛依丝动了恻隐之心,同意了。

"要是她问我问题呢?"

"她不会问您问题的。我太令她失望了,她没有问题可问。"

菲利普站起来结了账。他匆匆地向爱洛依丝告别,取回头盔,跨上停在电影院门口的摩托车。

他看着电影院进进出出的人,想起了他母亲的话:"不要相信任何人,听见了吗?任何人。"

几乎有七百公里呢,天黑的时候他才会到夏尔维勒-梅齐耶尔。

*

菲利普透过客厅的窗户观察了他父母一会儿。他们并肩坐在看不出年代的沙发上,上面印着干枯的花。就像废弃的坟墓上的那些花。紫堇无法忍受而扔掉的那些花。

他父亲睡着了,他母亲聚精会神地看着一部连续剧,重播的。紫堇看过。讲的是一个神甫和一个年轻姑娘之间的爱情故事,发生在澳大利亚,或是另一个遥远的国度。紫堇看到某些段落偷偷地哭。他感觉到她用袖子擦眼泪。他母亲紧盯着演员,咬着嘴唇,似乎觉得他们做出了错误的选择,很想介入。她为什么会看这种无聊的节目?如果情况不像现在这么严重,菲利普也许会笑出来。

菲利普在这座房子里长大,现在在他眼里,这座房子就是一个背景。随着岁月的推移,树木长大了,树篱笆变浓密了。他父母把铁丝网换成了美国连续剧里的那种白色的栅栏,重新粉刷了墙面,在大门的两侧放了两只狮子的雕像。两头大理石猛兽在这个七十年代的房子里似乎很无聊。但是必须让邻居们看到,他们是公务员里的干部。他父母都是邮电局退休的,他父亲起先是邮递员,他母亲是行政人员,两个人往上升,变成了级别较低的干部。钱终于到手之后,他们有了积蓄。

菲利普一直随身带着钥匙。他从小就晃悠着同样的钥匙圈,一个极小的橄榄球,没了形状,掉了颜色。他父母一直没有换锁。为什么要换呢?谁会想进去,撞见一心祷告的父亲和满腹怨气的母亲?醋罐子里的两根酸黄瓜。

他已经很多年没进过这个家了。自从他遇见紫堇之后。紫堇。他们从来没有邀请过她。他们一直都瞧不起她。

尚塔尔·万圣看到儿子出现在客厅门口的时候叫了起来。她的叫声吵醒了丈夫,他惊跳起来。

菲利普正要张嘴,看见挂在墙上的莱奥尼娜的照片,其中两张是在学校拍的。这又让他想起了吉纳维耶芙·马尼昂,她站在散发着氨水气味的走廊里的笑容。他感到一阵头晕,赶紧扶住餐柜。

紫堇取下了他们女儿的照片。她把照片放进靠床的抽屉里、她的钱包里,夹在她看了又看的那本厚厚的书里。

他母亲向他走过来,低声说:"你还好吗,我的孩子?"他挥手不许她往前走,让她保持距离。父母俩互相对望着,他们的儿子是病了?还是疯了?他的脸白得吓人。他的神情跟1993年7月14日那天早上他们带他去悲剧发生的地方一模一样。他老了二十岁。

"城堡烧掉的那天晚上,你们去那里干什么?"

父亲朝母亲看了一眼,等她允许自己回答。但是像往常一样,开口的是她。用一个受害者的语气,一个她从来都不是的善良的小女孩的语气。

"阿梅勒和让-路易·柯桑在把卡特琳娜……也就是莱奥尼娜和阿娜伊丝送到城堡之前,来拉克拉耶特村找我们。我们约了他们在一个咖啡馆见面,我们没有做错什么。"

"可你们去那里干什么？"

"我们在南方有一个婚礼，你知道，你堂妹洛朗丝……回夏尔维勒的时候，我们顺便去参观勃艮第。"

"你们从来没有顺便做过什么，从来没有。给我说真话。"

母亲回答前犹豫了一下，咬紧嘴唇，深深地吸了一口气。菲利普立即阻止她说：

"行行好，不要开始哭哭啼啼。"

她儿子从来没有这样跟她说过话。那个有礼貌的、有教养的、嘴上挂着"是，妈妈""不，妈妈""好的，妈妈"的男孩，真的消失了。他失去自己的女儿后就开始消失了。他隐居到她旁边的时候，就完全消失了。菲利普警告过他们："我不许你们跨入墓园一步，我不希望你们遇见紫堇。"

悲剧发生之前，他唯一不听他母亲的话的时候，是去她哥哥吕克和他那个穿超短裙的年轻老婆家度假。菲利普总是被低下的女人吸引。那些女孩子，档次低，卑贱。

尚塔尔·万圣恢复了生硬、冷漠的口吻。检察官的口吻。

"我约了柯桑夫妇，因为我想看看你女人在我们孙女的箱子里放了什么。检查一下缺不缺什么。我不希望她在其他孩子面前丢脸。你女人太年轻，太不会照顾卡特琳娜了……她的指甲太长，耳朵很脏，衣服有污渍，或者洗了缩水……我看了受不了。"

"你胡说八道！紫堇把我们的女儿照顾得很好！她叫莱奥尼娜！你听到了吗？！莱奥尼娜！"

她笨拙而粗暴地扣上睡袍。

"阿梅勒·柯桑打开汽车的后备厢，我查看箱子里的东西，小孩子们在你父亲和让-路易身边的树荫下玩。缺很多东西，我不得不扔掉那些不值钱的或者已经淘汰的东西，放了新的衣服进去。"

菲利普想象着他的母亲编造了一个借口给阿梅勒·柯桑打电话,翻着他女儿的小裙子。她一直以来都肆意插手,让他反感。他真想掐死这个让他鄙视别人的女人。她垂下眼睛,避过他憎恨的目光。

"下午四点左右,柯桑夫妇带着孩子们去了城堡。我和你爸爸不想在天黑之前上路去夏尔维勒,因为天气太热。我们决定留在村里。我们回到咖啡馆吃点东西。去洗手间的时候,我看到了莱奥尼娜放在洗手池旁边的安抚毛绒玩具。我知道她没有它睡不着。"

尚塔尔·万圣的脸扭动了一下。

"很脏……我用水和肥皂洗了一下,天热干得快。"

她走过去坐到沙发上,仿佛这些话沉重得难以承受。她丈夫跟着她,像只听话的狗,等着褒奖,等着她看他一眼,温柔地摸他一下,却永远等不到。

"我们很容易就进了城堡,一个人都没有,没有人看管,到处都敞开着。莱奥尼娜就在我们推开的第一扇门背后。她已经睡下了。她看到我们很惊讶。当她看到她的安抚毛绒玩具从我的手提包露出来的时候,她笑了,悄悄地拿过去,不让其他小女孩看到。她一定到处找,又不能说,怕别人嘲笑她。"

他母亲哭了起来。她丈夫用一只胳膊围住她的肩膀,她慢慢地推开,他习惯地把胳膊拿开了。

"我问孩子们要不要我给她们讲一个故事。她们说要。我给她们讲了一个格林童话,《大拇指汤姆》。她们很快就睡着了。走之前我最后亲了我的孙女一下。"

"那么热水器呢?!"菲利普吼道。

他的父母在儿子的怒火面前,眼泪汪汪,缩成一团,极为可怜。

"什么热水器?哪个热水器?"他的母亲终于抽泣着低声

问道。

"浴室里的热水器！房间里有一个浴室！还有一个他妈的热水器！是你们碰了热水器？！"

父亲第一次开了口，叹了一口气说：

"啊，这个……"

那一刻，菲利普愿意倾其所有，让他像平常一样一声不吭，或者做个祷告，随便什么祷告。但是这个男人在一个小时中，仅仅一个小时中，觉得在他妻子的生命中是有用的，觉得不能晃着胳膊去等他妻子把《大拇指汤姆》的故事讲完。

"你妈妈问莱奥尼娜睡觉前有没有好好刷牙，她回答我们说刷了，但是另外一个小女孩告诉我们水龙头里没有热水，冷水让她牙疼。你妈妈叫我去看一眼，的确，我看到热水器熄灭了，所以我就……"

菲利普跪倒在父母面前，两手抓住他父亲的睡袍领子，哀求他说：

"闭嘴，闭嘴，闭嘴，闭嘴，闭嘴，闭嘴，闭嘴，闭嘴，闭嘴，闭嘴，闭嘴……"

他父母僵住了。菲利普又含含糊糊地说了几句听不清的话，然后像进来的时候那样，无声地离开了。

他跨上摩托车的时候，就知道他不会走去布朗西雍墓园的那条路。他知道自己已经没有家了。今天晚上没有，明天也没有。他让爱洛依丝·珀蒂打电话给紫堇，跟她说他没有去赴约的时候，就已经知道了。很久以前，紫堇就不再等他回家了。

那天早上，他告诉她，他想从头开始，搬到南方去，那时他从她的眼睛里看到，她假装相信他。现在，他无法再面对她。他再也不想看到她的目光。

尚塔尔·万圣穿着睡袍在他后面追，想要劝他。这种样子上路很危险。他太累了，筋疲力尽，他得休息一下，她帮他去铺床，她没有动过他房间里的任何东西，包括他的那些招贴画，她要给他做他喜欢吃的俄罗斯酸奶牛肉和焦糖布丁，明天他脑子清醒了再……

"我真希望你生我的时候死掉，妈妈。那才是我人生的机会。"

他发动摩托车，想也没想就往布隆方向开去。他在后视镜里，看到他母亲瘫倒在人行道上。他知道他的话判了她的死刑。今天或明天。他父亲会跟着去。他一辈子都跟在后面。

他唯一的欲望，就是到吕克和弗朗索瓦兹身边去，把一切都告诉他们。他们知道该怎么办，他们知道说什么，他们会把他留在身边，让他不再需要给别人一个交代。变成他想要成为的那个孩子，吕克的孩子。与现在的人生了断。

91

当衣衫单薄的水神将我的坟头当作枕头,
温柔地过来小憩,
我先请求耶稣原谅,万一为了死后的一点幸福,
我十字架的影子,轻落其上。

伊莲娜·法约尔的日记

2013 年

我走进墓园女人家里。她看我的样子,仿佛以前见过我,却想不起来是在哪里。她一个人在家,坐在桌子旁。她翻看着一本园艺产品销售目录。

"我在选我春天的球茎花卉。您喜欢水仙还是番红花?我特别喜欢这些黄色的郁金香。"

她的手指放在一丛丛花的照片上。品种繁多。

"水仙,我想我更喜欢水仙。我也喜欢花,我以前有过一个玫瑰园。"

"在哪儿?"

"在马赛。"

"哦……我每年都去马赛,索尔米乌峡湾。"

"我儿子于连还小的时候,我跟他一起去。已经是很久以前了。"

墓园的女人对我微笑,仿佛我们有共同的秘密。

"您要不要喝点什么？"

"我想喝点绿茶。"

她站起来为我泡茶。我猜她大概跟我儿子年龄相仿。她完全可以做我女儿。我想我不想要女儿。我不知道自己能跟她说些什么，怎么去给她建议，引导她。一个男孩子，有点儿像一朵野花，像山楂，只要有东西吃，有东西喝，有衣服穿，就能自己生长。只要跟他说他很帅很坚强。一个男孩只要有爸爸就长得很好。一个女孩，就比较复杂。

墓园的女人很漂亮。穿着一条黑色的直筒裙和一件灰色套衫。我觉得她很有气质。精致。她几乎让我后悔没有女儿。她把散装的茶叶放进一个茶壶里，再过滤。然后，她把蜂蜜放在桌上。她家里很暖和。味道很好闻。她对我说她喜欢玫瑰。玫瑰的香味。

"您一个人住吗？"

"是的。"

"我到这个墓园来看加布里耶·谨慎。"

"他葬在第19号小径，在雪松区。对不对？"

"对。您记得所有死者埋葬的位置？"

"大部分。他呢，曾经是一个大律师，很多人来参加葬礼。是哪一年呢？"

"2009年。"

墓园的女人起身去拿了一本记事簿，2009年的那一本，她找加布里耶的名字。看来是真的，她把什么都记在本子上。她为我读道："2009年2月18日，加布里耶·谨慎的葬礼，瓢泼大雨。下葬的时候有128人在场。他的前妻也在，还有他的两个女儿，玛尔特·杜布勒伊和克萝艾·谨慎。按照死者的要求，不要鲜花，也不要花环。家属请人刻了一块铭牌，上面写道：'悼念加布里耶·谨慎，勇敢的律师。''勇气,于律师而言,至关重要。没有勇气,其余一切都毫无价值:才能、文化、法律知识,律师都需要。但是如果没有了勇气,那么在关键时刻,就只剩下连贯、精彩、正在死去的词语、句子。(罗贝尔·巴丹戴尔)'没有神甫。没有十字架。送葬的人只停留了半个小时。殡葬服务公司两个负责葬礼仪式的人把棺材放到墓穴以后,所有的人都走了。雨依旧下得很大。"

墓园的女人又给我倒了一杯茶。我请她再读一遍她有关加布里耶葬礼的记录。她很乐意地又读了一遍。

我想象着围在加布里耶棺材周围的人。我想象着雨伞,想象着温暖的深色衣服。围巾和眼泪。

我对墓园的女人说,别人说加布里耶勇敢的时候他会发火。他没有任何勇气以婉转的方式对某个刑事法庭的庭长说他是个蠢货。勇气,是每天晚上工作之余到巴黎的夏佩尔门给不幸的人发吃的,或者1942年的时候把犹太人藏在家里。加布里耶经常对我重复,他没有任何勇气,他不冒任何风险。

她问我,我和加布里耶是不是经常说话,我回答说是的。加布里耶憎恨的这个勇气的故事,不要说出去。我不希望那些为了纪念他而好心把这些字刻在他铭牌上的人,得知自己弄错了。

墓园的女人对我微笑:

"没有问题,这里说的任何东西都保密。"

我对她产生了信任感,对她敞开心扉,仿佛她在我的茶里放了真话精华。

"我一年到加布里耶的坟上来两到三次,来摇一摇我放在他名字旁边的一个雪花玻璃球。我为他剪报纸上的文章,他可能感兴趣的司法专栏,我读给他听。我告诉他世界上的新闻，至少他那个世界的新闻。刑事案件、情杀案件，没完没了的案件。我去我丈夫保尔坟墓上的次数更多，他葬在马赛圣皮埃尔墓地。我每次都请求他原谅。因为我要葬在加布里耶身边。我的骨灰将放在他旁边。加布里耶在公证员那里办好了手续，我也是。没有人能够反对。我们没有结婚。您知道吗，我来您家是想告诉您，我儿子于连知道这件事的那一天，会来问您问题。"

"为什么是我？"

"等他发现我最后的愿望是安息在加布里耶身边，而不是他父亲身边，他会想要知道为什么。他会想要知道谁是加布里耶·谨慎，他要问的第一个人，会是您。因为他推开这个墓园的铁栏门，遇到的第一个人，会是您。像我第一次来这里一样。"

"您有没有特别的话需要我转告他？"

"没有，没有，我相信您知道该说些什么。或者于连这一回终于能找到话跟您说。我相信您知道怎么帮助他、陪伴他。"

我遗憾地离开了墓园的女人。我知道这是我最后一次来沙隆河畔布朗西雍镇。我重新上路。我回到了马赛。

2016 年

我写完了我的日记。我很快要去见加布里耶了。我感觉到了。我已经闻到了他香烟的味道。我等不及了。想想我们最后一次见面的时候竟然吵架了。该重归于好了。

我记得她香水的味道。我记不清她的面孔了。只记得她的白发、她的皮肤、她纤细的手、她的雨衣。尤其是她的香水。我记得那温柔的时刻。记得她用来形容加布里耶的词语。我还记得她的声音,她说她儿子有一天会来找我的声音还回想在我耳边。

于连第一次来敲我的门的时候,我没想到伊莲娜。我觉得衣服皱巴巴的他很帅。他不像他母亲。她有着金发女人的皮肤,光滑、白皙、脆弱,而她儿子有着棕发男人的一切特征,头发吹得乱蓬蓬,皮肤吸尽了太阳的精华。我喜欢他把有烟味的手放在我身上。但我也很害怕。

去马赛之前,我给他打了好几个电话,但是一直没有人接。仿佛他这个人不存在。我甚至打电话到他的警察局,他们说他走了。但是可以给他写信,信会转过去。

我能给他写什么呢?

于连,

我疯癫,我孤单,我不可理喻。您相信了我,我为此竭尽了全力。

于连,
我在您车里是那么幸福。

于连,
我跟您睡在我的沙发上是那么幸福。

于连,
我跟您睡在我的床上是那么幸福。

于连,
您很年轻。但是我想我们不在乎。

于连,

您太好奇。我讨厌您警察的习惯。

于连,
您儿子,我很想让他变成我的继子。

于连,
您真的是我喜欢的类型。但其实我也不清楚。我觉得您真的是我喜欢的类型。

于连,
我想您。

于连,
您要是不回来我会死去。

于连,
我等着您。我盼着您。您如果改变您的习惯我也会改变我的习惯。

于连,
好的。

于连,
挺好,很不错。

于连,
好。

于连，

不。

生活拔掉了我的根。我的春天已经死亡。

我心情沉重地合上伊莲娜的日记。就好像合上一部爱上的小说。难以割舍的小说朋友，希望它能够留在身边，伸手可及。说心里话，我很高兴于连把他母亲的日记留给我作留念。等我回到家，我会把它插进我房间书架上精心保管的那些书中间。现在我暂时把它放进我的沙滩包里。

现在十点。我背靠着一块岩石，坐在一棵地中海松树树荫下的白色沙子上。这儿的树长在岩石缝里。我合上伊莲娜日记的时候，知了叫了起来。太阳变得火热。我感到太阳刺痛了我的脚趾头。夏天，这儿的太阳几分钟就能把皮肤灼伤。

背着背包的游客开始从崎岖的小道走过来。中午时分，小小的沙滩上将挤满毛巾、冷藏保温箱、太阳伞。索尔米乌孩子不多。旺季的时候，要步行来峡湾。从博梅特停车场过来，要往下走整整一个小时。带孩子的家庭不方便。到达这儿的孩子常常是骑着爸爸的肩膀过来的，或者度假期间住在海边小屋里。人们叫他们"海边小屋居民"。这个词只有马赛有，词典里也找不到。

这儿的酒吧还允许大家抽烟。邮递员签收挂号信，省得不在家的居民再跑一趟。马赛的做法跟别的地方完全不一样。

赛丽亚留下来跟我一起吃晚饭。她准备好了海鲜饭，在一口大锅里加热一下。我趁这个时候打开我的蓝箱子，把裙子挂到衣架上。我们抬出户外用的铸铁小桌子，铺上一块桌布，在红色的玻璃瓶里倒上水和粉色葡萄酒。我们在一个黄色的碗里放了很多冰块，放了一个乡村面包和几个不配套的盘子在桌上。小屋里的所有东西都不配套，好像从来都不是同时到这里来的。我和赛丽亚享受着我们的重逢、互相说的傻话、金黄的米饭和冰镇的粉色葡萄酒。

我们聊得太晚了，赛丽亚留下来过夜。她跟我一起睡，就像第一次火车罢工时在南锡地区马尔格朗日那样。她是第一次留下来过夜。

我们躺在床上接着喝粉色葡萄酒。赛丽亚点了两支蜡烛。她爷爷的家具在烛光里舞动。我们把两扇窗户打开了，让空气能够流通。天气舒适。还能闻到海鲜饭的味道。墙壁把味道吸进去了。我又觉得饿了，又热了一点海鲜饭。赛丽亚没有要。等我把空盘子放在地上的时候，看到了赛丽亚的侧影。然后是她蓝色的眼睛，像黑夜里的两颗星辰。我吹灭了蜡烛。

"赛丽亚，我有话对你说。说了你会睡不着的，但是既然我们在度假，也就不要紧了。再说，我不能不把'这个'告诉你。"

"……"

"弗朗索瓦兹·佩尔蒂埃，是菲利普·万圣的情妇。他最后几年，是在她家度过的。他1998年失踪的那天，去找她了。但这还不是全部，我知道他为什么会失踪。为什么他再也没有回我们的家。那天晚上，杀死孩子们的，不是火灾，而是万圣老爹。"

赛丽亚抓住我的胳膊，只是嘀咕了一句："你说什么？"

"他捣鼓了一下孩子房间里的一台旧热水器，把它开起来了。他不知道绝对不能碰那台热水器。机器年久失修。一氧化碳可以致命，无声无息，没有味道……她们在睡梦中死去。"

"谁告诉你的？"

"弗朗索瓦兹·佩尔蒂埃。菲利普·万圣全部说给她听了。

就因为这个，他知道原因的那天再也没有回家。他再也无法面对我……你知道米歇尔·若纳斯的那首歌吗？'告诉我，告诉我，哪怕她不是因为我而是为了另一个男人离开，告诉我是这样，告诉我是这样……'"

"知道。"

"知道菲利普·万圣不是因为我而离开，而是因为他父母，我终于轻松了。"

赛丽亚把我的胳膊抓得更紧了。

我睡不着。我又想起了万圣老夫妇。他们已经死了很久了。夏尔维勒-梅齐耶尔的一个公证员2000年联系过我。他找他们的儿子。

日光从窗户照进来的时候，风更加温暖，赛丽亚睁开了眼睛。

"我们去冲一杯好咖啡。"

"赛丽亚，我遇到了一个人。"

"好哇，终于遇上了。"

"但是已经结束了。"

"为什么？"

"我有我的生活，我的习惯……已经太久了。还有，他比我年轻。还有，他不住在勃艮第。还有，他有一个七岁的儿子。"

"这个'还有'也太多了。但是生活和习惯，都可以变的。"

"你觉得？"

"是啊。"

"你会改变习惯吗你？"

"有可能。"

92

生活只不过是缓缓地失去我们所爱的一切。

2017 年 5 月

菲利普在布隆生活了十九年了。他从夏尔维勒–梅齐耶尔来到弗朗索瓦兹这儿已经十九年了。十九年前的一个清晨,他出现在车行里,可怜可悲。那一天他决定重生。决定抹杀他到来之前的前一天。他与父母最后一次对话的前一天。他用毛毡笔在他想要逃避的过去上面画了一道粗线。把紫堇岁月封起来,把他父母紧紧锁在他记忆深处的黑房间里。

轻而易举就把名字改成了菲利普·佩尔蒂埃,变成了他舅舅的儿子。外甥或儿子,在别人看来,没什么区别。菲利普是"家里人",自然姓佩尔蒂埃。

轻而易举就把他的身份证件放进了抽屉里,清空银行账户,让他母亲再也得不到任何信息。把这笔钱变成无记名债券。不去投票。不再使用社保卡。

弗朗索瓦兹告诉他,吕克 1996 年 10 月去世了。吕克,死了埋了,菲利普有点接受不了。但是他拒绝去他的坟墓凭吊。他不想再走进墓地。

弗朗索瓦兹一年前把房子卖掉了，她住在布隆，离车行两百米远。她生过一场大病，瘦了很多，也老了。但是菲利普觉得她比记忆中更迷人，但是他什么也没说。他已经给周围的人造成了太多的不幸。把他不幸的配额用在了别人身上。

他住到客房里。儿子的房间。一个从来没有存在过的儿子的房间。只是渴望过。他用弗朗索瓦兹给他的第一份工资现钞买了新衣服。他到布隆几个月之后，说过要搬家，找一个离车行不太远的小单间，弗朗索瓦兹装作没有听见。于是他就留了下来。奇怪地住在一起。同一个浴室，同一个厨房，同一个起居室，一起吃饭，分房睡。

他把一切都告诉了弗朗索瓦兹。莱奥尼娜，吉纳维耶芙·马尼昂，热水器，那个"地址"，放纵，墓园，他父母在夏尔维勒沙发上的招供。一切，除了紫堇。他把紫堇留在心里。关于紫堇，他只是对弗朗索瓦兹说："她，根本不是她的错。"

随着岁月的流逝，他忘了自己在另一个生活里曾经叫菲利普·万圣。

跟弗朗索瓦兹一起生活，他恢复了勇气。他学会了在车行认真工作，喜欢天天与油污、油脂、故障、变形的车身打交道。修复发动机的同时，他也恢复了欲望。

1999年12月，弗朗索瓦兹病了，高烧，一直不退，咳得厉害。菲利普很担心，叫了值班医生。医生在床边开处方的时候，问菲利普，弗朗索瓦兹是不是他妻子，他不假思索就回答是的。就说了一个是的。躺在被单下的弗朗索瓦兹，对他微笑，没有说话。苍白的、疲劳的微笑。认可了。

菲利普按照医嘱，放了37度的洗澡水，把弗朗索瓦兹带到浴室里，脱掉她的衣服，扶她跨进浴缸，她抓住他。那是他第一次看见她光着身子。她的身体在透明的水里发抖。他用毛巾手套擦遍她的皮肤，肚子、背部、面孔、后颈。他用水淋她的额头。弗朗索瓦兹对他说:"当心,我会传染你。"菲利普回答说:"这个,我二十八年前就知道了。"1999年12月31日到2000年1月1日的夜里,他们第一次做了爱。他们在同一张床上跨过了世纪。

菲利普在布隆生活了十九年了。那天早上,他和弗朗索瓦兹说起要卖掉车行。这不是第一次了,不过这一次是认真的。他们想到阳光灿烂的地方去。到圣特罗佩地区定居。他们有足够的钱去过安逸的日子。再说弗朗索瓦兹快六十岁了,工作了那么多年。是时候享受享受了。

吃午饭的时候,弗朗索瓦兹去了一家专门从事商铺和公司买卖的房地产公司。菲利普回他们的公寓换衣服。他早上穿得太多,在工作服下面出汗了。他匆匆地洗了个澡,套了一件干净的T恤。他在厨房里煎了两个鸡蛋,在一块隔夜的面包上涂了奶酪。冲咖啡的时候,他听见一封信掉在了瓷砖上。邮递员刚刚把一封信从大门的门缝中塞进来。菲利普习惯地捡了起来,扔到厨房的桌子上。他只看弗朗索瓦兹为他订的《汽车摩托车》杂志,从来不看信件。信件之类的东西都是弗朗索瓦兹处理的。

他在杯子里搅动着勺子的时候,无意中看到"布隆市富兰克林·罗斯福大街13号,弗朗索瓦兹·佩尔蒂埃女士转菲利普·万圣先生,邮编69500"。

他又看了一遍,不相信是这个名字,菲利普·万圣先生。他犹豫了一下,最后拿起信封,仿佛拿的是装了炸药的包裹。信封是白色的,盖了马孔一个律师事务所的章。马孔。他想起看到一群小女孩从小学里走出来的那天。那个穿着跟莱奥尼娜一样的裙子的女孩。那天他以为她还活着。

他全都想起来了。突如其来,仿佛他肚子上挨了一拳。他孩子的死亡,葬礼,诉讼,搬家,他的苦恼,他父母,他母亲,他的电子游戏,瘦削的女人们热乎乎的身体,坑坑洼洼的乳头,肥胖的肚子，吕茜·兰冬、爱洛依丝·珀蒂和冯达内勒的面孔，火车、坟墓、猫。

菲利普·万圣先生。

他哆嗦着打开信封。他想起最后一次见到吉纳维耶芙·马尼昂时她的手，她对他说："我永远不会伤害孩子。"她哆嗦着用您来称呼他。

紫堇·特雷内，夫姓万圣，授权律师来办理他们的协议离婚。律师要求菲利普·万圣先生尽快打电话给事务所，以便约定一个时间。

他读着句子里的片段："持身份证件……公证处名字……签订了结婚合约……职业……国籍……出生地……每个子女填写相同内容……夫妻双方协议离婚……没有经济补偿……马孔高级法院……遗弃夫妻共同住所……不再追究。"

不可能。必须马上终止这一切。阻止时间倒流。他不再读下去，把信封塞进夹克的内口袋里，扣上头盔带，重新去"那里"。虽然他曾经发誓再也不去那里。

紫堇是怎么找到他的地址的？她是怎么知道弗朗索瓦兹的事情的？她怎么会知道她的名字？他父母不可能说，他们已经死了很久了。就算死之前，他们也不知道菲利普住哪儿。他们从来都不知道他们的儿子住在布隆市弗朗索瓦兹的家里。不可能。菲利普不会去律师事务所。永远不会。

必须让她不再来烦他。必须离开，跟弗朗索瓦兹搬家，必须用菲利普·佩尔蒂埃这个名字。万圣，这个姓永远会给他带来不幸。这个姓意味着墓地、死亡、菊花。这个讨厌的姓冷冰冰的，让人想起猫。

两段人生相隔一百公里。他从来没有意识到布隆离沙隆河畔布朗西雍镇这么近。

他停在房子前，靠马路那一侧。他在这个他一向厌恶的房子面前，犹如陌生人。看墓老头的房子。紫堇1997年种的树很高了。铁栏门重新刷成深绿色。他不敲门就进去了。他已经十九年没有来了。

她还住在这儿吗？她有没有跟别人在一起？肯定是，她正是为了这个想离婚。为了能够再结婚。

他嘴里一阵怪味。仿佛一把枪的枪管伸到了他喉咙深处。他想挥拳打人。仇恨又涌了上来。他很久没有体会到这种苦涩的滋味了。他又想到这十九年来无忧无虑的甜蜜。现在恶又回来了。他又变回了他不喜欢的那个男人，那个不自爱的男人。菲利普·万圣。

必须从那天早上中断的地方重新开始。把那个肮脏不堪的过去永远清除掉。不能心软。不能。他不会去找那个律师。不会。他把自己的身份证撕了。把自己的过去撕了。

厨房的桌子上有几只空的咖啡杯，放在园艺杂志上面。衣帽架上挂着三条丝巾和一件白色背心。挂着的衣物上散发着她的香水味。玫瑰的味道。她还住在这儿。

他上楼进了房间。那些装着可怕的娃娃的塑料盒被他踢了几脚。要是他能在墙上捶几拳，他肯定会那样做。他发现房间重新刷过了，有一块天蓝色的地毯，淡粉色的床罩，窗帘是杏仁绿的。白色的床头柜上放着护手霜，几本书，一支熄灭的蜡烛。他打开五斗橱的第一个抽屉，是跟墙壁颜色一样的粉色内衣。他躺在床上，想象着她就睡在这里。

她是否还会想他？她有没有等过他？找过他？

他把紫堇岁月封起来，但是他很长时间都梦见她。他听到她的声音，她叫他，他没有回答，他藏在一个阴暗的角落，让她看不见他，他最后捂住耳朵，不想再听见她哀求的声音。他很长时间醒来都是一身汗，床单被他的罪恶感浸湿。

浴室里有香水、肥皂、乳液、泡澡的盐，还有一些蜡烛和小说。洗衣篮里，是几件女式内衣，一件白色真丝的薄睡衣，一条黑色的裙子，一件灰色的背心。

这个房子里没有男人。没有同居的迹象。那为什么要来烦他？为什么找麻烦？为了要回点钱？赡养费？律师的信里不是那样说的。"协议离婚……不再追究。"他听到他母亲的声音："你当心。"

他走下楼梯。踢到了最后几个还站着的娃娃。他想去墓园看看莱奥尼娜的坟墓，但是改变了主意。

他身后有个影子动了一下，他吓了一跳。是一条老狗远远地闻到了他的味道。他还没来得及踢它一脚，那家伙就在它温暖的窝里蜷成了一团。他在厨房的地上看到几个食盆。想到住在这里自己衣服上粘着动物的毛，他感到一阵恶心。他从房子后面出去，走过那扇通往私人花园的门。

他没有马上看见她。花园里的植物像莱奥尼娜的童话书里那样，也全都爬到高处去了。墙上是常春藤和爬山虎，还有黄色、红色、粉色的树，花坛里的花五颜六色，让人以为花园跟房间一样，重新粉刷过了。

她在那儿。蹲在她的菜园里。他十九年没有见到她了。她现在多大了？

不能心软。

她背对着他。她穿着一条白点黑裙子。她腰上系着一条旧的园艺围裙。穿着塑胶套鞋。她不长不短的头发用一根黑色皮筋扎在后面。几缕头发挠着她的后颈。她戴着厚厚的布手套。她用右手腕擦着额头，似乎要拿掉某样让她不舒服的东西。

他很想握住她的脖子，使劲用力。爱她，勒死她。让她闭嘴，不再存在，消失掉。

不再有罪恶感。

等她站起来，转过身对着他时，菲利普看到她的眼里只有恐惧。没有惊讶，没有愤怒，没有爱意，没有仇恨，没有懊悔。只有恐惧。

不能心软。

她没有变。他又看见了站在堤布林夜总会柜台后面的她，柔弱的细小身影，给他倒了一杯又一杯的酒。又看见了她的微笑。如今，皱纹和刘海混合在她脸上。五官依然很精致，唇形依然很清晰，目光依然非常柔和。时间在她的嘴角挖出了两道弯。

保持距离。

不要喊她的名字。

不能心软。

她一直都比弗朗索瓦兹漂亮，但是他更喜欢弗朗索瓦兹。每个人有自己的偏好……他母亲就是这样说的。

他看见她旁边坐着一只猫，起了鸡皮疙瘩，想起来他为什么会在这里，会回到这个不幸的墓园来。他想起来他不愿意再去回忆。不去回忆她，不去回忆莱奥尼娜，也不去回忆别的人。他的现在，是弗朗索瓦兹，他的未来，也将是弗朗索瓦兹。

他猛地抓住紫堇，死死地抓住她的两条胳膊，仿佛要把它们碾碎。不想有感情的男人变成凶神恶煞。仇恨被唤醒。他又想到坐在印花沙发上的父母。柯桑夫妇后备厢里的莱奥尼娜的箱子，城堡，热水器，他穿着睡袍的母亲，呆滞的父亲。他抓住紫堇的胳膊，避开她的眼睛，他盯着眉毛和鼻子上天生的微微的凹陷之间的某一个点看。

她很好闻。不能心软。

"我收到了一封律师的信，我还给你……你给我听好了，听好了，你不要再给我写信，你听见了吗？你也好，你的律师也好，永远不要写信。我不想再看见你的名字，否则我就把

446

你……我就把你……"

他像抓住她那样又猛地松开他,她的身体像牵线木偶一样往后退,他把信封塞进她围裙的兜里,碰到她身体的时候感觉到了她衣服下的肚子。她的肚子。莱奥尼娜。他转过身去,又经过厨房。

贴着桌子走过去的时候,他看见了《苹果酒屋的规则》。他认出了封面上的红苹果。紫堇在夏尔维勒就有这本书了,一读再读。莱奥尼娜的七张照片从书里掉出来,散落在地毯上。他犹豫了一下,然后弯腰捡了起来。一岁,两岁,三岁,四岁,五岁,六岁,七岁。她的确长得像他。他把照片塞进书里,放回桌上。

他封了十九年的紫堇岁月,在这一刻砸到了他脸上。他想起他的孩子,起初是一些片段,而后大潮汹涌而来。他在妇产医院第一次看见她的样子,她躺在他们的床上,夹在他和紫堇中间,裹在被子下面,在浴缸里,在花园里,在门前,穿过房间,画画,玩橡皮泥,吃饭,在吹气游泳池里,在学校的走廊里,冬天,夏天,她那条有点亮的红裙子,她的小手,她的魔术。而他一直都很冷淡。想要儿子的他仿佛到女儿的生活里探望了一下。所有那些他没有读给她听的故事,所有那些他没有带她去的旅行。

他重新跨上摩托车的时候,感到眼泪从鼻子里流出来。他舅舅吕克对他说过,一个人哭鼻子的时候,是因为眼睛的容量已经不够了,鼻子来接力。"就像发动机那样,我的孩子。"吕克说。他差劲到抢了舅舅的妻子。

他猛踩油门发动了,心想着到稍微远一点的地方再停下来缓口气,恢复情绪。他透过铁栏门看到那些十字架的时候,想到自己从来没有相信过上帝。一定是因为他的父亲。因为他的那些祷告。他想起他正式领圣体的那天,想起做弥撒用的葡萄

447

酒，想起挽着吕克胳膊的弗朗索瓦兹。

> 空洞的圣父啊，
> 愿你的名字被刺穿，愿你的主宰流着血。
> 愿你的旨意行在癞痢头，如同行在梳子上。
> 今日赐给我们救命的酒。
> 饶恕我们的挥霍，如同我们饶恕鸡奸我们的人的挥霍。
> 不叫我们去渗入，救我们脱离思索。
> 带走。

他沿着墓园三百五十米的围墙越开越快，三种想法在他脑子里撞击。掉头向紫堇道歉，对不起，对不起，对不起。尽快回到弗朗索瓦兹身边，去南方，离开，离开，离开。去找莱奥尼娜，重逢，重逢，重逢。

紫堇，弗朗索瓦兹，莱奥尼娜。

重新见到他的女儿，感觉到她的存在，听她的声音，摸她的身体，闻她的味道。

他第一次渴望莱奥尼娜。他要这个孩子是为了把紫堇留在身边。现在，他对她的渴望，是想要一个孩子的那种。这种渴望，比南方、弗朗索瓦兹和紫堇更加强烈。这种渴望占据了全部的位置。莱奥尼娜一定在某个地方等着他。是的，她在等他。他没有明白是因为他曾经是一个坏爸爸，他要去找她，在那里第一次变成一个好爸爸。

菲利普解开头盔的带子。就在弯道加速之前解开，加速冲进弯道下方国家森林的树丛里，他没有去回顾他的人生，没有去看像书页一样快速翻动的画面，他不想看。就在冲进树丛之前，他看到路边有一个年轻的女人。不可能。她盯着他，而他时速几乎开到两百公里，他周围的一切都不是静止的，除了她落在他身上的目光。他刚来得及想,他在一张旧版画上见过她。也许是在一张明信片上。而后他进入了亮光。

93

夏天即将过去，很热，回家的夜晚，
回到公寓楼里，生活继续下去。

我还没有碰过水。每年八月，我都害怕第一次泡进水里的那一刻。我害怕找不到莱奥尼娜，害怕她因为我的缘故不来。怕她听不见我叫她，呼唤她，怕我的声音传不到她那里。怕她不能充分感受到我的爱而不来找我。我害怕不再爱她，害怕永远地失去她。这种害怕毫无道理，死亡永远不可能将我与我的孩子分开，我很清楚。

我站起来，伸伸腰，把帽子扔到毛巾上。我向泛着珍珠光芒的、翠绿色的无边地毯走去。早晨的光线强烈、刺眼。

今天会是一个好天气。马赛总是信守诺言。

现在这个时间，如果有点阴影，水的颜色就很深。波浪像平时一样很凉。我慢慢地往前走。我一头扎进水里。我闭着眼睛朝水下游去。她已经在那儿了，她一直都在那儿，她一直没有离开这里，因为她在我体内。她缥缈的存在。我闻着她温热的、带着咸味的皮肤，就像她在太阳伞下躺在我身上午睡的时候那样。她的手在我的背上游动，两个小木偶。

我的宝贝。

我浮出水面的时候，直直地看着蓝天，我知道她一直在我肚子里。永远都在。

我游了很长时间，像每次那样，我不想再出来。我观察着被风吹得倾斜的松树，观察着生活，我就在她身边，她就在我身边。我渐渐靠近岸边。我脚下又踩到了沙子。我背对着海滩，观察着地平线，停泊的静止的船，清澈的水里的白石子。这个世界的一角最能拯救人，这里的一切都很美，这里的元素可以修复活人。

天很热，盐灼伤了我的面孔，更灼伤了我的嘴唇。我把头埋到水里，我闭着眼睛游着，我喜欢猜测，聆听下面的大海。

我觉得身边有人，有另一个人在。有人与我擦身而过，揽住我的腰，把一只手放在我肚子上。贴在我身后，跟我做同样的动作，一种舞蹈，像极了华尔兹。我感到他的心脏在我背上怦怦地跳，我毫不反抗，我明白了。移植过来的另一种爱，一颗新的心脏，另一个人的心脏，移植到我心里。我感到他的嘴唇印在我脖子上，他的头发在我背后，他的手在我身上游走，轻盈柔和。我曾经那么地渴望他，却不抱希望，不相信他。我浮上水面，他的眼睛一睁一闭，他的睫毛蹭着我的脸颊，好似蝴蝶。他闻着我的气味。我平躺在上面，他扶住我，我任由他引导着我，我的身体是自由的，我的腿轻轻地触着水面，我放松下来，他找到了我，我找回了自己。

我们是。

我们。

咯咯的笑声。

一个孩子。

三个人。

另一只手抓住我的胳膊，粘着我不放。像莱奥尼娜的手，细小、紧张、温暖。

我希望我不是在做梦，我希望我真的在经历这一切。孩子跳到我怀里。他在我额头上、头发上印了几个湿漉漉的吻。他往后倒去，快乐地叫着。

"纳唐！"

我唠唠叨叨地喊出他的名字。

他迅速地做了几个笨拙的动作。他瞪大眼睛，仿佛一个刚学会游泳、想游又害怕的孩子。他咯咯地笑，笑容里缺了两颗牙。他把潜水镜滑到眼睛上，把头埋到水下。他看起来更加自在，兜了好几个圈。

他又从水里出来。他取出透气管的时候吐了一口水。他摘下眼镜，棕色的大眼睛周围被压出了印子，南方阳光下亮晶晶的大眼睛。他透过我的肩膀往前看，他看着于连在我耳边说："来。"

94

每一天都在我们对你的思念中过去。

2017年9月7日星期六，晴，23度，10:30。费尔南·奥克（1935—2017）的葬礼。橡木棺材。黑色大理石碑。墓穴里长眠着珍妮·蒂勒，夫姓奥克（1937—2009），西蒙娜·路易，夫姓奥克（1917—1999），皮埃尔·奥克（1913—2001），莱奥·奥克（1933）。

一个白玫瑰花环，缎带上书："沉痛哀悼。"一个心形的白百合花环，缎带上书："献给我们的父亲、我们的外公。"棺材上放着红白玫瑰，缎带上书："抗战老兵。"

三块铭牌："献给我们的父亲、我们的外公。纪念爱你与被你爱的人生。""献给我们的朋友。我们不会忘记你，我们永远怀念你。跟你一起钓鱼的朋友。""你没有远去，就在路的另一头。"

到场的有五十来个人，包括费尔南的三个女儿，卡特琳娜、伊莎贝尔、娜塔莉，还有他七个外甥外甥女。

埃尔维斯、加斯东、皮埃尔·鲁奇尼还有我，我们站在墓穴的一侧。诺诺不在。他在准备他与达黎欧伯爵夫人的婚礼，下午三点在布朗西雍市政厅举行。

塞德里克神甫做祷告。但是他与上帝说话不只是为了费尔南·奥克。现在他每次与上帝说话,都把卡马尔和安妮塔带进自己的祈祷里:"读《约翰一书》:'我们因为爱弟兄,就晓得是已经出死入生了。没有爱心的,仍住在死中。我们从此就知道何为爱:我们也当为弟兄舍命,凡有世上财物的,看见弟兄穷乏,却塞住怜恤的心,爱神的心怎能存在他里面呢?小子们哪,我们相爱,不要只在言语和舌头上,总要在行为和诚实上。'"

家属让皮埃尔·鲁奇尼在下葬的时候播放费尔南·奥克最喜欢的歌。那首塞尔日·雷吉亚尼[①]的《我的自由》。

我没法集中精神去听优美的歌词。我想着莱奥尼娜和她的父亲,我想着正在穿新郎礼服的诺诺,以及为他系领带的达黎欧伯爵夫人,我想着在恒河上旅行的萨夏,我想着在永恒中以你称呼对方的伊莲娜和加布里耶,我想着到主人玛莉亚娜·菲莉(1953—2007)的花园里奔跑的艾莲娜,我想着不到一个小时就到这里的于连和纳唐,我想着他们的怀抱,他们的气味,他们的热度,我想着永远会摔跤,但是每次都被我们扶起来的加斯东,我想着永远不能听埃尔维斯·普雷斯利之外的歌曲的埃尔维斯。

几个月来,我跟埃尔维斯一样,我总是听着另一首歌,同一首歌。它盖住了一切,盖住了我头脑里的所有低语。这首我反复听的歌是樊尚·德莱姆的,歌名是《未来的生活》。

[①] 塞尔日·雷吉亚尼(Serge Reggiani,1922—2004),意大利裔法国演员、歌手。

致　谢

　　感谢苔丝、瓦朗坦，还有克洛德，我最重要的人，永远给我灵感的人。
　　感谢雅尼克，我亲爱的弟弟。
　　感谢我珍贵的玛艾乐·吉约。感谢阿尔班·米歇尔出版社的全体工作人员。
　　感谢埃梅莉、阿尔蕾特、奥黛蕾、艾尔莎、爱玛、卡特琳娜、夏洛特、吉尔、卡蒂亚、玛侬、梅吕丝娜、米歇尔、米雪儿、莎拉、莎乐美、希尔薇、威廉姆，感谢你们不可缺少的陪伴。有你们在身边是我莫大的幸运。
　　感谢生活中真实存在的诺尔贝尔·朱力维，我没有改变他的姓，也没有改变他的名字，因为他身上不需要改变什么，他在格尼翁市当了三十年的掘墓人。因为写这部小说，这个带来快乐和仁慈的人变成了我的朋友。我希望永远能与你喝咖啡和黑加仑白葡萄酒。
　　感谢拉斐尔·法都，他为我打开他那家奇怪的、充满人情的店铺大门，"勒图纳尔·德·瓦尔"，位于滨海特鲁维尔市的殡葬服务公司。拉斐尔以独特的方式向我讲述他对自己职业的喜爱，讲述死亡与当下，对我充满信任。

感谢爸爸的花园，以及他充满激情的教诲。

感谢斯蒂芬·博丹的中肯建议。

感谢塞德里克和卡罗尔的照片和友情。

感谢于连·孤独允许我借用他的姓名。

感谢德尼·法约尔、罗贝尔·巴丹戴尔和埃里克·杜邦-莫雷蒂律师。

感谢我所有的马赛朋友和卡西斯朋友，我的小屋，是你们。

感谢欧仁妮·勒卢什和西蒙·勒卢什为我提供了故事原型。

感谢约翰尼·哈里戴、埃尔维斯·普雷斯利、夏尔·特雷内、雅克·布雷尔、乔治·布拉桑、雅克·普莱维尔、芭芭拉、拉斐尔·哈罗什、樊尚·德莱姆、克洛德·努加罗、让-雅克·高德曼、本杰明·毕欧雷、塞尔日·雷吉亚尼、皮埃尔·巴胡、弗朗索瓦兹·哈尔蒂、阿兰·巴颂、查特·贝克、达米安·塞兹、达尼埃尔·吉夏尔、吉尔贝·贝科、弗朗西斯·凯布洛、米歇尔·若纳斯、塞尔日·拉玛、艾蕾娜·博伊和阿涅斯·肖米耶。

最后还要感谢全力支持《星期天被遗忘的人》的所有人，因为你们我才写出了这第二本小说。